JOAN WOLF

Entscheidung des Herzens

Buch

Plötzlich ist sie Lady Greystone, die Frau des ehemals begehrtesten Junggesellen Englands – die junge Cathleen, die einer Mesalliance zwischen einer adligen Dame und einem irischen Spieler enstammt. Leider ist die Ehe mit Adrian Greystone jedoch keineswegs aus Liebe geschlossen worden, denn Cathleens niederträchtiger Onkel hat die Hochzeit mit einem Trick erzwungen. Wild entschlossen versucht Cathleen also, das Beste aus ihrer Situation zu machen. Adrian war nicht gerade begeistert, zur Ehe mit diesem Mädchen niederer Herkunft überredet zu werden. Und er hat vor, sie dies durchaus spüren zu lassen. Aber das Schicksal wendet sich ein zweites Mal gegen ihn. Und bald schon kämpft er gegen die Turbulenzen einer Liebe, die so tief ist, daß nichts und niemand sie mehr zerstören kann …

Autorin

Joan Wolf ist in Deutschland bislang vor allem mit ihren prähistorischen Romanen bekannt geworden. In den USA hat sie jedoch schon seit langem einen ausgezeichneten Ruf als Autorin leidenschaftlich-raffinierter historischer Liebesromane. Joan Wolf lebt in Connecticut, USA.

Bereits bei Goldmann im Programm:

Der Weg nach Avalon (42382)
Die Tochter des Hirsch-Clans (41470)
Herrin der Pferde (42478)
Unter dem Rentier-Mond (41579)

JOAN WOLF

Entscheidung des Herzens

Roman

Deutsch von
Ingrid Rothmann

GOLDMANN

Originaltitel: The Deception
Originalverlag: Warner Books, Inc., New York

Umwelthinweis:
Alle bedruckten Materialien dieses Taschenbuches
sind chlorfrei und umweltschonend.
Das Papier enthält Recycling-Anteile.

Der Goldmann Verlag
ist ein Unternehmen der Verlagsgruppe Bertelsmann

Deutsche Erstveröffentlichung Januar 1998

Umschlaggestaltung: Design Team München
Umschlagillustration: Gadino/Schlück, Garbsen
Satz: deutsch-türkischer fotosatz, Berlin
Druck: Elsnerdruck, Berlin
Verlagsnummer: 43980
Lektorat: SK
Redaktion: Martina Dahm
Herstellung: Heidrun Nawrot
Made in Germany
ISBN 3-442-43980-9

1 3 5 7 9 10 8 6 4 2

Pam – ein Buch
nur für Dich

1. Kapitel

Alles begann mit dem Tod meines Vaters, mit jenem Tag, den ich mein Leben lang nicht vergessen werde, und wenn ich hundert Jahre alt werden sollte. Der Himmel war bleigrau, die kahlen Äste der Bäume schwarz vor Nässe. Als man meinen Vater auf einer Bahre in unser Quartier trug, war sein Gesicht grau wie der Himmel.

»Miß Cathleen, irgendein verdammter Narr hat im Wald herumgeschossen«, sagte Paddy, dessen wettergegerbtes Gesicht vor Gefühl und Kälte gerötet war. »Er muß Mr. Daniel übersehen haben, als er vorüberritt. Freddie ist schon unterwegs und holt den Arzt.«

»Papa.« Ich kniete am Bett nieder. Ein Stück Stoff, noch vor kurzem Paddys Hemd, war zusammengeballt und auf die Brustwunde gedrückt worden. Es war blutgetränkt. Beim Klang meiner Stimme öffneten sich die Augen meines Vaters mit zuckenden Lidern. Seine Wimpern hoben sich, und ich blickte ein letztes Mal in das vertraute strahlende Blau. »Kate«, sagte er. »O Gott, mit mir ist es aus.« Damit schloß er die Augen.

»Papa!« Ich war der Hysterie nahe und mußte mich zu einer Ruhe zwingen, die ich nicht empfand. »Der Arzt wird gleich da sein«, versicherte ich ihm. »Du wirst bald wieder auf die Beine kommen.«

»Hätte nicht gedacht ... er würde ... argwöhnen ... daß ich wußte ...«, kam es meinem Vater undeutlich über die Lippen.

»Du hättest nicht gedacht, daß *wer* argwöhnte, Papa?« Ich fragte es in scharfem Ton. »Weißt du, wer dich angeschossen hat?«

Seine Antwort ließ lange auf sich warten.

»Papa?«

»Weiß nicht ... wer ...« Wieder öffnete er die Augen und richtete seinen Blick auf Paddy. »Schick nach ... Charlwood«, sagte er in einem Ton, der von einem merkwürdigen Gurgeln begleitet war. »Lizzies Bruder.« Es folgte Stille, da er um Atem rang. »... soll sich um Kate kümmern.«

»Niemand wird sich um mich kümmern«, wehrte ich ab. »Sei nur still und warte auf den Arzt. Du wirst wieder ganz gesund, Papa.«

Seine blauen Augen waren noch immer auf den alten Stallknecht gerichtet, der seit seiner Jugend bei ihm war. »Paddy?«

»Zur Stelle, Mr. Daniel.«

»Versprich mir ...« Wieder Stille, da er um Atem rang.

Beim Anblick seiner Agonie drückte ich die Nägel so fest in meine Handflächen, daß es schmerzte. »Versprich mir, daß du ... nach Charlwood schickst.«

»Das werde ich sicher tun, Mr. Daniel.« Paddys weicher irischer Tonfall verströmte Ruhe. »Machen Sie sich bloß keine Gedanken. Ich sorge dafür, daß sich jemand um Miß Kate kümmert.«

Die blutbefleckte Brust meines Vaters hob und senkte sich mühsam. Verzweifelt blickte ich zum Fenster der beengten, ärmlichen Unterkunft. Kein Hufschlag, der das Kommen des Arztes angekündigt hätte. Einziges Geräusch im Raum war das unheilvolle Gurgeln, das jeden Atemzug meines Vaters begleitete. »Papa, sprich nicht«, sagte ich wieder. »Der Arzt kommt jeden Augenblick.«

Mein Vater blickte mich noch einmal an. »Ich war dir ein schlechter Vater, Kate«, sagte er mit schwacher Stimme. »Aber ... ich habe dich lieb.«

Seine Augen schlossen sich, um sich nie wieder zu öffnen. Meine erste Reaktion war glühender, blindwütiger Zorn. Der Wirbel, den ich daraufhin veranstaltete, fiel so laut aus, daß die örtlichen Behörden prompt eine Fahndung nach dem Mörder meines Vaters einleiteten, leider ohne Ergebnis. Dann erst setzte meine Trauer ein.

Ich vergoß keine Tränen. Beim Tod meiner Mutter hatte ich

geweint, doch war ich damals erst zehn, zu jung, um die Vergeblichkeit von Tränen zu begreifen. Ich hatte es erst im Laufe der Jahre verstehen gelernt. Tränen hatten mir meine Mutter nicht wiedergebracht, und sie würden mir auch meinen Vater nicht wiederbringen.

Kalter Regen hüllte uns ein, als Paddy und ich nach Vaters Beerdigung in unser Quartier zurückkehrten. Die Straßen von Newmarket lagen verlassen da. Die Rennbahn war im November geschlossen, und das öde Aussehen der Stadt war Spiegelbild der Ödnis in meinem Herzen.

»Mr. Daniel würde es gefallen, daß Newmarket seine letzte Ruhestätte wurde«, sagte Paddy in dem Versuch, mich ein wenig zu trösten. »Ich fand es schön, daß so viele zur Beerdigung kamen.«

In der Kirche und auf dem Friedhof hatte sich eine stattliche Schar von Trainern und Pferdeburschen eingefunden, sogar einige Rennstallbesitzer waren erschienen. Auf seine Art war Papa ein bekannter Mann gewesen.

»Ja«, sagte ich und wandte mein Gesicht dem treuen Freund zu, der von Geburt an Teil meines Lebens gewesen war. Ich kam mir gänzlich verlassen vor. »Paddy, was soll ich jetzt machen?«

»Miß Cathleen, wir werden hier auf Ihren Onkel warten«, gab er zurück.

Es war nicht die Antwort, die ich hören wollte. Ich biß mir auf die Lippen, beugte den Kopf und starrte zu Boden. Ein Stein lag in der Nähe, den ich mit einem Tritt auf die Straße beförderte. Er landete mit leisem Plop im Schlamm. »Du glaubst also nicht, wir könnten das Geschäft allein weiterbetreiben?« fragte ich. »Du könntest die Pferde kaufen, und ich könnte sie trainieren.«

Ich spürte, wie er seine Arme um mich legte. Einmal drückte er mich an sich, ganz fest, und ließ mich gleich wieder los. Sein Ton war bedauernd, aber fest, als er antwortete: »Ihr Vater wollte, daß Sie zur Familie Ihrer Mutter gehen, Mädchen, und ich glaube, er hatte recht. Sie sind jetzt achtzehn, Miß Cathleen. Das wäre kein Leben für eine junge Dame von Stand, mit jemandem wie mir von einem Gestüt zum anderen zu ziehen.«

»Es ist das Leben, das ich immer gelebt habe«, sagte ich.

»Paddy, ich habe dich lieb. Und meinen Onkel *kenne* ich nicht einmal.« Ich bedachte ihn mit einem Blick, der ihm vor Mitleid das Herz im Leib zerfließen lassen sollte.

Aber die erhoffte Wirkung blieb aus. »Er ist der Bruder Ihrer Mutter und ein Lord«, sagte Paddy energisch. »Ich wäre wahrlich ein schlechter Freund, wenn ich einer solchen Chance im Weg stünde.«

Ich beförderte noch einen Stein mit der Fußspitze auf die Straße. »Wir wissen gar nicht, ob er kommt.«

»Nun, wenn er nicht kommt, haben wir noch immer Zeit, um uns zu überlegen, was als nächstes zu tun ist.« Die Tür unserer Pension rückte bedrohlich näher, und als wir eintraten, sandte ich ein Stoßgebet zum Himmel, mein Onkel möge nicht kommen.

Er kam am darauffolgenden Tag. Seine Schritte auf dem blanken Boden des Flurs vor meiner Tür klingen mir noch heute in den Ohren. Als ich den festen, bestimmten Schritt hörte, wußte ich sofort, wer es sein mußte.

Paddy saß bei mir, und er war es, der die Tür öffnete. Als Charlwood sich vorstellte, ließ der alte Stallbursche ihn ein.

»Hm, Sie sehen aber verdammt jung aus für Miß Cathleens Onkel.« Paddys kritischer Blick taxierte dieses Musterbild eines Aristokraten vom sorgfältig gekämmten Haar bis zu den Schuhspitzen. Doch war der alte Mann Papa zu lange von einem englischen Landsitz zum anderen und von einer Rennbahn zur nächsten gefolgt, um sich von tadelloser Kleidung und blankpolierten hohen Stulpenstiefeln beeindrucken zu lassen.

»Ich bin zweiunddreißig«, sagte Charlwood darauf. »Meine Schwester war sechs Jahre älter als ich.«

»Sie sehen Miß Elisabeth ähnlich«, mußte Paddy widerstrebend zugeben.

Es stimmte. Er hatte dunkelbraunes Haar und meergrüne Augen wie meine Mutter. Waren die Augen meiner Mutter jedoch sanft und verhangen gewesen, so waren seine von fast erschreckender Klarheit. Ich hatte mich zur Begrüßung erhoben. Wir standen einander gegenüber, zwischen uns ein Stück abgetretenen Teppichs, und blickten uns an.

»Kate, ich bin gekommen, um dich einzuladen, bei mir zu leben«, sagte er. »Deine Mutter war meine einzige Schwester, und ich möchte mich um dich kümmern. Ihr zuliebe.«

Seine Miene wirkte aufrichtig. Seine Stimme ebenso. Ich sah Paddy an. »Ich glaube, Sie sollten mit ihm gehen, Miß Cathleen«, ließ er sich leise vernehmen. »Es ist der Wunsch Ihres Vaters.«

Ich nickte. Obwohl mir beinahe das Herz brach, weinte ich nicht. Statt dessen blickte ich mich langsam in dem kleinen, schäbigen Raum um, in dem Papa gestorben war. Wir waren zu dieser unmöglichen Jahreszeit nach Newmarket gekommen, weil er gehofft hatte, dem Marquis of Stade, dessen Landsitz sich in der Nähe befand, zwei Pferde zu verkaufen. Papa hatte den Verkauf mit Stade aber nicht abgeschlossen, und wir hatten die zwei Wallache noch immer hier im Wirtshaus eingestellt. Zwei große, edle Jagdpferde, von mir zugeritten und gutes Geld wert.

»Nimm die Pferde«, sagte ich zu Paddy.

Der alte Mann sah den edlen englischen Lord, meinen Onkel, an.

Charlwood lächelte. »Miß Cathleen soll es an nichts fehlen«, versprach er Paddy. »Du kannst die Pferde behalten.«

Am nächsten Morgen verließ ich Newmarket in der Equipage meines Onkels. Über Nacht hatte der Regen aufgehört, und das strahlende Blau des Morgenhimmels ließ kein Anzeichen der Stürme erkennen, die folgen sollten.

Charlwood Court war riesig groß, leer und kalt. Seit dem Tod seines Vaters vor einigen Jahren lebte mein Onkel, der unverheiratet war, allein.

Dies eröffnete er mir, als wir an einer Poststation anhielten, um die Pferde zu wechseln, und in meinem Kopf schrillte eine Alarmglocke. Ich hatte angenommen, ein Mann seines Alters müßte verheiratet sein. Er bemerkte mein Stutzen und versicherte mir sofort, daß er eine höchst ehrenwerte Kusine aufgefordert hatte, zu ihm zu ziehen und mir Gesellschaft zu leisten. »Du siehst also, der Anstand wird gewahrt, Kate«, sagte er mit einem Lächeln.

Es war dunkel, als wir das fünf Meilen südwestlich von Reading gelegene Charlwood Court erreichten, in dessen frostigem Salon Kusine Louisa uns erwartete. Sie erschien mir als furchtsames Mäuschen von Frau, und wenn in meinem Herzen neben Gram noch Platz für ein Gefühl gewesen wäre, hätte ich Mitleid empfunden.

Sie erschrak bei meinem Anblick, worauf Charlwood leise sagte: »Ja, sie ist das Ebenbild ihres Vaters.«

Ich glaubte, einen sonderbaren Ton aus seiner Stimme herauszuhören, und sah ihn erstaunt an. Er lächelte. Sein Mund lächelte sehr oft, doch war mir schon aufgefallen, daß seine Augen sich nie zu verändern schienen. »Louisa wird dich auf dein Zimmer führen, Kate«, sagte er. »Willkommen auf Charlwood.«

Bis zum heutigen Tag ist mir nur undeutlich in Erinnerung geblieben, wie es auf Charlwood tatsächlich aussah. Ich weiß nur, daß die Räume groß waren und daß alle mit Stille erfüllt schienen, als wären sie seit langem unbewohnt. Schwere dunkle Samtportieren an den Fenstern schlossen die Sonne aus. Auch Kaminfeuer und Kerzenlicht vermochten nicht, die Räume wärmer und anheimelnder zu machen. In den Nächten lag ich lange wach und lauschte der gruftartigen Stille des Hauses. Daß in diesem Gemäuer jemals jemand glücklich gewesen sein sollte, war schwer zu glauben. Noch schwerer freilich konnte ich mir meine Mutter hier als kleines Mädchen vorstellen. Schlief ich endlich ein, dann träumte ich von meinem Vater.

So lebte ich ein halbes Jahr, während mein Herz so erstarrt war wie der Boden vor meinem Fenster. Da mein Onkel das ungebundene Nomadenleben eines aristokratischen Junggesellen führte und seine Zeit zwischen London und den Häusern seiner Freunde teilte, bekam ich ihn nur selten zu sehen. Der einzige Mensch, der mich in Anspruch hätte nehmen können, war Kusine Louisa, die allerdings in ihrem ganzen Leben nie jemanden ernsthaft in Anspruch genommen hatte. Bei Tisch machten wir höflich Konversation, ansonsten aber respektierte sie meinen Kummer und überließ mich meiner Einsamkeit.

Langsam verstrich der Winter. Die tote Erde taute auf und ließ Gras und Blumen sprießen. Narzissen blühten, es duftete nach

Flieder. Im Haus stand noch immer leblose Luft, aber draußen war die Welt zum Leben erwacht. Unwillig erwachte auch ich aus meinem langen Winterschlaf.

Anfang Mai kam mein Onkel nach Hause und eröffnete mir, daß er mich nach London mitzunehmen gedächte.

»London?« Wir saßen im düsteren dunkelgetäfelten Speisezimmer, und ich starrte ihn über die Kerzen hinweg erstaunt an. »Warum?«

»Warum nicht?« gab er leichthin zurück. »Für dich kann es nicht gut sein, wenn du hier auf dem Land vergraben lebst. Du siehst schon ganz blaß aus, meine Liebe.« Er steckte ein kleines Stückchen Kartoffel in den Mund und kaute langsam. »Den ganzen Winter über hast du deinen Vater betrauert. Jetzt wird es Zeit, daß du dein eigenes Leben wieder aufnimmst.«

Schon seit einigen Wochen gingen mir ähnliche Gedanken durch den Kopf. Warum regte sich bei mir Ablehnung, als ich nun das gleiche aus seinem Mund hörte?

Ich schob das Essen auf dem Teller hin und her und machte ein finsteres Gesicht. »Was soll ich in London machen?«

»Nun, was jedes normale junge Mädchen macht. Auf Gesellschaften gehen. Nach einem Ehemann Ausschau halten.« Ich schaute jäh auf. Er sah mich an. Seine Augen blickten direkt und klar. »Ausgeschlossen wäre es nicht, Kate«, sagte er. »Dein Vater war zwar ein Niemand, aber deine Mutter war die Tochter eines Viscounts.«

Sofort fühlte ich mich zur Verteidigung meines Vaters aufgerufen. »Papa war kein Niemand! Die Fitzgeralds sind eine uralte irische Familie.«

Er zog die Schultern in die Höhe. »Das mag ja sein, meine Liebe, aber die Fitzgeralds haben sich schon vor langer Zeit von deinem Vater losgesagt. Daniel war nichts weiter als ein Spieler und Pferdehändler. Er hat meine arme Schwester von einer Rennbahn zur anderen geschleppt, von einem schäbigen Quartier zum anderen. Kein Wunder, daß sie vor ihrem fünfunddreißigsten Jahr sterben mußte.«

Ich war außer mir. Oberflächlich gesehen mochte er recht haben, doch hatte er das Wichtigste übersehen. Mit geballten Fäusten sagte ich ganz ruhig: »Hunger mußten wir nie leiden. Papa war ein guter Mensch, und er liebte meine Mutter über alles.«

»Daniel war nichts weiter als ein gutaussehender irischer Charmeur, der meine Schwester verführte, so daß sie gezwungen war, ihn zu heiraten«, sagte Charlwood brutal.

Ich stand auf. Der Diener, der mir eben Limonade nachgießen wollte, erstarrte. Kusine Louisa gab bestürzte Geräusche von sich. »Ich gedenke nicht, dazusitzen und mir anzuhören, wie mein Vater verleumdet wird.«

»Setz dich.« Charlwood sagte es zähneknirschend. Sein Antlitz war weiß, seine Augen glitzerten beunruhigend, so daß er furchteinflößend aussah. Da ich aber mein Leben lang mit Pferden zu tun gehabt hatte, wußte ich, daß man den Kampf von vornherein verloren hat, wenn man sich Angst anmerken läßt. Dasselbe Prinzip gilt für Männer.

In einem Ton, der ebenso frostig war wie der seine, antwortete ich: »Ich werde mich setzen, wenn du aufhörst, meinen Vater zu verleumden.« Ich besaß genug Verstand, um von ihm nicht auch noch eine Entschuldigung zu fordern.

Es herrschte Schweigen, als wir einander über den Tisch hinweg anstarrten.

»Setz dich doch, Kate«, sagte Kusine Louisa voller Nervosität. Ich sah sie an. Die Ärmste war zu Tode erschrocken.

Zögernd setzte ich mich. Langsam griff ich zu meiner Gabel. Nach einer Weile schenkte mir der Diener vorsichtig Limonade nach. Ein anderer schenkte meinem Onkel Wein nach.

»Willst du, daß ich dich nach London begleite, Charlwood?« fragte Kusine Louisa in das angespannte Schweigen hinein.

»Aber sicher.«

Ich führte ein Stück Hammelfleisch zum Mund und sagte nichts. Ich hatte meine eigenen Gründe, nach London gehen zu wollen. Unter gesenkten Wimpern beobachtete ich die Miene meines Onkels und gestattete mir nun die bewußte Erkenntnis dessen, was ich tief in meinem Herzen ohnehin schon wußte. Ich mochte ihn nicht.

»Kate wird neue Kleider brauchen, wenn sie in Gesellschaft gehen soll«, sagte Kusine Louisa. »Ihre Garderobe ist ... ein wenig karg.«

»Louisa, du kannst mit ihr Einkäufe machen und mir die Rechnungen schicken«, sagte mein Onkel, der offenbar seine gute Laune wiedergefunden hatte.

Ich kniff die Lippen zusammen. Ich wollte sein Geld nicht.

Kusine Louisa lächelte mir zu. »Meine Liebe, du wirst das schönste Mädchen von ganz London sein«, sagte sie.

Ich erwiderte ihr Lächeln in Anerkennung ihres tapferen Versuchs, meine Lebensgeister wieder zu heben. Daß mir ihr Kompliment zu Kopf steigen würde, war nicht zu befürchten. Ich mochte Papas Gesichtsschnitt geerbt haben, doch war ich irischer Herkunft und dazu auch noch arm, so daß meine Chancen auf eine gute Partie gelinde gesagt dürftig waren. Aber ich hatte nicht die Absicht, den Rest meines Lebens am Geldbeutel meines Onkels zu hängen, und um selbständig zu sein, brauchte ich eine Möglichkeit, mir meinen Unterhalt zu verdienen. *Vielleicht*, dachte ich mit dem unheilbaren Optimismus der Jugend, *vielleicht wird sich in London etwas ergeben.*

Am nächsten Morgen stand ich zeitig auf, um auszureiten. Seit dem Ende der Jagdsaison im Januar waren die Jagdpferde meines Onkels auf Charlwood, und ich hatte sie geritten, wenn das Wetter es gestattete. Die Sonne ging eben auf, als ich aus meinem Zimmer kommend den dunklen Gang mit den vielen Gemälden entlangging, an dem alle großen Schlafräume lagen. Als ich ein Mädchen aus dem Zimmer meines Onkels kommen sah, stutzte ich.

Es war Rose, eines der Hausmädchen. Sie war vollkommen angekleidet, doch ihr schönes, honigblondes Haar hing ihr lose und wirr um die Schultern. Sie hielt inne, als sie mich sah, und drückte sich verlegen an die Wand. Als ich sie verdutzt anstarrte, bemerkte ich einen häßlichen roten Abdruck auf ihrer linken Wange. Auch ihre Augen waren gerötet, und man sah ihr an, daß sie geweint hatte.

»Rose, ist etwas?« fragte ich.

»Nein, Miß Fitzgerald, es ist nichts«, antwortete sie im Flüsterton.

Ich hatte einen ganz anderen Eindruck. Mein Blick wanderte von ihrem gezeichneten Gesicht zur Tür meines Onkels.

»Ich habe Lord Charlwood seinen Morgentee gebracht.«

Wie gesagt, die Sonne war kaum aufgegangen. »Ich verstehe«, sagte ich in ausdruckslosem Ton.

Sie bewegte sich Zoll für Zoll den Gang entlang, den Rücken noch immer an die Wand drückend. »Ich gehe jetzt wohl lieber«, sagte sie.

Ich nickte und ließ sie gehen, weil ich ihr ansah, daß es ihr so am liebsten war.

Während ich im Sattel saß, mußte ich die ganze Zeit an Rose denken. Offensichtlich war sie ins Bett meines Onkels befohlen worden, und ebenso offensichtlich war es für sie kein angenehmes Erlebnis gewesen. Immer wenn ich an den roten Abdruck auf ihrer Wange dachte, krampfte sich mir der Magen zusammen. Am schlimmsten aber war das Wissen, daß ich nichts tun konnte, um ihr zu helfen, den Fängen meines Onkels zu entkommen.

Ihnen zu entkommen, würde für mich selbst ein schwieriges Unterfangen werden.

Die Londoner Luft wirkte auf Kusine Louisa wie ein belebendes Tonikum. Sie schleppte mich in der Bond Street von einem Laden zum anderen und schüttelte mit jedem Kauf Jahre ab. Ich war bestürzt, wie viel Geld sie ausgab, sie aber beruhigte mich immer wieder mit der Versicherung, daß Charlwood nichts dagegen hätte.

»Louisa, wie alt bist du?« fragte ich, als wir nach einer besonders kostspieligen Sitzung in Fanchons Modesalon bei Gunther auf ein Eis einkehrten.

»Einundvierzig«, antwortete sie.

Und ich hatte geglaubt, sie sei über sechzig!

»Aber du bist ja jünger als mein Vater!« platzte ich erstaunt heraus. Als mein Vater mit sechsundvierzig ums Leben gekommen war, hatte sein dichtes schwarzes Haar nicht eine einzige graue Strähne aufgewiesen, während Louisas weiche braune Locken kräftig mit Grau durchsetzt waren.

Die Erinnerung entlockte ihr ein Lächeln. »Daniel ist wohl nicht gealtert?«

»Du hast Papa *gekannt?«*

»In dem Sommer, als er deiner Mutter begegnete, war ich auf Charlwood.«

Diese Geschichte kannte ich sehr gut. Papa hatte Mamas Vater ein Pferd geliefert und sich nach einem Blick auf Mama zum Bleiben entschlossen, um Großvaters andere Pferde zu trainieren. Den ganzen Sommer über hatten sie sich heimlich getroffen, und im September war sie mit ihm nach Schottland durchgebrannt, wo sie sich trauen ließen.

Louisas Lächeln war erinnerungsschwer. »Kate, dein Vater hat fabelhaft ausgesehen. Lizzie hatte sich Hals über Kopf in ihn verliebt. In der Nacht, als sie durchbrannten, half ich ihr beim Packen.«

Ich starrte sie sprachlos an. Daß Louisa meine Eltern kannte, hatte ich nicht geahnt.

Eine elegante Frau in mittleren Jahren, die an unserem Tisch vorbeiging, warf einen verächtlichen Blick auf meinen braunen pelzbesetzten Mantel, dem man sein Alter ansah. Ich erwiderte ihren Blick so hochmütig, daß sie erschrak. *Alte Krähe,* dachte ich.

»Ich habe mich oft gefragt, ob Lizzie glücklich geworden ist«, sagte Louisa nachdenklich.

»Ich glaube, daß sie sehr glücklich war«, erwiderte ich. »Papa war …« Ich suchte nach Worten, die geeignet waren, meinen Vater zu beschreiben. »Ach …« Die Welt um Papa war mir immer so lebensvoll erschienen, daß ich schließlich sagte: »Es stimmt, daß er ein Hasardeur war und wir manchmal kein Geld hatten. Aber …« Meine Stimme bebte, ich preßte die Lippen aufeinander.

Louisa ließ mir liebenswürdigerweise Zeit, mich zu sammeln, ehe sie sagte: »Kate, du bist ihm sehr ähnlich.« Ich schüttelte den

Kopf. Gewiß, ich war Papa zwar äußerlich nachgeraten, aber vom Wesen her war ich ganz anders. Ich wechselte das Thema. »Wie schön, nicht mehr auf Charlwood sein zu müssen. Das Haus ist wie eine Gruft.« Louisa schauderte zusammen. »So war es immer schon. In meiner Jugend waren mir die Besuche dort ein Greuel.«

»War es auch so, als meine Mutter jung war?« fragte ich neugierig.

Louisa nickte und ließ dann den Blick über die besetzten Tische gleiten, als fürchte sie, jemand konnte mithören. »Dein Großvater ...« Innehaltend starrte sie in ihr Zitroneneis.

»Ja?« drängte ich, als ich den Eindruck hatte, sie sei verstummt.

Schließlich sagte sie unumwunden: »Dein Großvater war ein harter Mensch.«

Ich sagte nichts darauf. Am anderen Ende des Raumes ließ ein kleiner Junge seinen Löffel fallen und verlangte lautstark Ersatz. Ein Kellner eilte herbei.

Da blickte Louisa wieder auf und sagte: »Ich bin sicher, daß Lizzie das Leben mit Daniel, mag es auch hart gewesen sein, jenem auf Charlwood bei weitem vorgezogen hat.«

Zwei junge Stutzer in eleganten blauen Jacketts starrten mich im Vorübergehen unverschämt an. Ohne ihnen Beachtung zu schenken, sagte ich zu Louisa: »Warum hast du dann eingewilligt, zu kommen und bei mir zu bleiben, wenn dir Charlwood so zuwider ist?«

Sie seufzte. »Meine Liebe, ich hatte keine andere Wahl.«

»Unsinn.« Ich war noch jung genug, um zu glauben, Erwachsene seien immer Herr ihrer Entscheidungen.

»Es ist kein Unsinn«, sagte Louisa traurig. »Du mußt wissen, daß ich bei der Familie meines Bruders lebe. Charlwood bot Henry viel Geld, falls er auf meine Dienste verzichtete und mir gestattete, Anstandsdame für dich zu spielen. Mein Bruder war einverstanden, und ich mußte gehen.«

»Deine Dienste?« fragte ich erstaunt. »Welche Dienste, Louisa?«

»Ich bin die Haushälterin meiner Schwägerin, auch wenn man mich nicht so nennt«, sagte Louisa. »Und da ich nicht zum Personal gehöre, aber von der Familie abhängig bin, kann man alle möglichen anderen Dinge von mir verlangen.«

Eine hohe Mädchenstimme rief an einem der Tische in unserer Nähe aus: »Ach, Mr. Wetmore, was für ein Witzbold Sie doch sind!«

»Was für andere Dinge?« fragte ich Louisa.

»Ach, ich erledige im Dorf Besorgungen, und wenn die Kinder krank sind, halte ich Wache an deren Bett. Diese Dinge.«

»Bezahlt man dich?«

In ihrem Lächeln lag Resignation. »Man gibt mir ein Zuhause.«

Ich legte meinen Löffel auf das weiße Tischtuch. Das Eis hatte plötzlich allen Geschmack für mich verloren. »Und warum läßt du dir diese Behandlung gefallen?«

»Ich habe weder einen Ehemann noch eigenes Geld«, sagte Louisa. »Und ich muß leben, Kate.«

»Und selbst Geld verdienen kannst du nicht?«

Louisa schüttelte den Kopf. »Einer mittellosen Dame steht nur der Beruf der Gouvernante offen, und das ist nicht das Leben, das ich anstrebe. Ich gelte wenigstens als Familienmitglied, auch wenn ich noch so schlecht behandelt werde. Glaube mir, Kate, das Leben einer Gouvernante ist viel ärger. Man gehört weder zum Personal noch zur Familie. Eine jämmerliche Existenz.«

Mir kam es lange nicht so jämmerlich vor wie das Leben, das sie mir eben geschildert hatte. Als Gouvernante bekam man für seine Arbeit wenigstens Geld! Ich zeichnete mit der Fingerspitze konzentrische Kreise auf das Tischtuch, während ich nachdenklich fragte: »Welche Empfehlungen braucht man, um Gouvernante zu werden?«

Meine Kusine gab keine Antwort, doch spürte ich ihren Blick auf mir. Ich schaute unschuldig auf.

»Kate, das solltest du erst gar nicht in Betracht ziehen«, sagte sie. »Dich würde kein Mensch einstellen.«

Ich war entrüstet. »Warum nicht?« wollte ich wissen. »Mama

hat mich bis zu meinem zehnten Lebensjahr selbst unterrichtet. Und Papa hat mir immer bereitwillig Bücher gekauft, so daß ich allein viel lernen konnte.« Ich zog die Brauen in die Höhe und sah sie herablassend an. »Du kannst sicher sein, daß ich sehr wohl befähigt bin, kleine Kinder zu unterrichten.«

»Selbst wenn du eine Gelehrte wärest, würde es dir nichts nützen, meine Liebe«, sagte Louisa daraufhin unverblümt. »Du würdest keine Arbeit finden, da keine Frau, die ihre fünf Sinne beisammen hat, dich in die Nähe ihres Mannes oder ihrer Söhne ließe.«

»Unsinn.«

»Es ist die Wahrheit«, sagte Louisa, und es hörte sich sehr überzeugt an.

Ich entschloß mich, sie ins Vertrauen zu ziehen. »Louisa, es geht darum, daß ich nicht mehr nach Charlwood zurück möchte. Deshalb muß ich einen Weg finden, mich selbst zu versorgen.«

»Dann mußt du dir einen Ehemann suchen«, riet Louisa mir.

Ich spürte, wie mein Gesicht jenen Ausdruck annahm, den mein Vater immer als meine ›Maultiermiene‹ bezeichnet hatte. »Ich möchte aber keinen Mann«, gab ich zurück. Louisa lächelte mir wie einem Kind zu. »Meine Liebe, jede Frau möchte einen Ehemann.«

Nicht gewillt, diese Bemerkung mit einer Erwiderung zu würdigen, dachte ich an den Einkaufsbummel, den wir an diesem Morgen unternommen hatten, an die Dutzende teurer Modesalons und Hutläden, die die Bond Street säumten.

Ich hatte das bedrückende Gefühl, daß Louisa hinsichtlich meiner Chancen, Gouvernante zu werden, recht haben mochte, doch mußte es andere Möglichkeiten geben.

»In London gibt es unzählige Geschäfte«, sagte ich. »Könnte ich nicht in einem Arbeit bekommen?«

Louisa schien entsetzt. »Du glaubst doch nicht etwa, Charlwood würde zulassen, daß seine Nichte sich in London in einem Laden verdingt?«

»Ihm liegt nichts an mir«, sagte ich. »Er wird froh sein, mich loszuwerden.«

»Ihm liegt aber daran, wie man in der Gesellschaft von ihm reden würde, wenn seine Nichte bei einer Hutmacherin arbeitet!«

Darauf wußte ich eine Antwort. »Warum muß es denn jemand erfahren? Ich werde mir Arbeit in einem Laden suchen, dessen Kundschaft nicht zur Gesellschaft gehört.«

Louisa machte ein ernstes Gesicht. Inzwischen hatten wir beide unsere Eisportionen vergessen, die nun langsam in ihren Glasschüsselchen dahinschmolzen. »Du darfst den Schutz, den dir dein Onkel bietet, nicht aufgeben«, sagte sie. »Wenn du das tätest, Kate, wenn du versuchen solltest, in London allein zu leben, wäre es um deine Sicherheit geschehen.«

»Ich kann selbst auf mich aufpassen«, sagte ich.

»Binnen einer Woche würde man dich vergewaltigen«, sagte Louisa mit Schärfe. »London ist nicht das flache Land, Kate. Hier wimmelt es von arbeitsscheuen Elementen, die sich an einem alleinstehenden weiblichen Wesen skrupellos vergreifen würden.«

Ich biß mir auf die Lippen. »Ich werde mir einen Revolver zulegen«, sagte ich. »Schießen kann ich schon.« Ich hatte mich nie leicht entmutigen lassen.

Louisa sandte einen Blick zum Himmel. »Nicht zu fassen, Kate! So überleg doch! Wenn dich jemand aus der Dunkelheit heraus überfällt, hast du keine Zeit zu schießen.«

Ich war kein dummes junges Ding ohne Ahnung von der Welt. Ich wußte noch, wie oft mein Vater zwischen mich und irgend jemanden getreten war, der mich mit heißen und begehrlichen Blicken gemustert hatte. Louisa hatte recht. Leider. Ich aß ein wenig von meinem verflüssigten Eis und zermarterte mein Hirn. Plötzlich explodierte in meinem Kopf eine Idee mit der Helligkeit eines Feuerwerks am Nachthimmel.

»Ich könnte mich als Junge verkleiden!« sagte ich. »Wenn ich mit Pferden zu tun hatte, trug ich immer Hosen. Und wenn ich auch noch mein Haar abschneiden ließe …« Ich lächelte triumphierend. »Louisa, was für eine glänzende Idee! Niemand würde einen Jungen vergewaltigen!«

»Du willst dich wohl über mich lustig machen«, sagte meine Kusine darauf.

»Aber gar nicht. Louisa, sei versichert, daß ich in jedem Stall, bei dem ich mich bewerbe, Arbeit bekomme. Mit Pferden kenne ich mich wirklich gut aus.« Nur keine falsche Bescheidenheit, dachte ich. Je länger ich darüber nachdachte, desto besser gefiel mir diese Idee. »Denke doch an Rosalind in *Wie es Euch gefällt*«, rief ich begeistert aus. »*Sie* hat alle hinters Licht geführt. Warum sollte ich es nicht schaffen?«

Louisa sah mich mit einer Mischung aus Bewunderung und Entsetzen an. »Selbst wenn dein Pferdeverstand geniale Ausmaße hätte, würde das wenig zählen.« Ihre noch immer geröteten Wangen ließen sie fast hübsch aussehen. »Egal welche Stellung du vielleicht fändest, Kate, man würde dir niemals den Luxus einer eigenen Unterkunft zubilligen. Du müßtest dein Quartier mit anderen teilen, und wenn du einen Raum mit Männern bewohnst, kannst du dein Geschlecht unmöglich geheimhalten.«

Ich furchte die Stirn. Es wollte mir nicht gefallen, wie sie alle meine schönen Pläne eiskalt zunichte machte. »Louisa, du bist so pessimistisch!« rief ich aus.

»Ich bin realistisch, meine Liebe«, sagte sie. Das hübsche Rosa verflüchtigte sich aus ihren Wangen. »Suche dir einen Ehemann, Kate. Es ist die einzige Lösung.«

2. Kapitel

Meine Einführung in die Londoner Gesellschaft, den *bon ton*, wie sie von der Presse genannt wurde, war kaum als überwältigender Erfolg zu bezeichnen. Meinem Onkel und Louisa zuliebe wurde ich zu einigen größeren Bällen geladen, doch war klar, daß man mich nie für würdig befinden würde, mir Zutritt ins innerste Allerheiligste der englischen Aristokratie, nämlich Almacks Salons, zu gewähren.

Auf den Bällen, die ich besuchte, war meine Tanzkarte immer voll, und ich wurde auch zu vielen anderen geselligen Anlässen eingeladen: zu Redouten, Frühstücken, musikalischen Soireen und so fort, doch die jungen Männer, die mit mir plauderten und tanzten, waren zweifelsfrei mehr daran interessiert, mit mir zu flirten, als mir Heiratsanträge zu machen.

Als ehrlicher Mensch muß ich zugeben, daß ich enttäuscht war. Ich sehnte mich aus ganzem Herzen nach einem Zuhause, und so sehr ich Kusine Louisas Rat verabscheute, so wußte ich doch, daß sie recht hatte, als sie sagte, ich müßte erst einen Mann finden, wenn ich ein Heim finden wollte. Ich nehme an, daß dieses starke Verlangen nach Beständigkeit dem Zigeunerleben zuzuschreiben war, das ich in meiner Kindheit geführt hatte. Anscheinend wünscht man sich immer, was man nicht hat.

Da mein Onkel den größten Teil des Winters nicht auf Charlwood verlebt hatte, waren diese Wochen in London die erste Zeit, die ich länger in seiner Gesellschaft zubrachte, und er wurde mir nicht sympathischer. Im Gegenteil, je länger ich mit ihm zusammen war, desto mehr wuchs mein Unbehagen, obwohl ich mir immer wieder vorsagte, daß ich mich lächerlich machte, daß er der Bruder meiner Mutter war, der mich aufgenommen und viel Geld für mich aufgewendet hatte, und dergleichen mehr.

Aber seine Augen gefielen mir nicht. Oberflächlich gesehen wirkten sie überaus klar und direkt, erwiderte man ihren Blick jedoch, vermochte man ihn nicht zu durchschauen. In seinem trügerisch klaren Blick lag etwas, das mich an jemanden erinnerte, jedoch nicht an meine Mutter. Ich hatte das Gefühl, daß diese Ähnlichkeit Grund meiner Abneigung war, aber ich kam nicht dahinter, an wen er mich erinnerte – bis zu jenem Abend, an dem die zweite Tochter der Cottrells mit einem Ball ihr gesellschaftliches Debüt gab.

Ich weiß noch, daß ich im Ballsaal der Cottrells, vor einem üppigen Arrangement aus rosa und weißen Rosen stehend, darauf wartete, daß mir mein Partner ein Glas Punsch brachte. Mein Blick fiel über die Tanzfläche hinweg auf meinen Onkel und erhaschte ihn just in dem Moment, als seine Miene sich jäh veränderte. Es war nur ein momentaner Lapsus, dann trug er wieder seinen üblichen glasklaren Blick zur Schau. In jenem flüchtigen

Moment aber fiel mir ein, an wen er mich erinnerte – an Sultan, das einzige Pferd, das mein Vater hatte töten lassen. Der Blick des Fuchswallachs hatte einen undurchschaubaren Schimmer besessen, den ich auch in den Augen meines Onkels sah. Sultan hatte versucht, mich zu töten.

»Das einzige Pferd, das ich kannte, das durch und durch schlecht war«, hatte mein Vater gesagt. »Ich könnte ihn einer gutgläubigen Seele verkaufen, die ihn seines Aussehens wegen nimmt, aber ich möchte mein Gewissen nicht mit dem Verkauf eines Bösewichts belasten.«

Ich blickte zur Tür, um zu sehen, was dieses momentane Aufflackern von Haß im Gesicht meines Onkels bewirkt hatte. Es war das erste Mal, daß ich Adrian sah.

Am oberen Ende der drei Stufen stehend, die in den Ballsaal hinunterführten, lauschte er mit geneigtem Kopf den Worten seiner Gastgeberin. Mrs. Cottrell sah neben ihm klein aus, da ich an diesem Abend jedoch schon neben ihr gestanden hatte, wußte ich freilich, daß sie größer als ich war.

»Hier ist Ihr Punsch, Miß Fitzgerald.« Mein Partner war wiedergekommen.

»Wer ist der Gentleman, der mit Mrs. Cottrell spricht?« fragte ich.

Mr. Putnam blickte über das Gedränge auf der Tanzfläche zu dem Mann auf der Treppe. »Das ist Greystone.« Sein Ton verriet unverkennbare Hochachtung. »Er hat vor einigen Monaten sein Offizierspatent aufgegeben, um nach England zurückzukehren. Es heißt, daß er ein Regierungsamt übernehmen wird. Im Foreign Office, wenn es nach Castlereagh geht.«

Diesen Namen kannte sogar ich. Major Adrian Edward St. John Woodrow, Earl of Greystone, Viscount Wraxall und Baron Wood of Lambourn war einer der größten Helden der Schlacht von Waterloo, die im letzten Jahr stattgefunden hatte. Der Duke of Wellington hatte ihn besonders ausgezeichnet, und das Parlament hatte ihm zusätzlich Lorbeeren gestreut. Nach Waterloo war er in Frankreich geblieben, um Wellington als Oberbefehlshaber der Alliierten Besatzungsmacht zu entlasten.

Die Musik war verstummt, und ich beobachtete ihn, als er sich einen Weg durch die Tanzenden bahnte. Sein Haar war so goldhell, daß es wie Mondschein schimmerte, als er unter der vergoldeten Decke mit den Kristallüstern dahinschritt. Die Leute machten ihm Platz, und ich sah, daß er da und dort mit Bekannten ein freundliches Wort wechselte, ohne im Schritt innezuhalten. Vor einem großen, schlanken Mädchen, von dem ich wußte, daß es Lady Mary Weston, die Tochter des Duke of Wareham war, blieb er stehen. Sie plauderten ein wenig, und als der nächste Tanz angesagt wurde, betraten sie gemeinsam die Tanzfläche.

Mein Onkel erschien an meiner Schulter und engagierte mich Mr. Putnam ab. Mein Widerstreben verbergend, folgte ich ihm auf die Tanzfläche. Er schob sich in die Reihe neben Greystone, und ich nahm neben Lady Mary Aufstellung, die mir lächelnd Platz machte. Wir hatten bei einem der letzten Bälle ein paar Minuten zusammen im Salon gesessen, und sie war sehr nett zu mir gewesen. Viele der jungen Damen, die ich bei diesen Anlässen kennenlernte, waren es nicht.

»Wie geht es Ihnen, Miß Fitzgerald?« fragte sie mit ihrer sanften, wohlklingenden Stimme. »Sie amüsieren sich doch hoffentlich?«

»Ja, sehr, Lady Mary«, erwiderte ich höflich.

Nachdem die Tanzpaare sich formiert hatten, setzte die Musik ein, und der Tanz begann. Es war eine Quadrille, einer der neuen, aus Frankreich importierten Tänze, den ich erst vor wenigen Wochen gelernt hatte, weshalb ich mich sehr konzentrieren mußte. Als die Quadrille zu Ende war, kamen mein Onkel und ich neben Lord Greystone und Lady Mary zu stehen.

»Greystone«, sagte mein Onkel mit seinem charmantesten Lächeln, »darf ich Sie meiner Nichte Miß Cathleen Fitzgerald vorstellen?«

Sein Haar war so blond, daß ich angenommen hatte, auch seine Augen wären hell, doch sie waren von auffallend dunklem Grau, und seine klassisch-vollkommenen Züge hätten sogar das Wohlgefallen des großen Michelangelo erregt. »Freut mich, Miß

Fitzgerald«, sagte er mit tiefer, angenehmer Stimme. »Hoffentlich amüsieren Sie sich.«

»Ja, sehr«, gab ich zum ungezählten Mal an diesem Abend zur Antwort. Aus unmittelbarer Nähe konnte ich nun sehen, wie groß er wirklich war.

»Ich glaube, ich bin auf etwas gestoßen, das Sie interessieren könnte, Greystone«, sagte mein Onkel. »Sammeln Sie noch immer Waffen aus der Sachsenzeit?«

»Ja, ich interessiere mich immer noch für altsächsische Artefakte.« Der Ton des Earls war von kühler Höflichkeit. Ich gewann den deutlichen Eindruck, daß die Abneigung, die ich vorhin in der Miene meines Onkels gesehen hatte, voll erwidert wurde. »Was haben Sie entdeckt, Charlwood?«

»Ein Schwert aus dem Besitz König Alfreds, wie mir sein Besitzer erklärte.«

Mir fiel auf, daß alle Umstehenden so taten, als sähen sie uns nicht, obwohl sie uns anstarrten. »Ach, manch einer behauptet, sein Schwert hätte Alfred gehört«, erwiderte Greystone.

»Nun, dieser Bursche war sehr überzeugend.« Mein Onkel strich eine eingebildete Falte am Ärmel seines schwarzen Jacketts glatt. »Das Schwert soll sich seit Jahrhunderten im Besitz seiner Familie befinden.« Er schaute auf. »Er kann es dokumentieren.«

Wider Willen regte sich bei Greystone Interesse. »Nun, dann könnte sich ja ein Blick darauf lohnen.«

»Ich kann Sie morgen aufsuchen, damit wir eine Besichtigung verabreden können.«

Es trat eine Pause ein, ehe Greystone erwiderte: »Ich werde am Morgen zu Hause sein.« Mein Onkel nickte, und das Orchester stimmte die ersten Takte eines Walzers an.

»Darf ich Sie um diesen Tanz bitten, Lady Mary?« fragte mein Onkel prompt.

Wie um Rat suchend blickte sie Greystone an, dessen Miene undurchdringlich blieb. Dann lächelte sie meinem Onkel freundlich zu und ließ sich von ihm auf die Tanzfläche führen. Greystone blieb mit mir allein zurück.

Mit vollendeter Höflichkeit sagte er: »Darf ich Sie um diesen Walzer bitten, Miß Fitzgerald?«

»Hm, es bleibt uns wohl nichts anderes übrig«, sagte ich muffig. »Wenn Sie mich hier stehenlassen, machen Sie sich einer groben Unhöflichkeit schuldig.«

Um seine Lippen zuckte es. »Das stimmt«, pflichtete er mir bei. »Deshalb bitte ich Sie, zur Rettung meines Rufes mit mir zu tanzen.«

»Aber plaudern dürfen wir dabei nicht«, warnte ich ihn. »Ich tanze erst seit ein paar Wochen Walzer und muß noch sehr auf meine Schritte achten.«

»Ich werde absolutes Schweigen bewahren«, versprach er. Und damit betrat ich mit ihm die Tanzfläche, und er legte seine Arme um mich.

Als der Walzer nach dem Wiener Kongreß in England in Mode kam, wurde er von vielen als unmoralisch verteufelt, aber erst bei dem Walzer mit Adrian verstand ich, warum. Wir hatten noch kein halbes Dutzend Schritte getanzt, als ich merkte, daß die Gefühle, die seine Körpernähe in mir weckte, viel zu aufregend waren, um anständig zu sein. Eine volle Runde um den Saal überzeugte mich, daß sie unmoralisch waren.

Seit ich in London war, hatte ich schon des öfteren Walzer getanzt, aber dergleichen war mir noch nicht widerfahren. Ich wußte nicht recht, was ich davon halten sollte. Er hielt mich mit korrekter Distanz und versuchte auch nicht, meine Taille zu fest zu umfassen, wie viele andere Herren es getan hatten. Und doch war ich mir seiner großen Hand und der Nähe seines Körpers äußerst bewußt.

Es war ein enervierendes Erlebnis, und ich war heilfroh, daß ich nicht auch noch mit ihm plaudern mußte! Als der Walzer zu Ende war, kam mein Onkel, um mich zu holen, und geleitete mich von der Tanzfläche.

»Du hast heute ganz reizend ausgesehen, Kate«, sagte mein Onkel, als wir in seiner Equipage durch die Straßen Londons fuhren. »Dieser Meinung waren sicher auch die anwesenden jungen

Männer – du hast keinen einzigen Tanz ausgelassen. Sogar Greystone hat mit dir getanzt. Ich bin beeindruckt.«

Sein seidenweicher Ton ließ mich bis ins Innerste verkrampfen.

»Lord Greystone wollte nur höflich sein«, erwiderte ich, um einen leichten Ton bemüht. »Schließlich hast du ihm keine andere Wahl gelassen, Onkel Martin.«

»Er machte nicht den Eindruck eines Mannes, der unter Zwang handelte«, sagte mein Onkel, und sein Ton war noch glatter als vorhin.

Kusine Louisa ließ sich aus dem Dunkel des Sitzes gegenüber vernehmen: »Es ist ein offenes Geheimnis, daß Lord Greystone in Kürze um die Hand Lady Marys anhalten wird.«

Aus irgendeinem Grund schien diese Bemerkung meinen Onkel sehr zu amüsieren, da er laut auflachte.

Das Geräusch beschleunigte meinen Herzschlag höchst unangenehm, und zum ersten Mal gestand ich mir ein, daß ich Angst hatte.

Es war kein Gefühl, mit dem ich allzu vertraut war, daher behagte es mir ganz und gar nicht.

Sei nicht albern, schalt ich mich. *Auch wenn du Charlwood nicht ausstehen kannst, du hast von ihm nichts zu befürchten.*

Mein Herzschlag beruhigte sich nicht. Meine Magenmuskeln entspannten sich nicht. Mein ganzes Ich schreckte vor dem Mann zurück, der so dicht neben mir in der Finsternis saß. Als er seine Hand ausstreckte und sie auf meine legte, zuckte ich zusammen.

»Habe ich dich erschreckt, Kate?« fragte er. Er drehte meine Hand um, so daß sie mit der Handfläche nach oben auf meinem Schoß lag.

Er stieß mich ab. Er war wie einer aus dem Feenvolk, das ich aus den Geschichten meines Vaters kannte – schön anzusehen, aber todbringend, wenn man ihnen Vertrauen schenkte. Seine Finger glitten in einer intimen Liebkosung über meine offene Handfläche.

Als ich ihm meine Hand entzog, spürte ich, daß er in der Dunkelheit lächelte. *Ich muß unbedingt fort von ihm,* dachte ich. *Ich muß fort.*

Mr. Putnam, einer der jungen Männer, mit denen ich auf dem Ball getanzt hatte, traf am Nachmittag des nächsten Tages im Haus meines Onkels am Berkeley Square ein, um mich zu einer Ausfahrt in den Hyde Park abzuholen. Fünf Uhr war die magische Stunde, in der die Londoner Gesellschaft sich im Licht des Tages präsentierte, um lustwandelnd und kutschierend zu sehen und gesehen zu werden.

Nachdem er mir auf den hohen Sitz seines Phaetons geholfen hatte, genügte ein Blick meinerseits, um sein Gespann, zwei gutproportionierte und gepflegte Graue, einzuschätzen, worauf mein Interesse an dem jungen Mann merklich stieg. Er sah zwar aus wie ein Kaninchen, doch jemand, der Pferde wie diese sein eigen nannte, mußte verborgene Tiefen besitzen.

»Mir gefallen Ihre Pferde, Mr. Putnam«, sagte ich.

Er lächelte. »Ich habe sie erst seit einem Monat«, vertraute er mir an. »Hab' sie von Ladrington, der seinen Stall verkaufen mußte, nachdem er bei Watiers zu hoch gespielt hatte.«

Für den Rest der Fahrt zum Park bildeten Pferde unser Gesprächsthema. Am späten Nachmittag waren die Straßen Londons mit Pferden und Gefährten aller Art überfüllt, doch Mr. Putnam verstand es, die Zügel mit großem Geschick zu führen, und meine Meinung von ihm stieg wieder um etliches. Am Park angekommen, reihten wir uns in die endlose Prozession eleganter Kutschen ein.

Die Fahrzeugparade, die sich auf dem breiten, den See säumenden Weg fortbewegte, war in der Tat höchst eindrucksvoll. Man sah vornehm ausgestattete Kutschen alten Stils mit modisch gekleideten Damen in Begleitung prächtig livrierter Lakaien. Daneben gab es Phaetons, hochsitzig oder niedrig, die von Gentlemen wie Mr. Putnam gelenkt wurden; Landauer, Kabrioletts und zweirädrige Gefährte, Vollblüter, geritten von Damen in elegantem Reitkleid, von Herren in hohen Stiefeln, Lederbreeches und Jacketts aus edlem Kaschmir.

Hyde Park um fünf, während der Saison, war der Traum eines jeden Pferdenarren, und Mr. Putnam und ich begutachteten jedes einzelne Tier, das an uns vorüberparadierte. Ich unterhielt mich glänzend und war ganz in unser Gespräch vertieft, als plötzlich ein Phaeton neben uns die Fahrt verlangsamte.

»Putnam!« rief eine befehlsgewohnte Stimme. »Halten Sie bitte einen Moment an.«

Mr. Putnam zügelte sein Gespann. Der Phaeton hinter uns mußte weit ausweichen, um einen Zusammenstoß zu vermeiden. »Lord Stade«, äußerte mein Begleiter verblüfft, und ich kniff die Augen zusammen und starrte den Mann an, um dessentwillen mein Vater jenen verhängnisvollen letzten Besuch in Newmarket gemacht hatte.

Der Marquis of Stade, ein breitschultriger, stierköpfiger Mann, musterte mich unverwandt mit seinen braunen Augen, während er sich mit Mr. Putnam über die bevorstehenden Rennen in Newmarket unterhielt. Mein Begleiter schwankte sichtlich zwischen Stolz, wegen der Aufmerksamkeit des Marquis, und Verlegenheit, weil dieser mich so dreist anstarrte.

»Und wer ist diese junge Person?« fragte Stade schließlich schroff und deutete auf mich.

Mr. Putnam bedachte mich mit einem verstörten Blick. »Diese *Dame* ist Miß Fitzgerald, Mylord«, sagte er. »Lord Charlwoods Nichte.«

Stade heuchelte großes Erstaunen. »Sie sind also Daniel Fitzgeralds Mädchen?«

»Ja«, sagte ich, seinen Blick unbeirrt erwidernd. »Das bin ich.«

»Tja, wenn ich Sie so ansehe, kann ich die Ähnlichkeit erkennen.« Er hatte die letzten fünf Minuten nichts anderes getan, als mich zu betrachten. Stade wandte sich meinem Begleiter zu und sagte abfällig: »Der Vater dieses jungen Dings war nicht mehr als ein irischer Roßhändler, Putnam. Lassen Sie sich ja nicht zu der Ansicht verleiten, sie hätte auf dem Heiratsmarkt auch nur den geringsten Wert.«

Mr. Putnam, der vor Verlegenheit nicht aus noch ein wußte, zwinkerte wie ein verängstigter Hase. Als ich wieder Stades Blick auf mir spürte, sagte ich ganz ruhig zu meinem verwirrten Begleiter: »Mr. Putnam, was mich angeht, so können Sie jetzt weiterfahren.« Sofort hob er die Zügel, und die Grauen zogen mit einem Ruck an. Als ich Stades hartes, unangenehmes Lachen hörte, ballte ich die Hände in meinen Schoß zu Fäusten.

»Miß Fitzgerald, es tut mir ja so leid«, stieß Mr. Putnam hervor. »Ich hätte gar nicht gedacht, daß Stade weiß, wer ich bin!«

Eine interessante Eröffnung. Der Marquis hatte also meinetwegen angehalten.

»Sein Stall macht sich neuerdings sehr gut«, wagte Mr. Putnam nach ein paar Augenblicken eine neue Bemerkung. »Vor zwei Jahren hat er die Guineas gewonnen, und der Dreijährige, den er in dieser Saison laufen läßt, sieht aus, als wäre er wieder der sichere Sieger. Sein Zuchthengst entpuppt sich als erstaunlicher Erfolg.«

»Sie meinen Alcazar?« fragte ich.

»Das ist er.« Die Sonne ließ einen der Messingknöpfe an Mr. Putnams blauem Jackett aufblitzen, und ich zwinkerte, weil ich geblendet wurde. »Ein Pferd, das selbst in den Rennen nur höchst mittelmäßig lief, aber als Vererber ein echter Trumpf ist.«

»Ziemlich ungewöhnlich, meinen Sie nicht? Ich weiß noch, wie überrascht mein Vater war, als er erfuhr, daß Alcazar Vater des Pferdes ist, mit dem Stade die Guineas gewonnen hat.«

»Alle waren erstaunt«, erwiderte Mr. Putnam, »aber Alcazar ist kein Eintagswunder. Die Pferde, die Stade letztes Jahr ins Rennen schickte, waren sehr gut, und in diesem Jahr sieht es nicht anders aus.«

»Schicken Sie auch Pferde ins Rennen, Mr. Putnam?« erkundigte ich mich, und er zeigte sich den Rest des Nachmittags überglücklich, mir seine Pläne zum Aufbau seines eigenen Rennstalles erläutern zu dürfen.

Am nächsten Tag teilte mir mein Onkel mit, daß er sich mit Greystone verabredet hätte, das angeblich aus dem Besitz König Alfreds stammende Schwert in einem Dorf bei Winchester zu besichtigen. Ich dachte nicht mehr an diesen Plan bis zu dem Moment, als mein Onkel mir eröffnete, er hätte von einem zweiten Interessenten erfahren und er müsse vorausfahren, um den Besitzer daran zu hindern, es zu verkaufen, ehe nicht Lord Greystone Gelegenheit gehabt hätte, ihm ein Angebot zu machen.

»Kate, du mußt Greystone begleiten«, sagte mein Onkel. »Ich hinterlasse dir die Wegbeschreibung, und wir treffen uns bei Squire Reston. Wenn ich bis zum morgigen Nachmittag warte, wird das Schwert womöglich verkauft.«

Da mir nicht klar war, warum mein Onkel so drängte, protestierte ich. »Ein paar Stunden können doch nicht so viel ausmachen, Onkel Martin.«

»Kate, ich habe gerade gesagt, daß es etwas ausmacht. Der Squire hat mir eben Nachricht gesandt, daß er einen zweiten Käufer an der Hand hat.« Der Blick, mit dem er mich bedachte, war von entwaffnender Offenheit. »Ich habe einen speziellen Grund, mir zu wünschen, daß Greystone in meiner Schuld steht, und möchte unbedingt derjenige sein, der das Schwert für ihn auftreibt.«

Ich hegte tiefes Mißtrauen gegen diesen Blick. »Warum kann ich ihm dann nicht einfach die Wegbeschreibung geben und ihn allein fahren lassen?« fragte ich ganz vernünftig.

»Weil ich wünsche, daß du mitkommst.« Wie konnte eine so sanfte Stimme nur so bedrohlich klingen? »Ein guter Freund von mir besitzt bei Winchester ein Landgut. Ich möchte, daß du seinen Sohn kennenlernst. Nimm ausreichend Garderobe mit, da wir dort einen Besuch machen, nachdem wir das Schwert besichtigt haben.«

Sein Plan sagte mir nicht besonders zu, aber ich wollte mit meinem Onkel nicht streiten. Mein eigenes feiges Verhalten gefiel mir zwar auch nicht, aber irgendwie konnte ich nichts dafür. Der Mann hatte etwas an sich, das mich nervös machte.

Der Earl of Greystone traf um elf Uhr am nächsten Morgen prompt ein, um meinen Onkel abzuholen. Er trug einen umfangreichen Kutschermantel, der ihn gewaltig aussehen ließ, und er war nicht erbaut, als er von der Änderung des Plans erfuhr.

»Ich fahre meinen Phaeton«, sagte er. »Er hat nur für zwei Personen Platz. Miß Cranbourne könnte Sie nicht begleiten.«

»Onkel Martin erwartet mich bei Squire Reston«, beruhigte ich ihn. Im Blick des Earls lag Skepsis, als er über mein Gesicht glitt. »Mir erschien der Plan auch zu übereilt, Mylord«, gestand ich, »aber mein Onkel war sehr in Sorge, daß der andere Interessent Ihnen zuvorkommen würde.«

Schweigen.

»Ich verspreche, daß ich Ihnen keine Last sein werde«, sagte ich und biß mir sofort auf die Lippen. Ich hatte den flehenden Ton aus meinen Worten selbst herausgehört.

Er blickte mich mit harten grauen Augen an, ehe er mit einem Achselzucken sein Einverständnis andeutete. »Na schön«, sagte er. Pause. »Ist Ihnen auch klar, daß es sich um eine Fahrt von fünf Stunden handelt, Miß Fitzgerald?«

»Mylord, ich bin kein schwächliches Treibhauspflänzchen«, sagte ich voller Würde. »Ich bin durchaus imstande, eine Fahrt von fünf Stunden bei schönem Wetter zu überstehen.«

Zum erstenmal entdeckte ich die Andeutung eines Lächelns auf seinem Gesicht. »Sehr gut.« Er warf einen bezeichnenden Blick zur Straße hin. »Mir wäre lieb, wenn ich meine Pferde nicht warten lassen müßte.«

»Nur einen Moment, ich hole Mantel und Hut«, versprach ich und lief aus dem Zimmer.

In Gesellschaft an sich nicht schüchtern, empfand ich in Greystones Gegenwart doch eine gewisse Befangenheit, als wir London in westlicher Richtung verließen. Nicht sein Aussehen war es, das mich so beeindruckte – schließlich hatte ich mein Leben lang Papa vor Augen gehabt –, sondern sein Ruf als Kriegsheld bei Waterloo. Drei Pferde waren unter ihm weggeschossen worden, und doch hatte er, trotz eigener Verwundung, eine siegreiche Kavallerieattacke angeführt, ein Husarenstück, das noch monatelang in aller Munde war.

Aber an einem so schönen Maimorgen fiel es einem schwer, an Krieg zu denken, und als wir den Stadtverkehr hinter uns gelassen hatten, war auch mein ungewöhnlicher Anfall von Einsilbigkeit verflogen. Schon längst hatte ich festgestellt, daß man mit Menschen am leichtesten ins Gespräch kommt, wenn man mit ihnen über ihre Neigungen und Vorlieben plaudert, und deshalb fragte ich ihn, woher sein Interesse an König Alfred stamme.

Seine Antwort kam bereitwillig. »Mein größter Landsitz liegt nahe den Berkshire Downs – Alfreds ureigenem Land – und deshalb interessierte ich mich schon als Junge für ihn. Meine Mutter hat in mir die Sammelleidenschaft geweckt, da sie selbst großes Interesse für unser sächsisches Erbe hatte.«

Ich selbst wußte sehr wenig von König Alfred und stellte ihm daher unzählige Fragen, die er alle gern beantwortete. Es war einfach herrlich, in der Frühlingssonne über Land zu fahren, und ich nahm aller Konvention trotzend meinen Hut ab, um die Sonnenwärme auf meinem Gesicht zu spüren. Die Straße, auf der wir dahinrollten, wurde von ausgedehnten Getreidefeldern gesäumt, und ich sah mit Entzücken, wie die grünen Weizenhalme sich sanft in der leisen Brise wiegten. Der Grasstreifen am Straßenrand war mit dem Blau und Gelb von Fingerhut, Ehrenpreis und Schlüsselblumen gesprenkelt. Ich war froh, daß ich Greystone überredet hatte, mich mitzunehmen.

Nachdem wir das Thema König Alfred erledigt hatten, fragte ich ihn, wie Frankreich sich von den Kriegsfolgen erholte.

Während er sprach, atmete ich die frische Luft tief ein und registrierte genau, wie die Sonne auf sein Haar fiel. An meinen Onkel verschwendete ich keinen Gedanken mehr.

Dann sagte er: »Nun sind Sie an der Reihe, mir alles über sich zu erzählen, Miß Fitzgerald. Von verschiedener Seite habe ich gehört, daß Ihr Vater als Pferdekenner nicht seinesgleichen hatte. Stimmt das?«

Ich war entzückt angesichts der Gelegenheit, über Papa zu sprechen. Greystone war ein so aufmerksamer Zuhörer, daß ich noch redete, als wir an einer Poststation Rast machten, um den Pferden eine Pause zu gönnen. Und ich redete noch immer, als er einen Privatraum für uns mietete, in dem wir einen Imbiß zu uns nehmen konnten. Bei kaltem Fleisch und Käse ertappte ich mich, wie ich ihm die Umstände von Papas Tod schilderte.

»Wie sonderbar, daß er sagte ›*Hätte nicht gedacht, er würde argwöhnen, daß ich wußte*‹. Ich denke sehr oft daran, Mylord, aber ich kann mir keinen Reim darauf machen. Wen könnte er damit gemeint haben?«

»Vielleicht hat er nur daherphantasiert«, meinte Greystone in erstaunlich leisem Ton. »Ich habe das bei Sterbenden des öfteren erlebt, Miß Fitzgerald.«

Ich hielt es nicht für Phantasien, doch verfolgte ich diesen Punkt nicht weiter. Ich wußte ohnehin nicht, wie es gekommen war, daß ich mit diesem Mann über Papas letzte Worte sprach. Noch nie zuvor hatte ich sie jemandem gegenüber erwähnt.

Nach dem Essen fuhren wir weiter, in südlicher Richtung, nach Hampshire. Eine Stunde vor dem Ziel, als wir gemächlich auf einer verlassenen Landstraße, kaum mehr als ein Feldweg, dahinfuhren, geriet die Kutsche plötzlich heftig ins Schwanken und kippte seitlich um. Es war meine Seite, auf die sie fiel, und ich wurde zum Glück herausgeschleudert.

Bei meiner unsanften und abrupten Landung im Straßengraben scheuchte ich einen Fuchs auf, der friedlich zusammengerollt geschlummert hatte. Der Fuchs huschte davon, und ich lag einen Augenblick reglos da, bis ich wieder zu Atem gekommen war. Dann rappelte ich mich langsam auf. Da meine zahlreichen Stürze vom Pferd mich das richtige Fallen gelehrt hatten, blieb ich bis auf ein paar leichte Prellungen unverletzt. Als ich den Schmutz aus dem neuen blauen Mantel schüttelte, hörte ich, wie Greystone meinen Namen rief.

»Mir ist nichts geschehen!« rief ich zurück. Meinen hoffnungslos zerdrückten Strohhut seinem Schicksal überlassend, kletterte ich mit hochgerafften Röcken den steilen Hang des Straßengrabens hinauf. Als ich auf halber Höhe war, tauchte über mir Greystone auf und bückte sich, um mir zu helfen. Ich streckte die Hand aus und wurde das letzte Stück zur Straße mühelos hinaufgezogen.

»Sind Sie sicher, daß Ihnen nichts zugestoßen ist, Miß Fitzgerald?« fragte er ungehalten mit einem Blick auf meine zerrissene und beschmutzte Kleidung.

»Ja.« Ich strich mir Haarsträhnen, die sich gelöst hatten, aus dem Gesicht. »Was ist passiert?«

»Das Rad hat sich gelockert«, gab er verärgert zurück. »Wenn Ihnen wirklich nichts passiert ist, mache ich mich daran, das

Pferdegeschirr zu entwirren. Die Pferde haben es doch tatsächlich fertiggebracht, Zügel und Zaumzeug heillos durcheinanderzubringen.«

Er hatte seine Füchse vor dem Durchgehen bewahren können, doch nun standen sie schnaubend und stampfend da und warfen unruhig die Köpfe hoch, so daß ich Greystone half, sie zu beruhigen. Wir legten ihnen die Lederhalfter an, die er bei sich hatte, und ich bot an, sie zu halten, während er versuchte, das Rad wieder festzumachen.

Er sah mich besorgt an. »Können Sie zwei Pferde halten?«

»Ja.« Ohne einen weiteren Kommentar abzuwarten, führte ich die Pferde zum Grasstreifen am Straßenrand. Kaum hatten sie das Gras erblickt, als sie die Köpfe senkten und sich ans Werk machten.

Auf der linken Straßenseite erstreckte sich ein Weizenfeld, zur rechten Weideland, auf dem eine Rinderherde graste. Falterschwärme flitzten im Gras hin und her, Bienen summten im Klee. Nirgends eine Menschenseele.

Zehn Minuten später erschien ein grimmig dreinschauender Greystone an meiner Seite. Er hatte sein Jackett abgelegt und die Hemdsärmel aufgerollt. Auf seinem nackten rechten Unterarm war eine Narbe zu sehen. Seine Schultern waren sehr breit. Auf seiner Stirn zeigte sich ein Anflug von Schweiß, sein Blick war finster. »Ein Achsbruch.«

»Ach du meine Güte.« Ich betrachtete die friedliche ländliche Szenerie, die uns umgab. Ein weißes Hasenschwänzchen flitzte in einem nahen Weißdornstrauch hin und her. Auf dieser Straße waren wir noch niemandem begegnet. »Sie können den Schaden nicht selbst beheben?«

»Ausgeschlossen. Wir brauchen eine neue Achse.«

Seine Miene wurde immer finsterer. »Nun«, sagte ich so aufgeräumt als möglich, »dann müssen wir eben ins nächste Dorf und den Schmied holen, damit er die Achse ersetzt.«

»Nach meiner Karte liegt das nächste Dorf acht Meilen weiter an dieser Straße.«

Ich sah die zwei Pferde an, sie grasten, als wären sie eine Woche lang nicht gefüttert worden. Ich verscheuchte eine Biene, die um mein Ohr summte. »Könnten wir nicht auf den Pferden ins Dorf reiten, Mylord?«

»Meines Wissen sind sie nie geritten worden. Angesichts der Tatsache, daß wir weder Sattel noch Zaumzeug haben, halte ich einen Versuch für nicht sehr klug.«

Ich kaute an meiner Unterlippe. »Sie haben recht.«

Er ließ den Blick über die bukolische Landschaft schweifen. »Ich kann Sie hier nicht allein lassen, Miß Fitzgerald.«

»Meine Füße sind in Ordnung, Mylord«, sagte ich spitz. Seine grimmige Miene ging mir allmählich auf die Nerven. »Jeder von uns kann ein Pferd führen.«

Er fuhr sich mit den Fingern durch sein wirres Haar und warf einen Blick zum Himmel. Wortlos reichte ich ihm eines der Leitseile. Er ergriff es, und, noch immer schweigend, machten wir uns auf den Weg.

Fast zwei Stunden vergingen, ehe wir erste Anzeichen dafür sahen, daß wir uns einem Dorf näherten. Eine geduckte Kirche ohne Turm tauchte zu unserer Rechten auf, ihr gegenüber ein kleiner umfriedeter Friedhof. Der Kirche am nächsten, hinter einem Obstgarten und einem Dickicht wuchernder Sträucher, ragten zwei Schornsteine zum Himmel.

»Kirche und Pfarrhaus«, murmelte Greystone. »Das Dorf muß direkt vor uns liegen.«

Ich hoffte es inständig. Meine Schuhe, nach modischen Gesichtspunkten und nicht nach Kriterien der Bequemlichkeit ausgesucht, waren keinesfalls das Schuhwerk, auf das meine Wahl gefallen wäre, hätte ich geahnt, daß mir ein Marsch über acht Meilen bevorstand.

Wenige Minuten darauf war das winzige Dörfchen Luster erreicht. Wir entdeckten bald, daß es hier nur ein einziges Wirtshaus gab, *The Luster Arms,* bestehend aus einem Schankraum und einer Schlafkammer darüber. Als wir dahergehinkt kamen, stand die Wirtin vor dem Haus, in die Betrachtung ihres einzigen Rosenstrauches versunken. Ihr eilig herbeigeholter Mann eröffnete uns, daß der einzige Schmied des Dorfes nicht zur Verfügung stünde, da er auswärts bei einem Bauern namens Blackwell Pferde beschlage.

»Als erstes müssen wir einen Platz für die Pferde finden«, sagte ich zu Greystone.

Er bedachte mich mit dem einzigen beifälligen Blick, den ich seit dem Unfall von ihm abbekommen hatte.

Der Wirt bot uns sofort an, die Pferde über Nacht in seinem eigenen Stall unterzubringen. Als nächstes eröffnete er uns, daß wir Glück hätten, da seine einzige Kammer frei sei.

»Ihr könnt über Nacht bleiben. Meine Frau wird das Bett frisch beziehen und ein köstliches Abendessen zubereiten. Morgen kann der Schmied die Achse reparieren.«

Nun erst ging mir das volle Ausmaß unseres Dilemmas auf. Mein Blick flog zu Greystone. Er sah den Wirt mit einem absolut verheerenden Lächeln an. Ich blinzelte. »Ich bin Mr. Grey«, hörte ich ihn sagen, »und das ist meine Schwester. Wir wissen Eure Hilfe zu schätzen, Wirt, aber gibt es denn keine Möglichkeit, die Achse noch heute zu reparieren?«

»Der Schmied bleibt über Nacht bei Blackwell.«

Unmöglich, aber wahr, das Lächeln gewann an Kraft. »Ich würde es ihm gut lohnen, wenn er die Sache für mich erledigt.«

Der Wirt zeigte sich beeindruckt, konnte uns aber nicht helfen. »Inzwischen ist der Schmied sicher schon sternhagelvoll und kann keinen Handgriff mehr machen«, sagte er rundheraus. »Blackwell braut herrliches Ale.«

»Ich verstehe.« Der Fuchs, den Greystone führte, benutzte diesen Moment, um an seiner Tasche zu schnuppern, offensichtlich auf der Suche nach einer Näscherei. Der Earl schob ihn fort. »Vielleicht kann ich bei Euch bleiben, und meine Schwester könnte beim Pfarrer und dessen Frau nächtigen.«

»Der Pfarrherr ist Witwer«, kam die Antwort. »Es wäre nicht schicklich, wenn eine junge Frau bei ihm nächtigt.«

Graue Augen blickten mich reumütig an. »Sieht aus, als hätten wir keine andere Wahl, Kate.«

Nun sagte ich zum Wirt: »Sicher gibt es im Dorf noch jemanden, der einen Achsbruch reparieren könnte.«

»Nein«, erwiderte der Wirt munter. »Es gibt niemanden.«
»Verdammt«, fluchte ich leise.
Greystone nahm mir das Leitseil ab. »Geh mit der Wirtin hinauf, Kate«, sagte er. »Sicher spürst du den Sturz noch in den Knochen, und außerdem mußt du dich frisch machen. Ich kümmere mich um die Pferde.«
»Ach, das übernimmt Jem gern, Mr. Grey«, sagte der Wirt aufgeräumt.
Wir alle sahen uns nach Jem um, als der Wirt seinen Namen rief. Nach einer Minute erschien ein knochiger junger Mann in der Haustür, der auf Anweisung des Wirts hin beide Leitseile ergriff und die Pferde fortführte.
»Wenn der Schankraum offen ist, Wirt, genehmige ich mir ein Bier«, sagte Greystone. Es hörte sich an, als hätte er es nötig.
Die Männer verschwanden im Schankraum, während ich der Frau des Wirtes über eine ausgetretene Holztreppe hinauf in die kleine, niedrige Schlafkammer folgte. In der Kammer, deren getünchte Wände Risse aufwiesen, stand ein einziges Bett.
»Verdammt«, ließ ich mich wieder zu einem Fluch hinreißen.
»Ich werde für Sie Wasser holen, Miß«, machte die Wirtin sich erbötig.« Sicher werden Sie sich waschen wollen.«
Als ich einen Blick in den kleinen Spiegel warf, der über der sauberen, aber abgeschlagenen Waschschüssel hing, begriff ich, warum alle mich zum Waschen drängten. Mein Gesicht war unbeschreiblich schmutzig. Meine rechte Schulter war während des langen Fußmarsches steif geworden, und als ich sie untersuchte, stellte ich fest, daß ich eine häßliche Prellung abbekommen hatte.
Ich machte mich so gut als möglich zurecht und ging dann hinunter in den Schankraum.

Das Abendessen verlief nicht so unangenehm, wie ich befürchtet hatte. Greystone hatte sich wohl ins Unvermeidliche gefügt, und als ich mich zu ihm an den kleinen zerschrammten Holztisch in der Ecke des Schankraumes setzte, sagte er mit einem Lächeln, das von Bedauern gefärbt war: »Ich fürchte, das ist nicht das, was Sie gewöhnt sind, Kate.«

Tatsächlich war ich schon in unzähligen Kneipen dieser Art eingekehrt, doch das sagte ich nicht. Nach meiner Serviette greifend, warf ich ihm einen nervösen Blick zu. Die Tatsache, mit ihm allein zu sein, war mir deutlich bewußt. »Werden *Sie* im Pfarrhaus nächtigen, Mylord?« fragte ich direkt.

»Sie müssen daran denken, mich Adrian zu nennen«, sagte er mit einem Lächeln, als hätte er es mit einem verängstigten Kind zu tun.« Schließlich bin ich Ihr Bruder.«

Ich nickte, ein wenig entwaffnet von seinem Lächeln, aber nicht ganz beruhigt.

Er zog die Brauen zusammen. »Kate, ich möchte Sie hier nicht allein lassen. Der Wirt scheint ja recht anständig zu sein, aber trotzdem ...«

Ich biß mir auf die Lippen.

»Sie müssen wissen, daß ich tatsächlich eine Schwester habe«, sagte er. In seinen Augen glomm Humor auf. »Ich verspreche, daß Sie sich auf mein Benehmen verlassen können.«

Wenn er es darauf anlegte, konnte er umwerfend charmant sein, und ich spürte, wie ich mit einem schüchternen Lächeln reagierte.

Tatsächlich spielte ich an jenem Abend meine Rolle perfekt. Daß ich es tat, weil ich nicht wußte, daß es eine zu spielen galt, bewahrte freilich weder mich noch Adrian vor den Folgen, die der ruchlose Plan meines Onkels uns bescherte.

3. Kapitel

»Sie können den Boden haben«, kündigte ich an, als wir schließlich zusammen in der kleinen Dachkammer standen. »Als Soldat müssen Sie es gewohnt sein, auf dem Boden zu schlafen.«

Adrian zog belustigt die Brauen in die Höhe. »Kate, ich war Offizier, und Offiziere schlafen nicht auf dem Boden.«

Meine Miene mußte ihm verraten haben, daß ich ihm nicht glaubte, da er auflachte. »Überlassen Sie mir wenigstens eines der Kissen. Ist es sauber?«

Ich untersuchte es eingehend und führte es dann an meine Nase, um daran zu schnuppern. Nach einem in allen möglichen Quartieren verbrachten Leben hatte ich gelernt, daß es auf den Geruch ebenso ankommt wie auf das Aussehen. »Es ist sauber«, tat ich einigermaßen überrascht kund. »Und Sie können sogar eine Decke haben«, setzte ich großmütig hinzu. Ich nahm diese Dinge vom Bett und machte mich daran, sie feinsäuberlich auf dem Boden für ihn auszubreiten. Als ich mich umdrehte, bemerkte ich, daß er mir gefolgt war. Plötzlich wurde ich mir meiner eigenen Kleinheit neben seiner Größe bewußt, da ich meinen Kopf in den Nacken legen mußte, um sein Gesicht zu sehen. Die Augen, die in meine blickten, waren dunkel und undeutbar. »Gute Nacht, Kate«, sagte er leise.

»Gute Nacht ... Adrian.«

Ich zog meine Schuhe aus und stellte sie ordentlich neben das Bett, ehe ich mich angezogen darauf legte. Schweigen senkte sich herab. Wir hatten die Fensterbalken offen gelassen, ein Strahl Mondlicht fiel schräg ins Zimmer, auf die verblaßte Patchworkdecke am Fuß des Bettes. Angespannt daliegend lauschte ich seinen ebenmäßigen Atemzügen. Ich werde nie einschlafen können, dachte ich.

Stiefelgepolter auf der blanken Holztreppe ließ mich auffahren. Verwirrt schrak ich hoch, als ich sah, daß sich vor mir ein ungewöhnlich breiter, von weißem Leinen bedeckter Rücken aufbaute. Adrian hatte zwischen mir und der Tür Posten bezogen.

Jemand stemmte mit aller Kraft die Schulter gegen die Tür und versuchte, sie aufzubrechen. Beim dritten Versuch gab das Schloß nach, die Tür flog krachend auf, und im Eingang stand mein Onkel, dessen Gesicht im Mondschein, der nun voll durch das offene Fenster fiel, deutlich zu erkennen war. »Greystone«, gab er mit allem Anschein von Vergnügen von sich, um dann seidenweich fortzufahren: »Was treiben Sie hier mit meiner Nichte?«

Ein entsetztes Männergesicht tauchte hinter der Schulter meines Onkels auf. »Verdammt«, sagte es. »Sieht aus, als wären wir gerade noch rechtzeitig gekommen, Charlwood!«

Adrian bewegte sich langsam von mir fort und trat ans Fenster.

Ich spürte den Verlust seines Schutzes sehr bitter. Noch immer begriff ich nicht, was da vor sich ging.

»Treten Sie ein, Gentlemen«, sagte Adrian, aus dessen ruhigem Ton eiskalte Wut herauszuhören war. Ihm war natürlich sofort alles klar.

Da sagte mein Onkel: »Greystone, Sie werden wie ein Ehrenmann an meiner Nichte handeln, andernfalls ich Ihren Namen in ganz London unmöglich machen werde.« Nun erst ging mir auf, was das Auftauchen meines Onkels bedeutete. Ich holte so laut Atem, daß alle es hören mußten, aber keiner sah mich an.

Adrian schwieg. Ich starrte von ihm zu meinem Onkel. Charlwood lächelte, doch in seinen Augen lag ein Blick, der bewirkte, daß sich in meinem Inneren auf wohlbekannte Weise alles zusammenkrampfte.

»Wie haben Sie das mit dem Achsbruch geschafft?« fragte Adrian schließlich in einem mäßiges Interesse verratenden Ton.

»Mit dem Achsbruch?« wiederholte ich fassungslos. »Guter Gott, glauben Sie denn, daß es kein Unfall war ...?« Meine Stimme erstarb. Niemand schenkte mir auch nur die geringste Beachtung.

»Sie werden Kate heiraten, Greystone«, sagte mein Onkel. »Ich habe einen Zeugen, der beeiden wird, daß ich euch beide zusammen in einem Schlafzimmer ertappt habe. Wie mag der große Kriegsheld wohl aussehen, wenn das herauskommt, frage ich mich?«

Das klang – rachedurstig.

Adrian lehnte seine Schultern an die Wand neben dem Fenster und betrachtete mich, als wäre ich das Exemplar einer interessanten Insektengattung. »Sie waren sehr gut«, sagte er. »Als die Achse brach, regte sich in mir ein Verdacht, aber Sie benahmen sich so natürlich, daß ich es schließlich doch für einen Unfall hielt.«

Ich sah meinen Onkel an. »War es ein Unfall, Onkel Martin?« fragte ich.

»Meine arme kleine Unschuld. Hat er dir weisgemacht, die Achse wäre gebrochen? Es war nur ein Vorwand, Kate, um dich hierherzulocken.« Die Augen meines Onkels glänzten vor Befriedigung. Ich wußte, daß er log.

»Es ist nichts geschehen«, sagte ich. Ich blickte von ihm zu seinem Begleiter und Zeugen, der inzwischen ebenfalls den Raum betreten hatte. Die Anwesenheit der beiden schien die gesamte Luft aufzusaugen, so daß einem das Atmen schwerfiel. »Wir sind korrekt bekleidet.«

»Das spielt keine Rolle«, erwiderte der Mann. »Mädchen, Sie sind kompromittiert.«

»Wayne hat recht, meine Liebe«, sagte mein Onkel. »Du bist tatsächlich total kompromittiert.« Seine Worte richtete er an mich, während sein Blick Adrian galt.

»Es braucht doch niemand zu erfahren«, protestierte ich.

»Aber man wird es erfahren. Ich werde dafür sorgen.« Sein Blick überflog den kleinen, armseligen Raum mit dem benutzten Bett und kehrte dann zu Adrian zurück. »Greystone, Gerüchte besagen, daß Sie sich in der hohen Politik versuchen wollen. Wenn dies der Fall ist, haben Sie heute nicht viel Intelligenz an den Tag gelegt. Tatsächlich, mein Junge«, sagte er mit offenkundiger Schadenfreude, »stecken Sie in einer bösen Klemme. Heiraten Sie Cathleen, dann bekommen Sie eine Frau, die nur das Gör eines irischen Glücksritters ist. Heiraten Sie sie nicht, werde ich die Geschichte dieser Nacht in ganz London publik machen. Und *das* dürfte wohl alle Hoffnungen auf eine politische Karriere zunichte machen, oder?« Charlwoods Miene strotzte vor lächelnder Bösartigkeit.

Adrians Gesicht hingegen war wie zu Marmor erstarrt.

»Und wenn ich sage, daß ich ihn nicht heirate?« gab ich trotzig von mir.

Meergrüne Augen durchbohrten mich. »Du wirst tun, was ich sage, Kate«, sagte Charlwood leise.

Plötzlich wurde mir kalt. Niemand, weder vorher noch nachher, hatte mir körperlich so große Angst eingejagt wie mein Onkel. Auch viel später, als ich den Lauf einer Waffe auf mein Herz gerichtet sah, empfand ich nicht so viel Angst wie in jener Schlafkammer. Heute ist mir klar, daß die Bedrohung, die von Charlwood ausging, sexueller Natur war, aber damals wußte ich nur, daß ich Angst hatte. Ich gab keine Antwort.

Ich werde davonlaufen müssen, dachte ich. *In der Gewalt dieses Menschen kann ich nicht bleiben.*

»Natürlich werde ich sie heiraten«, hörte ich Adrian matt sagen.

Als Charlwood auflachte, überlief mich ein Frösteln, und ich wußte in jenem Moment, daß ich den Weg des geringsten Widerstands wählen würde.

Die Männer begaben sich hinunter in den Schankraum und ließen mich allein. Ich zog mich ins Bett zurück, verkroch mich unter den Decken und versuchte, nicht an das Schreckliche zu denken, das zu tun ich im Begriff stand.

Als die Wirtin mir Tee und Gebäck zum Frühstück brachte, trank ich den Tee, brachte aber keinen Bissen hinunter. Wieder verkroch ich mich ins Bett, bis gegen Mittag mein Onkel kam, um mich zu holen. Er hätte sich eine Sondergenehmigung besorgt, sagte er, und Adrian und ich könnten auf der Stelle getraut werden. Ich zog das verknitterte Kleid aus, in dem ich die Nacht verbracht hatte, und holte mir aus dem Koffer dasjenige, das ich für den Besuch bei den erfundenen Freunden meines Onkels mitgenommen hatte. Als ich die Treppe hinunterging, fühlte ich mich wie eine Schlafwandlerin.

Die Trauung fand im Schankraum statt, aus dem der Wirt umsichtig einheimische Gäste entfernt hatte. Es roch nach Bier und Schmutz und nach Dung, den ein Bauer mit den Stiefeln hereingetragen hatte.

Ein schrecklicher Ort für die Trauung des Earls of Greystone. Ich war nicht imstande, ihn anzusehen, so sehr schämte ich mich. Mein Jawort gab ich im Flüsterton und mit gesenktem Kopf.

Als wir schließlich aus der Wirtsstube traten und ich merkte, daß die Sonne schien, wunderte ich mich sehr. Mein Onkel bezauberte den Geistlichen mit seinem Charme, sein Freund Mr. Wayne sah aus, als wolle er nichts als ein Bett finden und schlafen, während Adrians Miene völlig ausdruckslos blieb.

Sein mittlerweile reparierter Wagen stand vor dem Wirtshaus, die Füchse waren angeschirrt. Vor dem Wirtshaus stehend, fühlte ich mich wie ein Paket, das niemand haben wollte. »Steig ein, Kate«, sagte Adrian zu mir. Nervös blickte ich zu ihm auf. Seine grauen Augen waren dunkel und kalt wie das Nordmeer. »Ich bringe dich auf meinen Landsitz Lambourn«, sagte er in einem Ton, der es an Kälte mit seinem Blick aufnehmen konnte.

Ich ging auf den Wagen zu und zuckte zusammen, als ich spürte, wie die Hand meines Onkels meinen Arm berührte. »Gestatten Sie, daß ich Ihnen helfe, *Lady Greystone*«, sagte er.

Sein Ton troff vor Bosheit.

»Charlwood, Sie lassen die Finger von ihr.« Zwei große Hände umfaßten meine Taille und hoben mich so leicht auf den Sitz des Phaetons, als wäre ich schwerelos. Gleich darauf saß Adrian an meiner Seite, und die Füchse trabten munter aus dem Dorf Luster, so schnell, als könne ihr Herr es nicht erwarten, das Dörfchen in einer Staubwolke zurückzulassen.

Es war eine bedrückende Fahrt, während der ich nur die vier Worte »Es tut mir leid« äußerte. Aus dem Blick, den er mir daraufhin zuwarf, sprach Verachtung. Ich konnte es ihm nicht verdenken.

Wir hielten zweimal an, um den Pferden Ruhe zu gönnen und uns selbst zu stärken, doch brachte ich keinen Bissen hinunter. Wäre ich eine Heulsuse gewesen, ich hätte mir die Augen aus dem Kopf geweint, bis wir Lambourn erreichten. Aber wie ich sicher schon erwähnt habe, gehöre ich nicht zu dieser Sorte. Meine Augen waren trocken und mein Kinn trotzig vorgeschoben, als wir durch die lange Rotbuchenallee auf Lambourn Manor zufuhren, das nur einer der zahlreichen Landsitze der Earls of Greystone war.

Bei meiner Ankunft nahm ich nur wenig wahr, später aber sollte ich Lambourn sehr gut kennenlernen und es liebgewinnen. Ich möchte es deshalb gleich ein wenig schildern.

Das Haus war alt und für ein Herrenhaus nicht groß, doch seine Lage inmitten der ständig vom Wind gestreichelten, sanft gewellten Berkshire Downs hätte nicht schöner sein können. Da die Wiesen der Downs sich praktisch bis zur Haustür erstreckten, wirkte das Anwesen wie ein Teil der Landschaft. Auch im Inneren wies das Haus unübersehbare Spuren des Alters auf.

Die Räumlichkeiten sahen aus, als hätten sie in den letzten hundert Jahren keinen frischen Anstrich mehr bekommen. Mir erschienen die verblaßten Farben jedoch reizvoll und beruhigend – Pastellschattierungen von Elfenbein, Rot, Rosa und Blau, alles leicht mit Gold überhaucht.

Greystones Ländereien waren größtenteils an Bauern verpachtet, die auf den üppigen Weiden Pferde, Milchvieh und Schafe grasen ließen und auf den Kalkböden Gerste, Weizen und Hafer anbauten. Das Herrenhaus wurde von einem kleinen Stab an ständigem Hauspersonal in Ordnung gehalten, während in den Stallungen zwei Stallknechte die Handvoll Pferde versorgten, die Greystone dort hielt.

Das alles erfuhr ich natürlich erst später. An jenem ersten Tag fiel mir nur auf, daß der Kalkstein des Hauses zu einem schönen Silbergrau verwittert war und daß die Bedienten ihr Erstaunen kaum verbergen konnten, als Greystone mich ihnen als seine Gattin vorstellte.

Mrs. Noakes, die Haushälterin, brachte mich auf mein Zimmer. Später sollte ich erfahren, daß es nach den Maßstäben der Earls of Greystone klein und wenig repräsentativ war, mir aber erschien es groß und schön.

»Da Sie keine eigene Zofe mitgebracht haben, werde ich Ihnen Nancy als Hilfe beim Ankleiden schicken, Mylady«, sagte sie.

»Mrs. Noakes, ich habe keine Zofe«, gab ich zurück, »und ich bin gewohnt, allein zurechtzukommen. Bitte bemühen Sie Nancy nicht.«

Sie starrte mich erstaunt an. »Von Bemühen kann keine Rede sein.«

Ich schickte Nancy jedoch wieder fort, und als ich allein war, wanderte ich in meinem geräumigen Zimmer umher, bewunderte die behaglichen, mit Chintz überzogenen Polstermöbel und den verblaßten Teppich, wobei ich nach einer Verbindungstür zu einem angrenzenden Schlafzimmer Ausschau hielt, weil ich wußte, daß bei adeligen Eheleuten Schlafräume mit Verbindungstür üblich waren. In diesem Raum aber gab es eine solche Tür nicht. Mir war gleich ein wenig leichter ums Herz, als mir klar wurde, daß Adrian mich nicht im großen Herrschaftsschlafzimmer untergebracht hatte.

Ich trat an das große Erkerfenster und blickte über die weiten Flächen der Downs. Unterhalb des Fensters schmiegte sich eine Sitzbank in die Mauerauswölbung, auf der ich mich niederließ und meine Knie anzog, um den Anblick dieser friedvollen Szenerie sanfter Hügel und rollender Wiesen auszukosten. Und wieder war mir ein wenig leichter ums Herz.

Da ich wußte, daß ich etwas Schreckliches getan hatte, plagten mich Schuldgefühle und Scham. Das schreckliche, geradezu ekelerregende Angstgefühl, das die Gegenwart meines Onkels in mir hervorgerufen hatte, war jedoch vergangen. Schuldgefühle und Scham sind immerhin besser als Angst, entschied ich reuig und machte mich daran, mir mit dem warmen Wasser, das Mrs. Noakes mir gebracht hatte, das Gesicht zu waschen.

Greystone und ich saßen in dem hübschen Eßzimmer mit den geschnitzten Zierleisten und einem schönen alten Perserteppich und machten Konversation, während das Essen aufgetragen wurde. Und die ganze Zeit über ließ seine Miene nur kühle Förmlichkeit erkennen, so daß ich törichterweise schon glaubte, es wäre nicht so schlimm, was ich getan hatte. Der Zauber von Lambourn hatte es geschafft, mich in falscher Sicherheit zu wiegen.

Als wir fertig waren, war es fast zehn, und Greystone sagte: »Geh schon hinauf. Ich trinke noch ein Glas Port und komme dann nach.«

Ich hatte das Gefühl, einen Hieb in die Magengrube zu bekommen und spürte, wie meine Augen groß wurden. Mein Blick bewog ihn, fragend eine Braue hochzuziehen. »J-ja, Mylord«, stammelte ich und ergriff die Flucht.

Wieder bot mir Mrs. Noakes Nancys Dienste an, und wieder lehnte ich ab. Ich wartete, bis sie gegangen war, ehe ich mich aus meinem Zimmer wagte und die übrigen an diesem Korridor gelegenen Schlafräume inspizierte.

Was ich sah, war nicht dazu angetan, mich zu beruhigen. Man hatte mir nicht die große Schlafzimmersuite zugewiesen, weil es eine solche gar nicht gab. Das Zimmer, das ich bekommen hatte, war bei weitem das größte in diesem Stockwerk, und mein Herz sank, als mir klar wurde, daß es der Raum sein mußte, den sonst der Earl benutzte.

Greystones Bürsten lagen auf einer Kommode in dem kleinen Raum neben meinem aufgereiht, doch gab ich mich nicht der Illusion hin, er gedächte, die Nacht auf der chintzbezogenen Chaiselongue zu verbringen. Dies war sein Ankleidezimmer. Vermutlich hatte er die Absicht, bei mir zu schlafen.

Immerhin hast du den Mann geheiratet, sagte ich zu mir, als ich wieder in der Mitte meines hübschen Schlafzimmers stand und das breite, bequeme Bett anstarrte. *Was hast du denn erwartet, das geschehen würde?*

In Wahrheit hatte ich natürlich überhaupt nicht vorausgedacht. Wenn man vor etwas davonläuft, nimmt man sich oft nicht die Zeit, darüber nachzudenken, wohin man läuft. Diese unangenehme Überlegung ging mir just durch den Kopf, als ich hörte, wie hinter mir die Tür geöffnet wurde. Ich drehte mich erschrocken herum und sah Adrian eintreten.

Die höfliche Maske, die er der Dienstboten wegen aufgesetzt hatte, war verschwunden. Er kocht vor Wut, dachte ich, und mein Magen krampfte sich zusammen. Mit kerzengeradem Rücken, das Kinn vorgereckt, machte ich mich auf das gefaßt, was unvermeidlich kommen mußte.

Er durchquerte den Raum, bis er vor mir stand. O Gott, wie groß er war! Fast war ich versucht, mich seiner Gnade auszuliefern und ihm vorzujammern, daß ich ebenso Opfer der Ränke meines Onkels war wie er, brachte aber die Worte nicht über die Lippen. Außerdem hätten sie nicht der Wahrheit entsprochen. Wir beide wußten, daß ich durch diese Ehe nichts zu verlieren hatte, während für ihn alles verloren war.

Als er mit hartem Gesicht und zusammengekniffenen Augen

auf mich herunterblickte, verkrampfte sich mein Magen noch mehr. Es war jedoch nicht dasselbe Gefühl, das mich in der Nähe meines Onkels überkam, und mir wurde bewußt, daß Adrian mich nicht auf die gleiche Weise ängstigte wie Charlwood.

Dieser Gedanke ließ mich ein wenig Mut schöpfen, und ich sagte: »Mylord, ich sagte schon, daß es mir leid tut. Ich werde alles tun, was Sie von mir verlangen.«

Sein Blick huschte zum Bett hinter mir, dann wieder zu meinem Gesicht. »Ach?« sagte er.

Mein Herz fing wie wild zu hämmern an. Der Gedanke, mit einem so zornigen Mann die Nacht zu verbringen, ängstigte mich zu Tode. Da es mir jedoch widerstrebte, meine Zusage zurückzunehmen, sagte ich, mich zu meiner vollen Größe reckend, kühn: »Ja.«

»Aha«, sagte er und musterte mich auf eine Art und Weise, die mir die Röte in die Wangen trieb. »Bist du schwanger?«

Ich konnte ihn nur bestürzt anstarren.

Sein Mund war verbittert zu einem schmalen Strich zusammengepreßt. »Charlwood wird seinen Rachefeldzug sicher nur für geglückt ansehen, wenn er mir nicht nur eine Frau aufhalst, die ich nicht will, sondern auch einen Erben, der nicht von mir stammt.«

Da meldete sich mein Jähzorn. »Ich bin nicht schwanger!« schrie ich ihn an, so wütend hatte mich diese Zumutung gemacht.

»Nein?« Und ehe ich wußte, wie mir geschah, packte er mich an den Armen und zog mich an sich. Instinktiv versuchte ich, ihn abzuwehren, doch seine Hände, die mich festhielten, waren unbeweglich. Am nächsten Tag würden sich blaue Flecken zeigen, wo er mich angefaßt hatte. Ich öffnete die Lippen, um zu protestieren, aber ehe ich noch ein Wort herausbrachte, drückte er seinen Mund auf meinen, und seine Härte ließ mich seine Wut spüren. Als Reaktion flammte mein eigener Zorn auf, so heftig, daß ich ihn zu treten versuchte. Da hob er mich hoch und hielt mich an seine Brust gedrückt, während er seinen Mund noch immer auf meinen preßte.

Er hielt mich, als sei ich schwerelos. Ich war hilflos und wütend, aber – sonderbar genug – ich hatte keine Angst. Vergebens versuchte ich noch einmal, ihn zu treten.

Und dann änderte sich plötzlich sein Kuß. Der Druck seiner Lippen wurde sanfter, und sein Körper beugte sich auf eine Art über mich, die zwar besitzergreifend, aber nicht angsteinflößend war. Ich spürte, wie der wütende Widerstand in mir schwand, spürte, wie ich weicher wurde und an ihm dahinschmolz.

Ich weiß nicht, wie lange wir so dastanden. Undeutlich drangen Geräusche an meine Ohren ... das Prasseln des Feuers, das leise Rauschen der Bäume vor dem Fenster. Langsam ließ er mich an sich heruntergleiten, bis ich wieder auf den Füßen stand. Seine Rechte glitt hinauf zu meinem Hinterkopf und umfaßte ihn stützend, als er mich zurückbeugte. Ich schloß die Augen.

Als er mich von sich stieß, kam es so abrupt, daß ich strauchelte und fast hingefallen wäre.

»Nein«, sagte er. Seine Stimme war heiser, sein Atem so schwer, als wäre er gelaufen. Alle Pulse meines Körpers hämmerten, und ich starrte ihn verwirrt an. Was eben zwischen uns geschehen war, erfüllte mich mit Bestürzung.

»Ich werde doch nicht alles noch verschlimmern, indem ich diese Farce einer Ehe auch noch konsumiere«, stieß er zähneknirschend hervor.

Meine Frisur war so in Unordnung geraten, daß das Haar den Nadeln entglitt und über meinen Rücken fiel. Meine Lippen mußten wund und aufgedunsen sein. Ich wich ein paar Schritte zurück und sagte mit aller mir zu Gebote stehenden Würde: »Nicht ich habe den Anstoß zu diesem Kuß gegeben, Mylord!«

Er atmete wieder ganz ruhig. Auch sein Haar war zerrauft und fiel ihm in die Stirn. Plötzlich überkam mich das unschickliche Verlangen, mit meinen Fingern durchzufahren. Wie ein Kind, das sich bemüht, einer Versuchung zu widerstehen, verschränkte ich die Arme und versteckte die Hände unter den Achseln.

»Fürs erste wirst du hier in Lambourn bleiben«, sagte er, ohne auf meine Bemerkung über den Kuß einzugehen. »Die Nachricht von unserer Heirat wird sich rasch verbreiten – dafür wird Charlwood gewiß sorgen –, doch kann er mich nicht dazu zwingen, dich als meine Gemahlin der Gesellschaft zu präsentieren.«

Zwischen meinem Onkel und Greystone mußte der Haß schon lange schwelen, doch war dies nicht der Zeitpunkt, Fragen zu stellen. Seine Miene zeigte an, daß er eine Antwort von mir erwartete. »Sehr wohl, Mylord«, sagte ich höflich.

Meine Unterwürfigkeit schien ihm nicht zu behagen.

»Ich werde die Nacht nicht hier verbringen«, sagte er. »Ich reite hinüber nach Greystone Abbey.«

Ich wußte, daß Greystone Abbey, sein eigentlicher Familiensitz, etwa fünfzehn Meilen entfernt und unweit von Newbury gelegen war. Trotz der Finsternis, die inzwischen herrschte, würde ich ganz gewiß nicht versuchen, ihn zum Bleiben zu überreden. »Ja, Mylord«, sagte ich ebenso höflich wie zuvor.

Sein finsteres Gesicht ließ mich noch einen Schritt zurückweichen. Kaum hatte ich gemerkt, was ich tat, trat ich wieder vor. Ich löste meine verschränkten Arme, stand aufrecht da und sah ihm in die Augen. Er sah aus, als läge ihm noch etwas auf dem Herzen, dann aber drehte er sich um und ging hinaus. Die Tür fiel hinter ihm mit einem endgültigen Geräusch ins Schloß. Aufatmend ging ich zum Erkersitz und ließ mich, am ganzen Leib zitternd, darauf nieder.

4. Kapitel

»Nur ein bißchen Brot und Käse, Mrs. Noakes?« schmeichelte ich. »Ich bin ganz erfroren und brauche etwas Eßbares, um mich aufzutauen.«

Auf Lambourn liebte ich vor allem die Küche, weil es dort immer wunderbar warm und gemütlich war. Dem mächtigen Eisenherd entströmten köstliche Düfte, während im großen gemauerten Kamin das Feuer loderte. Ich saß am abgenutzten Holztisch, während die Haushälterin, die zugleich als Köchin fungierte, sich zu mir umdrehte, die Arme in die Hüften gestützt.

»Wenn Sie nur soviel Verstand wie ein Vögelchen hätten, würden Sie bei diesem Wetter nicht hinausgehen, Mylady«, schalt sie mich. »Sie haben weiß Gott nicht einmal genug Fleisch auf den Knochen, um sich bei anständigem Wetter warmzuhalten, geschweige denn in dem kalten Regen, den wir die ganze letzte Woche hatten.«

Ich schenkte ihr mein gewinnendstes Lächeln. »Ich war nur bei den Stallungen.«

Mrs. Noakes kam an den Tisch und ergriff meine Hände, um deren Temperatur zu prüfen. Sie waren noch immer sehr kalt. Mit einem leisen Glucksen – wobei ihre Ähnlichkeit mit einer Glucke noch deutlicher wurde – sagte sie: »Wenn Sie nicht achtgeben, bekommen Sie noch Frostbeulen. Sehr passend für die Countess of Greystone!«

»Auch wenn ich sie bekomme, wird es niemand erfahren«, sagte ich aufgeräumt und ignorierte den Blick, den Mrs. Noakes mit ihrem Mann wechselte. Mr. Noakes war auf Lambourn für alle möglichen Arbeiten zuständig.

»Mrs. Noakes hat recht, Mylady«, sagte der Alte grollend. »Es reicht, wenn sich Willie und George um die Pferde kümmern. Daß Sie bei diesem schlechten Wetter hinausgehen, ist nicht nötig.« Er zog seine buschigen grauen Brauen zusammen und setzte vielsagend hinzu: »Schon gar nicht in Ihrem dünnen alten Mäntelchen.«

Ich seufzte. Mr. und Mrs. Noakes waren so reizend, daß ich sie in den acht Monaten meines Aufenthalts auf Lambourn Manor sehr liebgewonnen hatte. Und ich wußte, daß auch sie mich in ihre Herzen geschlossen hatten, aber aus irgendeinem Grund ließen sie nicht davon ab, mich wie ein verlorenes und nicht übermäßig intelligentes Kind zu behandeln. Mochten Sie mich auch mit ›Mylady‹ anreden, so klang es aus ihrem Mund eher wie der Kosename für ein Kind als ein Titel.

»Ich wollte nur Elsa besuchen«, erklärte ich geduldig. Elsa war eine schöne Vollblutfuchsstute, die Adrian gehörte. Als er zur

Armee gegangen war, um gegen Napoleon ins Feld zu ziehen, hatte er sie nach Lambourn geschickt, wo die Weiden für Pferde der reinste Himmel waren. Ehe ich kam und mich entschloß, sie wieder in Form zu bringen, damit ich sie reiten konnte, hatte sie sich praktisch schon im Ruhestand befunden. Sie war sechzehn, kerngesund und begeistert, sich wieder nützlich machen zu dürfen. Und ich war vernarrt in sie.

Mrs. Noakes schnaubte verächtlich, brachte mir aber einen Teller heiße Suppe, dazu einen Keil Cheddarkäse und einen Laib frisches Brot. Ich lächelte ihr zu, griff nach meinem Löffel und fing zu essen an.

»Heute ist Post für Sie gekommen, Mylady«, sagte Mr. Noakes nach einer Weile. Er saß mir gegenüber am Tisch und trank eine der unzähligen Tassen Tee, die er sich während eines Tages gönnte.

Ich hob beunruhigt den Kopf. »Ach?«

»Ich habe den Brief in die Bibliothek gelegt.«

Die Suppe war heiß, und ich blies auf meinen Löffel, ehe ich ihn an die Lippen führte. Da er nichts weiter sagte, wußte ich, daß es ein Brief von Louisa sein mußte. Wäre er aus Frankreich oder Irland gekommen, hätte Mr. Noakes es erwähnt.

Mrs. Noakes hob den Deckel eines eisernen Kessels auf dem Herd und inspizierte sorgsam den Inhalt. Sie schnüffelte, nickte, ehe sie sich wieder mir zuwandte. »Ich habe Ihnen schon oft geraten, Mylady, Sie sollten Ihre Kusine zu sich nach Lambourn Manor einladen. Das ständige Alleinsein tut einem jungen Mädchen auf die Dauer nicht gut.«

»Mrs. Noakes, das haben wir schon ausführlich besprochen«, sagte ich und blies auf den nächsten Löffel Suppe. »Ich hätte meine Kusine zu gern hier bei mir, aber damit würde ich Lord Greystones Gastfreundschaft ungebührlich in Anspruch nehmen. Außerdem«, ich bedachte die zwei lieben Alten mit einem Blick voller Zuneigung, »bin ich ja nicht allein. Ich habe Sie beide.«

Sie schenkten dem Kompliment keine Beachtung. Sie betrachteten sich meiner als nicht würdig, da sie nur Dienstboten waren.

»Seine Lordschaft hätte nichts dagegen, wenn Sie Ihre Kusine kommen ließen«, sagte Mrs. Noakes.

»Das können Sie nicht wissen«, wandte ich ein.

Aber Mrs. Noakes ließ sich nicht beirren. »Seine Lordschaft hätte auch nichts dagegen, wenn Sie etwas vom Haushaltsgeld für einen warmen Mantel abzweigen würden, Mylady.«

Ich schüttelte entschlossen den Kopf. »Ich werde das Geld Seiner Lordschaft nicht nehmen. Ich wohne unter seinem Dach und lebe auf seine Kosten. Das reicht, denke ich.«

Die beiden Alten starrten mich ratlos an. Die Enttäuschung stand ihnen deutlich in ihre redlichen Gesichter geschrieben. Sahen sie mich in Wahrheit als Kind an, so waren sie für mich zu Großeltern geworden. »Machen Sie sich meinetwegen keine Gedanken«, sagte ich. »Ich bin mit allem, wie es ist, sehr glücklich.«

»Das ist nicht richtig«, murmelte Mrs. Noakes. Sie drehte sich um und stellte lautstark einen Topf auf den Herd. »Es war nicht gut von Seiner Lordschaft, Sie hierherzubringen und dann allein zu lassen, als wären Sie nicht vorhanden.«

»Ich bin ganz sicher, er wünschte, daß ich nicht existiere«, sagte ich offen, »und ich kann es ihm nicht verargen.«

Ich hatte ihnen die Geschichte meiner Heirat anvertraut, und sie wußten deshalb, warum Greystone mich ohne weitere Umstände auf ihrer Schwelle abgeladen hatte. Aus irgendeinem Grund aber hatten sie sich zu meinen Parteigängern aufgeschwungen, obwohl ich nicht müde wurde zu betonen, daß nicht ich es war, der man das größte Unrecht zugefügt hatte.

Natürlich hatten sie nicht von Anfang an auf meiner Seite gestanden. Greystone war für sie makellos wie ein Heiliger, und als ich ihnen gestanden hatte, wozu er von meinem Onkel gezwungen worden war, waren sie mir gegenüber zunächst äußerst frostig gewesen. Dieser Zustand hatte etwa einen Monat angehalten. Ich verstand ihre Gefühle sehr gut und tat mein Bestes, ihnen nicht zur Last zu fallen. Erst als ich erkrankte, änderte sich ihre Einstellung.

Ich war ins Dorf gegangen, nur um mir die Zeit zu vertreiben, aber auf dem Heimweg regte sich bei mir Unwohlsein. Es war ein

Marsch von drei Meilen, und als ich Lambourn erreichte, war ich schon so wacklig auf den Beinen, daß ich fürchtete, es nicht ganz zu schaffen.

Mrs. Noakes hatte mich an der Tür empfangen. »Mylady! Wo waren Sie denn? Wir haben das ganze Anwesen nach Ihnen abgesucht!«

»Ich bin ins Dorf gegangen«, sagte ich. Ich weiß noch, daß sie sehr merkwürdig aussah, als würde ich sie durch einen Dunstschleier hindurch sehen.

Sie war entsetzt. »Zu Fuß gegangen sind Sie! Warum denn das? Wenn Sie ins Dorf wollen, kann Willie Sie doch fahren!«

»Ich wollte keine Umstände machen«, sagte ich und sank ohnmächtig zu ihren Füßen zusammen.

Nun, sie hatte den Arzt kommen lassen und hatte die ganze Nacht über an meinem Bett gewacht und mir immer wieder eine gräßlich schmeckende Arznei eingeflößt. Ich war so wirr, daß ich sie ein- oder zweimal tatsächlich für meine Mutter hielt. Als ich wieder gesund war, waren wir Freundinnen geworden.

Dieser Herzenswandel erstaunte mich nicht, da ich oft erleben konnte, wie stark die Bindung an ein Wesen werden kann, das man während einer Krankheit gepflegt hat. Ich selbst habe das bei Pferden, die ich gesundpflegte, oft empfunden.

Ich aß meine Suppe auf und schnitt mir eine Scheibe vom Käse ab. »Was gibt es zum Dinner?« fragte ich Mrs. Noakes und sog anerkennend den Duft ein, der dem größten Topf auf dem Herd entströmte.

»Lammragout. Eines Ihrer Lieblingsgerichte, Mylady.«

»Mmm.« Ich schluckte den Käse und schnitt mir das nächste Stück ab. »Sie sind eine hervorragende Köchin, Mrs. Noakes.«

»Das können Sie wohl am allerwenigsten beurteilen, Mylady«, sagte die alte Frau mißbilligend. »Nach allem, was Sie erzählen, haben Sie Ihr Leben lang nur die elende Kost genossen, die es in Pensionen gibt.«

»Sie war nicht immer elend«, erwiderte ich.

Wieder gluckste Mrs. Noakes. Nichts, was ich vorbrachte, konnte sie von der Überzeugung abbringen, daß das Leben, das ich mit meinem Vater geführt hatte, schändlich gewesen war. Nach einem letzten Blick über die Töpfe auf dem Herd setzte sie sich auf ihren gewohnten Stuhl an den Tisch. Ich wartete auf das leise Seufzen, das sie immer ausstieß, wenn ihre Füße von ihrem Gewicht entlastet wurden. Als ich das kleine Geräusch hörte, unterdrückte ich ein Lächeln.

»Morgen kommt Mr. Crawford«, sagte Mr. Noakes.

»Wie nett.« Mr. Crawford war der Gutsverwalter des Earls of Greystone. Er führte die Bücher auf allen Besitzungen Adrians. Schon zweimal war er auf Lambourn gewesen, um nach dem Rechten zu sehen, und ich hatte ihn als höchst angenehmen Menschen schätzen gelernt.

»Ich werde das Dinner im Eßzimmer servieren«, sagte Mrs. Noakes.

Ich wußte, worauf sie anspielte. »Keine Angst, Mrs. Noakes, ich werde ihm schon nicht verraten, daß ich meist in der Küche esse. Ehrenwort.«

Sie preßte die Lippen zusammen und nickte. Daß ich mit ihr und Mr. Noakes in der Küche zu Abend aß, war ihr äußerst peinlich. Einerseits sah sie ein, daß es für mich sehr einsam gewesen wäre, allein im Speisezimmer zu essen, andererseits aber war es ihr nicht geheuer, daß die Countess of Greystone in der Küche aß. Ich war der Meinung, daß sie viel Lärm um nichts machte, mußte allerdings zugeben, daß ich keine Ahnung vom Leben einer Countess hatte.

Nie sollte sie erfahren, daß Willie, George und ich uns in der Kammer neben dem Stall wilde Schlachten beim Kartenspiel lieferten. Sie wäre entsetzt gewesen.

»Für Mr. Crawford werde ich mein blaues Kleid anziehen und mein Bestes tun, um mich wie eine Lady zu benehmen«, sagte ich zu Mrs. Noakes.

»Sie *sind* eine Lady«, sagte sie mit Nachdruck.

Ich bedachte sie mit meinem schönsten Lächeln. »Sie sind voreingenommen, weil Sie mich mögen.« Ich stand auf. »Danke für die Suppe und für den Käse.«

Ich ging in die Bibliothek und nahm den Brief an mich, den

Mr. Noakes neben die Kaminuhr gelegt hatte. Ich las ihn vor dem Feuer stehend. Als ich fertig war, faltete ich ihn langsam wieder zusammen, sehr bemüht, weder Schmerz noch Enttäuschung zu empfinden.

Arme Louisa, dachte ich. Ihre nichtsnutzigen Nichten und Neffen lagen mit Mumps im Bett, und in ihrem Brief beklagte sie wortreich die Mühen der Krankenpflege.

Doch in der Sache, in der ich vor allem auf Nachricht gehofft hatte, konnte sie mir nichts Neues mitteilen. *Von einem Mann namens Paddy O'Grady habe ich nichts gehört*, schrieb Louisa. *Auf Deine Bitte hin habe ich mich an die Haushälterin in Charlwood gewandt, aber dort hat niemand dieses Namens nach Dir gefragt.*

Ich biß mir auf die Unterlippe, als ich dastand und in die Flammen starrte. Da ich während des ganzen Winters viel über die Umstände nachgedacht hatte, unter denen mein Vater ums Leben gekommen war, wünschte ich mir dringend ein Gespräch mit Paddy.

Ich mußte mir eine Möglichkeit ausdenken, ihn ausfindig zu machen.

Am nächsten Morgen ging ich früher als sonst in den Stall, zog dann anschließend mein blaues Kleid an und wartete auf Mr. Crawfords Ankunft.

An dieser Stelle sollte ich erwähnen, daß meine Garderobe ein weiteres Diskussionsthema zwischen mir und dem Ehepaar Noakes bildete. Nach meiner Heirat hatte Kusine Louisa mir alle meine Kleider nach Lambourn nachgeschickt, ich aber hatte alle von meinem Onkel bezahlten Sachen prompt wieder zurückgeschickt. Lieber hätte ich mich in Lumpen gehüllt, als sie zu tragen.

Wenn man Mr. und Mrs. Noakes so hörte, hätte man meinen mögen, ich wäre wirklich zerlumpt dahergekommen, was aber keineswegs zutraf. Meine Kleider waren in einwandfreiem Zustand, nicht modisch, aber von Lumpen konnte doch keine Rede sein. Das blaue Kleid war besonders hübsch – Papa hatte es mir zum achtzehnten Geburtstag geschenkt, für den halben Erlös einer hübschen jungen Stute, die er eben verkauft hatte. »Kate, es ist fast so blau wie deine Augen«, hatte er mit seinem unwiderstehlichsten Lächeln gesagt. »Den genauen Farbton konnte ich nicht finden – ein so leuchtendes Blau gibt es nicht.«

Ich dachte beim Anziehen an seine Worte, und ich mußte lächeln. An meinen Vater zu denken, war nun viel weniger schmerzlich. Ich glaube, an der alten Redensart von der Zeit, die alle Wunden heilt, ist etwas Wahres dran.

Als ich das Kleid anläßlich Mr. Crawfords erstem Besuch getragen hatte, war ich so dünn gewesen, daß es an mir schlotterte. Heute paßte es mir dank Mrs. Noakes' guter Küche, dachte ich.

Ich saß steif auf einem der bestickten Stühle im Salon, als Mr. Noakes erschien, um die Ankunft unseres Gastes zu melden, der ihm auf dem Fuße folgte.

»Mylady.« Mr. Crawford, ein junger, äußerst pflichtbewußter Schotte von untadeliger Herkunft, war von Adrian nach dem Tod seines Vaters, und nachdem er den alten Verwalter in den Ruhestand geschickt hatte, eingestellt worden. Als mittleres Kind von neun Geschwistern war er Adrian unendlich dankbar für die Anstellung und sprach von ihm immer nur wie von einem zweiten Messias.

»Sie Armer«, sagte ich, als ich seine erfrorene Erscheinung unter die Lupe genommen hatte. »Gehen Sie sofort hinauf. In Ihrem Zimmer brennt ein Feuer, Robert wird Ihnen heißen Tee bringen.« Er schenkte mir ein dankbares Lächeln, verlor ein paar gemurmelte höfliche Worte über meine Güte und verschwand dann die Treppe hinauf in Richtung des Schlafzimmers, das er immer benutzte.

Als er eine Stunde später wieder in den Salon kam, sah er schon viel besser aus. Ich erwartete ihn bereits, und wir gingen ins Speisezimmer.

Mr. Noakes und Robert servierten uns Mrs. Noakes' köstliche Hähnchen in Weinsoße. Robert kam täglich, um Mr. Noakes im Haus zu helfen, wohnte aber bei seiner betagten Großmutter in einem der kleinen Häuser auf dem Gutsgelände. Zum Personal gehörte noch Nancy, die ebenfalls außerhalb wohnte und allmorgendlich gemeinsam mit ihrem Vater kam, der den Garten betreute.

»Mylady, ich habe mich Ihretwegen mit dem Earl in Verbindung gesetzt«, sagte Mr. Crawford, zaghaft an seinem Wein nippend. Ich hatte eben eine große Beule auf Roberts Stirn bewundert, die er sich bei einem Sturz auf Eis zugezogen hatte, doch Mr. Crawfords Worte forderten meine ungeteilte Aufmerksamkeit.

»Meinetwegen?« Enttäuscht stellte ich fest, daß ich richtiggehend krächzte und mich räuspern mußte.

»Ja. Er hat mich ermächtigt, Ihnen eine vierteljährliche Apanage zu zahlen. Die erste Zahlung habe ich bei mir.«

Ich spürte, wie mir der Mund offenblieb. Ich schloß ihn fest. »Das ist ...« Wieder räusperte ich mich. »Das ist doch nicht nötig. Ich brauche kein Geld.«

»Doch, Mylady, Sie brauchen Geld.« Er sah mich mit seinen braunen Augen besorgt an. »Wäre der Earl nicht so unerwartet nach Paris abberufen worden, er hätte sich der Sache vor seiner Abreise selbst angenommen.« Er war so reizend und so ernst, als er mich anschwindelte, daß ich nicht das Herz hatte, ihm zu widersprechen.

Adrian war weder zurück zur Armee gegangen, noch war er nach Paris abberufen worden. Er war aus freien Stücken in Frankreich, und zwar in seiner Funktion als Zivilist, wie ich einer knappen Mitteilung entnommen hatte, die er mir zukommen ließ. Als Vorwand für seine Rückkehr dienten die ständigen Reibereien zwischen Zivilbevölkerung und Besatzungsarmee, zu deren Bereinigung der Duke of Wellington Adrians Hilfe benötigte. Ich freilich wußte um den wahren Grund.

Er war nach Paris gegangen, um mir auszuweichen.

»Bleibt ... bleibt Seine Lordschaft in Paris?« fragte ich neugierig. Mr. Crawford sah mich mitleidig an. »Leider ja, Mylady.«

Der arme junge Mann glaubte wohl, er brächte mir traurige Nachrichten. »Ach«, sagte ich nur, damit meine Worte meine Erleichterung nicht verrieten. Ich war hier auf Lambourn sehr glücklich, und solange Adrian in Paris blieb, konnte ich weiterhin so tun, als sei es mein Zuhause.

»Für den Duke of Wellington ist die Hilfe des Earls von unschätzbarem Wert«, versicherte Mr. Crawford mir. »Der Duke selbst ist eher ... direkt, während der Earl sich auf Diplomatie versteht, was in den Beziehungen zu den Franzosen sehr wichtig ist.«

Eine wundervolle Nachricht! Sollte Adrian doch in Paris bleiben und sich in Diplomatie üben. Aber sein Geld wollte ich trotzdem nicht und brachte dies auch zum Ausdruck.

»Von Mrs. Noakes habe ich erfahren, daß Sie einen neuen Wintermantel brauchen«, sagte Mr. Crawford nun.

»Mein Mantel genügt vollauf! Er ist zwar schon ein wenig abgetragen, aber sehr warm.«

»Mylady, die Countess of Greystone darf sich nicht in abgetragenen Sachen sehen lassen. Was wird man vom Earl denken, wenn man seine Frau so sieht?«

»Vielleicht wird man mich für eine Exzentrikerin halten«, erwiderte ich, noch nicht gewillt aufzugeben.

»Man wird ihm die Schuld geben«, sagte Mr. Crawford. »Es wäre nicht fair von Ihnen, ihn in eine Lage zu bringen, die ihn bei seinen eigenen Leuten in ein schlechtes Licht rückt.«

So hatte ich es allerdings nicht gesehen. Nachdenklich fixierte ich den Goldrand meines Tellers. »Sind Sie sicher, daß er mir diese Apanage aussetzen wollte?« fragte ich dann beklommen.

»Ganz sicher, Mylady.« Er lächelte mir zu. Wenn er lächelte, war er ein nett aussehender junger Mann.

»Sehr gut«, sagte ich und schluckte. »Dann werde ich sie wohl annehmen.«

»Weihnachten steht vor der Tür«, sagte Mr. Crawford. »Vielleicht möchten Sie ein paar Geschenke besorgen?«

Dieser Gedanke hob meine Stimmung sofort. In meiner freien Zeit hatte ich eine Stickarbeit für Mrs. Noakes begonnen, doch war es mit meinen diesbezüglichen Fertigkeiten nicht weit her. Mit etwas Geld konnte ich ihr im Dorf ein Geschenk kaufen und auch für Mr. Noakes, für Robert und Nancy, für Willie und

George etwas besorgen. Ich würde sogar Kusine Louisa etwas schicken können! Strahlend sagte ich nun: »Ja, sehr gern. Danke, Mr. Crawford.«

Er schien verlegen.

Robert schenkte uns nach. Die Beule auf seiner Stirn leuchtete in allen Farben. »Wie fühlen Sie sich, Robert?« fragte ich. »Ihre Beule ist ja gigantisch.«

Robert grinste. Er war in meinem Alter, und wir waren einander sympathisch. »Mir geht es gut, Mylady«, sagte er.

Mich wieder meinem Gast zuwendend, fragte ich: »Mr. Crawford, werden Sie über Weihnachten nach Schottland fahren?« Als er bejahte, erkundigte ich mich nach seiner Familie, und er sagte, daß es ihr gut ginge.

»Es muß schön sein, Geschwister zu haben«, bemerkte ich.

»Sobald Sie eine Kröte in Ihrem Bett vorfänden, würden Sie anders darüber denken«, erwiderte er trocken.

Ich lachte, und Robert verkniff sich hinter Mr. Crawfords Rücken ein Lächeln. »Hat Ihnen das einer Ihrer Brüder angetan?« wollte ich wissen.

»Das hat er.«

»Erzählen Sie«, bat ich. Er erzählte mir die Geschichte, und als er mein Interesse spürte, wurde er noch mitteilsamer. Ich war entzückt, da ich als Einzelkind große Familien immer beneidet hatte.

Als ich mich nach dem Dinner erhob, um in den Salon zu gehen, fiel mir noch etwas Schönes ein. Ich würde auch für Mr. Crawford ein Geschenk kaufen!

Ich besorgte die Geschenke, und Weihnachten wurde nicht so schlimm, wie ich befürchtet hatte. Papa fehlte mir natürlich sehr, aber aus irgendeinem Grund war ich den ganzen Tag so beschäftigt, daß mir nicht viel Zeit zum Grübeln blieb. Da Mrs. Noakes ihr spezielles Weihnachtsbrot gebacken und mich gebeten hatte, jedem von Adrians Pächtern einen Laib zu bringen, luden mich alle in ihre Häuser auf einen Punsch ein, und ich spielte mit ihren Kindern. Und als ich dann nach Hause kam, entdeckte ich, daß alle meine Freunde auch mir etwas geschenkt hatten. Nachdem ich die Päckchen ausgewickelt hatte, ließen Mr. und Mrs. Noakes und ich uns zu einem gewaltigen Festessen nieder.

Es war also ganz und gar kein schlimmer Tag.

Zwei Tage nach Weihnachten sollte ich zum erstenmal jemanden aus der Familie meines Mannes kennenlernen. Adrians jüngerer Bruder Harry stand auf der Schwelle von Lambourn Manor und erklärte, er sei gekommen, um endlich die Bekanntschaft der Frau seines Bruders zu machen.

5. Kapitel

Der junge Mann, den Mr. Noakes an jenem späten Dezembermorgen in die Bibliothek bat, hatte dieselben geradezu überirdisch hellen Haare wie sein Bruder; während jedoch die markante Knochenstruktur von Adrians Gesicht den Eindruck von Kraft vermittelte, waren Harrys Züge so fein gemeißelt, daß sie ihm ein fast engelhaftes Aussehen verliehen. Harrys Wesen freilich war alles andere als engelhaft, wie ich bald entdecken sollte.

»Sind Sie allein gekommen, Lord Harry?« sagte Mr. Noakes, dem Mißbilligung aus allen Poren zu quellen schien.

»Noakes, Sie sind immer noch der alte Nörgler«, sagte Harry unbekümmert, um zu mir gewendet fortzufahren: »Ich muß sagen, ich hatte keine Ahnung, daß Adrians Frau aussehen würde wie Sie!«

Ich sah ihn finster an. Harry war nicht so viel größer als ich, so daß es viel einfacher war, ihn finster anzusehen, als seinen Bruder. »Entschuldigen Sie sich auf der Stelle bei Mr. Noakes«, forderte ich ihn auf.

Erstaunt starrte er mich an. »Ich soll mich bei Noakes entschuldigen? Wofür denn?«

»Dafür, daß Sie ihn Nörgler genannt haben.«

Sein Mund blieb ihm offen stehen.

»Entschuldigen Sie sich«, wiederholte ich.

Er machte seinen Mund zu. »Tut mir leid, Noakes«, brachte er heraus. »Ich wollte Sie nicht kränken.«

Die mißbilligende Miene des Alten blieb unverändert. »Bleiben Sie zum Dinner, Mr. Harry?«

Wieder sah Harry mich an. »Ja.«

Mr. Noakes Stirnrunzeln vertiefte sich.

Ich musterte Harrys Reithose und Stiefel und fragte ihn, was er mit seinem Pferd gemacht hatte.

»Ich weiß, daß Lambourn nur wenig Personal hat, deshalb habe ich es gleich drüben im Stall gelassen«, antwortete er.

Ich nahm diese Umsicht mit einem beifälligen Nicken zur Kenntnis. »Ich wollte eben ausreiten, warte aber gern, bis Sie eine Tasse Tee getrunken haben.«

Seine grauen Augen, um vieles heller als die seines Bruders, ließen mein Gesicht los und glitten tiefer. Dann sagte er: »Madeira wäre besser als Tee.«

Ich wußte, worauf sein Blick gefallen war. Die beiden Alten hatten mit Entrüstung reagiert, als ich das erste Mal in meinem Hosenrock aufgetaucht war, den ich zum Reiten trug. Es war ein Kleidungsstück, das Papa persönlich für mich entworfen hatte. ›Breeches kannst du nicht mehr tragen‹, hatte er gesagt, als er mir den Rock präsentierte. Damals war ich vierzehn gewesen. ›Aber ich will verdammt sein, wenn ich den besten Sitz ruiniere, den ich je gesehen habe, indem ich dich im Damensattel reiten lasse.‹

Ich hatte mich über das Kompliment so gefreut, daß ich mich gar nicht wehrte, meine Breeches aufzugeben.

Zum Hosenrock, der mir bis zu den Fesseln reichte, trug ich hohe Stiefel, so daß alles ganz dezent war, und doch hatte er des öfteren für eine Sensation gesorgt. Aber sobald ich auf dem Rücken eines Pferdes saß, war er meist sofort vergessen.

Ich lud Harry ein, sich in die Bibliothek zu setzen. »Da ich den Salon nicht viel benutze, wird dort kein Feuer gemacht«, entschuldigte ich mich, als wir uns auf den zwei abgenutzten, blaugepolsterten Sesseln niederließen, die den Kamin flankierten.

»Das spielt keine Rolle«, sagte er obenhin. »Dies war ohnehin immer mein Lieblingsraum auf Lambourn.«

»Meiner auch«, gestand ich mit einem Blick auf die anheimelnd wirkenden Bücherregale, den ausladenden blankpolierten Schreibtisch, den großen Globus und die zwei in tiefe Mauernischen eingelassenen Fenster, von denen sich ein schöner Ausblick auf die Downs bot.

Mr. Noakes kam mit Madeira für Harry und Tee für mich. Dazu brachte er uns auch eine Platte mit Mrs. Noakes' köstlichem Teegebäck, gebutterten Muffins, die er auf ein Tischchen zwischen uns stellte. Kaum hatte ich mich bedankt, als Harry und ich auch schon zugriffen.

»Und jetzt erzählen Sie mir, wie es kam, daß Sie Adrian geheiratet haben«, forderte Harry mich nach seinem ersten Muffin auf.

»Was hat er denn gesagt?« fragte ich vorsichtig.

»Nichts. Ich war in Oxford, und er schrieb mir, daß er Charlwoods Nichte geheiratet hätte und wieder nach Paris zu Wellington gehen wollte. Seither hat er Sie nicht wieder erwähnt.«

Ich kaute an meiner Unterlippe, den Blick auf die kleine Bronzestatuette eines Hundes gerichtet, die den Kaminsims zierte, während ich überlegte, wieviel ich ihm sagen sollte.

»Seid ihr wirklich verheiratet?« fragte er mich.

»Leider ja«, sagte ich bekümmert.

»Und Sie sind Charlwoods Nichte?« Sein Ton verriet seine Ungläubigkeit.

»Leider ja.«

»Verdammt«, sagte er, um verspätet hinzuzusetzen: »Entschuldigung.«

Ich war es gewohnt, Männer fluchen zu hören. »Schon gut«, sagte ich und fuhr fort, die Hundefigur anzustarren. Er sieht aus wie ein Mastiff, dachte ich. Womöglich einer von König Alfreds Hunden.

Ich riß meinen Blick vom Hund los und sah Harry an. Es war sinnlos, ihm die Geschichte vorzuenthalten. Er würde sie von seinem Bruder früher oder später ohnehin zu hören bekommen.

»Wie schrecklich für Adrian«, sagte Harry, als ich schließlich geendet hatte. Er runzelte die Stirn. »Charlwood muß es richtig genossen haben, ihm auf diese Weise Daumenschrauben anzulegen.«

»Ich habe viel darüber nachgedacht«, sagte ich, »und es sieht aus, als hätte Charlwood alles genau geplant. Andernfalls hätte er sich nicht auf die Suche nach mir gemacht und mich so prompt gefunden.«

»Er hat es geplant«, gab Harry mir recht und schenkte sich ein zweites Glas ein. »Wahrscheinlich hat er jemanden angeheuert, der die Achse so zurichtete, daß sie brechen mußte.«

»Aber warum?« Dies war die Frage, die mir seit acht Monaten keine Ruhe ließ. »Es ging nicht nur darum, daß Charlwood für seine Nichte einen Earl zu ergattern versuchte«, erklärte ich. »In jener Nacht habe ich in unserer Herberge seine Miene gesehen, und sie war von Rachedurst geprägt.«

Das Engelsgesicht mir gegenüber sah finster drein. »Ja, er wollte Rache.«

»Wofür?«

Er schwieg lange und suchte meinen Blick. »Ich denke, Sie sollten es erfahren«, sagte er schließlich. Damit stellte er sein Glas ab und senkte die Stimme. »Aber es ist ein Familiengeheimnis.«

Ich neigte mich zu ihm, so daß ich spürte, wie die Hitze des Feuers meine Wangen traf. »Ich schwöre, daß ich es nie preisgeben werde.«

Auch er beugte sich zu mir. »Sie müssen wissen, daß meine Schwester Caroline betroffen ist.«

Der Feuerschein fiel auf sein Haar, und einen kurzen, beunruhigenden Moment hatte ich die Vision eines anderen Mannes und eines anderen Gesichtes. Ich schüttelte den Kopf, wie um ihn zu klären. Ja, Adrian hatte von einer Schwester gesprochen, fiel mir ein.

Harry sagte: »Sie ist jetzt in Dorset verheiratet – gottlob glücklich – und hat zwei Kinder. Aber vor zehn Jahren, mit sechzehn, brannte sie mit Charlwood durch.«

»*Was!*« Das Feuer knisterte so laut, als sei es ebenso entsetzt wie ich.

Er nickte. »Es ist die Wahrheit. Sie war zu Hause nicht glücklich – wie wir alle – und bildete sich ein, in Charlwood verliebt zu sein. Da unsere Väter sich nie gut verstanden haben, sah Caroline sich wohl als neue Julia und brannte mit ihm nach Schottland durch. Gott sei Dank entdeckte Adrian es rechtzeitig und nahm ihre Verfolgung auf, so daß er sie am frühen Nachmittag einholte und Caroline nach Hause brachte, ehe mein Vater erfuhr, was geschehen war.«

»Vor zehn Jahren?« sagte ich. »Vor zehn Jahren muß Adrian ein Knabe gewesen sein.«

»Er war siebzehn und von Eton den Sommer über nach Hause gekommen. Sein Zorn auf Charlwood war so groß, daß er ihm ein Duell aufzwang. Caroline erzählte es mir später. Adrian hatte Degen dabei, und die beiden lieferten sich wahrhaftig ein Duell. Mitten auf der Straße!«

In Harrys Ton schwang scheue Ehrfurcht mit, als er mir diese Tat schilderte. Ich malte mir die Szene schaudernd aus. Was für ein Glück für Caroline, daß Adrian der Sieg zugefallen war. Ich äußerte mich dahingehend gegenüber Harry.

»Adrian gewinnt immer«, sagte er mit schlichter Gläubigkeit.

Ich lehnte mich in meinem bequemen Sessel zurück, strich mit der Hand über die verblichene Armlehne und überdachte alles, was ich eben gehört hatte. Vor zehn Jahren war mein Onkel zweiundzwanzig gewesen. Es mußte ihn zutiefst erbittert haben, einem Siebzehnjährigen im Duell zu unterliegen.

Das Knistern des Feuers war das einzige Geräusch im Raum. »Adrian hat also Charlwood die Frau vorenthalten, die dieser wollte«, sagte ich, »und als Vergeltung hat Charlwood Adrian gezwungen, eine Frau zu nehmen, die dieser nicht wollte.«

Die gestiefelten Beine von sich streckend, lehnte Harry sich zurück. »So ist es. Sie müssen Charlwood wie ein Geschenk des Himmels erschienen sein. Noch besser hätte es ihm in seine Pläne gepaßt, wenn Sie häßlich gewesen wären, aber im Grunde haben Sie Ihren Zweck erfüllt, indem Sie Adrians Verbindung mit Lady Mary Weston vermasselt haben.«

Ich spürte einen Stich. »Hat er Lady Mary geliebt?«

Harry zuckte mit den Achseln. »Von Liebe weiß ich nichts, aber heiraten wollte er sie.«

»Sie waren nicht verlobt?«

»Er hatte nur noch nicht offiziell um ihre Hand angehalten.«

»Vielleicht hätte er sich einen Korb geholt.«

Ein ungläubiger Blick traf mich. »*Adrian* und ein Korb?«

»Nun, ausgeschlossen ist es nicht«, sagte ich hoheitsvoll.

Er würdigte mich keiner Erwiderung, so unbegründet erschien ihm meine Bemerkung.

Schweigend verspeisten wir das Teegebäck. Als das letzte Krümelchen verzehrt war, schlug ich Harry vor, mich zu den Stallungen zu begleiten. Er war einverstanden, worauf wir, in unsere warmen Reitmäntel gehüllt, das Haus durch die Seitentür verließen und den Kiesweg entlanggingen, der zu den Stallungen führte.

Die Nebengebäude von Lambourn waren so schlicht wie das Haupthaus. Auf dem Weg zum Stall standen zwei Gebäude, die einst als Molkerei und Küchenhaus gedient hatten. Da die Familie nicht mehr ständig hier residierte, dienten sie nun als Schuppen für altes, im Haus nicht mehr benötigtes Mobiliar. Der Rasen, der den Weg säumte, war winterbraun, würde im Frühjahr aber wieder in saftigem Grün prangen.

Das Stallgebäude war aus demselben Stein erbaut wie das Herrenhaus. Es gab eine Remise, in der zur Zeit ein einfacher Bauernkarren stand, und eine Scheune mit zwölf Pferdeboxen, die alle auf einen gepflasterten Hof hinausgingen. Fünf der Doppeltüren waren oben offen, damit die Bewohner Luft und Sonne bekamen. In vier der Boxen standen die Pferde von Lambourn, in der fünften Harrys Pferd. Da ich neugierig war, was für ein Pferd er ritt, steuerte ich direkt auf die Box des Neuankömmlings zu.

Die offene Tür gab den Blick auf einen hellen kastanienbraunen Vollblutwallach frei, der glücklich an seiner Heuration kaute. Ich betrachtete ihn kritisch. »Ein hübsches Pferd«, sagte ich zu Harry, der neben mir stand. »Er sieht aus, als hätte er einen ausbalancierten Gang.«

Harry sah mich erstaunt an. »Das hat er. Woher wissen Sie das?«

»Das läßt die Schulterform oft erkennen.«

Harrys Verwunderung wich allmählich einem anderen Ausdruck, eine Veränderung, die ich sehr oft erlebt hatte. Nie werde ich verstehen, warum es Männern unglaublich erscheint, daß Frauen etwas von Pferden verstehen.

»Jetzt werde ich Ihnen Elsa zeigen«, sagte ich, und wir gingen zur Box der Stute. Sie war eben mit ihrem Mittagsheu beschäftigt, doch beim Klang meiner Stimme riskierte sie einen Blick über die Schulter. Sie ließ kein Wiehern hören – das wäre unter ihrer Würde gewesen –, näherte sich aber mit wahrhaft königlicher Anmut der Tür, wo sie ein Stück Zucker bekam und mir erlaubte, die weiße Sternblesse auf ihrer Stirn zu streicheln.

Harry blieb der Mund offen stehen, und ich lächelte. Die letzten Monate hatten eine dramatische Veränderung in Elsas äußerer Erscheinung bewirkt. Ihr Hals wölbte sich anmutig, ihr Rücken hing nicht mehr durch, und ihre Beine zeigten wieder Muskeln. Noch ein Jahr, und sie würde prächtig aussehen.

»Wie alt ist sie?« fragte Harry.

»Sechzehn.«

»Das dachte ich mir. Und was haben Sie mit ihr gemacht?«

»Ich habe sie geritten.«

Er musterte meinen Hosenrock – diesmal ganz ungeniert. »Sie reiten nicht im Damensitz?«

Ich schüttelte den Kopf. »Ich habe im Herrensitz gelernt, und Papa meinte, es wäre ein Jammer, wenn ich zum Damensitz wechseln würde.«

Hinter uns ertönte Willies Stimme. »Soll ich Elsa satteln, Mylady, damit Sie Lord Harry zeigen können, wie sie geht?« Er klang wie ein stolzer Vater, und ich mußte lächeln. Beide Stallknechte auf Lambourn kümmerten sich sehr gewissenhaft um die Pferde.

»Ja, ich möchte sie gehen sehen«, sagte Harry. Wir standen zusammen im hellen kalten Sonnenschein und sahen zu, wie Willie Elsa sattelte. An die Rückseite der Scheune schlossen sich drei große eingezäunte Koppeln an, und in der einen hatte ich Holzspäne auf den gefrorenen Boden streuen lassen und ein Dressurviereck angelegt. Dorthin führte ich nun Elsa. Die zwei Männer sahen zu, als ich meinen Fuß in den Steigbügel schob und mich in den Sattel schwang.

Da ich fast mein ganzes Leben lang den Kunden meines Vaters Pferde vorgeführt hatte, machte es mich auch nicht nervös, vor Harry zu reiten, der sich gebührend beeindruckt zeigte. Und das sollte er auch sein. Elsa ging willig, leicht und sehr elegant.

»Lassen Sie sich von Adrian scheiden und heiraten Sie mich«, schlug Harry vor, als wir direkt vor ihm anhielten.

Ich lachte.

»Wo haben Sie so gut reiten gelernt?«

»Bei meinem Vater. In seiner Jugend hat er die französische Kavallerieschule in Saumur besucht. Dort konnte er sich die klassische Hohe Schule von Grund auf aneignen.«

Harry nickte. »Wie ich sehe, benutzen Sie keinen englischen Jagdsattel.«

»Papa verabscheute die Jagdsättel«, sagte ich offen. »Er sagte immer, dieser Satteltyp sei schuld, daß die Engländer die schlechtesten Reiter der gesamten zivilisierten Welt seien. Vor fünf Jahren ergatterte er diesen alten französischen Militärsattel für mich, von dem ich mich nicht um alles auf der Welt trennen möchte.«

Harry grinste. »Ihr Vater hätte sich mit Adrian prächtig verstanden.«

Das kam für mich weniger überraschend, als man glauben möchte. Als ich entdeckte, wie rhythmisch Elsas Gang war und wie empfindsam sie auf die leiseste Hilfe reagierte, war ich erstaunt und entzückt zugleich. Und Elsa war von Adrian geritten worden.

Harry fuhr fort: »Ihr Vater wäre sicher begeistert, hätte er gewußt, daß die Wiedereröffnung der Kavallerieschule in Saumur im vergangenen Jahr auch Adrians Verdienst war.«

Papa wäre mehr als begeistert gewesen, wenn er es gewußt hätte. Er wäre geradezu in Ekstase geraten. Der Gedanke, daß die klassische Reitkunst womöglich für immer verloren war, hatte ihn tief geschmerzt.

Ich schenkte Harry ein strahlendes Lächeln. »Das ist eine wunderbare Nachricht«, sagte ich voller Wärme.

Harry zwinkerte.

»Willie soll für Sie eines der anderen Pferde satteln, damit wir zusammen ausreiten können«, schlug ich vor.

Als wir von unserem Ritt über die Downs zurückkehrten, waren Harry und ich schon die besten Freunde. Er gedachte, nach Weihnachten nicht mehr nach Oxford zurückzukehren. Das vertraute er mir im Eßzimmer bei Mrs. Noakes' Roastbeef an. Man hatte ihn wegen eines dummen Streiches hinausgeworfen – er selbst glaubte zwar nicht, daß er dumm war, doch ich war dieser Meinung –, und jetzt mußte er Adrian schreiben und ihm diese traurige Nachricht übermitteln.

»Leider kann ich erst mit fünfundzwanzig über mein eigenes Geld verfügen«, erklärte er mir niedergeschlagen. »Die kommenden vier Jahre werde ich noch von Adrian abhängig sein. Und er wird glatt umfallen, wenn er hört, daß ich vom College geflogen bin.«

»Das kann man ihm nicht verargen«, sage ich offen. »Und was willst du in den nächsten acht Monaten anfangen?«

»Verdammt!« stieß er hervor, eine Verwünschung, die ihm ein finsteres Stirnrunzeln seitens Mr. Noakes eintrug, das ihm jedoch entging. »Adrian war nie in Oxford. In meinem Alter durfte er sich schon in Spanien amüsieren. Da nun der Krieg zu Ende ist, bleibt meiner Generation nichts anderes übrig, als sich auf öden alten Schulen herumzutreiben.«

Ich lächelte Mr. Noakes zu, um ihm zu zeigen, daß ich mich durch Harrys Ausdrucksweise nicht gekränkt fühlte. »Wie gedankenlos von Wellington, den Krieg zu beenden, ehe du eine Chance hattest, getötet zu werden«, bemerkte ich.

»Ach, verdammt, Kate« – wir nannten einander seit der ersten halben Stunde unseres Ausritts beim Vornamen – »ich weiß genau, daß Krieg kein Spaß ist. Aber verstehst du denn nicht, daß er einem die Möglichkeit verschafft, sich als *Mann* zu bewähren.« Er bedachte sein Weinglas mit einem finsteren Blick, griff danach und leerte es. »Natürlich kannst du das nicht verstehen«, murmelte er. »Du bist ein Mädchen.«

Ich verstand mehr, als er ahnte. Für einen hitzigen Jüngling wie Harry konnte es nicht einfach sein, ein solches Musterexemplar wie Adrian als älteren Bruder zu haben. Harry suchte nach einem Weg, sich ebenso als Mann zu beweisen wie sein Bruder, und als einziger Ausweg boten sich ihm hirnverbrannte Streiche, von denen er insgeheim selbst wußte, daß sie nicht männlich, sondern schlicht kindisch waren.

»Wie kam es, daß dein Bruder nach Spanien ging?« Das war eine Frage, die mir schon seit einiger Zeit Rätsel aufgab. Vom Erben eines alten Titels wurde nicht erwartet, sein Leben auf dem Schlachtfeld aufs Spiel zu setzen – dies mutete man eher einem jüngeren Sohn zu. Inzwischen hatten wir unser Dinner beendet, und Harry sagte abrupt: »Laß uns doch wieder in die Bibliothek gehen.«

Da ich nicht die Absicht hatte, ihn mit einer Flasche Wein allein zu lassen – ich war der Meinung, daß er schon genug getrunken hatte – zeigte ich mich einverstanden.

»Adrian ging nach Spanien, um der Familie zu entfliehen«, sagte Harry, als wir uns wieder in den bequemen blauen Sesseln vor dem Feuer niedergelassen hatten. »Aus demselben Grund ließ Caroline sich zu dieser verdammten Entführung überreden.«

Ich überlegte eine Weile. »Euer Vater war wohl kein ... liebenswerter ... Mensch?« fragte ich schließlich.

»Er war ein Ungeheuer«, erwiderte Harry rundheraus. »Geriet häufig in Zorn und ließ uns dann seine Peitsche spüren.«

Ich war wie vor den Kopf geschlagen. »Er hat euch verprügelt?«

»Meist Adrian.« Harry fuhr sich mit den Fingern durchs Haar und sah mich mit ernstem Blick an. »Er hat die Schuld für Schandtaten auf sich genommen, die Caroline und ich uns zu Schulden kommen ließen. Er sei größer, sagte er immer. Die Prügel fanden ein Ende, als Adrian groß genug war, um zurückzuschlagen. Ja, mein Vater war ein echtes Monstrum.«

»Und was war mit eurer Mutter?« fragte ich betroffen. »Hat sie nicht versucht einzuschreiten?«

»Meine Mutter starb, als ich ein Baby war«, erwiderte Harry nüchtern. »Nachdem Caroline Ashley geheiratet hatte, wurde es besser. Ich lebte bei ihr, und Adrian ging nach Spanien. Als mein Vater vor vier Jahren das Zeitliche segnete, war es für uns alle ein Grund zur Freude.«

Diese Schilderung des Lebens im Haus eines Earls entsetzte mich. Ich dachte an die kalten, toten Räume auf Charlwood und fragte mich, ob mein eigener Großvater – laut Kusine Louisa ein ›harter Mensch‹ – eine ähnliche Schreckensherrschaft ausgeübt hatte wie jene, die auf Greystone herrschte.

Was für ein Glück, daß ich Papa hatte, dachte ich dankbar. Mochte mir auch die Sicherheit eines festen Heims und Einkommens gefehlt haben, so hatte ich doch nie daran zweifeln müssen, daß ich geliebt wurde.

»Adrian wird mich sicher für einen Dummkopf halten, weil mir mein Benehmen einen Hinauswurf eingebracht hat«, sagte er nun zerknirscht. »Schlimmer noch, er hat recht.«

Das ist ein Junge, der eine Aufgabe im Leben braucht, dachte ich bei seinem Anblick, der erkennen ließ, wie mutlos er war.

»Ich vermute, daß mein Vater ermordet wurde«, sagte ich rasch. »Und ich möchte, daß du mir hilfst, den Grund herauszufinden.«

Auf meine Worte hin war Harry sofort hellwach. »Ermordet?« sagte er. »Was meinst du mit ermordet?«

Ich schilderte ihm die Umstände von Papas Tod und verriet ihm seine letzten Worte. »Ich habe sie auch deinem Bruder anvertraut«, sagte ich, »er hat sie aber nicht ernst genommen. Er erklärte mir, daß Sterbende oft wirres Zeug reden. Sicher hat er recht, aber bei Papa war es anders. Er wußte sehr gut, wo er war und was er sagte. Er wollte, daß man nach meinem Onkel schickt. Er …« Meine Stimme geriet gefährlich ins Wanken, so daß ich sie mit einem tiefen Atemzug zur Ruhe bringen mußte. »Er sagte zu mir, daß er mich liebhätte. Er war ganz klar im Kopf.«

»Es hört sich nicht an, als ob er wirr gewesen wäre«, pflichtete Harry mir bei. »Aber welchen Verdacht hatte er?«

»Ich weiß es nicht, glaube aber, daß es mit dem Marquis of Stade zu tun hatte. Aus irgendeinem Grund hatte Papa es sich in den Kopf gesetzt, zwei Jagdpferde, die wir in Irland gekauft hatten, Stade zu präsentieren. Er fuhr von Irland direkt nach Newmarket, ohne unterwegs seine sonstigen Kunden zu besuchen und ohne sich vorher zu vergewissern, ob Stade Interesse hätte. Harry, das war nicht Papas normales Geschäftsgebaren. Und als ich nach seinem Tod mit meinem Onkel in London war, kam es zu einer merkwürdigen Begegnung mit Stade.« Ich schilderte ihm meine Begegnung mit dem Marquis.

»Er wußte genau, wer ich war, als er Mr. Putnam aufhielt«, sagte ich. »Da stimmt doch etwas nicht. Ich spüre es.«

»Glaubst du, daß Stade deinen Vater erschossen hat?«

»Das weiß ich nicht«, mußte ich gestehen. »Aber ich glaube, daß sein Tod kein Unfall war. Auch den örtlichen Behörden erschien es sonderbar, daß jemand in diesem Teil des Waldes eine Schußwaffe mit sich führte.«

Harry schwieg, offenbar in Gedanken verloren. Ich stand auf, ging ans Feuer und stützte meinen gestiefelten Fuß auf den Rost, um meine Hände der willkommenen Wärme entgegenzustrecken, da ich die Kälte bis ins Mark spürte.

Mr. Noakes trat ein. »Mr. Harry, wünschen Sie, daß Ihr Pferd gebracht wird?« fragte er.

Harry explodierte. »Verdammt, Noakes, warum haben Sie es so eilig, mich loszuwerden?«

»Es wäre unschicklich, wenn Sie mit Lady Greystone allein im Haus blieben«, sagte der alte Mann mit Nachdruck.

»Sie ist meine Schwägerin!« rief Harry aus.

»Sie ist eine sehr junge Dame, und ihr Mann ist nicht da.«

»Nun, ganz allein zu sein, wäre auch nicht gut für sie«, gab Harry zu bedenken. »Sie braucht ein wenig Gesellschaft.«

Allmählich kam ich mir vor, als wäre ich nicht vorhanden. »Mr. Noakes, Mr. Harry wird in einer halben Stunde aufbrechen«, sagte ich mit so viel Nachdruck, wie mir zu Gebote stand.

Beide Männer sahen mich an.

»Nun gut«, sagte Harry.

»Sehr gut, Mylady«, ließ Mr. Noakes sich vernehmen.

Der alte Mann machte sich am Feuer zu schaffen, fragte, ob wir mehr Licht wollten und ging schließlich wieder hinaus. Harry hatte ausgesehen, als hätte er die ganze Zeit, während Mr. Noakes sich im Raum befand, die Zähne fest zusammengebissen.

»Wie kannst du das nur ertragen?« fragte Harry, kaum daß sich die Tür geschlossen hatte.

»Ich mag Mr. Noakes sehr gern und möchte, daß du höflich zu ihm bist«, gab ich zurück.

»Wenn ich dir bei den Ermittlungen zum Tod deines Vaters helfen soll, werde ich dich besuchen müssen«, hob Harry hervor.

»Natürlich kannst du mich besuchen. Du kannst nur nicht hier *bleiben.*«

»Mitten im Winter von Greystone fünfzehn Meilen hin und zurück zu reiten, kann verdammt kalt werden«, sagte er grollend.

»Auf Greystone wirst du dich nicht viel aufhalten«, erwiderte ich, »weil du als erstes Paddy finden sollst.«

6. Kapitel

Im Verlauf von Harrys nächsten Besuchen planten wir die Suche nach Paddy. Da Pferde das einzige waren, wovon Paddy eine Ahnung hatte, war ich so gut wie sicher, daß er versuchen würde, Papas Geschäfte weiterzubetreiben. Das bedeutete, daß man ihn am ehesten auf einer Rennbahn finden würde. Die Tatsache, daß im Januar keine Rennen stattfanden, versetzte unseren Plänen jedoch einen gehörigen Dämpfer.

»Wo warst du mit deinem Vater für gewöhnlich im Januar?« fragte Harry mich eines kalten Nachmittags, als wir an einem behaglichen Feuer in der Bibliothek von Lambourn saßen. Sein Besuch hatte mich überrascht, da er auch am Tag zuvor gekommen war.

Ich streckte meine Zehen der Wärme entgegen und bewegte sie in meinen weichen Lederschuhen. »Wir verbrachten die Winter häufig in Irland. Papa kaufte oft Jungpferde von kleinen irischen Züchtern, ritt sie zu und verkaufte sie mit gutem Profit in England.«

»Glaubst du, Paddy könnte nach Irland gegangen sein?«

»Ich halte es für sehr wahrscheinlich«, gab ich zu.

Harrys Miene verriet Widerwillen. »Dann bleibt uns nichts übrig, als mit der Suche bis zum Frühjahr und dem Beginn der Rennsaison zu warten.«

Ich seufzte. »Vermutlich.«

Harry blies die Lippen auf und vertiefte sich in die Betrachtung seiner gestiefelten Beine. Den ganzen Nachmittag über hatte ich schon das Gefühl gehabt, daß er mir etwas sagen wollte, und schließlich rückte er damit auch heraus. »Gestern kam ein Brief von Adrian«, erklärte er düster.

Ich fühlte, wie ich steif wurde. Ich sagte nichts.

Er blickte auf. Seine Augen waren voller Besorgnis. »Er hat mit den Verhandlungen wegen der französischen Anleihe zu tun.«

Da Mr. Crawford liebenswürdigerweise veranlaßt hatte, daß ich regelmäßig zwei Londoner Zeitungen bekam, wußte ich, wovon Harry sprach. »Das Darlehen von Barings, damit Frankreich mit der Zahlung der Kriegsreparationen an die Alliierten beginnen kann?«

Harry nickte. »Ja, dieses Darlehen.« Einer der Punkte des Friedens von Paris sah vor, daß Frankreich den Alliierten eine Entschädigung von 700 Millionen Francs zahlen mußte. Da die französische Wirtschaft eine solche Summe kaum aufbringen konnte, hatte die britische Regierung mit den Bankhäusern Baring Brothers und Hopes ein langfristiges Darlehen ausgehandelt.

»Der Vertrag soll nächsten Monat unterzeichnet werden«, fuhr Harry fort. Die Besorgnis in seinem Blick wurde noch deutlicher. »Adrian kommt nach London, um sicherzustellen, daß alles glatt geht.«

Ich spürte, wie mir das Blut aus den Wangen wich.

»Genau«, sagte Harry.

Ich kaute an meiner Unterlippe. »Wird er in London bleiben oder glaubst du, daß er aufs Land kommt?«

»Er hat ganz sicher vor, nach Greystone Abbey zu kommen«, erwiderte Harry. »Tatsächlich gewann ich den Eindruck, daß er plant, in England zu *bleiben.* Er schrieb mir, daß er in seiner Funktion als Gutsherr schon zu lange abwesend sei.«

Ich blickte mich mit einem unterdrückten Seufzer in dem behaglichen, feuererhellten Raum um. Es war wundervoll gewesen, auf Lambourn zu leben, aber insgeheim hatte ich gewußt, daß es nicht ewig währen konnte.

»Falls Adrian die Scheidung möchte, werde ich natürlich mein Einverständnis geben«, sagte ich zu Harry. »Aber zu meinem Onkel gehe ich nie wieder zurück. Harry, du mußt Paddy für mich ausfindig machen. Ich kann bei ihm leben.«

Harry schien meine Meinung nicht zu teilen. »Adrian wird sich nicht scheiden lassen, Kate! Denk doch an den Skandal!«

»Wenn Lady Mary ihn wirklich liebt, wird sie der Skandal nicht kümmern«, sagte ich.

Harry schüttelte den Kopf. »Lady Mary spielt keine Rolle«, sagte er. »Adrian wird sich nicht scheiden lassen.«

Vielleicht hat es mit seinem Wunsch zu tun, in die Politik zu gehen, dachte ich. Vielleicht hätte eine Scheidung einen nicht wiedergutzumachenden Makel dargestellt.

Den ganzen Winter hatte ich über unser Problem nachgedacht, und jetzt erwähnte ich die andere Lösung, zu der ich gelangt war. »Vielleicht könnte er eine Annullierung erwirken. Ich weiß zwar nicht, unter welchen Bedingungen eine Ehe für ungültig erklärt werden kann, aber eine wirkliche Ehe haben wir nie geführt. Wir haben nie zusammen gelebt.«

»Wenn Adrian nur einen Funken Verstand besitzt, wird er an der Frau festhalten, die er hat«, sagte Harry barsch. »Es ist das Beste, was er tun kann.«

Ich war gerührt. »Harry, das ist sehr nett von dir, aber dein Bruder glaubt, ich wäre in Charlwoods Plan eingeweiht gewesen, und hat deshalb für mich wenig Sympathien übrig.«

»Ich werde ihm die Augen öffnen«, sagte Harry. »Wer dich näher kennt, weiß sofort, daß du dich nie und nimmer für ein so heimtückisches Ränkespiel hergeben würdest.«

Da ich mich sehr niedergeschlagen fühlte, kam sein Vertrauen in meine Ehrlichkeit mir sehr gelegen. »Danke«, sagte ich.

Harry bedachte mich mit einem aufmunternden Lächeln. »Keine Angst, Kate, ich werde mit ihm sprechen. Du wirst schon sehen, alles wird sich zum Besten wenden. Adrian ist ein Ehrenmann. Er wird dich nicht verstoßen.«

»Harry, ich brauche keine Barmherzigkeit«, sagte ich gereizt.

Er gab keine Antwort, und ich verfolgte das Thema nicht weiter. Ich war ein alleinstehendes weibliches Wesen, mittellos und ohne Familie. Wenn ich nicht Barmherzigkeit nötig hatte, dann wußte ich nicht, wer sonst. Unnötig zu sagen, daß es kein Gedanke war, der mich mit Freude erfüllte.

»Vielleicht *möchte* ich nicht mit ihm verheiratet bleiben«, murmelte ich in kindischem Trotz.

»Sei nicht töricht, Kate«, sagte Harry darauf.

Ich sah ihn finster an, äußerte aber kein Wort.

Das Abkommen zwischen Baring Brothers und Hopes und der französischen Regierung wurde im Beisein des Earls of Greystone als Vertreter der britischen Regierung am zehnten Februar 1817 unterzeichnet. Zwei Tage darauf verließ der Earl London, um sich auf sein Hauptgut Greystone Abbey in der Nähe von Newbury in der Grafschaft Berkshire zu begeben. Ich wußte es, weil Harry herübergeritten kam, um mir die Nachricht zu überbringen, daß Adrian am nächsten Tag in Greystone eintreffen würde.

Es vergingen drei weitere Tage, bis er sich auf Lambourn blicken ließ.

Daß es für mich keine leichte Zeit war, läßt sich denken. Da das Wetter es erlaubte, ritt ich täglich alle Pferde, die in den Ställen standen, nicht zuletzt deshalb, weil es um meine Konzentration so schlecht bestellt war, daß ich mir die Zeit nicht mit Lektüre vertreiben konnte. Da in der Bibliothek von Lambourn keine Romane zu finden waren, hatte ich mich den ganzen Winter über in *Der Wohlstand der Nationen* von Adam Smith vertieft, ein Werk, das man nicht flüchtig und unkonzentriert lesen konnte.

Er kam am sechzehnten Februar um elf Uhr morgens und traf mich noch im Haus an, da es Nachtfrost gegeben hatte und ich warten wollte, bis der Boden ein wenig aufgetaut war, ehe ich in den Stall ging. Mrs. Noakes hatte wegen meiner Appetitlosigkeit schon tagelang an mir herumgenörgelt, so daß ich mich in der Bibliothek versteckte, um ihr aus dem Weg zu gehen. Eine Stunde lang hatte ich leeren Blickes ins Feuer gestarrt, als Mr. Noakes hereinkam und mit Argwohn erregender Sanftheit meldete: »Seine Lordschaft ist da, Mylady.«

Ich sprang auf, und da betrat auch schon Adrian den Raum. Ich vergaß immer wieder, wie groß er war. Seine Schultern füllten den Türrahmen aus. »Wie geht es Ihnen, Mylord«, sagte ich leise und höflich.

Es trat eine erschrockene Pause ein. Ich nehme an, daß ich geklungen hatte, als wäre ich ihm zum erstenmal begegnet.

»Mir geht es gut«, gab er zurück. »Ich hoffe, du bist wohlauf.«

»Ja.« Etwas anderes wollte mir nicht einfallen. Ich warf Mr. Noakes einen flehentlichen Blick zu, doch dieser machte Anstalten zu gehen.

»Soll ich Mrs. Noakes sagen, daß Sie heute bei uns zu Mittag speisen, Mylord?«

»Ja, Noakes, danke.«

Mr. Noakes ging hinaus.

Ich war allein mit meinem Mann.

»Setz dich, Kate«, sagte er. »Ich werde dich schon nicht fressen.«

Ich ließ mich auf einem der blauen Sessel vor dem Kamin nieder, während er sich mir gegenüber setzte, auf den Sessel, den Harry so oft benutzt hatte. Er trug ein blaues Jackett, hellbraune Breeches und hohe Stiefel. Da sein Gesicht von der Kälte gerötet war, nahm ich an, daß er selbst kutschiert hatte. Ich wartete, die Hände im Schoß gefaltet.

»Nun, eine Plaudertasche bist du nicht«, stellte er nicht ohne Belustigung fest.

»Ich weiß nicht, was ich sagen soll«, erwiderte ich wahrheitsgemäß und biß mir auf die Lippe. »Ich habe mich Ihnen gegenüber so schlecht benommen, und Sie waren so gütig zu mir, daß ich mich schäme.«

Er zog seine Brauen in die Höhe. »Man kann doch nicht behaupten, daß es gütig war, dich neun Monate lang allein zu lassen.«

»Sie haben mich in diesem schönen Haus wohnen lassen«, sagte ich. »Sie haben mir sogar Geld gegeben. Und wir beide kennen die Umstände unserer Heirat, Mylord. Ich bin der Meinung, daß Sie sehr, sehr ...«, innehaltend suchte ich nach dem passenden Wort, »... großmütig waren«, sagte ich schließlich.

Diesmal zog er nur eine Braue in die Höhe. Sein Haar glänzte im Feuerschein wie Harrys Haar, Adrian aber weckte in mir nicht die Unbefangenheit und das Wohlgefühl, die mich in Gesellschaft seines Bruders überkamen.

Ein wenig abrupt sagte er: »Sowohl mein Bruder als auch mein Verwalter haben mir klargemacht, daß du an Charlwoods schurkischem Plan keinen Anteil hattest und ebenso Opfer warst wie ich.«

In dem Bemühen, ihn zu überzeugen, beugte ich mich vor. »Es stimmt, ich hatte von der Absicht meines Onkels keine Ahnung. Hätte ich es gewußt, ich wäre niemals, niemals mit Ihnen gefahren. Aber ...« Ich spürte, wie ich errötete. Ich hatte seinem Blick standgehalten, nun aber sah ich wieder schuldbewußt nieder, unfähig, den steten Blick der grauen Augen zu ertragen.

»Aber ...« Er sagte es nicht zornig, nur neugierig.

Meine Worte überstürzten sich. »Ich hätte mich weigern sollen, Sie zu heiraten. Es war feige von mir, dem Druck meines Onkels nachzugeben. Das ist meine Schuld, und ich bereue sie sehr. Ich sagte schon, daß ich alles tun will, was Sie wünschen ...« Mein Erröten wurde tiefer, als mir einfiel, was nach diesem Versprechen geschehen war, und ich blickte auf, um zu sehen, ob er sich ebenso erinnerte. Seine Miene war ernst.

Ich sprach eilig weiter: »Falls Sie eine Annullierung anstreben, werde ich alles tun, um Ihnen dabei zu helfen.«

»Wenn ich unsere Ehe für null und nichtig erklären lasse, wirst du dann nach Charlwood zurückgehen?«

»Nein!« Sogar ich hörte die Angst aus meiner Antwort heraus. Ich schluckte und zwang mich zu einem Ton, der Vernunft und Gelassenheit verriet. »Ich habe lange überlegt«, sagte ich. »Ich weiß, daß Sie viele Häuser besitzen. Vielleicht brauchen Sie in einem davon eine Haushälterin?« Es war eine Idee, die mir erst vor zwei Tagen eingefallen war und die ich in meiner Lage für geeignet hielt.

»Soll das heißen, daß du dich in eine Haushälterin verwandeln möchtest?« Er sagte es fassungslos.

»Mrs. Noakes hat mir das Kochen beigebracht«, verkündete ich voller Stolz. »Ich habe sie den ganzen Winter im Haus beobachtet und weiß, daß ich gute Arbeit leisten könnte.«

»Kate, dein Großvater war Viscount. Du brauchst doch nicht kochen zu lernen!«

Er begriff nicht. Ich nehme an, daß ich es eigentlich gar nicht erwartet hatte. »Ich könnte aber auch Paddy O'Grady, den alten Pferdeknecht meines Vaters, suchen und bei ihm bleiben. Er kennt mich seit meiner Geburt.«

»Du kannst doch nicht mit einem Pferdeknecht leben«, sagte er ungeduldig.

»Paddy ist mehr als das«, erklärte ich. »Er ist wie ein Familienmitglied.«

Um seinen Mund erschien ein harter Zug. »Falls wir diese Ehe annullieren lassen, werde ich dafür sorgen, daß du genug Geld hast, um dein eigenes Haus zu führen und so zu leben, wie es dir beliebt.«

»Ihr Geld könnte ich niemals nehmen«, sagte ich, und es war mir ernst.

Mr. Noakes erschien im Eingang und kündigte an: »Mylady, der Lunch ist serviert. Im Speisezimmer.«

»Danke, Mr. Noakes.«

Als wir die Bibliothek verließen, fragte Adrian mich neugierig:

»Warum hielt Noakes es für nötig, das Wort ›Speisezimmer‹ so zu betonen?«

Eine Lüge wäre zwecklos gewesen. »Meist esse ich in der Küche. Aber Mrs. Noakes hält es für unpassend.«

Schon vor Monaten waren alle Einlegebretter aus dem Eßzimmertisch entfernt worden, so daß Adrian und ich nicht so weit voneinander entfernt waren, obwohl wir an entgegengesetzten Enden der schimmernden Mahagonifläche saßen. Mr. Noakes trug die Ochsenschwanzsuppe auf, von der ich nur einen Löffel essen konnte, da mein Magen revoltierte.

Adrian hatte seine Suppe fast aufgegessen, als Mr. Noakes, der an der Wand stand und darauf wartete, unsere Suppenteller vor dem nächsten Gang abzuservieren, ein wenig erstickt sagte: »Mylady, Mrs. Noakes wird sehr ungehalten sein, wenn Sie die Suppe nicht aufessen.«

Adrian hob den Kopf.

»Tut mir leid, Mr. Noakes«, sagte ich. »Ich habe einfach keinen Hunger.«

»Noakes, überwachen Sie immer die Eßgewohnheiten der Dame des Hauses?« fragte Adrian sanft.

Der Alte bedachte Adrian mit einem verschmitzten Blick. »Entschuldigen Sie, Mylord. Ich wollte nicht aufdringlich sein. Es ist nur so, daß Mylady die ganze Woche über kaum etwas zu sich genommen hat ...« Er ließ den Satz unvollendet.

»Mr. Noakes, Sie könnten gar nicht aufdringlich sein«, sagte ich fest. »Und ich werde versuchen, die Suppe aufzuessen.« Ich verleibte mir einen Löffel voll ein, um meinen guten Willen zu zeigen.

Der Rest des Dinners verlief recht angenehm, und ich schaffte es, ausreichend von den folgenden Gängen zu essen, um Mrs. Noakes friedlich zu stimmen. Ich stellte Adrian Fragen über das Darlehen an Frankreich, und er antwortete mir mit der gutmütigen Bereitwilligkeit, an die ich mich vom Anfang unserer katastrophalen Fahrt erinnern konnte, ehe die Achse gebrochen war. Eine Weile vergaß ich sogar, daß er mich vermutlich haßte.

Es fiel mir jedoch wieder ein, als wir allein in der Bibliothek waren. Wir standen vor dem Kamin und sahen uns an. »Kate, eine Annullierung wird nicht leicht zu erreichen sein.«

»Ich würde den Schurkenstreich meines Onkels beeiden«, versicherte ich ihm.

Um sein Kinn legte sich ein entschlossener Zug. »Eher will ich verdammt sein, als daß die Welt erfahren soll, wie Charlwood mich mit dem ältesten Trick der Welt hereingelegt hat.«

»Es könnte ein wenig peinlich sein«, gab ich ihm recht. »Aber ein wenig Peinlichkeit ist doch sicher besser, als lebenslang an eine ungeliebte Frau gefesselt zu sein?«

Schweigen. Die Samtvorhänge waren offen, die Sonnenstrahlen fielen schräg durch die alten Glasscheiben und sammelten sich auf dem abgetretenen Perserteppich. Ich beobachtete, wie die Staubteilchen im hellen Schein tanzten.

Plötzlich überquerte Adrian den Kaminvorleger und zwang mich, ihn anzusehen, indem er mein Kinn umfaßte. Es überraschte mich, Schwielen an seinen starken, aristokratischen Fingern zu spüren. »Du bist entweder unglaublich naiv oder die raffinierteste junge Dame, der ich je begegnet bin«, sagte er leise.

Urplötzlich regte sich mein Zorn. Mit einem Ruck entzog ich ihm mein Gesicht, und er ließ mich los. Ein paar Schritte zurückweichend sah ich ihn böse an. »Ich bin weder das eine noch das andere«, sagte ich heftig.

»Nein?«

»Nein, bin ich nicht!«

Er sah mich mit hartem, eindringlichem Blick an. »Gehen wir hinüber zu den Ställen, damit du mir Elsa vorführen kannst.«

Seine Art, das Thema zu wechseln, war gelinde gesagt verwirrend, aber ich war mehr als glücklich, mit ihm gehen zu können. Ich schlüpfte in meinen winterlichen Reitdreß, und er zog seinen Kutschermantel an, um gemeinsam zum Stall zu gehen.

Die Sonne hatte die Luft beträchtlich erwärmt, während wir zu Mittag gegessen hatten, und ich hob der Wärme mein Gesicht entgegen. Beide schwiegen wir. Das einzige Geräusch war das Knirschen unserer Stiefel auf dem Kiesweg.

Vor Elsas Box angelangt, rief Adrian in unendlich weichem und leisem Ton ihren Namen. »Na, wie geht es, mein Mädchen?« sagte er. »Komm her und begrüße mich.«

Die Stute erkannte ihn. Sie hob den Kopf und spitzte die Ohren, ehe sie sich langsam umdrehte und auf ihn zukam, mit gestrecktem Hals und weichem Blick. Leise wiehernd rieb sie ihr Maul an seiner Schulter. Er streckte die Hand aus und liebkoste die sternförmige Blesse auf ihrer Stirn.

Ich glaube, das war der Augenblick, als ich mich in ihn verliebt habe.

»Wunderbar sieht sie aus«, sagte er nach einer Weile zu mir.

Er hatte ihr das Leitseil über den Kopf geschoben, es festgeschnallt und führte sie nun aus der Box. Die Sonne spiegelte sich in ihrem glänzenden dunklen Winterkleid. Adrian sah mich an. »Reite sie für mich«, sagte er.

»Ich hole den Sattel, Mylady«, bot Willie mir an, ehe ich antworten konnte, und lief schon zur Sattelkammer, während Adrian und ich Seite an Seite auf dem Stallhof standen, zwischen uns die Stute.

Ich strich mit der Hand über ihren gewölbten, schimmernden Hals. »Wie alt war sie, als Sie sie gekauft haben?« fragte ich.

»Sie war vier, als ich vierzehn war«, sagte Adrian. »Einige Male war sie in Newmarket gelaufen, ohne viel Erfolg, deshalb konnte ich sie recht günstig kaufen. Wenn ich mich richtig erinnere, hat sie mich die Hälfte meines Vierteljahresgeldes gekostet.«

»Sie ist so vollkommen gebaut«, sagte ich. »Haben Sie denn nie versucht, sie zur Zucht zu verwenden?«

»Doch, natürlich. Sie hatte zwei totgeborene Fohlen, und ich wollte ihr nicht noch eines zumuten, deshalb gab ich jeden Versuch auf.«

»Und Sie haben nicht erwogen, sie nach Spanien mitzunehmen?«

»Doch nicht dieses kleine Mädchen«, sagte er in einem Ton, in dem sich Belustigung und Zuneigung mischten. »Sie ist kein richtiges Pferd, mußt du wissen. Sie ist eine Prinzessin in Pferdegestalt.«

Ich lachte entzückt auf. Er hatte für Elsa die perfekte Beschreibung geliefert.

Willie kam mit meinem Sattel und legte ihn Elsa auf. Als sie das Gewicht spürte, legte sie die Ohren zurück, um sie wieder aufzustellen, als ich ein Zungenschnalzen hören ließ.

»Ich wollte sie nicht den Härten des Kavallerielebens aussetzen«, sagte Adrian, »aber ich wollte sie auch niemandem verkaufen, der auf Biegen und Brechen Fuchsjagden reitet. Deshalb habe ich sie hierher nach Lambourn geschickt. Gewiß, für den Ruhestand war sie noch zu jung, aber eine andere Möglichkeit sah ich nicht.«

Willie hatte den Sattelgurt festgezurrt, während wir sprachen, und sagte jetzt: »Sie ist bereit, Mylady.«

Adrian warf einen Blick zum Aufsteigetreppchen, das ich kaum benutzte, obwohl Elsa fast sechzehn Handbreit hoch war. Ich steckte meinen linken Fuß in den Bügel, schwang mich hinauf und setzte mich sanft in den Sattel. Ich ritt auf die Koppel zu und Adrian folgte mir, ungezwungen mit Willie plaudernd.

Wie immer begann ich unsere Übungen in weit ausholendem Schritt am langen Zügel, um Elsas Muskeln zu lockern, ehe wir in Vorwärtstrab übergingen. Als nächstes ritten wir Zirkel auf beiden Händen, und nach einer Viertelstunde fing ich an, sie zu versammeln.

Ein Pferd, in klassischer Manier geritten, ist elastisch, vorwärts gerichtet und in der Senkrechten. Es tritt unter, so daß sein muskulöser Rücken die Brücke zwischen aktiver Hinterhand und Gebiß bildet. Elsa hatte auf diese Arbeit wunderbar reagiert. Ihre Muskeln hatten sich entwickelt, ihr Ausdruck war wachsam, sie sah aus und bewegte sich wie ein halb so altes Pferd.

Ich ritt eine halbe Stunde, was für diese intensive Arbeit ausreichend ist. Adrian öffnete das Gatter für uns, damit wir heraus konnten, und stand bei Elsas Kopf, während ich absaß. Wie immer lobte ich sie und gab ihr Zucker, ehe ich sie Willie überließ, der sie zu ihrem wohlverdienten Heu führte.

Jetzt sagte Adrian zum ersten Mal etwas. »Ich wollte sie immer so reiten, wußte aber nicht, wie ich es anfangen sollte ...«

»Mein Vater hat es mir beigebracht«, sagte ich. »Er hat vor der Revolution in Saumur reiten gelernt.«

Wir verließen den Stallhof gemeinsam und gingen den Weg zurück zum Haus. Mein Kopf reichte kaum bis an seine Schulter, und ich sah, wie er seine Schritte verkürzte, um sie meinen anzugleichen. »Mir stand nur Literatur zur Verfügung«, sagte er. »*École de Cavalerie* von La Guerniere war meine Bibel, aber ich hatte niemanden, der mir etwas praktisch gezeigt hätte.«

»Sie haben es auf eigene Faust sehr weit gebracht.« Weiße Wölkchen jagten über den strahlenden blauen Himmel, und der Geruch von Holzfeuer wehte vom Haus her auf uns zu. »Ehrlich gesagt war ich erstaunt, als ich beim ersten Mal feststellte, daß die Stute so gut zugeritten war. Die Engländer sind gewöhnlich ziemlich plump.«

Er gab keine Antwort, so daß ich schon fürchtete, ich hätte ihn als Kavallerieoffizier beleidigt. »Damit wollte ich nur sagen, daß die Engländer nicht im klassischen Sitz reiten«, beeilte ich mich hinzuzufügen.

»Der Duke of Wellington ist als junger Mann in der Manege von Angers geritten«, sagte Adrian. »Er vertrat immer die Meinung, die englische Kavallerie bestünde aus lausigen Reitern.«

Papa war derselben Meinung, doch hielt ich es für klüger, diesen Punkt nicht weiter zu verfolgen. »Damit kann der Herzog aber nicht Sie gemeint haben«, sagte ich.

Meine Verteidigung seiner Reitkunst schien ihn zu amüsieren. »Ich habe dazugelernt«, war alles, was er sagte. Wo der Weg an der alten Molkerei vorüberführte, war der Boden vereist, da der Schatten des Hauses die Sonne abhielt. Ich hielt meinen Blick auf das Eis gerichtet, um nicht unversehens auszurutschen, und hörte ihn sagen: »In Lissabon hatte ich Gelegenheit, in der Königlichen Manege zu reiten. Es war wie eine Offenbarung.«

Ich sah auf und begegnete seinem Blick. Er schmunzelte. Es war das erste Mal, daß ich jenes besondere Lächeln sah, und mein Herz geriet ins Flattern. »Ich habe einen Lusitano-Hengst mit nach Hause gebracht«, sagte er.

Daraufhin blieb mir der Mund vor Verblüffung offen. Der Lusitano, der für Portugal typische Warmblüter, wurde wie die Lipizzaner der Spanischen Hofreitschule in Wien seit Jahrhunderten eigens für die Dressur gezüchtet. »Hier in England?« japste ich. Die Portugiesen waren bekannt dafür, ihre kostbaren Pferde nicht außer Landes zu lassen.

»Auf Greystone«, sagte er. »Du mußt unbedingt einmal kommen und ihn reiten.«

7. Kapitel

»War dein Bruder sehr wütend, daß man dich hinausgeworfen hat?« fragte ich Harry. Seit seinem ersten Besuch vor fünf Tagen hatte ich von meinem Mann nichts gesehen oder gehört. Und es war das erste Mal, daß ich Harry wieder zu Gesicht bekam.

Wir aßen wie üblich in der Bibliothek, und Harry verschlang heißhungrig einen von Mrs. Noakes' Buttermuffins. Nachdem er auch den letzten Bissen geschluckt hatte, sagte er düster: »Wütend war er nicht, sondern eher enttäuscht. Wut wäre meinem Gewissen besser bekommen.«

Ich konnte ihn gut verstehen.

Harry fuhr fort: »Natürlich erwartet er, daß ich nächstes Semester weitermache. Inzwischen soll ich mit dem hiesigen Pfarrer studieren, damit ich nicht so weit zurückbleibe.«

»Glaubst du, daß dir daneben noch Zeit bleibt, nach Paddy zu suchen?« fragte ich zaghaft.

»Kate, die Suche nach Paddy hat für mich absoluten Vorrang«, beruhigte er mich und biß wieder von seinem Muffin ab.

Es bedeutete für mich eine große Erleichterung, da ich mir schon Sorgen gemacht hatte, wie Adrians Rückkehr sich auf meine Nachforschungen auswirken würde.

»Hast du die gestrige *Morning Post* gelesen?« fragte Harry mit vollem Mund.

»Nein.« Meine seit fünf Tagen anhaltende Appetitlosigkeit hatte dafür gesorgt, daß ich von Mrs. Noakes' köstlichem Backwerk kein einziges Stück angerührt hatte. »Ich bekomme die Zeitungen immer mit einigen Tagen Verspätung.«

»Adrian bekommt sie pünktlich«, sagte Harry, der nun das letzte Stück Teegebäck schluckte und eine Braue auf jene Art hochzog, wie ich sie schon bei seinem Bruder bemerkt hatte. Zuvor war mir diese Gewohnheit bei Harry nicht aufgefallen.

»In den Klatschspalten stand eine interessante Notiz.«

Ich klopfte mit der Schuhspitze ungeduldig auf den Teppich.

»Hast du die Absicht, es mir zu sagen, oder gedenkst du dazusitzen und boshaft zu lächeln?«

»Ich lächle nicht boshaft«, entgegnete er entrüstet.

»Doch, das tust du.«

»Nein, tue ich nicht.«

Ich zählte mit geschlossenen Augen still bis zehn. Bei acht hörte ich Papier rascheln. Als ich die Augen öffnete, sah ich Harry neben meinem Sessel stehen, in der Hand einen Zeitungsausschnitt. Ein Blick genügte, um zu erkennen, daß er aus der *Morning Post* stammte. Ich griff danach und beugte mich darüber.

Die ›interessante Notiz‹, von der Harry gesprochen hatte, war der erste Artikel in der ›Klatsch‹-Spalte. Ich las: *Wo mag wohl die Gattin eines gewissen, jüngst aus dem Ausland zurückgekehrten Earls stecken? Beruhen die Scheidungsgerüchte doch auf Tatsachen? Und wenn ja, was wird dann aus seiner politischen Laufbahn?*

»Ach, du meine Güte.« Ich schaute von dem Papier in meiner Hand auf. »Ist dein Bruder sehr erbost?«

»Er tobt«, erwiderte Harry, der wieder zu seinem Sessel ging, um sich gemütlich niederzulassen und die Beine in die Wärme des Feuers zu strecken. »Adrian mag es nicht, wenn er unter Zwang handeln muß, und Charlwood hat ihn nun zweimal in diese Lage versetzt.«

»Glaubst du, daß dies Charlwoods Werk ist?« fragte ich und hielt den Ausschnitt in die Höhe.

»Das muß es wohl sein, meinst du nicht auch?«

»Wahrscheinlich«, erwiderte ich bedrückt.

»Ich habe Adrian geraten, der Ehe einen glaubhaften Anschein zu geben, weil das die einzige Möglichkeit ist, es diesem Schurken richtig heimzuzahlen«, erklärte Harry mir mit sichtlicher Befriedigung. »Und ich glaube, er gibt mir endlich recht.«

»Was meinst du mit ›*der Ehe einen glaubhaften Anschein geben*‹«, fragte ich wachsam.

»Nun, dafür zu sorgen, daß sie glücklich ist. Kate, es besteht schließlich kein Grund, weshalb du und Adrian nicht miteinander auskommen solltet. Ihr seid jung, ihr seid nicht häßlich und teilt die Leidenschaft für Pferde.« Er sah mich mit engelhaftem Lächeln an. »Was also könnte eurem Glück im Wege stehen?«

Dieses wahrhaft gigantische Ausmaß von Gefühllosigkeit verschlug mir die Sprache. Er mußte meine Miene richtig gedeutet haben, da er mit einer bezeichnenden Handbewegung sagte: »Kate, steig endlich vom hohen Roß herunter. Ich dachte dabei eher an dich als an Adrian. Du bist es, die ein Zuhause braucht.«

Ich machte den Mund auf, um zu antworten, er aber schüttelte den Kopf und schnitt mir das Wort ab, indem er sagte: »Daß du mit diesem Stallknecht zusammenleben könntest, schlag dir lieber aus dem Kopf. Das geht einfach nicht. Du bist eine Dame, und Damen leben nicht mit Stallburschen zusammen. Das Leben mit Adrian ist viel besser.«

Ich wartete, bis ich sicher sein konnte, daß er fertig war, und sagte dann: »Für mich mag es ja besser sein, aber was ist mit Adrian? Ich habe nicht die Absicht, ihn für immer an eine erzwungene Ehe zu ketten!«

»Etwas Besseres könnte ihm nicht passieren«, erklärte er wacker. »Du paßt viel besser zu ihm als diese langweilige Lady Mary.«

Das bezweifelte ich zwar sehr, doch fand ich es nett von Harry, es zu sagen. Ich blickte nieder und las die Notiz noch einmal. »Stimmt es, daß eine Scheidung der politischen Karriere deines Bruders schaden könnte?« fragte ich ihn.

»Ja.«

»Aber Männer haben doch immer Geliebte«, wandte ich ein. »Sogar der Duke of Wellington hat Geliebte! Und *seiner* politischen Laufbahn hat es sicher nicht geschadet!«

»Kate, Wellington läßt sich nicht scheiden. Geliebte sind eine Sache, Scheidungen eine ganz andere.«

Hitzig sagte ich nun: »Also wenn das nicht Heuchelei ist, dann weiß ich nicht ...«

»Gewiß ist es Heuchelei«, gab er mir bereitwillig recht, »aber so ist eben unsere Welt, Kate. Du bist es Adrian schuldig, mit ihm verheiratet zu bleiben.«

Ich runzelte die Stirn, lehnte mich zurück und starrte ins Feuer. Nach kurzem Schweigen sagte Harry aufmunternd: »Kate, so überleg doch! Wir werden die Umstände des Todes deines Vaters viel leichter aufklären können, wenn wir in enger Verbindung bleiben. Als Adrians Frau bist du für mich leicht erreichbar. Bestehst du aber auf einer Scheidung, wirst du womöglich weiß Gott wo landen.«

Ich nagte an meiner Unterlippe. »Da dürftest du recht haben«, sagte ich teilnahmslos.

»Adrian wird dir morgen wahrscheinlich ohnehin einen Besuch abstatten«, fuhr Harry fort, »aber ich hielt es für besser, dich darauf vorzubereiten, was er sagen wird.«

»Das war sehr umsichtig von dir, Harry«, meinte ich.

»Verfall bloß nicht in Katastrophenstimmung, Kate«, ermahnte er mich. »Adrian ist ein prächtiger Mensch. Deine Befürchtungen sind völlig unbegründet. Du könntest niemanden finden, bei dem du besser aufgehoben wärest.«

Die ganze Nacht über fand ich kaum Schlaf. Mein Verstand drehte sich im Kreis, immer wieder, wie ein Hund, der nach seinem eigenen Schwanz schnappt.

Adrian ist wundervoll, und ich möchte seine Frau bleiben.

Wenn er die Ehe vollzieht und mich haßt, werde ich mich elendig fühlen.

Er liebt schon eine andere. Lady Mary, das Ideal an Vollkommenheit.

Ich weiß nicht, wie man sich als Countess benimmt. Ständig werde ich ihn in Verlegenheit bringen.

Vielleicht könnte ich ihn dazu bringen, mich zu lieben.

Adrian ist wundervoll, und ich möchte seine Frau bleiben.

Wie man sieht, keine sehr nutzbringende Übung, denn als ich schließlich am Morgen aufstand, lagen dunkle Ringe unter meinen Augen. Man kann sich die Kommentare von Mr. und Mrs. Noakes vorstellen.

Der Himmel war mit tiefen grauen Wolken verhangen, die Luft roch nach Schnee. *Heute kein Adrian,* dachte ich schon. Ich hatte mich in der Bibliothek vergraben und war bemüht, mich auf *Wohlstand der Nationen* zu konzentrieren, als er eintrat.

Die Schultern seines Mantels waren mit Schnee bestäubt, Schmelzwassertropfen glitzerten wie Diamanten auf seinem glattgebürsteten Haar. Ich blickte ihn über den Rand meines Buches hinweg an und sagte kein Wort.

Mr. Noakes übernahm seinen Mantel und fragte, ob er Tee oder vielleicht einen Rumpunsch wolle.

»Im Moment nichts, Noakes«, entgegnete Adrian. »Mylady und ich möchten allein sein. Es gilt, etwas zu besprechen.«

»Sehr wohl, Mylord.« Der Ton des Alten war ehrerbietig, ganz anders, als wenn er mit mir sprach.

Nachdem sich die Tür hinter Mr. Noakes geschlossen hatte, trat Adrian ans Feuer und streckte die Hände aus. »Es fängt zu schneien an«, sagte er.

»Ja.«

Seufzend drehte er sich zu mir um und sah mich an. »Kate, ich fürchte, daß wir beide an der Ehe festhalten müssen.«

Die Spitzen seiner feuchten Haare hatten sich in der Hitze des Feuers federartig aufgestellt. Ich legte das Lesezeichen in mein Buch, das ich langsam zuklappte. »Warum?« fragte ich.

Er zog seine Brauen hoch. »Ich dachte, Harry wäre gestern mit einer Ausgabe der *Morning Post* schnurstracks zu dir geeilt.«

»Ja, das ist er.«

Seine Brauen wanderten noch ein Stück höher. »Dann müßte die Antwort auf diese Frage eigentlich klar sein. Es liegt in unser beider Interesse, an der Ehe festzuhalten. Rundheraus gesagt, meine Liebe, du wüßtest nicht, wohin du gehen solltest, und ich möchte nicht vor allen meinen Freunden als Idiot dastehen.«

Wie sehnlich wünschte ich mir, ihn anzusehen, ihn niemals wieder aus den Augen zu lassen! Doch ich senkte den Blick aus Angst, er würde dieses Verlangen in meinen Augen lesen. »Mein Wohlergehen soll nicht Ihre Sorge sein, Mylord«, sagte ich steif. »Seien Sie versichert, daß ich sehr wohl imstande bin, mich selbst um mich zu kümmern.«

»Das entspricht aber nicht dem Eindruck, den ich im Wirtshaus in Luster gewann«, gab er zurück.

Ruckartig sah ich auf, so verblüfft war ich. Kerzengerade dasitzend, so daß mein Rücken die Sessellehne nicht berührte, fragte ich: »Was wollen Sie mit dieser Bemerkung sagen?«

Der Blick seiner grauen Augen lag ruhig auf meinem Gesicht. »Ich meine damit, daß deine Angst vor Charlwood nicht zu übersehen war. Und deshalb war ich bereit, dich zu heiraten, Kate. Nur ein Ungeheuer hätte dich wieder seiner Gewalt überantwortet.«

Ich war wie vor den Kopf geschlagen. »Und ich dachte, Sie dachten, ich würde mit ihm unter einer Decke stecken«, brachte ich mit erstickter Stimme hervor.

»Wenn du mit ihm gemeinsame Sache gemacht hättest, dann nur aus Angst«, erwiderte er, um nach einer kurzen Pause fortzufahren: »Kate, was hat er dir angetan?«

Ich drückte die Hände an meine glühenden Wangen. »Er hat mir nichts angetan! Ich hatte keine Angst vor ihm! *Deswegen* hätten Sie mich nicht zu heiraten brauchen. Ich bin sehr wohl imstande, auf mich achtzugeben.«

»So sehr, daß du lieber Haushälterin werden wolltest, als ich davon sprach, du solltest zurück zu deinem Onkel gehen«, sagte er.

»Ich kann ihn nicht ausstehen«, gestand ich zähneknirschend. »Aber ich habe keine Angst vor ihm.«

Diesmal zuckten beide Brauen als Zeichen des Unglaubens in die Höhe.

So erregt war ich, daß ich aufsprang und das Buch, das auf meinem Schoß gelegen hatte, auf dem Boden landete. Ich bückte mich danach, und als ich mich aufrichtete, streckte er seine Hand nach dem Band aus. »Was liest du da?«

Ich sah auf die sehnige, befehlsgewohnte Hand mit den langen Fingern und überließ ihm langsam mein Buch.

»Adam Smith«, sage er erstaunt und sah mich an. »Ja, verstehst du das denn?«

»Nein«, gab ich mit zusammengebissenen Zähnen zurück. »Ich sitze nur da und lasse den Blick über die Zeilen gleiten.«

Er schien amüsiert. »Tut mir leid. Ich wollte dich nicht kränken, Kate. Es ist nur ... na ja, es gibt nicht viele junge Damen, die sich für Nationalökonomie interessieren.«

»In der Bibliothek waren keine Romane zu finden«, sagte ich darauf.

Seine Belustigung trat deutlicher zutage. »Ich sagte schon, daß es mir leid täte.«

»Ich mag Gönnerhaftigkeit nicht«, sagte ich ruhig.

Die Belustigung schwand aus seiner Miene und machte Nachdenklichkeit Platz. »Ich will es mir merken.«

Ich entschied, daß die Zeit für ein offenes Wort gekommen war. »Ehe wir die Diskussion fortsetzen, Mylord, sollen Sie ein paar Dinge erfahren«, sagte ich.

Er lehnte seine Schultern an den dunklen Kaminsims aus Holz und verschränkte die Arme. »Ich höre«, sagte er mit einer Neigung des Kopfes.

Noch immer zu eingeschüchtert, um ihn anzusehen, starrte ich statt dessen den Teppich an. Die verblichene rosa-blaue Oberfläche wies zahlreiche Brandflecken auf, wo Funken aus dem Kamin auf der weichen alten Wolle aufgetroffen waren.

»Ich muß Ihnen sagen, daß ich keine Ahnung habe, was von einer Countess verlangt wird«, fing ich an. »Das ist der Grund, weshalb mein Onkel Sie zwang, mich zu heiraten. Er wußte, daß die Tochter eines ...«, ich schluckte und zwang mich, die Worte auszusprechen, »... eines irischen Glücksritters ...«, ich schloß die Augen und sagte insgeheim *Verzeih, Papa,* ehe ich fortfuhr, »... Ihre politischen Ambitionen zunichte machen würde.« Ich schaute rasch auf, um zu sehen, wie er reagierte, doch seine ernste Miene war undeutbar.

Mein Blick ruhte wieder auf dem Teppich, als ich fortfuhr:

»Ich weiß nicht, wie die Gattin eines Mannes, wie Sie es sind, sich benehmen sollte«, sagte ich. »Ich weiß nicht, wie ein Haus wie Greystone geführt werden soll. Die neun Monate in Lambourn waren die längste Zeitspanne, die ich je an einem Ort verlebt habe. Bis dahin bestand mein Zuhause aus einer Abfolge von gemieteten Quartieren.« Ich blickte auf und zwang mich, seinem Blick zu begegnen. »Mylord, ich bin nicht geeignet, Ihre Frau zu sein. Sie täten gut daran, sich scheiden zu lassen.«

Diese Rede war mir sehr schwergefallen, da ich das Gefühl hatte, meinen Vater zu verraten, doch hatte ich die ganze Nacht wachgelegen und wußte, daß die Worte gesagt werden mußten.

Da sein Schweigen an meinen Nerven zerrte, setzte ich hinzu: »Sie haben recht, wenn Sie sagen, daß ich meinen Onkel nicht ausstehen kann, Sie irren sich aber mit der Behauptung, ich wüßte nicht, wohin ich gehen sollte. Machen Sie Paddy O'Grady für mich ausfindig, damit ich bei ihm bleiben kann und ein Dach über dem Kopf habe.«

Als Adrian schließlich zum Sprechen ansetzte, tat er es in ganz leisem Ton. »Kate, ich bedaure sehr, daß ich deinen Vater nicht kannte. Er hat dir nicht nur einen makellosen Sitz im Sattel beigebracht, er hat dich auch gelehrt, aufrichtig zu sein. Er muß ein feiner Mensch gewesen sein.«

Sein Gesicht verschwamm vor meinen Augen, während ich mit geballten Fäusten um Beherrschung kämpfte. »Das war er«, sagte ich mit Nachdruck.

»Alles, was du eben sagtest, mag ja stimmen, Kate«, fuhr Adrian ebenso sanft fort, »aber eines vergißt du dabei.«

»Was denn?« Ich fürchtete ein Blinzeln, damit mir nicht die Tränen über die Wangen liefen. Deshalb starrte ich ihn finster an.

»Was du nicht weißt, kannst du lernen.«

Ich blinzelte. Gottlob vergingen die Tränen.

»Du sagtest, daß du die Arbeit einer Haushälterin tun könntest«, sagte er. »Hast du mich angeschwindelt?«

»Natürlich nicht! Ich weiß, daß ich es könnte.«

»Nun, eine Countess zu sein, ist viel leichter als die Arbeit einer Haushälterin.«

Ich sah ihn unsicher an. Er hatte sich vom Kaminsims abgestoßen und streckte die Hand aus. »Komm her«, sagte er leise.

Mein Herz begann, wie verrückt in meiner Brust zu schlagen. Ich trat einen kleinen Schritt auf ihn zu und hielt dann inne. Er sagte nichts und wartete.

Wieder machte ich einen Schritt und dann noch einen, bis ich nahe genug war, um meine Hand in seine zu legen. Seine Finger, die erstaunlich hart und schwielig waren, umschlossen meine. Er zog mich nun ganz zu sich, immer enger, bis meine Brüste ihn fast streiften. Er roch nach Sonne. Ich atmete den Duft tief und bebend ein.

»Sieh mich an«, sagte er.

Aufschauend sah ich, daß sich mir sein Mund näherte.

Diesmal lag in seinem Kuß kein Zorn. Seine Lippen waren fest und sanft, nicht hart und wütend, und die Wirkung auf mich war verheerend. Ich legte den Kopf unter diesem berauschenden Druck in den Nacken, und mein Körper hob sich seinem entgegen. Mit dem Vergehen jeder Sekunde steigerte sich mein Schwindelgefühl. Ich spürte die Hitze des Feuers an meinen Beinen und nahm undeutlich wahr, daß seine Hände um meine Mitte lagen, daß seine langen Finger auf mein Kreuz drückten, um mich an ihn zu pressen. Ich erwiderte den Kuß aus ganzem Herzen, und es war der reinste Himmel.

Als er seinen Kopf hob und seine Hände fallen ließ, war ich verzweifelt, doch als mein Verstand wieder die Oberhand gewann und mir einfiel, daß ich mich in der Bibliothek auf Lambourn befand, daß das Feuer brannte und die alten Noakes in der Küche warteten und daß der Mann, den ich so hemmungslos geküßt hatte, mich gegen seinen Willen hatte heiraten müssen, verspürte ich plötzlich große Angst.

Ich rückte von ihm ab. Ich hob meine Hand an den Mund, als müsse ich diesen vor seinen Blicken schützen. Es wunderte mich nicht, als ich merkte, daß meine Hand zitterte. Ich hatte Angst, ihn anzusehen, Angst, daß ich Verachtung in seiner Miene lesen würde, Angst, daß er denken würde, ich wäre wirklich das Luder, als das er mich einmal bezeichnet hatte.

»Kate«, sagte er, »es gibt nichts, wovor du Angst haben müßtest.«

Seine Stimme klang rauher als sonst, verriet aber keine Andeutung von Verachtung. Neugierig hob ich meinen Blick.

Eine gelockte Haarsträhne fiel ihm ins Gesicht. Seine von halbgesenkten Lidern teilweise verborgenen Augen wirkten sehr hell. »Liebling, sieh mich nicht so an. Ich verspreche, daß ich es nie wieder tun werde.«

Teils wünschte ich, er würde mich wieder in seine Arme nehmen, teils war ich erleichtert. Ich zog es vor, mich in der Gewalt zu haben und wußte, daß ich mich verraten hatte, kaum daß er mich berührte.

»Setz dich, Kate«, sagte er nun. »Wir müssen miteinander reden.«

Ich nickte. Rücklings bewegte ich mich auf meinen Sessel zu, und als ich spürte, wie er gegen meine Beine stieß, setzte ich mich. Er ging zum anderen Sessel und ließ sich darauf nieder. Wenn Adrian darin saß, wirkte der Sessel viel kleiner, als wenn Harry darauf Platz genommen hatte. Er fuhr sich ungeduldig durchs Haar und strich die widerspenstige Locke zurück. »In zwei Tagen wirst du nach Greystone Abbey übersiedeln«, sagte er. »Dort werden wir lange genug bleiben, damit du die Dinge lernen kannst, die du als meine Countess wissen mußt – und das wird nicht lange dauern. Zu Beginn der Saison gehen wir nach London und müßten damit eigentlich alle Klatschmäuler ein für allemal zum Schweigen bringen.«

»Ich dachte, wir wollten miteinander reden«, sagte ich. »Aber wie mir scheint, haben Sie bislang nur Befehle erteilt.«

Er kniff die Augen zusammen. »Habe ich etwas gesagt, womit du nicht einverstanden bist?« Seine Ton war höflich, viel zu höflich.

»Ich möchte gern gefragt werden«, sagte ich. »Ich mag es nicht, wenn man mich herumkommandiert.«

Ich war stolz auf mich. Mein Stimme hatte ruhig und kühl geklungen. Er konnte nicht ahnen, daß ich Todesängste ausstand. Aber ich mußte das von Anfang an zwischen uns klären. Ich hatte nicht die Absicht, nach seiner Pfeife zu tanzen. Dafür besaß ich zu viel Stolz.

Schweigen senkte sich zwischen uns, und ich gedachte nicht, diejenige zu sein, die es brach. Schließlich sagte er: »Würde es dir passen, übermorgen nach Greystone Abbey zu kommen?« Diesmal war sein Ton absolut zuvorkommend. Und sein Gesichtsausdruck ebenso.

»Kein Wunder, daß Sie in Paris so erfolgreich waren, Mylord«, sagte ich mit aufrichtiger Bewunderung. »Niemand würde es Ihrer Miene ansehen, daß es Sie vermutlich in den Fingern juckt, mir den Hals umzudrehen.«

Daraufhin lachte er. »Es juckt mich tatsächlich, dir etwas anzutun«, sagte er, »aber das ist nicht Mord.«

Auf diese Bemerkung reagierte ich indirekt. »Soll es eine richtige Ehe sein?« fragte ich.

»Ich glaubte, dies bereits gesagt zu haben.«

Wieder suchte mein Blick beim Teppich Zuflucht. Mir war das sehr peinlich, und ich schämte mich, Fragen zu stellen, aber ich mußte die Antwort wissen. »Ich meine ... werden wir wirklich Mann und Frau sein?« Als er darauf nichts sagte, wurde ich noch deutlicher. »Werden wir ... zusammen schlafen?«

»Ja.«

»Ach ...«

»Bekümmert dich diese Vorstellung?«

»Ich weiß es nicht.«

»Sobald wir unter einem Dach wohnen, Kate, werden wir in den Augen der Welt Eheleute sein. Solltest du ernsthafte Einwände dagegen haben, mit mir zu schlafen, dann solltest du sie lieber jetzt gleich äußern.«

»Sind Sie sicher, daß Sie keine Haushälterin brauchen?«

»Ganz sicher.« Das klang wieder, als amüsiere er sich über mich. Nach diesem Kuß wußte er natürlich, daß ich keine Vorbehalte hatte, mit ihm zu schlafen. Vermutlich war dies vor allem der Grund, weshalb er mich geküßt hatte.

Ich blickte vom Teppich auf und sagte mit aller mir zur Gebote stehenden Würde: »Dann will ich Ihre Frau sein, Mylord.«

»Danke.« Er schüttelte wie in Gedanken den Kopf und stand auf. »Ich fahre lieber zurück nach Greystone, ehe dieses Schneegestöber zu einem richtigen Unwetter ausartet.« Ohne weitere Umstände ging er zur Tür und rief nach Mr. Noakes.

Ich lief ihm nach. »Möchten Sie zuerst nicht etwas essen, Mylord?«

Mr. Noakes brachte ihm den Kutschermantel. »Keine Zeit, Kate«, sagte Adrian, als er mit den Armen in die Ärmel fuhr und den Mantel zuknöpfte. Zu Noakes gewendet sagte er: »Ich gehe selbst hinüber zum Stall, Noakes. Es ist nicht nötig, daß sie jemanden hinschicken.«

»Sehr wohl, Mylord«, sagte Noakes.

Adrian ging zur Haustür, und ich blieb ihm auf den Fersen. Inzwischen hatte starker Schneefall eingesetzt. Ich machte den Mund auf, um ihn zu bitten, er möge bleiben, und schloß ihn wieder.

»Donnerstag schicke ich dir die Equipage«, sagte Adrian zu mir.

»Ich mag Kutschen nicht«, sagte ich.

»Der Wagen ist für dein Gepäck. Du kannst auf Elsa hinüberreiten.«

Mein Inneres erhellte sich. »Ich kann Elsa nach Greystone mitnehmen?«

»Gewiß.«

»Es ist zu kalt, um die lange Strecke zu reiten, Mylady«, sagte Mr. Noakes mißbilligend.

Adrian und ich schenkten ihm keine Beachtung.

»Bis Donnerstag also«, sagte er.

»Bis Donnerstag«, erwiderte ich mit einem Lächeln.

8. Kapitel

Es war Harry und nicht Adrian, der mich am Donnerstag morgens abholte, um mich nach Greystone zu begleiten. Er kam auf eine Tasse Tee in die Bibliothek, während die Pferde getränkt und mein armseliges Gepäck in die Kutsche verladen wurden. Als schließlich die Pferde fertig waren, traten wir alle vor das Haus. Ich gab Mrs. Noakes einen Kuß zum Abschied, und sie weinte. Mr. Noakes' Augen schimmerten ebenfalls verdächtig. Auch er bekam einen Kuß.

Ihnen zu sagen, was sie für mich bedeuteten, war mir unmöglich. Sie hatten mir in einer Periode meines Lebens Güte und Geborgenheit geschenkt, als ich beides dringend brauchte. »Ich habe Sie beide sehr lieb und werde immer wieder auf Besuch kommen«, sagte ich nur.

Mr. Noakes schneuzte sich laut, und Mrs. Noakes sagte: »Gott segne Sie, Kindchen.«

Ich beschränkte mich auf ein Nicken, weil ich fürchtete, in Tränen auszubrechen, wenn ich nur ein Wort sagte. Ich drehte mich um, schwang mich auf Elsas Rücken und trabte die Auffahrt entlang. Harry folgte mir hoch zu Roß, und erst hinter ihm fuhr der Wagen. Einmal drehte ich mich noch um, ehe wir außer Sicht gerieten, und die beiden Alten standen noch immer in der Kälte da. Ich winkte.

Normalerweise hätte ich es genossen, die fünfzehn Meilen nach Greystone Abbey im Sattel zurückzulegen, aber diesmal war ich zu aufgewühlt, um der winterlichen Landschaft viel Beachtung zu schenken. Harry plauderte in einem fort, und ich muß ihm wohl Antwort gegeben haben, aber bis zum heutigen Tag kann ich mich auch nicht annähernd erinnern, um was es bei unserer Konversation ging.

Greystone Abbey lag ein paar Meilen außerhalb Newburys. Ich war zuvor schon in der Stadt gewesen, hatte daher nie Gelegenheit gehabt, einen Blick auf das Heim der Earls of Greystone zu werfen. Da ich jedoch in meinem Leben schon genug hochherrschaftliche Häuser gesehen hatte, wußte ich sehr gut, was mich erwartete.

An den Toren bogen wir in eine breite, von wahrhaft prächtigen Kastanienbäumen gesäumte Allee ein. Von den Kastanien abgesehen, glich die Allee vielen anderen, die ich kannte. Und als der große, weitläufige Bau in Sicht kam, sah er auch nicht viel anders aus als die Landsitze der reichen Aristokraten, denen Papa seine Pferde zu verkaufen versuchte.

Was dieses Haus von anderen unterschied, und was auch sofort meine Aufmerksamkeit auf sich zog, war die Ansammlung von Menschen, die sich auf der Freitreppe drängten.

»Allmächtiger!« stieß Harry hervor. »Adrian empfängt dich mit allen Ehren, Kate. Er hat das gesamte Hauspersonal zu deiner Begrüßung antreten lassen.«

Mindestens fünfzig Personen hatten auf der Treppe Aufstellung genommen. »Alle diese Menschen arbeiten hier?« fragte ich Harry leise.

Er zog die Schultern hoch. »Sie müssen.«

Wir hatten die Biegung der Auffahrt erreicht, und ich sah, daß jemand ins Haus schlüpfte. Bis wir vor der großen Treppe anhielten, trat der Earl persönlich aus der Haustür. Das Personal machte Platz, um ihn durchzulassen, und er kam die Treppe herunter, um uns zu begrüßen.

»Ein guter Auftritt, Adrian«, sagte Harry beifällig, als er absaß.

Ich schwang mein linkes Bein über Elsas Rücken, hielt mich mit beiden Händen im Gleichgewicht, während ich meinen rechten Fuß aus dem Bügel zog, und ließ mich dann zu Boden gleiten. Es war ein langer Weg, aber sowohl Adrian als auch Harry hatten genug Verstand, mir keine Hilfe anzubieten.

»Walters hat darauf bestanden«, sagte Adrian, der sich nun an mich wandte und sagte: »Walters ist unser Butler. Komm, damit ich ihn dir vorstelle.«

Ich ging an seiner Seite zum Fuß der Treppe, wobei ich mir sehr klein vorkam, da Adrian knapp neben mir aufragte und die Schar der Dienstboten sich vor mir aufgebaut hatte.

»Ich möchte Sie alle meiner Frau, der neuen Countess of Greystone, vorstellen«, sagte Adrian, ohne die Stimme zu erheben, und doch konnten ihn auch die hören, die am weitesten entfernt standen.

Ein überaus würdig aussehender Mann trat vor und sagte gemessen: »Das Personal heißt Sie auf Greystone Abbey willkommen, Mylady.« Eines mußte ich ihm lassen: Sein Blick zuckte nicht ein einziges Mal zu meinem Reitrock hin.

»Danke, Walters«, sagte ich, um angesichts der roten Nase des Ärmsten hinzuzufügen: »Ich schlage vor, wir ziehen uns vor dieser Kälte ins Haus zurück, wo Sie mir alle vorstellen können.«

Er schien verblüfft. »Alle, Mylady?«

»Aber gewiß.«

Ich hörte ein Auflachen von rechts oben in Kopfhöhe. »Sie haben Mylady gehört«, sagte Adrian. Mit einem Blick auf die gedrängt volle Treppe vor uns sagte er: »Zuerst geht wohl besser das Personal hinein.«

Die Dienstboten drängelten zunächst durcheinander, dann aber waren endlich alle drinnen. Adrian, Harry und ich folgten. Ich warf rasch einen Blick durch die Eingangshalle meines neuen Heimes und staunte nicht schlecht, als ich entdeckte, daß ich mich in einem Haus befand, das wie eine mittelalterliche Abtei aussah.

»*Wohnen* Sie etwa hier?« fragte ich Adrian. Meine Augen mußten vor Verwunderung riesengroß geworden sein.

»Die Wohnräume befinden sich im ersten Geschoß«, sagte er. »Später werde ich dir alles erklären«, meinte er mit einer bezeichnenden Geste zu den Decken und den gewölbten Türrahmen aus Stein.

Er erklärte es mir tatsächlich später, doch halte ich es für das Beste, an dieser Stelle zu erläutern, wie es gekommen war, daß die Earls of Greystone in einer so ungewöhnlichen Umgebung lebten.

Im Mittelalter war Greystone Abbey tatsächlich ein Kloster gewesen (in dem hundert Nonnen lebten, wie Adrian sagte). Als Heinrich VIII. mit Rom brach, konfiszierte er den gesamten Kirchenbesitz in England und ließ ihn entweder veräußern oder belohnte damit diejenigen, die ihm zu Diensten gewesen waren. So war Greystone in den Besitz von Adrians Familie gelangt. Heinrich überließ die Abtei dem ersten Baron Woodrow 1539 als Belohnung für Dienste, die dieser der Krone geleistet hatte. Adrian sagte, daß diese Dienste höchst zweifelhafter Natur gewesen wären, wollte sich aber nie genauer darüber auslassen.

Der erste Baron jedenfalls ließ die Kirche niederreißen und bezog das erste Geschoß des Klosterbaus, wobei er das Erdgeschoß nahezu unberührt ließ. Spätere Generationen von Woodrows nahmen zwar oben Veränderungen vor, beließen aber zu ebener Erde alles weitgehend unverändert, so daß das Erdgeschoß von Greystone Abbey zu den am besten erhaltenen mittelalterlichen Baudenkmälern Englands gehörte.

Der Raum mit dem Deckengewölbe, den ich zuerst betreten hatte, stammte aus dem vierzehnten Jahrhundert. Es gab auch einen schönen Kreuzgang mit einem wundervollen Fächergewölbe aus dem fünfzehnten Jahrhundert. Kapitel und Refektorium, der kleine Raum des Kaplans der Nonnen, der Raum, in dem sie mit Besuchern von außen sprechen konnten, der Wärmeraum, sie alle waren noch so wie zu der Zeit, als Heinrich das Kloster aufgelöst hatte.

Das alles sollte ich jedoch erst später erfahren. In diesem Moment war mir nämlich meine so bemerkenswerte Umgebung nicht so wichtig wie die Menschen, die sie bewohnten. Ich wandte mich mit freundlichem Lächeln an Walters, einen großen, gewichtigen Mann mit ausgeprägter Adlernase.

»Los, Walters«, forderte Adrian ihn in amüsiertem Ton auf. »Stellen Sie meiner Frau das Personal vor.«

Wir begannen mit der Haushälterin Mrs. Pippen, einer auffallend schwarzhaarigen Person beträchtlichen Leibesumfangs. Adrians Dienstboten wirkten insgesamt sehr wohlgenährt. »Wie geht es Ihnen, Mrs. Pippen?« sagte ich. »Sobald ich mich ein wenig eingerichtet habe, möchte ich kommen und Sie besuchen, damit wir einander kennenlernen.«

Sie neigte ernst das Haupt. »Sehr wohl, Mylady.«

Dann gingen wir weiter zum Hilfsbutler, zur Hilfshaushälterin sowie zu den Stubenmädchen, Hausmädchen, Küchenmädchen, zu den Hausdienern und Lakaien. Lächelnd bemühte ich mich, zu jedem etwas Nettes zu sagen, doch waren es so viele, daß ich wußte, ich würde mir ihre Namen nie merken können.

»Aber wo ist Remy?« fragte Adrian seinen Butler. »Wollte er meine Frau nicht zusammen mit allen andern begrüßen?«

Walters' Gesicht nahm einen beunruhigenden rötlichen Ton an. »Dieser Franzose hält sich für etwas Besseres, Mylord.« Walters' Stimme troff vor Verachtung, als er das Wort *Franzose* aussprach.

»Der Krieg ist vorüber, Walters«, sagte Adrian knapp. »Jawohl, Mylord«, sagte Walters, den Mund zu einem schnurgeraden mißbilligenden Strich zusammengepreßt, »Monsieur Remy zog es vor, sich nicht zum Personal zu gesellen, Mylord. Er sagte, er sei *artiste* und nicht Bedienter.«

Ich sah meinen Mann an. »Ist er Ihr Koch?« riet ich.

»So ist es. Ich habe ihn aus Paris mitgebracht, und er ist tatsächlich ein *artiste.«*

Zu den Dienstboten gewendet, sagte ich so laut, daß alle es hören konnten: »Ich finde es ganz reizend, daß Sie mich so nett begrüßt haben. Vielen Dank.«

Ein Meer von Gesichtern sah mich an, von denen einige zaghaft mein Lächeln erwiderten.

»Gehen wir hinauf, Kate«, sagte Harry. »Wir zeigen dir jetzt das eigentliche Haus.«

»Walters, lassen Sie Myladys Gepäck hinaufschaffen«, wies Adrian den Butler an.

»Sehr wohl, Mylord.«

»Hier entlang«, sagte Harry und ging mir zur großen steinernen Treppe voraus, die ins erste Geschoß führte.

Der einzige Adelssitz, den ich von innen wirklich eingehend kannte, war Charlwood Court, doch war ich sicher, daß nur wenige Herrenhäuser im Lande sich so imponierender Prachtentfaltung rühmen konnten, wie sie mich im ersten Stock von Greystone Abbey umfing.

»Mein Großvater hat seinerzeit Robert Adam mit der Neugestaltung beauftragt«, sagte Adrian, als er mich vom Flur in den Vorraum des Speisezimmers und dann in den Salon und die Galerie führte. Harry erklärte mir, daß die Marmorsäulen im römischen Stil, die im Vorraum zu sehen waren, ursprünglich im Flußbett des Tiber gefunden und 1770 nach Greystone gebracht worden waren. Über die Räume verteilt sah ich eine Vielzahl edler römischer Statuen und zahlreiche kunstvolle Kamineinfassungen aus Carrara-Marmor. Das Haus war zweifellos prächtig, aber es war nicht der Ort, wo man es sich gemütlich machen und sich zu Hause fühlen konnte. Und das sagte ich auch zu Adrian.

»Ein richtiges Heim war es nie«, erwiderte er knapp.

Eingedenk Harrys Geschichten aus ihrer gemeinsamen Kindheit, verfolgte ich das Thema nicht weiter.

Im zweiten Stock lagen die Schlafräume, und ich war erleichtert, als ich sah, daß Adam diesen Räumlichkeiten nicht seinen prunkvollen Stempel hatte aufdrücken dürfen. »Mein Großvater war der Meinung, er hätte für den ersten Stock schon genug Geld ausgegeben«, sagte Adrian. »Zum Glück.«

Ich mußte ihm recht geben. Meine Schlafzimmermöbel waren nicht wie in Lambourn mit Chintz, sondern mit malvenfarbener und blauer Seide bezogen, doch war der Raum, trotz seiner Eleganz, auch wohnlich und einladend. Neben der Tür zum Korridor sah ich noch zwei andere Türen, die Adrian für mich öffnete. Eine führte ins Schlafzimmer des Earls. Ein hastiger Blick vermittelte mir einen flüchtigen Eindruck von düsterem, großflächigem Dunkelgrün, ehe ich mich in mein eigenes Zimmer zurückzog. Die andere Tür führte in ein kleines Ankleidezimmer, das in denselben hübschen Stoffen und Farben gehalten war wie das Schlafzimmer der Countess. »Das ist ja reizend«, rief ich aus.

»Meine Mutter hat diese Räume neu adaptieren lassen«, sagte Adrian.

Mir war schon früher aufgefallen, wie weich sein Ton wurde, wenn er von seiner Mutter sprach. »Ist Ihre Mutter tot, Mylord?« fragte ich leise.

»Ja. Sie starb, als ich sieben war. Im Kindbett.« Sein knapper Ton ermutigte nicht zu weiteren Fragen. Da ich meine eigene Mutter mit zehn Jahren verloren hatte, verstand ich ihn.

Während wir sprachen, hatte sich die Tür geöffnet, und zwei prächtig livrierte Diener traten ein und brachten meine Gepäckstücke, die sie auf dem hübschen creme-blauen Teppich abstellten, ehe sie sich rücklings entfernten.

Adrian warf einen Blick auf meine zwei alten abgenutzten Lederkoffer. »Soll das dein ganzes Gepäck sein?«

»Ich habe mich immer gerühmt, mit leichtem Gepäck zu reisen«, sagte ich darauf.

»Guter Gott, Kate, da hatte ja ich mehr Gepäck, als ich bei der Armee war und im Feld stand.«

»Mylord, ich bin sicher, daß Sie Ihr Gepäck nicht selbst tragen mußten«, sagte ich streng. »Wenn ich unterwegs war, dann waren es immer Papa und ich und Paddy, und wir alle reisten mit leichtem Gepäck.«

Seine silberblonden Augenbrauen zogen sich zusammen. »Ich dachte, ich hätte dir ein Taschengeld ausgesetzt, damit du dir ein paar Sachen kaufen kannst. Crawford hat mir in einem herzzerreißenden Schreiben deine abgetragene Garderobe geschildert.«

Ich war wütend. »Mit meiner Garderobe ist alles in Ordnung! Und ich habe zusätzlich ein paar Kleider gekauft. Aber nur, weil Mr. Crawford behauptete, Ihre Pächter würden schlecht von Ihnen sprechen, wenn ich mich nicht standesgemäß gekleidet zeige.«

»Crawford hatte recht, nur scheint mir, daß du diesen Rat nicht allzu ernst genommen hast. Du lieber Gott, Kate.« Wieder starrte er meine zwei Gepäckstücke an.

»Ich bin im Packen sehr geschickt«, gab ich trotzig zurück. »Sie würden staunen, wenn Sie wüßten, wie viel sich in den zwei Koffern verbirgt.«

»Das bezweifle ich.« Er sah mich an. »Du warst doch letztes Jahr in London. Was ist denn aus den Kleidern geworden, die du damals hattest?«

Wir standen an entgegengesetzten Enden der hübschen kobaltblauen Chaiselongue, aber jetzt drehte ich mich um und trat an das hohe Fenster mit den Atlasvorhängen, um hinauszublicken. Man sah auf den Garten. Im Frühjahr und Sommer mußte der Ausblick sehr schön sein, im Moment aber sah alles tot und kahl aus. »Ich habe sie in London gelassen«, sagte ich. »Mein Onkel hatte sie gekauft, und ich dachte mir, Sie würden die Sachen nicht unter Ihrem Dach haben wollen.«

Schweigen. Als ich spürte, wie zwei Hände meine Schultern umfaßten, zuckte ich vor Überraschung zusammen. Wie konnte ein so großer Mann sich nur so behende bewegen? Er drehte mich um, so daß ich ihn wieder ansah. »Du hattest recht«, sagte er leise.

Als ich an die endlosen Einkaufstouren dachte, zu denen Louisa mich im vorigen Frühjahr gezwungen hatte, wünschte ich mir beinahe, ich hätte die verdammten Sachen behalten. Daneben war ich mir des Gefühls seiner Hände auf meinen Schultern intensiv und voller Unbehagen bewußt.

Adrian nahm seine Hände weg und sagte: »Wir müssen eine Schneiderin aus London kommen lassen. Wenn du nicht anständig gekleidet bist, kannst du ja nicht einmal die gesellschaftlichen Anlässe in der Umgebung besuchen.«

Diese Eröffnung hob meine Laune gewaltig. »Das wäre wundervoll«, sagte ich dankbar. »Sie können sich gar nicht vorstellen, wie ermüdend es letztes Jahr war, durch alle Läden an der Bond Street geschleppt zu werden. Ich muß *Hunderte* von Kleidern anprobiert haben.«

»Und ich dachte, Frauen lieben Kleider.«

»Ja, mir gefallen neue Kleider«, sagte ich. »Nur das Einkaufen ist so langweilig. Eine Schneiderin ist für mich genau richtig. Sie kann einmal meine Maße nehmen und dann nähen, was ich ihrer Meinung nach brauche.«

Wieder fiel mir sein amüsierter Ausdruck auf. Nun, es kümmerte mich wenig, daß er mich komisch fand. Viel mehr kümmerte es mich, daß ich nicht wußte, welche meiner Bemerkungen er so komisch fand. Ich bedachte ihn mit einem finsteren Blick, den er nicht zu bemerken schien.

»Du wirst auch eine Zofe brauchen«, sagte er. »Soll ich Walters beauftragen, jemanden zu suchen?«

Schon wollte ich bejahen, als ich plötzlich das Bild eines jungen, gequälten, tränenüberströmten Gesichtes vor mir sah. »Es gibt jemanden, den ich als Zofe möchte«, sagte ich statt dessen. »Wäre es wohl möglich, jemanden nach Charlwood zu schicken, der sie holt?« Charlwood lag nur zehn Meilen weit von Greystone entfernt, deshalb glaubte ich, nicht zu viel zu verlangen.

»Aber sicher«, sagte er.

»Sie heißt Rose und ist eines der Hausmädchen.«

Er runzelte die Stirn. »Ich sagte, daß du eine Zofe brauchst, Kate, und kein Hausmädchen.«

»Ach, sie war Kusine Louisas Zofe, während wir auf Charlwood waren«, schwindelte ich glatt.

Seine grauen Augen tasteten mein Gesicht mit einer Gewitztheit ab, die mir nicht gefiel. Ich erwiderte seinen Blick in aller Unschuld.

»Sehr gut«, sagte er schließlich. »Einer meiner Stallburschen wird hinüberfahren und diese Rose holen.«

Ich überlegte kurz, ehe ich langsam sagte: »Ich halte es für klüger, sich zu vergewissern, ob mein Onkel zu Hause ist, ehe jemand um Rose geschickt wird.«

»Du glaubst, er würde nicht zulassen, daß sie kommt?«

»Er haßt Sie«, sagte ich. »Ich glaube nicht, daß er auch nur einen Bindfaden herausrücken würde, wenn er dächte, Sie könnten ihn brauchen.«

Er gab keine Antwort und sah mich nur an. Natürlich wußte er, daß ich ihm etwas verheimlichte. Daher hielt ich es für die beste Strategie, ihn von Rose abzulenken. »Ich würde auch gern nach Kusine Louisa schicken.«

»Als verheiratete Frau brauchst du keine Anstandsdame«, wandte er ein.

»Es geht darum, Adrian«, – in meinem Bemühen, ihn zu überreden, fiel mir gar nicht auf, daß ich ihn bei seinem Vornamen nannte – »daß Louisa sich in einer unangenehmen Situation befindet. Sie ist ledig und mittellos und deshalb gezwungen, bei ihrem Bruder zu leben, der sie als unbezahlte Haushälterin und Kindermädchen weidlich ausnutzt! Louisa ist eine angenehme Gesellschafterin, auch wenn sie ein Angsthase ist.«

»Ein Angsthase? Wie das?«

»Nun, wenn Sie es unbedingt wissen wollen, ich hatte etliche Pläne ausgeklügelt, wie ich mir selbst meinen Unterhalt verdienen und unabhängig sein könnte, und Louisa tat sie alle ab. Man möchte es nicht glauben, daß sie bei jedem einzelnen ein Haar in der Suppe fand.«

Er sah mich völlig fasziniert an. Es war wundervoll.

»Wie kleinmütig von ihr«, sagte er. »Hm ja ... darf man fragen ... wie diese Pläne aussahen?«

Ich erläuterte ihm den besten. »Ich wollte mich in Männerkleidung als Pferdebursche verdingen. Sie wissen ja, wie gut ich reite, Mylord. Mich hätte jeder eingestellt.«

Er blieb ganz ernst. »*Ich* hätte dich ganz sicher eingestellt.«

»Sehen Sie?« sagte ich triumphierend.

»Darf man fragen, was Kusine Louisa einzuwenden hatte, weil du diesen sehr klugen Plan fallengelassen hast?«

»Sie sagte, daß ich sicher einen Raum mit anderen Männern teilen müßte. Und in diesem Fall würde es schwierig sein, meine Verkleidung nicht preiszugeben.«

Um seine Lippen zuckte es. »Stimmt.«

Ich sah ihn argwöhnisch an. »Sie lachen mich aus?«

»Ich muß zugeben, daß ich mit Kusine Louisas Einschätzung des Planes übereinstimme, aber ich lache dich nicht aus, Kate. Tatsächlich bewundere ich deinen Mut.« Er bedachte mich mit seinem herzgewinnenden Lächeln, und all mein Argwohn schwand. Wie unfair, daß ein Mann über ein solches Lächeln verfügte.

Ich riß mich zusammen und kam auf mein eigentliches Anliegen zurück. »Darf ich nach Louisa schicken, Mylord? Sie würde keine Umstände machen und kann mir zeigen, wie ich mich in Gesellschaft benehmen soll.«

»Laß sie auf alle Fälle kommen. In diesem Haus ist weiß Gott genug Platz für die halbe Armee Wellingtons.«

»Lambourn ist viel wohnlicher«, gab ich ihm recht.

Er seufzte. »Kate, hier war der Gutsherr zu lange abwesend. Es bleibt mir nichts übrig, als die nächsten paar Monate hier zu bleiben, damit Nachbarn und Pächter sich wieder an mich gewöhnen.«

»Wir brauchen Hunde«, sagte ich.

Schweigen. »Hunde?« wiederholte er.

»Gewiß. Ein paar Hunde würden das Haus wohnlicher machen. Hatten Sie denn nie einen Hund, Mylord?«

Seine Gesichtsmuskeln strafften sich. »Ich hätte doch nie einen Hund in das Haus gebracht, in dem auch mein Vater lebte.« Seine Augen waren ausdruckslos. »Für Tiere hatte er nichts übrig.«

So gefiel er mir nicht, doch durfte ich mir nicht anmerken lassen, daß mir etwas aufgefallen war. »Ich hatte auch nie einen Hund«, sagte ich munter. »Wir waren zu viel unterwegs, aber gewünscht habe ich mir immer einen.«

»Dann sollst du einen haben.« Seine Miene entspannte sich, er lächelte wieder, und ich schmolz dahin. Richtig unfair war das. Wieder galt sein Blick meinem Gepäck. »Mrs. Pippen soll dir ein Mädchen schicken, das dir beim Auspacken hilft«, sagte er. »Das Dinner ist in zwei Stunden.« Und fort war er.

9. Kapitel

In den vornehmen Häusern Londons wurde das Dinner um acht oder sogar erst um neun serviert, auf dem Land aber ging man noch immer um sechs zu Tisch. Ich hatte mein einziges Abendkleid angezogen, ein blaues Taftkleid, daß ich in Lambourn gekauft hatte, und steckte mein Haar auf dem Hinterkopf zu einem Knoten auf. Die Mode gebot, daß sich aus diesem Knoten kunstvolle Korkenzieherlocken hervorringelten, doch reichte leider meine Geschicklichkeit nicht aus, diese Löckchen zustande zu bringen. Grund für mich, es bei einem glatten Knoten bewenden zu lassen.

Als ich in meinem Wohnzimmer wartete, bis ich hinuntergehen konnte, hatte ich so kalte Hände, daß ich ans Feuer trat, um sie zu wärmen. Ich wußte sehr gut, daß meine kalten Hände nicht der Raumtemperatur zuzuschreiben waren, die sehr angenehm war, sondern der Tatsache, daß ich Angst hatte.

Werden wir zusammen schlafen?

Ja.

Dieser simple Dialog ging mir ständig im Kopf herum. Ich befand mich hier in seinem Haus. Er hatte mich seinem Hausgesinde als seine Gattin vorgestellt. Er war bereit, aus einer unangenehmen Situation das Beste zu machen. Wir würden verheiratet bleiben.

Wird es heute nacht sein?

Ein Frösteln überlief mich, und ich warf einen Blick auf die elegante goldene Uhr, die auf dem hübschen weißgestrichenen Kaminsims stand. Es war Zeit hinunterzugehen.

Mein Mann und sein Bruder waren schon vor mir im Salon. Beide trugen den konventionellen Abendanzug: einreihige schwarze Jacketts, weiße Hemden und Halsbinden, weiße Westen, gelbbraune Kniehosen und weiße Seidenstrümpfe. Neben ihnen kam ich mir sehr bescheiden vor.

»Also wirklich, Kate«, ließ Harry sich vernehmen. »In einem Abendkleid habe ich dich noch nie gesehen. Du siehst richtig umwerfend aus!« Sein offenkundig bewundernder Blick bewirkte, daß ich mich gleich besser fühlte. Ich wandte mich an meinen Mann, in der Hoffnung, er würde die Komplimente seines Bruders wiederholen.

Aber Adrian sagte nur: »Gehen wir ins Speisezimmer.« Er bot mir seinen Arm an, und ich legte meine Finger zögernd auf die makellos schwarze Oberfläche. Gefolgt von Harry schritten wir über den prachtvollen Marmorboden und betraten das Speisezimmer.

Es war ein Raum von imponierender Schönheit, ganz in Creme, Hellgrün und Gold gehalten. Der einzige dunklere Ton war das Dunkelgrün von vier Nischen an der linken Wand, wirkungsvoller Kontrast zu den weißen Marmorstatuen, die darin standen. Die Wand gegenüber war durch vier hohe Fenster gegliedert, die auf die Terrasse hinausführten. Ein riesiger Kristallüster hing von einer Decke, die von bemalten cremegoldenen Rundbildern geschmückt wurde. Um den länglichen Mahagonitisch, auf dem mit Tafelsilber für drei Personen gedeckt worden war, standen zwölf rosafarben gepolsterte Stühle. Zusätzliche Stühle waren an der Wand aufgereiht.

Adrian plazierte mich an einem Ende der Tafel und nahm den Stuhl am anderen Ende ein. Harrys Platz lag genau zwischen uns. Die Herren setzten sich, und wir schauten einander über eine riesige, auf Hochglanz polierte dunkle Holzfläche hinweg an. Diener in blau-goldenen Livreen brachten den ersten Gang, eine Suppe, die ich nicht erkannte. Das edle Porzellan, dessen Muster das Wappen der Greystones zeigte, war von einem kobaltblau-goldenen Rand geziert. Ich griff nach meinem Löffel und nahm eine winzige Kostprobe.

Vom anderen Ende der Tafel aus bemerkte Adrian, die Mulligatawny-Suppe sei köstlich. Das mochte stimmen.

Harry sagte dazu: »Eines muß man den Franzmännern lassen, sie verstehen etwas vom Kochen.«

Ich probierte noch einen vorsichtigen Löffel. Es schmeckte ein wenig würziger als die Kost, die ich gewohnt war.

Mein Diener – ich sage *meiner,* weil er direkt hinter meinem Stuhl stand – fragte, ob ich Wein wolle. Meist nehme ich Wasser oder Limonade zum Dinner, aber diesmal bat ich um Wein.

»Kate, das ist Rotwein«, meinte Adrian. »Hast du schon einmal Rotwein getrunken?«

»Aber sicher«, gab ich würdevoll zurück und trank ein Schlückchen. Es schmeckte. Jedenfalls besser als die Suppe. Ich trank einen zweiten Schluck.

Die Suppe wurde abserviert, und ich hoffte inständig, Adrians Koch würde nicht heraufstürmen und wissen wollen, warum ich meine nicht aufgegessen hätte. Der zweite Gang wurde gebracht – Huhn in irgendeiner Soße, dazu mindestens acht Beilagen. Das Gericht war gut, aber ich war nicht sehr hungrig. Trotzdem schaffte ich es, ein paar Bissen vom Huhn zu essen, rührte aber die Beilagen nicht an, die über den Tisch verteilt dastanden. Statt dessen ließ ich mir Wein nachschenken.

»Morgen werde ich dich Euclide, meinem Lusitano-Hengst, vorstellen«, sagte Adrian zu mir.

Ich öffnete den Mund, um zu antworten, und schloß ihn sofort wieder. Er thronte jenseits eines Meeres von Beilagen, mindestens zehn Meter von meinem Platz entfernt. »Das Ganze ist lächerlich«, hörte ich mich sagen.

Adrian zog die Brauen in die Höhe. Nach einem raschen Blick, der seinem Bruder galt, tat Harry es ihm gleich. Von ihrem Platz hinter den Stühlen sahen auch die Diener mich an. Ich trank noch einen Schluck Wein. »Diniert ihr allabendlich auf diese Weise?« fragte ich.

»Wie sonst sollten wir wohl dinieren?« fragte Adrian höflich.

»Also wenn man schon in diesem palastartigen Raum essen muß, dann könnte man wenigstens die Stühle an einem Tischende zusammenstellen. Ich werde ja noch ganz heiser, wenn ich mich über die ganze Tischplatte hinweg verständlich machen soll.«

»Wie kannst du heiser sein?« sagte Harry. »Du warst den ganzen Abend mucksmäuschenstill, Kate.«

»Aber nur, weil ich es nicht schätze, meine Tischgesellschaft anzuschreien«, erwiderte ich würdevoll.

»Ich glaube vielmehr, daß du dich zu intensiv deinem Wein gewidmet hast«, erwiderte Harry.

Ich sah ihn unwillig an. »Das stimmt gar nicht! Und du hast es vor allem nötig, Harry. Du hast ja den Wein praktisch in dich hineingeschüttet.«

»Kinder, Kinder«, äußerte Adrian begütigend.

Nun wandten Harry und ich ihm unfreundliche Blicke zu. Er schien amüsiert.

»Mylord, wenn Sie weiterhin Ihre überlegene Miene zur Schau tragen, fürchte ich, daß ich gezwungen sein werde, etwas Gefährliches zu tun.«

Er war sofort ganz Ohr. »Und was wäre das?«

Ich nahm wieder einen Schluck. »Ach, Sie müssen warten und selbst sehen.«

»Adrian, nimm ihr lieber den Wein weg«, bemerkte Harry.

Ich umfaßte den Stiel meines Glases fester. »Damen trinken Wein. Das habe ich in London gesehen.«

»Damen essen auch ihr Dinner auf«, betonte Adrian. »Auf nüchternen Magen tut Wein niemandem gut.«

»Wenn ich Wein trinke, esse ich immer«, rechtfertigte Harry sich.

Ich überlegte. »Die Muffins«, sagte ich schließlich.

Adrian schien ratlos.

»Genau«, sagte Harry. »Was glaubst du, warum ich immer das Backwerk verdrückt habe? Nur um den Wein zu neutralisieren, den ich getrunken habe.«

Ich blickte auf meinen Teller, auf dem noch sehr viel vom Huhn lag. »Aber ich habe keinen Hunger.«

»Versuch es«, drängte Adrian.

Ich griff nach meiner Gabel und versuchte einen Bissen. Eine große Hand streckte sich neben meiner vor und entfernte mein Weinglas. Mit einem kleinen Aufschrei wandte ich mich zu meinem Diener um und verlangte: »Stellen Sie es wieder hin.«

»Walters bringt dir ein schönes Glas Limonade, Kate«, sagte Adrian. »Das wird für deine wunde Kehle besser sein als Wein. Und jetzt iß noch einen Bissen vom Huhn.«

»Verräter«, sagte ich zu meinem Diener, der errötete. Ich widmete meine Aufmerksamkeit wieder dem Huhn.

»Ich halte es noch immer für lächerlich«, sagte ich.

Adrian überraschte mich mit seiner Zustimmung. »Du hast ganz recht, Kate. Ich werde veranlassen, daß man morgen den Tisch anders deckt.«

»Alle Stühle nebeneinander?«

»Alle Stühle zusammen.«

»Gibt es denn hier kein … kein Familieneßzimmer?« erkundigte ich mich. »Mir ist klar, daß dieser Raum sich großartig für Einladungen eignet, aber er ist ziemlich … überwältigend … für intime Familienmahlzeiten.«

»Du hast ganz recht«, sage er. »Vielleicht lasse ich einen neuen Flügel anbauen – einen, der allein der Familie vorbehalten ist.«

Ich sah ihn argwöhnisch an, aber diesmal trug er seine amüsierte Miene, die mich immer so aufbrachte, nicht zur Schau. Sein Gesicht war ernst.

»Eine großartige Idee, Adrian«, sagte Harry. »Dieses Haus habe ich immer schon gehaßt.«

»Es birgt für keinen von uns glückliche Erinnerungen«, gab Adrian ihm traurig recht.

»Ich habe mein Huhn aufgegessen«, verkündete ich.

Walters trat mit einem Krug Limonade für mich ein. Die Diener servierten unsere Teller und die Beilagen ab, von denen ich nichts gegessen hatte, und brachten das Dessert, eine Aprikosentorte. Ich aß meine ganze Portion auf.

Es war fast acht, als ich mich vom Tisch erhob und die Herren ihrem Wein überließ. Ganz vorsichtig, Schritt für Schritt, ging ich in den Salon und starrte ins Feuer des prächtigen Kamins aus grünem Marmor. Mir kam es vor, als gäbe es zwei davon. Ein Diener trat ein und fragte, ob er mir etwas bringen könnte. Ich fragte nach seinem Namen und woher er käme. Ich würde sehr lange brauchen, um das gesamte Hauspersonal kennenzulernen, deshalb wollte ich gleich damit anfangen.

Er hieß James und war in einem der Häuser auf dem Anwesen der Greystones aufgewachsen. Wir unterhielten uns angeregt über seine jüngeren Geschwister, als Adrian und Harry eintraten.

»Das war aber rasch«, sagte ich.

»Wir wollten nicht, daß du dich einsam fühlst«, gab Harry mit einem auffallend arroganten Blick zu James zurück.

»Ich hatte ein äußerst angenehmes Gespräch mit James«, sagte ich zu Harry. »Ich war überhaupt nicht einsam.«

»Verdammt, Kate«, äußerte Harry entrüstet, »das hier ist nicht Lambourn. Du kannst doch nicht mit allen Bedienten freundschaftliche Beziehungen pflegen.«

»Danke, James«, sagte Adrian leise. »Das wäre alles.«

James ging hinaus, wobei jedem Zoll seines Rückens Erleichterung anzusehen war.

»Du kränkst seine Gefühle«, beschuldigte ich Harry.

Er zuckte mit den Achseln. »Wen kümmert das?«

»Mich«, sagte Adrian in unverändert ruhigem Ton.

Ich sah ihn erstaunt an. Er ließ Harry nicht aus den Augen. »Wir haben eine Verpflichtung denjenigen gegenüber, die von uns abhängig sind«, sagte er. »Ich möchte dir in Erinnerung rufen, daß große Privilegien große Verantwortung mit sich bringen.«

Harrys Miene verfinsterte sich. »Adrian, ich habe ja nicht verlangt, du sollst den verdammten Kerl hinauswerfen.«

»Hüte deine Zunge«, sagte Adrian. »Zumal in Damengesellschaft.«

Ich sah mich suchend nach der Dame um.

»Kate, er meint dich«, rief Harry schadenfroh aus.

»Ach so.« Ich kam mir sehr dumm vor. Um mein Unbehagen zu verbergen, ging ich an den Kamin und starrte in die zwei Feuer.

»Kate, worauf hättest du Lust?« fragte Adrian. »Spielst du Karten?«

»Ich spiele Whist«, sagte ich, »aber dafür braucht man vier Spieler.« Ich blinzelte, um meine Sicht zu klären, damit ich nur ein Feuer vor mir sähe. »Und um die Wahrheit zu sagen, Mylord, könnte ich mich im Moment nicht auf Karten konzentrieren. Ich fühle mich sonderbar schwindlig.«

»Kate, du hast einen sitzen«, sagte Harry. »Es war das zweite Glas Wein.«

»Meinst du? Kein unangenehmes Gefühl. Vielleicht trinken Herren deshalb so viel.«

»Sehr wahrscheinlich«, sagte Adrian. Er trat zu mir, nahm meine Hand und legte sie mit Nachdruck auf seinen Ärmel. »Komm, Kate«, sagte er. »Ich bringe dich hinauf auf dein Zimmer, damit du deinen Schwips ausschlafen kannst.«

Ich ging mit ihm zur Tür. »Gute Nacht, Harry«, sagte ich noch über meine Schulter, ehe wir die Tür durchschritten.

Seine Antwort schwebte hinter mir hinaus in den großen Korridor, und für einen Moment empfand ich die feige Anwandlung, kehrtzumachen und mich in den Schutz von Harrys Gegenwart zu flüchten. Der Mann neben mir war kein Sicherheit bietender

Bruder, sondern ein Unsicherheit verheißender Ehemann. Ich machte mir jedoch mit seiner Bemerkung über gesunden Nachtschlaf Mut, und an der Tür meines Zimmers angelangt, wünschte ich ihm mit einigermaßen fester Stimme eine gute Nacht.

Zu meiner Erleichterung trat er nicht ein, sondern sagte nur: »Ich schicke dir jemanden, der dir beim Auskleiden hilft.«

Ich war nicht so angeheitert, daß ich mich nicht allein hätte ausziehen können, war aber nicht abgeneigt, auf die beruhigende Gegenwart einer anderen Frau zurückzugreifen. »Danke, Mylord«, sagte ich.

Nach fünf Minuten erschien das Mädchen, das mir beim Ankleiden geholfen hatte, um mir beim Auskleiden zur Hand zu gehen. Sie hieß Nell, und wir plauderten, während sie mir die Nadeln aus dem Haar zog. Sie stamme aus Newbury, sagte sie, und ihr Vater sei Schmied.

Schließlich lag ich in mein Nachthemd gehüllt in meinem Bett, und Nell war fort. Das Feuer brannte noch immer, und ich genoß meine behagliche Wärme in vollen Zügen. In den meisten Gästepensionen waren in den Schlafräumen die Feuer um acht Uhr niedergebrannt, und hier loderten noch um zehn die Flammen hell.

Von nebenan kein Geräusch. Die Arme um mein Kissen geschlungen, so schlief ich ein.

»Kate.«

Jemand rief meinen Namen, und ich bemühte mich, mir den Weg aus der behaglichen weichen Dunkelheit des Schlafes ins Licht freizukämpfen.

»Kate.«

Die Stimme meldete sich wieder. Nicht drängend, nur stetig, ruhig und sehr befehlsgewohnt. Ich schlug die Augen auf und sah Adrian vor mir. Ich blinzelte, er war noch immer da. »Und ich dachte schon, du würdest nie aufwachen«, sagte er.

»Sie haben mir geraten, ich solle mich tüchtig ausschlafen«, sagte ich unwirsch und gähnte. »Warum wecken Sie mich zu nachtschlafender Zeit?«

»Es ist noch nicht Mitternacht, mein Schatz. Also kaum nachtschlafende Zeit.«

Ich kämpfte mich auf und lehnte mich an die Kissen. In meinem Kopf herrschte Benommenheit. »Was treiben Sie hier?«

Dann fiel mir auf, daß er einen Morgenmantel anhatte. Meine Lippen teilten sich zu einem lautlosen O.

Er setzte sich auf den Bettrand und blickte mich ernst an. »Kate, wenn es eine richtige Ehe werden soll, dann müssen wir es tun.«

Mein Mund formte dasselbe lautlose O wie vorhin.

Lächelnd strich er mir eine Haarsträhne aus dem Gesicht. Ich spürte, wie seine Finger über meine Wange glitten. »Es kann nicht schaden, wenn du noch ein wenig beschwipst bist«, sagte er. Seine Stimme war weich; es war jene Stimme, die er auch bei Elsa angewendet hatte. Er hatte eine Kerze auf den Rosenholztisch an meinem Bett gestellt. Das Licht ließ seine markanten Wangenknochen hervortreten und betonte Nase und Kinn. Eine helle Locke, die ihm in die Stirn gefallen war, schimmerte im Kerzenlicht. Es war das erste Mal, daß ich ihn ohne Krawatte sah und seinen nackten, kräftigen Hals wahrnahm.

Es war eine kalte Nacht, aber der Raum war warm. Ein Blick über seine Schulter zeigte mir, daß das Feuer noch immer brannte. Er mußte es von neuem angefacht haben. Trotz meines warmen Flanellhemdes überlief mich ein Frösteln. Ich sah ihn wieder an und sagte tapfer: »Wie Pferde es tun, weiß ich, Mylord, aber bei Menschen bin ich nicht ganz sicher.«

Er lachte leise. »Keine Angst, Kate, ich zeige es dir.« Er senkte den Kopf und küßte mich.

Es war berauschender, als Wein je sein konnte. Als fühle er meine Reaktion, vertiefte er den Kuß. Ich spürte, wie meine Lippen sich teilten, spürte, wie seine Zunge eindringen wollte. Er drückte mich in die Kissen, und ich öffnete ihm meinen Mund, schob meine Hand in seinen Nacken, um seine Haut mit den Fingerspitzen zu liebkosen.

Unter seinen Küssen geriet ich in einen Sinnestaumel. Ich schob meine Hand höher und vergrub sie in seinem dichten, unglaublich blonden Haar, das sich wie schwere Seide anfühlte. Ich ließ es durch meine Finger gleiten, vergrub meine Hand darin und ließ es dann wieder durchgleiten.

Auch seine Hand bewegte sich, bedeckte meine Brüste, und ich war schockiert, als ich spürte, wie mich unter dieser Berührung Lust durchzuckte. Er gab meinen Mund frei und fing an, meine Kehle zu küssen, während seine Hand liebkosend über meine Brüste glitt und sein Daumen meine Brustspitzen streichelte. Zwischen meinen Beinen wurde ein Pulsieren spürbar. Unwillkürlich hob ich mich ihm entgegen.

»Liebling«, flüsterte er in unsicherem Ton, »laß uns dieses Nachthemd ausziehen.«

»Ausziehen?« wiederholte ich benommen.

Ich hatte das Wort noch nicht ausgesprochen, als er schon an meinem Hemd zog und ich gehorsam die Arme hob und zuließ, daß er es auszog und ich seinen Blicken preisgegeben war. Das Erstaunlichste daran war, daß ich mich überhaupt nicht schämte. Ich wollte, daß er mein nacktes Fleisch berührte. Nie hätte ich mir träumen lassen, daß die Berührung eines Mannes sich so wundervoll anfühlen könnte.

Er stand kurz auf, um sich seines Morgenmantels zu entledigen und ich starrte verwundert seinen Körper an. Brust und Schultern breit, Taille und Hüften schmal, lange, sehnige Beine. Ich sah, daß er erregt war, doch es erschreckte mich nicht. Er war zu schön, um furchteinflößend zu wirken.

Als er wieder ans Bett trat, streckte ich die Hand aus, um sein sprödes silberhelles Brusthaar zu berühren. Meine Berührung ließ ihn erschauern, und das gefiel mir. »Gott im Himmel, Kate, wie schön du bist.«

Fast hätte ich gesagt ›Du auch‹, aber ehe ich etwas sagen konnte, küßte er mich wieder.

Er küßte und küßte mich, bis ich vermeinte, in einem Meer berauschender Gefühle zu ertrinken, Gefühle, die meinen ganzen Körper überfluteten und mich mit derselben unabänderlichen Kraft zu ihm zogen, mit der der Mond die heranrollende Flut anzieht. Das Pulsieren zwischen meinen Beinen wurde drängender.

Dann berührte er mich an dieser Stelle, und die Lust dieser Berührung entlockte mir ein Wimmern, teils vor Verwunderung, teils vor Angst. Ich wußte nicht, was mit mir geschah.

»Schon gut, mein Liebling«, hörte ich ihn raunen. »Vertrau mir, Kate. Es ist alles in Ordnung.«

Ich lag da, ihm völlig geöffnet, während mein Herz raste und mein Atem beschleunigt und flach kam. Mein gesamter Unterleib war von einer stetig steigenden Spannung erfüllt, einer Spannung, die von Adrians streichelnden Fingern genährt wurde. Völlig auf dieses Gefühl konzentriert, versuchte ich, etwas verzweifelt Ersehntes zu erlangen, als die Explosion mich traf.

Ich umfaßte seine Schultern und hielt mich fest, während eine Woge höchster Lust meinen Körper überflutete, von diesem einen Epizentrum ausgehend. Als er meine Beine spreizte und sich dazwischen bewegte, wollte ich es. Ich wölbte meinen Rücken voller Erwartung.

Erst war es gut. Er füllte meine Leere. »Halte dich fest«, flüsterte er und drang ein.

Der Schmerz, der völlig überraschend kam, raubte mir den Atem. Ich mußte wohl einen Wehlaut ausgestoßen haben, da er atemlos sagte: »Ich weiß, Kate. Ganz ruhig, gleich ist es vorüber.«

Der Schmerz wurde ärger, doch ich biß die Zähne zusammen, ließ keinen Laut hören und versuchte auch nicht, ihn wegzustoßen. Wir müßten es tun, hatte er gesagt, und ich nahm es hin. Ich hielt es aus.

Schließlich war es vorbei. Er zog sich zurück, aber ehe sich bei mir das Gefühl des Benutztwerdens und der Verlassenheit melden konnte, umschlang er mich ganz eng. Er atmete, als wäre er gelaufen, und ich spürte sein Herz an meiner Schulter schlagen. Ich war froh. Was er mit mir gemacht hatte, war so wundersam, daß ich es nur für fair hielt, wenn meine Wirkung auf ihn ähnlich groß war. Meine Wange an seine schweißfeuchte Schulter drückend, schloß ich meine Augen ganz fest und ließ mich von ihm festhalten.

»Nächstes Mal wird es besser sein, Kate«, sagte er nach einer Weile in ganz normalem Ton.

»Es wird nicht weh tun?« flüsterte ich.

»Nein, mein Schatz.« Er drückte seine Lippen auf mein Haar. »Beim ersten Mal schmerzt es immer. Es tut mir leid.«

In seinen Armen fühlte ich mich so geborgen, so behütet. »Tut es Männern beim ersten Mal auch weh?« fragte ich verschlafen.

»Nein.« Ich hörte Belustigung aus seinem Ton heraus, war aber schon zu schläfrig, um zu protestieren.

»Das ist unfair«, sagte ich.

»Ja, vermutlich.«

Ich dachte noch an etwas anderes, aber ehe ich es sagen konnte, schlief ich ein.

10. Kapitel

Am nächsten Morgen erwachte ich, als ein Stubenmädchen kam und mir auf einem Tablett heiße Schokolade und Muffins brachte. Im Zimmer war es warm, ich lag allein im großen Bett. Mir war undeutlich in Erinnerung geblieben, daß Adrian mich in der Dunkelheit geweckt und bewogen hatte, wieder mein Nachthemd anzuziehen, doch hatte ich geglaubt, er würde bei mir bleiben. In die Kissen gelehnt, trank ich meine Schokolade, während das Mädchen ein Scheit nachlegte. Das Feuer mußte frisch entfacht worden sein, und ich fragte sie, wie spät es sei.

»Neun Uhr, Mylady.«

Fast hätte ich meine Schokolade verschüttet. »Neun Uhr! Ausgeschlossen! Ich schlafe niemals bis neun!«

Das Mädchen gab auf diese einzigartig dumme Äußerung keine Antwort. Ich hatte ganz offenkundig bis neun Uhr morgens geschlafen. Kein Wunder, daß Adrian schon fort war. Ich biß ein kleines Stückchen Muffin ab und kaute. Es war köstlich. Während ich meine Muffins aß und meine Schokolade trank, erfuhr ich, daß das Mädchen Lucy hieß, Tochter eines Apothekers aus Newbury war und zwei ältere Schwestern hatte, eine verheiratet, die andere nicht.

Lucy ging ans Fenster, um die Vorhänge zurückzuziehen, und die Sonne fiel in den Raum und warf einen Lichtkreis auf den weichen creme-blauen Teppich. Energie durchströmte meine Adern wie Frühlingssäfte einen Baum, und ich sehnte mich danach, draußen in der frischen klaren Luft zu sein, doch wußte ich, daß ich mein Leben als Countess of Greystone auf geziemendere Weise beginnen mußte. Ich kam mir sehr tugendhaft vor, als ich in einen Morgenmantel gehüllt hinunterging, um ein Gespräch mit der Haushälterin zu führen.

Mrs. Pippen hatte ein Wohnzimmer für sich allein, das bei weitem behaglicher war als die Räumlichkeiten, die die Familie zu bewohnen gezwungen war. Sie bot mir Platz in einem bequemen, mit Kissen belegten Sessel vor dem Kamin an und schickte eines der Hausmädchen um Tee. Dann ließ sie ihre füllige Gestalt in dem Sessel gegenüber nieder und schaute mich mit höflich fragendem Blick an.

Ich lächelte ihr zu. Ihr Haar war pechschwarz und sonderbar glanzlos, so daß ich mich fragte, ob es gefärbt war. »Sind Sie schon lange auf Greystone, Mrs. Pippen?« begann ich das Gespräch.

Zunächst gab sie sich eher zurückhaltend, beantwortete zwar die Fragen, aber sagte von sich aus nichts. Nun rede ich freilich so viel, daß die Leute schließlich doch darauf eingehen, nur um nicht den Verstand zu verlieren. Bei der zweiten Tasse Tee schwatzte sie bereits frisch von der Leber weg. Und als ich ihr anvertraute, daß ich nur wenig Ahnung davon hatte, wie es in einem Haus dieser Größenordnung zuging und ich auf ihre Führung baute, wurde sie richtig mitteilsam.

Ich blieb eine Stunde im Zimmer der Haushälterin. Als ich ging, war ich von außen überhitzt, weil ich so nahe beim Feuer gesessen hatte, und mein Inneres schwamm in Tee, doch hatte ich das Gefühl, meine Zeit gut genutzt zu haben. Mrs. Pippen verfügte zwar nicht über die mütterlichen Züge Mrs. Noakes', doch schien sie eine redliche und tüchtige Person zu sein. Wir schieden als Freundinnen.

Ich durchschritt die mit grünem Stoff bespannte Tür, die den

Dienstbotentrakt des Hauses von jenem der Familie trennte, und stieß beinahe mit Walters zusammen.

Er entschuldigte sich wortreich und sagte dann, daß er meinetwegen gekommen sei. »Seine Lordschaft hat Sie gesucht, Mylady. Er befindet sich in der Bibliothek.«

Ich bedankte mich und ging durch den hohen, mit Gemälden behängten Korridor in Richtung der Bibliothek. Obwohl ansonsten nicht schüchtern, empfand ich plötzlich Scheu davor, Adrian zu begegnen. Wie konnte man einem Mann ungezwungen gegenübertreten, nachdem man *das* mit ihm gemacht hatte? Ich öffnete die Tür zur Bibliothek und spähte hinein.

Es versteht sich von selbst, daß die Bibliothek ein Riesenraum war, doch die Bücher, die drei der Wände von oben bis unten bedeckten, verliehen ihr mehr Wärme, als man im ganzen übrigen Haus verspürte. Adrian saß hinter einem großen Schreibtisch, der vor einem der Fenster an der vierten Wand stand. Die Schreibtischfläche war mit Papierstößen bedeckt, und er schrieb. Als ich eintrat, sah er auf. »Da bist du ja, Kate«, sagte er und steckte seine Feder zurück ins Tintenfaß. »Wo hast du dich nur versteckt?«

»Ich habe mich mit Mrs. Pippen unterhalten«, gab ich zurück. Langsam ging ich über den in Grellrot und Blau leuchtenden Teppich. Der Sonnenschein, der durch das Fenster hinter ihm einfiel, umgab Adrians Kopf wie ein Heiligenschein. Bei diesem Anblick wurde mir eng ums Herz und mein Atem ging schneller.

Er lächelte mir zu, sein Blick aber blieb ernst. »Wie fühlst du dich heute morgen?«

»Gut«, brachte ich heraus.

»Ich könnte mir denken, daß du zu wund bist, um zu reiten, aber ich würde dir sehr gern Euclide zeigen.«

Die Erwähnung meines Wundseins trieb mir die Röte in die Wangen. »Das wäre sehr nett.« Zwischen Verlegenheit und anderen, heftigeren Gefühlen schwankend, war ich verkrampfter als sonst.

Er schien besorgt. »Bist du sicher, daß alles in Ordnung ist?«

Ich kämpfte darum, mit normaler Stimme zu antworten. »Natürlich ist alles in Ordnung, Adrian. Und ich würde gern sehen, wie du Euclide reitest.«

Er verzog sein Gesicht und stand auf. Er trug den auf dem Land üblichen Vormittagsdreß: Reitjacke und Stiefel ohne Sporen. »Kannst du dir vorstellen, daß ich Hemmungen habe, vor dir zu reiten?« fragte er.

»Unsinn.« Dieses Gespräch über Pferde war für mich enorm hilfreich. Über Pferde konnte ich jederzeit sprechen. »Wärest du nicht ein hervorragender Reiter, hätten die Portugiesen dir nie einen ihrer kostbaren Hengste anvertraut.«

»Ich habe anständig reiten gelernt«, sagte er. Dann kam er hinter dem Schreibtisch hervor und stand neben mir, und seine Nähe beschleunigte abermals meinen Atem, ein Phänomen, das mich ärgerte und beunruhigte. Wie konnte ich meine Gefühle vor ihm verbergen, wenn seine Nähe mir immer wieder den Atem raubte? Er sah auf mich hinunter. »Aber so gut wie du reite ich nicht.«

»Papa war ein ausgezeichneter Lehrer«, brachte ich heraus. Ich verspürte große Sehnsucht, meine Arme um seine Mitte zu legen und mich an ihn zu lehnen. Um mich davor zu bewahren, etwas Albernes zu tun, verschränkte ich die Arme fest vor meiner Brust.

»Soll ich Euclide zum Haus bringen lassen oder möchtest du die Stallungen sehen?« fragte er.

»Ich möchte die Ställe sehen. Aber zuerst ...« Ich sprach nicht weiter, da ich mich fragte, ob er die Bitte, die zu äußern ich die Absicht hatte, unverschämt finden würde.

Er hob eine Braue. »Ja?«

»Ich habe mich schon gefragt, wo du deine Sammlung altsächsischer Funde aufbewahrst«, brachte ich schüchtern vor. »Bei der gestrigen Hausbesichtigung habe ich sie nirgends entdecken können.«

Er sah mich einen Augenblick wortlos an, und ich befürchtete schon, er würde mich tatsächlich für unverschämt halten, doch er fragte: »Möchtest du sie sehen?«

»Ja, sehr gern.«

Er führte mich in einen der kleinen Schlafräume der Kindersuite im zweiten Stock. Alte Eichenmöbel bildeten die Einrichtung, auf dem Boden lag ein abgetretener Teppich, aber dies sollte mir erst später auffallen, da mein Blick beim Eintreten sofort auf die Wände fiel, an denen eine schwindelerregende Vielzahl von Speeren und Schwertern, Schilden, Dolchen und Streitäxten hing. Daneben sah man auch andere, weniger kriegerische Gegenstände. Über dem schmalen Bettschrank standen auf einem Regal, das wie selbstgemacht aussah, zwei verzierte goldene Trinkgefäße. Ein sichtlich abgenutzter Schrank enthielt eine Sammlung anderer Dinge. Ich trat näher, um sie zu besichtigen. In einem der offenen Fächer war ein silbernes Trinkhorn zu sehen, eine edelsteingeschmückte Gürtelschnalle, eine Bronzeschale, ein Zaumbiß und zwei goldene Armreifen.

»Wie alt ist der Biß?« fragte ich.

Adrian lachte. »Wußte ich es doch, daß du mich als erstes über den Biß ausfragen würdest!« Er nahm den bronzenen Biß vom Regal und legte ihn in meine Hände. »Er stammt aus römischer Zeit.«

Ich betrachtete den Biß genau. »Erkläre mir doch die anderen Dinge«, bat ich dann.

Wir brauchten eine Stunde, um alles zu betrachten. Adrian kannte sämtliche Arten von Schwertern und Speeren, wußte, welche sächsischer Herkunft waren, welche aus der Wikingerzeit stammten und was den späteren Angelsachsen zuzuordnen war.

Nachdem wir jede einzelne Waffe begutachtet hatten, nahm er einen Sachsendolch von der Wand, den er zwischen zwei Fingern hielt. »Mit sieben Jahren fand ich diesen Dolch oben in den Downs«, sagte er. »Ich wollte etwas über seine Herkunft wissen, und meine Mutter half mir, seine Spur zurückzuverfolgen. Als ich entdeckte, daß er von den alten Sachsen stammte, wollte ich alles über dieses Volk erfahren.« Er zog die Schultern hoch. »Eines führte zum anderen, und so wurde ein Sammler aus mir.«

Ich blickte mich in dem kleinen, mit Fundstücken angefüllten Raum um. »War das dein Kinderzimmer?«

»Ja.«

»Es sieht aber aus, als wäre für dich hier nicht mehr viel Platz geblieben.«

Wieder zuckte er mit den Achseln. »Ich hatte sonst keinen Raum für die Sachen.«

Ich dachte an die Größe des Hauses und stellte mir das aufgeweckte und wißbegierige Kind vor, das er gewesen sein mußte. »Wenn du den neuen Familientrakt baust, mußt du einen Raum nur für diese Sammlung planen.«

Von der Tür her meldete sich eine Stimme: »Ich habe euch beide überall gesucht. Adrian, hast du Kate schon deinen Lusitano vorgeführt?«

»Nein, Harry, noch nicht«, sagte Adrian.

»Sobald ich mich angezogen habe, gehen wir zu den Ställen«, setzte ich hinzu.

»Sehr gut«, erklärte Harry gutgelaunt. »Ich komme mit.«

Die Stallungen von Greystone lagen eine halbe Meile vom Haus entfernt, jenseits eines kleinen Parks aus sorgsam gepflanzten Kastanienbäumen, Buchen und Linden. Während der letzten zwei Tage hatte es getaut, doch der Weg vom Haus war kiesbestreut, so daß wir unsere Stiefel nicht beschmutzten.

»Hoffentlich hat Adam seinerzeit nicht auch die Stallungen umgebaut«, bemerkte ich trocken, als wir unter den kahlen Ästen der herrlichen Bäume ausschritten.

»Keine Angst, Kate«, sagte Harry, und Adrian lachte.

Die Stallungen glichen ungezählten anderen, die ich auf großen Landsitzen gesehen hatte. Die Mauern waren aus demselben Stein wie das Haupthaus; im Inneren waren Holzboxen für die Pferde, der Boden war aus Lehm, es gab eine eigene Sattelkammer und einen riesigen Heuboden. In der ebenfalls aus Stein erbauten Remise standen vier Wagen, in einem anschließenden großen Raum wurde das Zaumzeug aufbewahrt. Hinter diesem Stallgebäude lagen zehn große, eingezäunte Auslaufflächen. Elsa tummelte sich hinter dem Stall. Sie und der Wallach auf der angrenzenden Koppel beäugten einander über den

Zaun hinweg. Dann ließ sie ein Wiehern hören, rannte los und galoppierte den Zaun entlang, den Kopf hoch erhoben, mit wehender Mähne und ebenso wehendem Schweif. Der Wallach folgte eifrig. Ich lächelte.

Eines unterschied den Stall auf Greystone allerdings von allen anderen, die ich gesehen hatte: Hinter der Wagenremise lag eine rechteckige, eingezäunte Sandfläche. Eine Reitbahn.

»Nicht ganz die Reitschule in Lissabon«, sagte Adrian wehmütig, »aber ich habe die Oberfläche einebnen lassen, und der Sand bildet einen festen Untergrund.«

»Papa erzählte mir, daß alle großen europäischen Reitschulen in palastartigen Gebäuden untergebracht sind«, sagte ich. »Die Hofreitschule in Wien soll so prunkvoll sein wie dein Salon!«

»Die Hofreitschule in Wien habe ich nie gesehen, aber ich kann dir versichern, daß die Königliche Reitschule in Lissabon es an Pracht tatsächlich mit meinem Salon aufnehmen kann«, sagte Adrian. »Während des Krieges mußte die Schule geschlossen werden, aber jetzt ist Frieden, und ich hoffe, daß sie wieder eröffnet wurde. Sie ist eine zu kostbare Quelle des Wissens und Könnens, als daß man für immer auf sie verzichten könnte.«

Während wir uns unterhielten, führte ein Stallbursche ein gesatteltes Pferd aus dem Stall. Es war ein dunkler Fuchs, an die fünfzehneinhalb Handbreit hoch, mit kraftvollem gewölbtem Hals und noch kraftvolleren Gliedmaßen. Adrian gab dem Burschen mit einer Kopfbewegung zu verstehen, er solle das Pferd halten, während wir um das Tier herumgingen, damit ich es bewundern konnte.

»Ich bin es so sehr gewohnt, englische Vollblüter zu begutachten«, sagte ich, »daß ich fast vergessen hatte, wie Pferde auch aussehen können.«

»Hast du schon einmal ein Dressurpferd vom Kontinent gesehen?«

»Vor einigen Jahren besaß ich einen Lipizzaner«, sagte ich, worauf er mit einem leisen Pfiff reagierte.

»Als Papa ihn kaufte, war er schon betagt, aber er war mein bester Lehrer, nach Papa natürlich.«

»Wie ist es denn deinem Vater gelungen, in den Besitz eines ausgebildeten Lipizzaners zu gelangen?«

Ich blickte auf und schmunzelte. »Er bekam ihn von einem Österreicher, der vor Napoleon geflohen war.«

Er erwiderte meinen Blick mit undeutbarer Miene. »Und wie alt warst du, als du ihn geritten hast?«

Ich überlegte. »Dreizehn und vierzehn. Das Pferd ist mit vierundzwanzig an einer Kolik eingegangen. Er war ein wunderbarer alter Gaul – aus der Conversano-Linie.«

»Ich steige immer widerwilliger in den Sattel«, äußerte Adrian sichtlich beeindruckt.

Harry ließ ein Auflachen hören. »Kann ich dir nicht verdenken. Als ich Kate das erste Mal reiten sah, habe ich sie angefleht, sie solle sich von dir scheiden lassen und mich heiraten.«

Wie jedermann bin auch ich für Lob empfänglich, so daß ich schon spürte, wie meine Wangen glühten. »Euclide ist herrlich«, sagte ich zu Adrian. Und das war er. Insgesamt kompakter als Vollblüter, besitzen Lusitanos einen kürzeren Hals und Rücken sowie kräftigere Beine mit starken Fesseln, die es ihnen ermöglichen, die Hinterhand relativ leicht unter den Körper zu bringen. Das englische Vollblut wurde in erster Linie als Rennpferd gezüchtet, der Lusitano jedoch als Kampfpferd. An den Zuchtprinzipien hat sich wenig geändert, seit die Römer auf der iberischen Halbinsel Gestüte gründeten, die für ihre Kavallerie ausreichend Nachschub an Militärpferden lieferten. Damals war es wichtig, daß die Hinterhand gut ausgebildet war, um die hochversammelten Kampfbewegungen ausführen zu können. Diese Zielsetzung behielten die Portugiesen bei, da die Dressurfiguren der Hohen Schule dieselben Eigenschaften forderten.

»Los«, sagte ich zu Adrian, und er folgte meiner Aufforderung.

Er war ein hervorragender Reiter. Sein Oberkörper war so groß und kräftig, daß er sein Pferd allein durch aufrechten Sitz in die Senkrechte bringen konnte, seine Beine so lang, daß er mit ganz geringem Druck auskam. An den Zaun gelehnt, sahen Harry und ich ihm und Euclide eine halbe Stunde zu, und mehrmals mußte ich Tränen aus meinen Augen fortblinzeln. Die beiden waren so schön anzusehen, so leicht und anmutig bei ihrer Arbeit. Zwischen ihnen bestand jene Partnerschaft, die für mich einen der kostbarsten Schätze der Welt darstellt.

»Ich kann sehr gut verstehen, weshalb die Portugiesen dir Euclide gaben«, sagte ich, als Adrian schließlich vor mir anhielt.

»Ja«, hörte ich eine Stimme hinter mir, »das war ein hübscher Anblick. Ich hatte nicht erwartet, eine Vorführung der Hohen Schule auf dem Stallhof eines englischen Lords geboten zu bekommen.«

Ich erkannte Stimme und Akzent sofort und fuhr herum. Er stand keine vier Meter von mir entfernt, und sein verwittertes altes Gesicht war das Schönste, was ich je gesehen hatte. »Paddy!« rief ich laut aus und warf mich in seine Arme.

Er umfing mich, dann schob er mich von sich und sah mich lange an. Schließlich nickte er, als billige er, was er sah und sagte: »Stimmt es, daß Sie verheiratet sind?«

Ich spürte, wie Adrian an meine Seite trat. »Ja«, sagte ich. »Ich bin mit dem Earl of Greystone verheiratet.« Ich wandte mich an Adrian. »Mylord, darf ich Ihnen Mr. Patrick O'Grady vorstellen?«

Adrian streckte seine Hand aus. »Sie sind also ›Paddy‹«, sagte er mit seinem ungezwungenen, echten Charme, der so anziehend wirkte. »Freut mich sehr, Sie kennenzulernen.«

Paddy legte seine abgearbeitete Pranke in Adrians große Hand. »Danke, Mylord.«

Harry trat an meine andere Seite. »Kate, ist das dein Paddy?«

»Ja, das ist er.« Ich drehte mich zu Paddy um. »Das ist mein Schwager, Mr. Woodrow.« Adrian stellte ihn förmlich vor, Harry aber verlor kein Wort.

Paddy nickte mit seinem graumelierten Kopf in Harrys Richtung, ehe er sich wieder Adrian zuwandte. »Ein schönes Pferd haben Sie da, Mylord«, sagte er. »Miß Cathleens Vater hätte es sehr gut gefallen.«

»Er ist ein Lusitano«, erklärte ich Paddy.

»Mädchen, das sehe ich«, sagte Paddy. »Und ich sehe auch, daß er die Hohe Schule beherrscht.«

»Morgen wird ihn meine Frau reiten«, sagte Adrian. »Dann werden wir beide sehen, wie gut er wirklich ist.«

Paddy sagte lächelnd: »So ist es, Mylord.«

Ich zupfte an seinem Ärmel und fragte: »Wo hast du die ganze Zeit über gesteckt? Warum hast du mich nie besucht?«

»Den Winter über war ich in Irland«, sagte Paddy. »Vor einer Woche kam ich zurück und fuhr sofort nach Charlwood, um nach Ihnen zu sehen. Da entdeckte ich, daß Sie Seine Lordschaft geheiratet hatten.«

Adrian warf einen Blick auf die schlanke kastanienrote Stute, auf der Paddy auf den Stallhof geritten war. »Einer der Burschen soll sich um Ihre Stute kümmern, Paddy«, sagte er. »Kommen Sie mit uns ins Haus. Meine Frau wird mit Ihnen reden wollen.«

Man sah Paddy sein Unbehagen an. Im Umgang mit Aristokraten war er völlig ungeniert, solange sie sich bei ihm im Stall aufhielten. Aber mit einem Earl in dessen Haus, das war etwas anderes.

»Komm mit«, sagte ich und ahmte seinen Akzent nach. »Du und ich wir wissen genau, daß ein irischer Roßknecht jeder Zoll so gut ist wie ein englischer Earl.«

Paddys blasse, blaue Augen zwinkerten mir zu. »Ach ja?« sagte er und ließ zu, daß ich seinen Arm nahm und mit ihm den Kiesweg zum Haus entlangging.

Wie vorauszusehen, zeigte Paddy sich vom mittelalterlichen Kloster gebührend beeindruckt, doch als wir den Salon im ersten Stock erreichten, verhärtete sich seine Miene, so daß sie fast Ingrimm ausdrückte. Neben mir stehend betrachtete er die mit roter Seide bespannten Wände, den überdimensionalen Orientteppich, die Decke mit den Rundbildern und die entsetzlich unbequemen vergoldeten und mit Seide bespannten Stühle, die in einem großen Halbkreis um den Marmorkamin gruppiert waren.

Ein Blick in Paddys Gesicht, und Adrian sagte leichthin zu mir: »Warum führst du Paddy nicht in die Bibliothek? Walters soll euch Tee bringen. Ich habe heute nachmittag mehrere Verpflichtungen, denen ich mich nicht entziehen kann.«

Ich bedachte ihn mit einem dankbaren Blick.

»Ich komme mit, Kate«, sagte Harry.

»Du hast auch Verpflichtungen«, bemerkte daraufhin sein älterer Bruder.

Harry schien erstaunt. »Nein, habe ich nicht.«

»Du hast sie«, sagte Adrian.

Harry setzte eine widerspenstige Miene auf, dann aber traf ihn Adrians Blick. »Ach, schon gut«, murmelte er und stieß mit der Fußspitze gegen den Boden wie ein enttäuschter Schuljunge.

Ich führte Paddy den Korridor zur Bibliothek entlang, unendlich dankbar, daß mein Mann erkannt hatte, wie sehr ich Paddy für mich allein haben wollte.

Paddy sah zu den von Büchern gesäumten Wänden hoch, als er mir in den Raum folgte. Ich deutete auf die zwei Stühle, die vor Adrians Schreibtisch standen. »Ein großartiges Haus haben Sie da, Miß Cathleen«, sagte er und setzte sich. »Mr. Daniel wäre sehr stolz auf Sie.«

Ich setzte mich ebenfalls und drehte mich zu ihm um.

»Er scheint mir ein guter Mann, der Earl«, sagte Paddy. »Haben Sie ihn seinetwegen oder wegen des Lusitano geheiratet?«

Seufzend berichtete ich ihm die ganze Geschichte meiner Ehe. »Du siehst also«, endete ich, »daß der arme Greystone nur das Beste aus einer schmerzlichen Situation zu machen versucht.«

»Ich glaube, es gibt nicht viele Männer, die eine Ehe mit Ihnen als schmerzlich ansehen würden, Mädchen«, sagte er mit wissendem Blick. »Und Sie selbst sehen nicht eben unglücklich aus.«

Ich spürte, wie verräterische Röte meine Wangen färbte, und wich seinem Blick aus. »Ich bin es auch nicht.«

»Ich hätte Sie nicht bei Charlwood lassen sollen«, sagte Paddy, dessen weicher irischer Akzent eine grimmige Note annahm. »Aber Mr. Daniel wollte es, und damals erschien es mir richtig, aber ich hätte es nicht tun sollen.«

»Du konntest ja nicht wissen, daß er ein Schuft ist.«

»Ich habe nach Ihnen gesehen«, sagte er. »Einen Monat nach Mr. Daniels Tod fuhr ich nach Charlwood, und die Burschen im Stall sagten zu mir, Sie würden mit einer Verwandten im Haus leben. Einmal konnte ich Sie sehen, und mir schien, daß es Ihnen gut ging.«

»Du hast mich gesehen! Warum hast du dich nicht bei mir gemeldet?«

»Mädchen, Sie waren noch in Trauer. Das konnte ich sehen. Und da dachte ich mir, Sie könnten im Moment keine Erinnerung an Ihr früheres Leben brauchen.«

Zum erstenmal gestand ich mir ein, wie sehr es mich gekränkt hatte, als er mich einfach meinem Schicksal überließ. Es war gut zu wissen, daß er mich nicht ganz verlassen hatte, daß er Nachschau gehalten hatte, wie es mir ging.

Paddy fuhr fort: »Als ich im Frühjahr nach Charlwood zurückkam, erfuhr ich, daß Sie in London in die Gesellschaft eingeführt werden sollten. Das hielt ich für eine gute Sache, genau das, was Ihr Dad sich für Sie gewünscht hätte.«

Ich schnitt eine Grimasse, was er übersah. »Als ich vor zwei Wochen aus Irland zurückkam, war ich auf Charlwood, weil ich hoffte, Sie zu sehen. Da habe ich von Ihrer Heirat erfahren.«

»Und warum wolltest du mich diesmal sehen?«

»Es war höchste Zeit«, sagte er schlicht. »Sie haben mir gefehlt, Miß Cathleen.«

»Paddy, du hast mir auch gefehlt«, sagte ich. »Ich dachte schon, du hättest mich ganz vergessen.«

»Das würde ich doch nie. Aber Ihr Vater wollte, daß Sie Ihren Platz in der Familie Ihrer Mutter einnehmen, und ich wollte mich nicht einmischen.«

Wir lächelten einander zu, beide mit feuchten Augen. Dann sagte ich: »Paddy, ich glaube, daß Papa ermordet wurde und daß Marquis Stade etwas damit zu tun hat.« Ich berichtete ihm von meiner Begegnung mit Stade in London.

Während ich sprach, beugte er sich in seinem Sessel vor und lauschte aufmerksam. Als ich geendet hatte, sagte er langsam: »Ich dachte mir schon lange, daß Mr. Daniels Tod kein Jagdunfall war. Nachdem Sie mit Lord Charlwood Newmarket verlassen hatten, habe ich auf eigene Faust herumgefragt, konnte aber nichts herausbekommen.«

»Es hat mit Stade zu tun«, wiederholte ich. »Weißt du noch, wie entschlossen Papa war, dem Marquis die zwei Jagdpferde zu zeigen, die wir in Irland gekauft hatten? Er hätte beide überall an den Mann bringen können. Warum wollte er unbedingt nach Newmarket und Stade aufsuchen?«

»Ja«, sagte Paddy. »Ich kann mich noch gut daran erinnern. Wir hatten die Pferde in Galway gekauft.«

Wir sahen einander an. Galway liegt an der irischen Westküste und Newmarket an der Ostküste Englands. Ein langer Weg, um ihn mit zwei passablen, aber nicht weiter außergewöhnlichen Pferden zu einer Präsentation zurückzulegen.

»Falls Stade Papa getötet hat, soll er dafür büßen«, sagte ich.

Paddy war mit mir einer Meinung, für mich nicht überraschend, da er Ire war.

»Aber wo fangen wir an?« fragte er. »Ich glaube, die Spur ist längst erkaltet, falls es überhaupt eine gibt.«

»Und ich glaube, daß wir mit den zwei Jagdpferden anfangen sollten«, erwiderte ich. »Wir könnten auf der Farm, wo Papa sie gekauft hat, Erkundigungen einziehen.«

»Sie sind von James Farrell auf der Inishfree Farm.« Paddy vergaß nie einen Namen.

»Paddy, ich weiß, daß du eben aus Irland gekommen bist, aber könntest du wieder dorthin zurück? Ich habe jetzt ein wenig Geld und kann dir deine Unkosten ersetzen.«

Paddy machte ein finsteres Gesicht. »Habe ich nicht eben einen schmucken jungen Wallach für fünfhundert Pfund an einen Armeeoberst verkauft? Ich nehme Ihr Geld nicht, Miß Cathleen. Ich habe genug eigenes.«

Ich hatte seinen Stolz getroffen. Mit aufgerissenen Augen sagte ich respektvoll: »Fünfhundert Pfund!«

»So ist es.« Er bedachte mich mit einem Lächeln, jenem Zahnlückenlächeln, das ich seit frühesten Kindertagen kannte. »Und ihm ist nicht aufgefallen, daß das Pferd es an den Knien hatte.«

Wir lachten. Dann wurde das schmale, wettergegerbte Gesicht wieder ernst. »Mr. Daniel stand mir näher als ein Blutsverwandter. Wenn jemand ihm übel mitgespielt hat, dann soll er dafür büßen.«

Mein stummes Nicken zeigte mein Einverständnis.

»Morgen fahre ich nach Galway, Mädchen«, versprach er.

»Und du wirst mich wissen lassen, wenn du etwas entdeckst?« fragte ich ängstlich.

»Sobald es etwas zu vermelden gibt, bin ich zurück wie der Wind.«

»Es war Stade«, sagte ich. »Ich weiß es.«

»Mal sehen, was ich herausfinde, Miß Cathleen«, sagte er, »und dann können wir gemeinsam unsere Vergeltungsaktion planen.«

11. Kapitel

Ich stellte Paddy Mrs. Pippen vor und bat sie, sich um sein leibliches Wohl zu kümmern und ihm im Dienstbotentrakt ein Zimmer zuzuweisen. Für mich stand Paddy zwar noch über dem König, doch sagte mir mein Verstand, daß er sich in der palastartigen Umgebung, die auf der Familienseite der grünbespannten Tür herrschte, sehr unwohl fühlen würde. Ich selbst fand die Dienstbotenquartiere weitaus wohnlicher.

Ich ließ Paddy bei Mrs. Pippen und passierte auf dem Weg nach oben, wo ich mich umkleiden wollte, eben den Korridor, als Walters erschien, gefolgt von einem mitgenommen aussehenden jungen Mann in Reitkleidung, der merklich hinkte.

»Mylady«, sagte Walters, »das ist ein Kurier Lord Castlereaghs für Seine Lordschaft.«

Lord Castlereagh war der Außenminister der derzeitigen Regierung. »Ist es dringend?« fragte ich den Kurier.

»Ich denke schon, Mylady«, gab der junge Mann zurück.

»Ich weiß nicht, wo Seine Lordschaft sich gegenwärtig aufhält«, gestand Walters mit einer Miene, als hielte er sein Versagen für eine Todsünde.

»Er sagte etwas von Verpflichtungen«, half ich aus.

»Dann könnte er in der Gutsverwaltung sein«, murmelte Walters. »Ich werde einen Diener hinüberschicken.«

»Tun Sie das, Walters. Inzwischen kümmere ich mich um Lord Castlereaghs Kurier.«

»Er kann im Empfangszimmer warten, Mylady«, sagte Walters. »Es ist nicht nötig, daß Sie sich selbst die Mühe machen.«

»Es ist keine Mühe«, erwiderte ich und bedeutete dem hinkenden jungen Mann, mir in den Empfangsraum zu folgen, in den jene Besucher gebeten wurden, die im Rang nicht hoch genug standen, um in den Salon gebeten zu werden, aber doch zu hoch, um sie in die Küche zu schicken. Lord Castlereaghs Kurier folgte mir gehorsam, und als ich mich umdrehte, ertappte ich ihn, wie er seine Umgebung mit einem Ausdruck anstarrte, den man nur als ehrfürchtig bezeichnen kann.

Und das nicht ohne Grund. Der Empfangsraum der Greystones mochte zwar kleiner sein als die meisten anderen Räume, war aber nicht weniger prunkvoll. Der Boden war aus edlem, vielfarbigem Marmor, dunkle Marmorsäulen – die aus dem Tiber – flankierten Tür und Kamin. Vergoldete Figuren bildeten den oberen Abschluß der Säulen, ebenso vergoldet war die Decke. Ich darf hinzufügen, daß sich in diesem Raum keine Sitzgelegenheiten befanden, auf denen es sich die Wartenden hätten bequem machen können.

Ich klingelte, worauf ein rothaariger Diener erschien. Da es unter dem Personal nur einen rothaarigen Diener gab, hatte ich seinen Namen behalten. »Charles, würden Sie wohl zwei Stühle bringen?«

Erstaunen huschte über die Miene des Dieners, als ich ihn bei seinem Vornamen nannte. »Sofort, Mylady«, murmelte er mit einer Verbeugung.

Ich bedeutete meinem Besucher, er solle zu mir ans Feuer treten. »Ich würde Sie gern in einen behaglicheren Raum führen, aber es gibt keinen«, sagte ich. »Sie müssen entschuldigen, aber ich kenne Ihren Namen nicht.«

»Lieutenant John Staple, Mylady.«

Ich warf einen Blick auf seinen staubigen, schlichten blauen Reitrock. »Sie sind noch bei der Armee, Lieutenant Staple?«

»Ja, Mylady. Bei Waterloo wurde ich verwundet und versehe seit einem Jahr Kurierdienst im Foreign Office.«

»Kavallerie oder Infanterie?« fragte ich.

Sein Kinn reckte sich. »Infanterie, Mylady.«

»Mein Mann war auch bei Waterloo«, sagte ich daraufhin.

Ein gewinnendes Lächeln glitt über die müden Züge des jungen Mannes. »Jawohl, Mylady, ich weiß aus erster Hand von Lord Greystones Teilnahme an der Schlacht.« Auf meinen aufmunternden Blick hin setzte er hinzu: »Ich war bei Packs Brigade, als Marschall Ney unser linkes Zentrum angriff.«

Den Winter über hatte ich mir einiges Wissen über die Schlacht von Waterloo angelesen und wußte daher, was er meinte. Packs Brigade gehörte zu Wellingtons zweiter Verteidigungslinie im linken Zentrum. Als die holländischen und belgischen Truppen, die die vorderste Linie bildeten, angesichts der massiven französischen Attacke zurückwichen, waren die Briten den anstürmenden Franzosen zahlenmäßig hoffnungslos unterlegen.

»Wir waren dreitausend, und die anderen viermal so viel, trotzdem griffen wir an«, berichtete Lieutenant Staple mit berechtigtem Stolz. »Sie ließen sich überrumpeln und wichen zurück, doch war uns klar, daß es nur eine Sache von Minuten wäre, bis sie sich wieder zu einem neuerlichen Angriff sammeln würden. Und das war der Moment, als Lord Greystone uns rettete.«

Ganz England kannte die Geschichte. Wellington hatte Adrian den Befehl über die schwere Reiterei übertragen, da deren eigentlicher Kommandeur zwei Tage zuvor im Kampf gefallen war. Kaum hatte Adrian erfaßt, was sich im linken Zentrum tat, als er den Befehl zum Angriff gab. Die Kavallerie war in die Linien der französischen Infanterie gefegt, hatte sie aus ihrer überlegenen Position auf einer Anhöhe gedrängt und sie niedergemacht, ein Bataillon nach dem anderen.

Dieser Angriff hatte die Reihen der Franzosen vollends ins Wanken gebracht, und die britische Kavallerie hatte zwei Adler erobert sowie zweitausend Gefangene gemacht. Mit diesem Erfolg nicht zufrieden, hatte Adrian seine Reiter noch tiefer auf feindliches Terrain geführt, die Artillerie Neys vernichtet und die Artilleriepferde losgebunden. Ohne Zugtiere aber waren die vierundsiebzig Kanonen den Rest des Tages für die Franzosen nutzlos.

Dieses Husarenstück war nach der Schlacht bekanntgeworden, als Wellington auch erfuhr, daß Adrian bereits bei den Kämpfen des sechzehnten Juni von einer Musketenkugel verwundet worden war und bei Waterloo mit zwei gebrochenen Rippen gekämpft hatte! Er hatte seine Verwundung verschwiegen, um nicht bei dem bevorstehenden großen Kampf außer Gefecht gestellt zu werden.

In diesem Moment trat Charles ein, einen Stuhl in den Händen, gefolgt von einem zweiten Diener mit einem weiteren Stuhl. Sie stellten die Stühle ans Feuer. Ich setzte mich auf einen und bot Lieutenant Stapleton auf dem zweiten Platz an. Mir entging nicht, wie er ein Bein unbeholfen ausstreckte, als er sich setzte, und wie seine Hände die Armlehnen umklammerten. Als das Bein vom Gewicht entlastet war, schloß er vor Erleichterung kurz die Augen.

Ich dachte bei mir, daß seine Vorgesetzten ihm keinen so langen Ritt hätten zumuten sollen, doch besaß ich genug Takt, diese Überlegung für mich zu behalten, da mir klar war, wie bitter es sein kann, wenn man zu hören bekommt, man hätte sich eine zu schwere Aufgabe aufgebürdet.

Ich ermunterte ihn, mir alles über die tapfere Abwehr des linken Zentrums und Adrians Heldentaten zu berichten. Seine Schilderung der Ereignisse war noch immer im Gange, als Walters in der Tür erschien. »Lord Greystone befindet sich tatsächlich in der Gutsverwaltung«, verkündete er, ehe er zu Lieutenant Staple gewendet sagte: »Wenn Sie mir nun folgen wollen, Sir, bringe ich Sie zu Seiner Lordschaft.«

Ich war in meinem Zimmer und wollte eben in mein blaues Taftabendkleid schlüpfen, als sich die Verbindungstür zu Adrians

Zimmer öffnete und er eintrat. Bei seinem Anblick tat mein Herz einen solchen Sprung, daß ich sicher war, er hätte es gehört. Ich mußte mit einer Hand am Bettpfosten Halt suchen. Nach einem Blick auf das bereitliegende Kleid sagte er: »Kate, ich bin gekommen, um dir zu sagen, daß du dich zum Dinner nicht umziehen sollst. Ich habe Staple gebeten, mit uns zu speisen, und er wird in seinem Reitdreß zu Tisch gehen müssen.«

»Ich kann das Kleid anziehen, das ich heute morgen anhatte«, sagte ich. »Ist das recht so?«

»Ein Vormittagskleid wird sehr passend sein.« Er sagte es zerstreut, als wäre er in Gedanken anderswo.

»Hoffentlich hat Lieutenant Staple keine schlechten Nachrichten gebracht?« fragte ich zögernd. Ich wollte nicht in ihn dringen, starb aber ehrlich gesagt vor Neugierde.

Er seufzte und trat weiter ein. Die Schulter an die Wand neben dem Kamin stützend, sah er mich nachdenklich an. »Castlereagh schreibt, daß die Unruhe im Land wächst. Die Regierung erwägt, *habeas corpus* außer Kraft zu setzen und mit Verboten gegen aufrührerische Versammlungen und Literatur vorzugehen.«

Ich furchte die Stirn. Seit dem Zusammenbruch der florierenden Kriegswirtschaft nach Waterloo waren soziale Unruhen für England immer mehr zum Problem geworden. Einer der Hauptgründe für den Aufruhr war das Corn Law, das im Vorjahr beschlossene Getreidegesetz. Zweck dieses Gesetzes war es, zum Vorteil der britischen Landeigner den Import billigen Weizens aus dem Ausland zu unterbinden. Daraufhin hatte die hungerleidende und arbeitslose Bevölkerung, von Armut und Leid erbittert, im Januar den Prinzregenten auf dem Weg zur Parlamentseröffnung mit Steinen beworfen.

»Das Aussetzen der Bürgerrechte ist keine Lösung«, sagte ich aufgebracht. »Damit werden Hunger und Arbeitslosigkeit nicht beseitigt.«

»Ich weiß. Es ist so weit gekommen, daß sich viertausend Demonstranten auf St. Peter's Field in Manchester zu einem Marsch nach London zusammengefunden haben, worauf die Regierung mit panischem Entsetzen reagierte. Castlereagh wünscht, daß ich unverzüglich nach London komme.«

Ich errötete bei dem Gedanken, daß meine erste Reaktion auf diese Nachricht nichts mit den armen Hungernden in Manchester zu tun hatte. »Du mußt fort?«

Er hob den Blick und sah mich an. »Ja.«

»Um Himmels willen, was erwartet denn Castlereagh von dir?« fragte ich aufgebracht. »Sollst du eine Kavallerieattacke gegen die Ärmsten führen?«

Er sah mich einen Moment schweigend an, ehe er sagte: »Ich hoffe, du hast Staple kein zu gläubiges Ohr geliehen.«

»Warum nicht? Er wußte sehr Schmeichelhaftes zu berichten, Mylord.«

Adrian schüttelte den Kopf. »Mir wurde zufällig das Kommando übertragen, das ist alles. Die englische Kavallerie war immer schon berühmt für ihre Attacken. Briten werfen sich mit demselben Kampfgeist in die Schlacht, wie sie einem Fuchs nachsetzen.« In seinen Augen blitzte es belustigt auf, als lade er mich ein, einen Scherz mit ihm zu teilen. »Tatsache ist, daß sie ihre Pferde nicht zügeln konnten, auch wenn sie es gewollt hätten.«

Ich gab ihm nicht recht. »Du hast sie lange genug aufhalten können, um zwei von Napoleons Adler-Standarten zu erbeuten«, hob ich hervor.

Die Belustigung erlosch. »Das Dümmste, was ich je getan habe«, gab er knapp zurück.

Natürlich war es die Eroberung der Adler, die ihm Wellingtons Belobigung eingebracht hatte. Dies und seine vorangegangene Verwundung hatten dazu geführt, daß Adrian zum Helden gestempelt wurde.

»Bist du denn nicht gern ein Held?« fragte ich neugierig. Die meisten Männer wären begeistert gewesen.

»Ich halte es für lächerlich«, sagte er mit einer gewissen Bitterkeit. Er drehte sich um und starrte ins Feuer, wobei er mir einen ausgiebigen Blick auf seinen Rücken gestattete.

»Die wahren Helden von Waterloo haben den Tod gefunden, Kate.« Er trat gegen ein Scheit, so daß die Funken in einer rotgoldenen Kaskade aufstoben. »Die Engländer hatten bei Waterloo fünfzehntausend Gefallene zu beklagen. Dazu kommen siebentausend Tote unserer preußischen Alliierten. Und nur Gott weiß, wie viele Franzosen dahingemetzelt wurden. Einen Überlebenden als Helden zu bezeichnen, grenzt an ein Sakrileg.« Wieder trat er gegen das Scheit.

Schweigend sah ich ihn an. Die Hände auf den Kaminsims gestützt, starrte er noch immer ins Feuer. Sein Rücken wirkte starr. »Hast du das auch zu Lieutenant Staple gesagt?« fragte ich.

Er schüttelte matt den Kopf. »Die Schlacht war ein solcher Alptraum, daß die Überlebenden etwas brauchen, um sie zu verklären, damit sie sich nicht an die Realität erinnern müssen. Ich gehöre zufällig zu den Unglücklichen, die sie sich zu heroisieren entschieden haben. Glaube mir, ich habe nichts anderes getan, als Tausende andere Soldaten auf dem Schlachtfeld.«

»Warum sagst du mir das?«

Er drehte sich zu mir um. »Weil ich nicht möchte, daß du dich falschen Vorstellungen über mein Heldentum hingibst«, sagte er. Der Lichtschein der Kerze in der Wandleuchte hinter ihm umspielte wieder seinen Kopf. »Ich bin nämlich kein Held.«

Ich lächelte und gab keine Antwort.

An jenem Abend verlief das Dinner angenehm und zwanglos. Mrs. Pippen hatte irgendwo im Haus einen kleinen Tisch aufgetrieben, den Adrian im Speisezimmer aufstellen ließ. Der altmodische Eichentisch bot allerhöchstens zehn Personen Platz und paßte überhaupt nicht in den Raum, war aber einem Gespräch viel zuträglicher als die prachtvolle Tafel, die er ersetzte.

»Wenn ich in London bin, werde ich einen kleinen Mahagonitisch bestellen«, sagte Adrian, als Harry eine Bemerkung über das neue Möbelstück machte. »Kate hat recht. Der andere Tisch ist für ein Familiendinner viel zu groß.«

»Und wohin hat Mrs. Pippen den großen Tisch gestellt?« fragte ich.

»Keine Ahnung. Sie hat ihn irgendwo verstaut. Wenn wir eine Dinnerparty geben, können wir ihn wieder hervorholen.«

Ich lächelte dem rechts von mir sitzenden Lieutenant Staple zu und schilderte ihm den an Komik grenzenden Versuch, mit jemandem zu speisen, der durch einen Riesentisch von einem getrennt ist. Als er zu Tisch ging, hatte der junge Mann ziemlich beklommen ausgesehen, doch meine Geschichte brachte ihn zum Lachen. Ich schmückte sie ein wenig aus, und als die Diener zum Servieren erschienen, wirkte er schon viel ungezwungener. Ein Blick zu Adrian zeigte mir, daß er mich wohlwollend betrachtete.

Zu meinem Entsetzen dachte ich sofort ans Bett.

Ich wandte mich mit strahlendem Lächeln Harry zu und sagte etwas völlig Sinnloses, das ihn jedoch zum Lachen brachte. Der erste Gang, eine wohlschmeckende Hühnersuppe, wurde aufgetragen, und wir alle aßen mit Appetit.

Adrian wollte tags darauf mit Lieutenant Staple zusammen aufbrechen. »Ich möchte nicht, daß Staple die ganze Strecke nach London zu Pferd zurücklegt«, hatte er zu mir gesagt, ehe wir zum Dinner gingen. »Er kann in der Kutsche mit mir fahren.«

Ich hatte ihm recht gegeben, daß der offensichtlich überanstrengte Lieutenant den Ritt nicht wiederholen sollte. Dann hatte ich Adrian gefragt, ob er wüßte, wie lange er in London bleiben würde, und er hatte verneint. Er würde es mich jedoch so bald wie möglich wissen lassen. Von heute abend hatte er nichts gesagt.

Ich trank Limonade anstelle von Wein, aß mein Dinner und hörte den Herren zu, die über die Probleme des Landes sprachen, wobei ich hin und wieder eine Bemerkung einfließen ließ, wenn jemand in meine Richtung blickte. Die Kerzen schimmerten an dem Luster, der es an Größe fast mit dem Eichentisch aufnehmen konnte. Im Kamin knisterte das Feuer. Die Schritte der Diener wurden vom dicken Teppich verschluckt. Gegen die Scheiben der hohen Fenster prasselte gedämpft der Regen.

»Es regnet«, sagte ich.

Die Männer hielten im Reden inne und horchten.

»Sollte es morgen noch immer regnen, nehmen wir die geschlossene Kalesche«, sagte Adrian zu Lieutenant Staple.

Wieder knisterte das Feuer und übertönte vorübergehend das

Geräusch der Regentropfen. Als ich es wieder hörte, trommelten sie heftiger als zuvor.

Ich nahm kein Dessert und sagte zu Adrian: »Ich gehe jetzt, um Paddy gute Nacht zu sagen.«

Er nickte, und die drei Männer erhoben sich, als ich den Raum verließ.

Ich traf Paddy mit Mrs. Pippen und Walters im Zimmer der Haushälterin beim Tee an.

»Ich bin nur gekommen, um Paddy gute Nacht zu wünschen«, sagte ich. »Bitte, setzen Sie sich.«

Der alte Pferdeknecht kam mir entgegen und umarmte mich fest. »Machen Sie sich nur keine Sorgen, Mädchen«, sagte er im Befehlston.

»Das werde ich nicht.«

»Hmmm.« Er bedachte mich mit einem listigen Blick. »Ehe ich mich morgen auf den Weg mache, sehen wir uns noch.«

Alle wollen mich morgen verlassen, dachte ich verzagt, zwang mich aber zu einem Lächeln und sagte: »Schlaf gut.« Dann wandte ich mich an die anderen. »Gute Nacht, Mrs. Pippen, Gute Nacht, Walters.«

Sie standen noch immer da. »Gute Nacht, Mylady«, erklang es im Chor. Ich nickte und ging auf mein Zimmer.

Dort wartete Lucy, um mir beim Auskleiden zu helfen. *Ich darf nicht vergessen, Adrian zu fragen, ob er jemanden nach Charlwood geschickt hat, um Rose zu holen,* dachte ich.

Dann fiel mir ein, daß es Wochen – vielleicht sogar Monate – dauern würde, bis ich Adrian wiedersah. Ich würde ihn wahrscheinlich sogar heute nicht mehr zu Gesicht bekommen. Vermutlich würde er es vorziehen, mit Lieutenant Staple zu plaudern, als mit seiner unerwünschten Frau der Liebe zu huldigen.

Als ich in meinem Nachthemd im Bett war, hatte ich mich in diese Niedergeschlagenheit hineingesteigert. Ich entließ Lucy und griff nach *Der Wohlstand der Nationen,* das ich nun zum zweiten Mal las, da mir schien, Adam Smith hätte eine wichtige Botschaft zu verkünden und mir wäre bei meiner ersten Lektüre die Hälfte entgangen.

Ich hielt den Blick auf die Seiten meines Buches gerichtet, doch in Wahrheit horchte ich auf Geräusche von jenseits der Verbindungstür. Lucy hatte die Vorhänge vor dem Fenster zugezogen, doch konnte ich noch immer hören, wie der Regen gegen die Scheiben trommelte.

Ich hatte mindestens viermal dieselbe Seite gelesen, als meine gespitzten Ohren Stimmengemurmel von nebenan vernahmen. Adrian, der mit seinem Kammerdiener sprach. Mein Herz fing zu pochen an, das Buch in meinen Händen zitterte. Ich blickte auf die Seite, die mir vor den Augen verschwamm. Dennoch hielt ich den Blick darauf gerichtet, während alle meine Sinne sich auf die Verbindungstür konzentrierten. Er mußte kommen.

Und schließlich kam er. Ich hörte, wie die Tür geöffnet wurde. Langsam schaute ich von meinem Buch auf. Er schloß die Tür hinter sich. »Wenn dir nicht danach zumute ist, Kate, kann ich wieder gehen.« Er trug seinen Hausmantel.

»Geh nicht fort«, sagte ich.

Als er an mein Bett trat, schloß ich mein Buch und legte es auf den Tisch daneben. Dabei hoffte ich, er würde nicht bemerken, wie meine Hand zitterte. Er setzte sich ans Fußende des Bettes und sah mich an. »Ich habe schlechte Nachrichten«, sagte er.

Ich konnte mir nicht denken, was er meinte. »Schlechte Nachrichten?«

»Kurz bevor wir zum Dinner gingen, kam der Diener, den ich nach Charlwood geschickt hatte, zurück. Es sieht aus, als sei das Mädchen tot, das du als Zofe wolltest.«

Ich zwinkerte, bemüht, mich auf das Thema zu konzentrieren, das ich nicht erwartet hatte. »Tot?« wiederholte ich. Ich runzelte die Stirn. Er sah sehr ernst drein. »Was ist passiert?« fragte ich.

»Bei dem Versuch, das Kind loszuwerden, das sie erwartete, ist sie verblutet«, sagte er.

Ich drückte meine Handknöchel gegen meinen Mund. »Guter Gott«, hauchte ich.

»Es tut mir leid, meine Liebe. Keine schöne Geschichte.« Ich schlug mit der geballten Faust auf die Matratze. »Dieser verdammte Schuft!« Wieder hieb ich mit der Faust aufs Bett.

»Verdammt! Verdammt! Verdammt!«

Seine große Hand legte sich über meine und machte meinen nutzlosen Fausthieben ein Ende. Ich holte tief Atem und erzählte ihm von damals, als ich Rose aus dem Schlafzimmer meines Onkels hatte kommen sehen.

Er hörte mir zu, und als ich geendet hatte, war er um den Mund herum erbleicht. »Charlwood hatte nie auch nur einen Funken Ehrgefühl«, sagte er ungewohnt scharf.

Mein Mann gehört zu den wenigen mir bekannten Menschen, bei denen man spürt, daß ihnen das Wort *Ehre* etwas bedeutet, wenn sie es in den Mund nehmen.

»Von Harry weiß ich, daß Charlwood mit deiner Schwester durchbrennen wollte«, flüsterte ich.

»Ja«, sagte er knapp. »Von hier bis Charlwood Court sind es nur zehn Meilen, und in dem Sommer, als Caroline sechzehn war, kam Martin aus Oxford. Es gelang ihm, sie zu diskreten Rendezvous zu überreden. Da sie zu Hause unglücklich war, fiel es ihr nicht schwer, sich einzureden, daß sie in ihn verliebt sei. Es endete mit einem Entführungsversuch.«

Er hielt seinen Blick auf seine Hand gerichtet, die noch immer meine auf der blauen Wolldecke bedeckte.

»Harry sagte, du wärest dazwischengetreten.« Ich sagte es noch immer im Flüsterton.

»Ja. Niemals hätte ich das Glück meiner Schwester einem Mann wie ihm anvertraut.« Er hob meine Hand, drehte sie um und drückte einen Kuß auf die Innenseite. Sein Blick begegnete meinem. »Du hattest recht, dich vor ihm zu ängstigen, Liebling. Aber jetzt bist du bei mir in Sicherheit.«

Ich spürte die Berührung seiner Lippen bis in mein Innerstes. Sein Mund glitt zu meiner Handwurzel und verweilte dort. Er mußte das Hämmern meines Pulses spüren. Seine Lippen lösend, befingerte er die Rüsche am Ärmel meines Nachthemdes. »Das ist nur hinderlich«, sagte er.

»Vielleicht sollte ich es ausziehen«, sagte ich unsicher.

»Hmmm.« Schon waren seine Hände an meinem Hals und knöpften den ersten der drei Perlmuttknöpfe auf.

Er zog mir das Nachthemd über den Kopf, warf es zu Boden und stand dann auf, um sich seines Hausmantels zu entledigen. Die Kerze auf meinem Nachttisch brannte noch, und in ihrem Schein sah ich die wulstige rote Narbe, die sich über die rechte Seite seines Brustkorbes zog. Ich dachte an die Verwundung, die er bei Waterloo verheimlicht hatte, und als er wieder ans Bett trat, beugte ich mich vor, um die Linie der Narbe nachzuzeichnen, erst mit dem Zeigefinger, dann mit einem Schauer kleiner Küsse.

Er sagte meinen Namen, und ich legte mich zurück und streckte ihm die Arme entgegen.

»Diesmal wird es besser«, raunte er mir ins Ohr. »Ich schwöre es.« Er küßte mein Ohr, meine Schläfe, meine Wange, bis er schließlich meine Lippen erreichte. Eine heiße erstickende Woge erfaßte mich, und ich öffnete ihm meinen Mund. Seine Hand liebkoste meine Brüste, und als die Brustspitzen hart und erhaben waren, bewegte sie sich tiefer, auf meinen Leib und die Hüften zu. Er küßte mich, und ich erbebte unter seiner Berührung, als seine Hand noch tiefer glitt. Das Feuer prasselte, der Regen schlug gegen die Fenster, und ich überließ meinen Körper blindem Begehren.

Es war so wundervoll süß, so heiß und süß, und mein Blut, meine Säfte, alles war heiß und schmolz unter seiner Berührung dahin. Zwischen uns war alles so natürlich, so richtig, doch als er schließlich in mich eindrang, entsann sich mein Körper des brennenden Schmerzes von letzter Nacht und erstarrte.

»Entspanne dich, Liebling«, flüsterte er. »Entspanne dich, und es wird nicht weh tun.«

Ich versuchte es. Ich schloß die Augen und zwang meine Muskeln durch schiere Willensaufbietung, sich zu lockern. Reglos daliegend öffnete ich mich ihm. Immer tiefer drang er ein, langsam und behutsam, so daß ich nur Druck, aber keine Schmerzen empfand. Bebend atmete ich aus und blickte in sein hartes, konzentriertes Gesicht. »Alles in Ordnung?« fragte er heiser.

Ich nickte, hob meine Beine, und mein Körper umschloß ihn.

Wie aus großer Entfernung hörte ich, daß der Regen heftiger

gegen das Fenster prasselte. Da stieß er zu und überfiel mich wie eine mächtige Woge, immer wieder, unwiderstehlich, und mein Körper erbebte, als Adrian kam. Von durchdringender, krampfhafter Wollust erschüttert, schrie ich auf.

Erst lange nachher, als wir reglos beisammen lagen, mein Kopf in der Höhlung seiner Schulter, schlich sich bei mir Furcht ein. Das Gefühl, das ich für ihn empfand, war zu stark, zu umfassend, zu mächtig. Es stellte für uns beide eine Gefahr dar.

Er hielt mich noch immer umfangen, als er einschlief, und ich lag still da, um ihn nicht zu stören. Ich spürte seine Haut warm an meiner Wange, seine Brust hob und senkte sich mit beruhigender Regelmäßigkeit, doch diese körperlichen Eindrücke vermochten die Schwärze meiner Gedanken nicht aufzuhellen.

Ich liebe ihn, aber ich darf nicht in den Irrtum verfallen, von ihm Liebe zu erwarten. Dieser beängstigende Gedanke nagte an meinem Inneren und hielt mich in jener Gewitternacht wach.

Jetzt bist du bei mir in Sicherheit.

Das hatte er gesagt und es ernst gemeint. Er war ein Mensch, dessen Instinkt ihn drängte, Schwächere zu beschützen. Er hatte seine jüngeren Geschwister vor dem Zorn des Vaters beschützt. Er hatte mich geheiratet, weil er mir angesehen hatte, daß ich meinen Onkel fürchtete. Und er hatte sich auch in seinem Liebesspiel von Rücksicht leiten lassen, weil der Beschützerinstinkt zu seinem Wesen gehörte.

Ich war bei ihm sicher. Es stellte sich nur die Frage: War er bei mir sicher?

Das Gefühl, das ich für ihn empfand, war kein laues, im Gegenteil, es war leidenschaftlich und besitzergreifend. Ließ ich ihm jemals freien Lauf, würde es ihn ersticken und mich vernichten.

Vor dem Einschlafen hatte er die Kerze ausgeblasen, der Raum war finster. Stundenlang lag ich wach, horchte auf seinen Atem und das Geräusch des Regens, wobei der Sturm, der in meinem Herzen tobte, bei weitem heftiger war als das Unwetter vor dem Fenster. Als endlich kurz vor Morgengrauen der Regen aufhörte, hatte ich mich mit dem abgefunden, was ich tun mußte.

Ich konnte ihn nicht mit einer Liebe belasten, um die er nicht gebeten hatte und die er nicht wünschen konnte. Ich mußte meine Gefühle vor ihm verbergen und ihm seine Freiheit lassen.

Schmerzlich dachte ich, daß mir das viel leichterfallen würde, wenn ich seine Haushälterin und nicht seine Gemahlin gewesen wäre.

12. Kapitel

Als Adrian am Tag darauf mit Lieutenant Staple in aller Herrgottsfrühe aufbrach, sagte ich ihm mit tapferem Lächeln Lebewohl. Paddy verabschiedete sich kurz darauf mit dem Versprechen, sich bei mir zurückzumelden, sobald er etwas in Erfahrung gebracht hätte.

Nachdem beide losgefahren waren, fühlte ich mich verlassen. Ich ging zur Ablenkung hinüber zum Stall und ritt Euclide. Harry, der mich begleitet hatte, hing mit einigen der Stallburschen am Zaun, während der Hengst und ich ein paar besonders gelungene Galoppirouetten ausführten und eine *passage* folgen ließen, die perfekt ausfallen würde, wenn er ein wenig an Kraft zulegte. Er war ein wunderbares Pferd.

Nachdem ich mit Euclide fertig war, ließ ich Elsa satteln und unternahm mit Harry einen Ausritt, in dessen Verlauf er mir das Gut zeigen wollte. Während wir dahinritten, berichtete ich ihm von meinem Gespräch mit Paddy. »Er will wieder nach Irland und wird versuchen, dort etwas herauszufinden«, schloß ich.

»Hmmm.« Harry furchte die Stirn. »Hast du Adrian von der Sache erzählt?«

»Nein.« Ich schaute zwischen Elsas Ohren hindurch geradeaus auf den Weg. »Dazu war keine Zeit.«

»Hmmm«, ließ Harry sich wieder vernehmen. Ich spürte seinen Blick auf mir, war aber nicht gewillt, ihn anzusehen. Stattdessen sah ich zum blanken blauen Himmel.

Es war, als hätte das nächtliche Unwetter die letzten Reste des

Winters hinweggefegt, so klar war der Himmel, so frisch und rein die Luft. Ich atmete tief durch und blickte über die kahlen Winterfelder, die sich zu beiden Seiten des ungepflasterten Weges erstreckten. »Noch ein paar Tage wie dieser, und die Bauern werden ihre Pflüge hervorholen«, sagte Harry.

Ich hatte nie lange genug an einem Ort gelebt, um das Bauernjahr zu verfolgen, und fragte mit aufrichtigem Interesse, was auf dem Gut angebaut wurde.

Harry, der hier aufgewachsen war, erwiderte sofort: »Hauptsächlich Getreide – Gerste, Hafer und Weizen. Das Land, das du siehst, ist samt den Häusern verpachtet. Die meisten unserer Pächterfamilien bearbeiten das Land seit Generationen.«

Die letzte halbe Meile war der Weg sanft angestiegen. Nun hatten wir den Hügelrücken erreicht und ritten auf der anderen Seite hinunter. Entlang des Weges erstreckten sich Felder, durch Hecken unterteilt. Auf halber Höhe der Hügelflanke lag rechts ein kleines strohgedecktes Haus. Als wir näher kamen, sah ich, daß sich daran ein eingezäunter Hof mit einem kleinen Stall anschloß, offensichtlich für ein Schwein gedacht. Ein Mann hämmerte auf dem Dach der Hütte. Das Schwein des Vorjahres war gewiß im Herbst zuvor geschlachtet worden, um den Winter über verzehrt zu werden, und seine Behausung wurde nun für den diesjährigen Insassen in Ordnung gebracht.

»He, Blackwell«, rief Harry leutselig, als wir den Hof erreichten.

»Mr. Harry.« Ein unauffälliger Mann mittleren Alters und mittlerer Statur trat an den Zaun. »Es riecht nach Frühjahr«, sagte er freundlich.

»So ist es.« Harry wandte sich zu mir um. »Kate, das ist John Blackwell, einer unserer Pächter.« Er sah wieder den Bauern an. »Blackwell, mach deinen Kratzfuß vor der neuen Countess of Greystone.«

Der Mann schien alles andere als erstaunt. Vermutlich blieb den Gutspächtern von den Vorgängen auf Greystone nichts lange verborgen. Als er mir zulächelte, zeigte er einen häßlich abgebrochenen Vorderzahn. »Freut mich, Mylady. Willkommen auf Greystone«, sagte er, an seiner Stirnlocke zupfend.

»Danke, Mr. Blackwell«, sagte ich.

»Seine Lordschaft ist heute morgen nach London gefahren«, sagte Harry. »Ich soll dir ausrichten, daß er einen Augenarzt aufsuchen und einen Termin für deine Tochter ausmachen wird.«

»Danke, Mr. Harry«, erwiderte der Mann voller Dankbarkeit.

»Keine Ursache. Sobald ich von Seiner Lordschaft Nachricht bekomme, lasse ich es dich wissen.«

Wieder bedankte sich der Mann überschwenglich, und Harry antwortete ihm freundlich. Dann ritten wir davon.

»Was ist mit den Augen seiner Tochter?« fragte ich, als wir außer Hörweite waren.

»Sie ist fast blind«, sagte Harry. »Blackwell hat Adrian unlängst gefragt, ob er einen Arzt wüßte, zu dem man das Mädchen bringen könnte.«

»Wie alt ist sie?«

Er zog die Schultern hoch. »Neun oder zehn, glaube ich.«

Eine Drossel flog plötzlich vom Feld auf, und Elsa tat erschrocken einen Satz. Ihren Hals tätschelnd, fragte ich Harry: »Hat ihr Vater nicht schon etwas unternommen?«

Wieder ließ Harry ein Achselzucken sehen. »Ein Mann wie er hat kaum eine Möglichkeit, einen Spezialisten ausfindig zu machen. Und mein Vater hat zwar die Häuser der Pächter in gutem Zustand gehalten, war aber nicht der Mensch, der sich um das Augenlicht einer Pächterstochter gekümmert hätte.«

Ich dachte an Adrians Bemerkung über Privilegien und Verantwortung und fragte mich, wo er diese Lektion wohl gelernt haben mochte. Gewiß nicht von seinem Vater. Ich wollte Harry nach seiner Mutter fragen, als mir einfiel, daß sie im Kindbett den Tod gefunden hatte, als Adrian sieben war. Es mußte Harrys Geburt gewesen sein, die sie das Leben gekostet hatte. Statt dessen sagte ich: »Mir scheint, daß die Pächter auf Greystone unter deinem Bruder besser dran sind als unter deinem Vater.«

Er nickte knapp.

»Bis zum Fuß des Hügels reiten wir um die Wette«, rief ich ihm zu.

Die Tage vergingen. Die Arbeiterdemonstration, die Lord Castlereagh so großes Kopfzerbrechen bereitet hatte, löste sich auf, ehe sie London erreichte, doch Adrian schrieb, daß seine Anwesenheit noch einige Wochen erforderlich sei, da es bei der Finanzierung der Besatzungsarmee Probleme gäbe. Ich versagte es mir, darüber nachzudenken, ob Mary Weston auch in London war, aber je mehr ich mich bemühte, diese Frage aus meinem Bewußtsein zu verbannen, desto öfter drängte sie sich mir auf.

Ich lenkte mich ab, indem ich Euclide und Elsa ritt, die zwei alten Noakes besuchte und mir drei niedliche Spanielwelpen zulegte. Außerdem verwandelte ich mein Ankleidezimmer in ein Wohnzimmer, so daß ich einen anheimelnden Raum hatte, in dem ich mich aufhalten konnte.

Die größte Ablenkung aber stellte die Ankunft von Kusine Louisa in der Kutsche der Greystones dar. Sie kam samt Schneiderin und unzähligen Rollen von Atlas, Tüll, Samt, Musselin, Kaschmir und Seide.

Als meine Kusine eintraf, befand ich mich zufällig im Haus und rannte die Freitreppe hinunter, um sie zu umarmen. »Louisa! Warum hast du mir deine Ankunft nicht angekündigt?«

Sie erwiderte meine Umarmung. »Dazu war keine Zeit«, sagte sie. »Vor zwei Tagen kam Greystone ins Haus meines Bruders und bat mich, ich solle packen. Und schon am Nachmittag befanden wir uns auf dem Weg nach London. Am nächsten Tag – gestern – engagierte ich Miß Runce, und Greystone verabschiedete uns heute morgen.« Ihre Wangen waren gerötet, ihre grünen Augen glänzten.

Tatsächlich kam es für mich selbst ein wenig überraschend, daß ich mich über Louisas Kommen so sehr freute. Ich führte sie ins Haus, vertraute Miß Runce Mrs. Pippen an und unternahm mit Louisa einen Rundgang durch das mittelalterliche Kloster und den von Adam umgebauten palastähnlichen Teil. Dann brachte ich sie hinauf in mein Wohnzimmer, wo wir von den jungen Hunden überfallen wurden. Ich bot Louisa Platz an und trat hinaus auf den Korridor, wo ich einen Diener erspähte, der mit Louisas Reisetasche in einem der Schlafzimmer verschwand.

»George!« rief ich, als er wieder herausgekommen war. »Ich glaube, die Hunde müßten nach draußen gebracht werden!«

»Jawohl, Mylady.«

Ich musterte seine elegante Livree. »Nehmen Sie Matt und Tom zu Hilfe«, sage ich. »Jeder von euch kann einen Hund nehmen. Und kommt erst wieder, wenn sie ihr Geschäft verrichtet haben!« Erst gestern hatte Hasty auf meinem Teppich ein Malheur hinterlassen.

George grinste. »Sehr wohl, Mylady.«

Kaum waren die Hunde entfernt, ließen Louisa und ich uns auf den bequemen, mit verblaßtem Chintz bespannten Sitzmöbeln nieder, die Mrs. Pippen für mich aufgetrieben hatte, und ich sagte: »So, und jetzt machen wir es uns gemütlich.«

»Meine Liebe«, sagte Louisa voller Hochachtung, ein Hundehaar von ihrem Rock streifend, »was für ein *Haus.*«

»Ist es nicht schrecklich?« erwiderte ich aufgeräumt. »Adrian sagte, er wolle einen neuen Trakt für die Familie anbauen, und ich glaube, ich sollte ihn darauf festnageln.«

»Ach«, sagte Louisa. »*Adrian.*«

Ich errötete.

Da regte sich Mitleid in ihr. »Er ist ein absolut wunderbarer Mensch, Kate. Es war ein Vergnügen mitzuerleben, wie er mit meinem Bruder umsprang.«

»Hat er diesem Schuft tüchtig die Meinung gesagt?«

»Ja, das hat er«, erwiderte Louisa befriedigt.

Ein wenig verlegen sagte ich: »Ich hätte dich schon früher gebeten, zu mir zu kommen, Louisa, aber solange Adrian in Frankreich war, fühlte ich mich nicht berechtigt, jemanden ohne seine Erlaubnis einzuladen.«

»Das kann ich verstehen, meine Liebe«, sagte Louisa. Als ich ihr letztes Frühjahr geschrieben und sie gebeten hatte, mir meine Sachen nach Lambourn zu schicken, hatte ich ihr die kurze Geschichte meiner Ehe anvertraut, so daß ich nun mit ihrem Verständnis rechnen konnte.

»Greystone war absolut charmant zu mir.« Louisa lächelte ein wenig spitzbübisch. »Er beglückwünschte mich, weil ich es geschafft hätte, dir auszureden, dich als Junge verkleidet in einem Stall um Arbeit zu bewerben.«

»Ich verstehe gar nicht, warum ihr beide die Idee so komisch findet«, sagte ich gekränkt.

Plötzlich wieder ernst, meinte meine Kusine: »Weil keiner von uns über deine Herzensreinheit verfügt, meine Liebe.«

»Das soll wohl heißen, daß ihr mich für naiv haltet«, grollte ich.

Meine Kusine schüttelte den Kopf, während etwas auf ihrem Schoß ihre Aufmerksamkeit fesselte. Vorsichtig zupfte sie von ihrem Rock ein einzelnes langes weißes Hundehaar, das sie auf den Teppich fallen ließ. Dann sah sie mich an. »Charlwoods Plan war an Ruchlosigkeit nicht zu überbieten«, sagte sie. »Er hat dir und Greystone nur Böses antun wollen. Die wirksamste Vergeltung, die du an ihm üben kannst, Kate, ist es, eine glückliche Ehe zu führen.«

Ich seufzte. »Das wäre vielleicht zu viel verlangt, Louisa.«

Sie riß in übertriebenem Erstaunen die Augen auf. »Dir gefällt Greystone nicht?«

»Sei nicht albern«, fuhr ich sie an.

»Wo liegt dann das Problem? Ich dachte, er hätte dich sehr gern.«

Sehr gern. Fast überlief mich ein Schauer. Was nutzte es mir, wenn er mich gern hatte? Junge Hunde hatte man gern. Ich bückte mich nach einem Blatt Papier, das die Hündchen zerkaut hatten und warf es ins Feuer. Es flammte sofort auf. Ich beobachtete es finster, ohne Louisa anzusehen.

Louisa fuhr fort. »Er schätzt dich immerhin genug, um dich bei Hof vorstellen zu wollen.«

»Was!« Mit einem Ruck drehte ich mich um und starrte sie an.

Das Lächeln, mit dem sie mich ansah, kann ich nur als selbstzufrieden bezeichnen. »Du hast ganz recht gehört, Kate. Zu Miß

Runces Aufgaben wird es gehören, dir eine Hofrobe zu schneidern. Greystones Schwester wird dich vorstellen.«

Ich war wie betäubt. Als schlichte Miß Cathleen Fitzgerald hatte eine Vorstellung bei Hof für mich so weit außerhalb meiner Reichweite gelegen wie der Mond.

»Ich sage ja, daß er dich mag«, sagte Louisa.

Sollte sie dieses Wort wiederholen, war ich gewillt, ihr etwas an den Kopf zu werfen. Ich wußte sehr gut, warum Adrian sich der Mühe unterzog, für mich eine Vorstellung bei Hof zu erwirken, da ich aber keineswegs gedachte, Louisa seine Motive zu verraten, wechselte ich das Thema und fragte sie, wie ihre Fahrt verlaufen war.

Die sonnigen und windigen Märzwochen verstrichen langsam, und Greystone zeigte sich als friedlicher und produktiver Ort. Auf den Feldern wurde gepflügt und die Saat ausgebracht. Ich unternahm mit Elsa Ritte auf dem Gut und machte dabei die Bekanntschaft sämtlicher Pächter und ihrer Kinder. Da Adrian mich gebeten hatte, Euclide für ihn zu reiten, brachte ich täglich eine Stunde damit zu, mit dem Hengst zu arbeiten. Und ich machte Besuche bei den Noakes. Mrs. Blackwell und ihre Tochter fuhren in Adrians Reisekutsche nach London, um einen Spezialisten zu konsultieren, und kamen mit einer Brille wieder, die Marys Sehvermögen beträchtlich verbesserte. Miß Runce nähte und nähte unermüdlich, und meine Garderobe wurde immer umfangreicher. Kusine Louisa machte sich im örtlichen Armenhilfsverein nützlich und rückte bald zur Busenfreundin der Pfarrersfrau auf. Und Harry brachte auf Anordnung Adrians pflichtbewußt täglich einige Stunden mit lateinischer Lektüre beim Pfarrer zu. An den Nachmittagen unternahm er mit mir Ausritte oder ging auf die Jagd.

Es war das Leben, wie ich es mir immer gewünscht hatte, und ich bemühte mich sehr um Zufriedenheit, war aber von Unruhe erfüllt. Anfang März war es in Paris zu einer peinlichen Szene zwischen einem englischen und einem französischen Offizier gekommen, und Castlereagh hatte Adrian gebeten, nach Frankreich zu gehen und Wellington für die Reduzierung der Besatzungsarmee zu gewinnen. Adrian schrieb, daß er damit rechne, erst gegen Monatsende wieder nach England zurückzukehren.

Ich versuchte, nicht darüber nachzudenken, daß es seine Abwesenheit war, die mir meinen Frieden raubte.

Am 21. März, dem ersten Frühlingstag, fuhren Louisa und ich nach Newbury, um ein paar Bücher abzuholen, die wir in der Buchhandlung bestellt hatten. Wir nahmen den Phaeton, und ich führte die Zügel.

Es war ein schöner Tag. Hohe weiße Wolken trieben über das Himmelsblau. Die Grasstreifen am Straßenrand waren mit den Wiesenblumen des Vorfrühlings gesprenkelt. Ich lenkte ein Gespann überaus braver Grauer. Der April war nahe. Fast hätte ich glücklich sein können.

Unser Einkauf in der Stadt verlief glatt. Louisa holte ihre Romane im Bücherladen, und dann sagte sie zu mir, sie hätte Miß Runce versprochen, ein paar Ellen blaues Besatzband für ein in Arbeit befindliches Kleid mitzubringen. Louisa ging in den Kurzwarenladen, und ich wartete draußen und behielt die Grauen im Auge, ebenso den jungen Mann, der sie hielt. Er war der Sohn des Ladenbesitzers, den ich nicht genug kannte, um ihm ganz zu vertrauen.

Die Straße war wenig belebt, und die Grauen standen friedlich da. Just wollte ich zu Louisa in den Laden treten, als ich spürte, daß jemand sich mir von rückwärts näherte. Ich drehte mich um und sah, daß mich die kalten meergrünen Augen meines Onkels anstarrten. Aus meinem Gesicht wich jede Farbe.

»Kate«, rief er mit grotesk übertriebener Freude aus, »wie reizend du aussiehst, meine Liebe.« Er versuchte erst gar nicht, die Bosheit in seinem Ton zu tarnen.

»Ich bedaure, daß ich das Kompliment nicht erwidern kann«, gab ich unverblümt zur Antwort.

Meine Ruppigkeit amüsierte ihn. »Du solltest mir dankbar sein, du nichtsnutziges Gör. Mir hast du es zu verdanken, daß du jetzt Countess bist.« In seinen Augen funkelte Ironie. »Wie ich höre, ist dein Mann nach Frankreich zurückgekehrt und überläßt es dir, die Freuden von Greystone allein zu genießen. Wie jammerschade.«

Die wirksamste Vergeltung ist es, eine glückliche Ehe zu führen. Kusine Louisas Worte fielen mir ein, und als ich die bösartige Befriedigung in der Miene meines Onkels sah, wußte ich, daß Louisa recht hatte.

Mit strahlendem Lächeln sagte ich: »Ja, Adrian ist im Moment in Frankreich, aber er wird zeitgerecht für die Saison zurückkehren. Seine Schwester möchte mich bei Hof vorstellen, und dann werden wir uns am Grosvenor Square häuslich einrichten.«

Die Selbstzufriedenheit meines Onkels war wie weggeblasen. »Caroline?« sagte er. »Caroline wird dich bei Hof vorstellen?« Er sprach ihren Namen mit einem Ton aus, den ich von ihm noch nie gehört hatte. Offenbar hatte ich einen wunden Punkt getroffen.

»Ja.« Mein Lächeln wurde noch um eine Spur strahlender. »Louisa ist jetzt bei mir auf Greystone und wird mich nach London begleiten. Es sieht aus, als würde meine zweite Saison weitaus erfreulicher als meine erste.« Ich blickte über seine Schulter. »Ach, da kommt ja Louisa.«

Ein Blick auf seine Haarfarbe genügte, und Louisa wußte, mit wem ich sprach, so daß sie ein unbeirrbares Lächeln zur Schau trug, als sie zu uns trat. »Charlwood«, sagte sie freundlich, »was treiben Sie denn in Newbury?«

»Ich bin geschäftlich hier«, gab er zurück. Seine Gesichtsmuskeln waren angespannt. Noch nie hatte ich erlebt, daß er so viel Gefühl verraten hätte.

Ein Heuwagen fuhr auf der Straße vorüber, und die Grauen wandten die Köpfe und sahen ihm nach. Louisa hob ihr Päckchen. »Kate, ich habe die Bänder. Wir müssen losfahren.«

»Ja.« Ich blickte mich nach meinem Onkel um. Er hatte zu seiner gewohnten wolkenlosen Miene zurückgefunden.

»Vielleicht sehe ich dich in London, Kate«, sagte er. »Ich werde zur Saison auch dort sein.«

»Erwarte nur keine Einladung zum Dinner«, gab ich unverhohlen zurück, was Charlwood mit einem Auflachen quittierte.

Er blieb auf dem Bürgersteig stehen und sah zu, wie wir in den

Phaeton einstiegen. Er rührte sich nicht, bis ich die Zügel ergriffen hatte und die Grauen hinaus auf die Straße lenkte. Dann erst drehte er sich mit einer abrupten Bewegung um und schritt davon.

Weder Louisa noch ich verloren ein Wort, ehe wir die Stadt hinter uns hatten. »Warum war Charlwood so aufgebracht, Kate?« fragte sie dann.

Da es mir nicht zustand, das Geheimnis von Carolines Entführung preiszugeben, sagte ich einfach: »Ich glaube, es hat ihn nicht gefreut, als er sah, daß ich es offensichtlich gut getroffen habe.«

Louisa seufzte. »Zu schade, daß aus Martin ein so harter, kalter, rachsüchtiger Mensch wurde.«

Ich trieb den rechten Grauen, der ein wenig langsam war, mit einem Zungenschnalzen an, und er schritt flotter aus. »Wie war mein Onkel als Kind?« fragte ich Louisa neugierig.

»Er hat deine Mutter angehimmelt«, sagte Louisa. »Seine eigene Mutter – deine Großmutter – war eine kränkliche Frau, die wenig Zeit für ihre Kinder hatte. Lizzie war älter als Martin und bemutterte ihn immer. Daß sie mit deinem Vater durchbrannte, hat ihn zutiefst getroffen.«

Ich überlegte. »Deswegen muß er Papa gehaßt haben«, sagte ich. »Ich glaube nicht, daß Papa dies bewußt war. Hätte er die wahren Gefühle meines Onkels gekannt, er hätte mich nie seiner Obhut überantwortet.«

»Sicher hast du recht«, pflichtete Louisa mir bei.

Wider Willen empfand ich einen Anflug von Mitleid mit dem verlassenen und gekränkten Kind, das mein Onkel einst gewesen war.

Am zweiundzwanzigsten März erhielt ich ein Schreiben von Adrian, in dem er mir mitteilte, daß er noch vor Ablauf der Woche in London eintreffen würde. Ich sollte mich sobald als möglich dort einfinden und ausreichend Personal aus Greystone mitbringen, um das Stadthaus zu führen.

Sofort wurde ich aktiv. Mrs. Pippen würde natürlich auf Greystone bleiben, aber Walters, Remy und ein Heer von Dienern, Stubenmädchen, Hausmädchen und Stallburschen würde mit mir nach London gehen müssen, damit der Haushalt am Grosvenor Square reibungslos funktionierte. Selbst Wellington hätte so viele Menschen nicht so rasch und klaglos von einem Ort an den anderen zu schaffen vermocht, wie es mir glückte. Am Tag der Abreise nach London ritt ich noch hinüber nach Lambourn, um mich von den Noakes zu verabschieden.

Die lieben alten Leutchen waren außer sich vor Freude, als ich ihnen von meiner geplanten Vorstellung bei Hof berichtete, und Mrs. Noakes konnte gar nicht genug von meiner neuen Garderobe hören, die ich ihr ganz genau bis zur letzten Straußenfeder beschreiben mußte.

Mr. Noakes lauschte höflich, war aber viel mehr daran interessiert, was Adrian gegen die Unruhen im Lande zu unternehmen gedachte.

»Mr. Noakes, ich wüßte nicht, was er tun *kann*«, sagte ich offen, »wenn man davon absieht, daß er für die Aufhebung des Corn Law stimmen wird.«

»Nie hätte ich gedacht, daß ich den Tag erleben würde, an dem England vom Pöbel überrannt wird«, grollte er. »Wenn die Regierung nicht etwas unternimmt, wird es bei uns auch eine Revolution wie bei den Franzmännern geben.«

»Die Menschen hungern, Mr. Noakes, und es gibt zu wenig Arbeit.«

»Zu viele Menschen sind vom Land in die Städte gezogen«, wandte er ein.

»Viele waren dazu genötigt, Mr. Noakes«, hob ich hervor. »Und seit Ende des Krieges wurden viele Soldaten und Seeleute aus der Armee entlassen. Für sie ist auf dem Land kein Platz, so daß auch sie in die Städte gehen. Und dort gibt es wiederum zu wenig Arbeit!«

Der Alte brummte.

»Genug von Politik«, sagte Mrs. Noakes entschieden. »Hoffentlich haben Sie Appetit mitgebracht, Mylady, weil ich Ihren Lieblingsobstkuchen gebacken habe.«

Ich versicherte ihr, daß ich einen Bärenhunger hätte, und die restliche Zeit meines Besuches verlief sehr angenehm. Am nächsten Tag fuhren Louisa, Harry und ich nach London.

13. Kapitel

Der Umzug nach London ging mit erstaunlich wenig Wirbel über die Bühne. Als ich im Stadthaus der Greystones am Grosvenor Square eintraf, waren die Pferde eingestellt, das Personal war eingezogen, in allen Räumen standen frische Blumen, und Remy bereitete eines seiner berühmten Ragouts zum Dinner zu. Ich lernte Mrs. Richards, die Londoner Haushälterin, kennen, die mit mir einen Rundgang durch das Haus unternahm, das geräumig und elegant war, ohne so einschüchternd wie ein Palast zu wirken.

Am Tag darauf schleppte Louisa mich durch sämtliche Läden in der Bond Street, eine gänzlich unnötige Tortur, die ihr aber ungeheuer Spaß machte. Und ich hatte nicht das Herz, sie um dieses Vergnügen zu bringen. Als ich Louisa ertappte, wie sie sehnsüchtig einen Hut in einem Schaufenster beäugte, fiel mir ein, daß sie kein eigenes Geld hatte, und ich beschloß, ihr die Hälfte meines eigenen großzügigen Taschengeldes unter dem Vorwand zu überlassen, Adrian hätte ihr den Betrag ausgesetzt.

Am zweiten Tag unternahm ich mit Elsa zu Mittag einen Ausritt in den Hyde Park. Aus Sorge, der lebhafte Verkehr könnte das Tier scheuen lassen, bat ich Harry, er solle mich begleiten. Er ritt einen frommen Wallach, mit dem Elsa sich gut vertrug. Dank der unerschütterlichen Ruhe Monarchs und der von ermutigendem Tätscheln begleiteten Bemerkungen meinerseits schaffte sie es mit wenigen Anwandlungen von Nervosität bis zum Hyde Park.

Ich atmete erleichtert auf, als wir die Tore passierten. Wenn Elsa etwas zustieß, würde Adrian mich umbringen.

»Diese Stute hat in ihrem ganzen Leben nicht so viel Verkehr erlebt«, bemerkte Harry, als wir Seite an Seite unter den Bäumen dahintrabten. Das Laub war von jenem speziellen hellen Grün, dem man nur im Frühling begegnet, und ich betrachtete es voller Freude. Der Frühling war meine liebste Jahreszeit. »Ich hatte schon Angst, du würdest unter den Rädern eines Karrens enden«, fuhr Harry fort, »aber Elsa war so besonnen wie ein altes Schlachtroß.«

»Sie hat viel Verstand«, erwiderte ich, »und sie vertraut mir.«

Das strahlende Himmelsblau über den Bäumen war mit hohen weißen Wolken gesprenkelt, deren Anordnung so vollkommen war, als hätte man sie aufgepinselt. Ich blickte noch immer nach oben und hielt die Zügel locker, ohne an mein Pferd zu denken, als ein Eichhörnchen aus dem Gebüsch schoß und über den Reitpfad huschte. Elsa tat einen Sprung, bäumte sich zweimal auf, und ich wurde abgeworfen.

Ich war so verblüfft und so überrumpelt, daß ich die Zügel verlor, eine Todsünde, die meinen Vater erzürnt hätte. So unsanft landete ich auf meiner Kehrseite, daß mir die Luft wegblieb.

Gottlob war Elsa über meinen unerwarteten Sturz ebenso verdutzt wie ich. Anstatt davonzugaloppieren, blieb sie sofort stehen, spitzte die Ohren und sah mich erstaunt an. Ihre Miene sagte so deutlich, als würde sie die Worte aussprechen *Was machst Du denn da unten?*

»Schon gut, mein Mädchen«, stieß ich noch ganz atemlos hervor. Ich blickte mich nach Harry um, der zwei Reiter hinter uns geistesgegenwärtig mit einem Handzeichen aufhielt. Fremde Pferde hätten die reiterlose Elsa mit Sicherheit scheuen lassen.

Langsam rappelte ich mich auf, während ich unausgesetzt auf Elsa einredete, und als ich schließlich wieder die hängenden Zügel erfaßt hatte, sandte ich mit geschlossenen Augen ein Dankgebet zum Himmel.

»Alles in Ordnung, Kate?« fragte Harry.

»Mir ist das sehr peinlich«, erwiderte ich.

Er lachte auf und hielt die Hand hoch, um die heranreitenden Pferde aufzuhalten, bis ich wieder sicher im Sattel saß.

Die Gesellschaft, die Zeuge meines Malheurs geworden war,

kam auf uns zugetrabt. »Ist alles in Ordnung?« fragte einer der Herren.

»Das einzige, was gelitten hat, ist meine Selbstachtung«, gab ich lächelnd zurück. »Danke, daß Sie angehalten haben. Wäre meine Stute durchgegangen, stünde mir großer Ärger bevor.«

Die zwei Herren erwiderten mein Lächeln. Dann sagte der jüngere zu Harry: »Ach, sind Sie nicht Harry Woodrow?«

Auch Harry erkannte den jungen Mann und wandte sich nach ein paar kurzen Sätzen an mich. »Kate, darf ich dir George Marsh vorstellen. Er war auf meinem College und hat letztes Jahr sein Studium abgeschlossen.«

Mr. Marsh stellte nun seinen Begleiter vor, einen fahlgesichtigen Mann Mitte vierzig mit Namen Chalmers, der etwas an sich hatte, das mir irgendwie bekannt vorkam.

»Sind wir einander schon begegnet, Mr. Chalmers?« fragte ich im Plauderton, während Harry sich mit George Marsh für den Abend verabredete.

»Ich hatte noch nicht das Vergnügen, Lady Greystone«, erwiderte er mit Routine verratendem Lächeln. »Glauben Sie mir, eine Begegnung mit Ihnen wäre mir gewiß im Gedächtnis geblieben.«

Ich glaubte ihm nicht, doch erschien es mir im Moment wenig bedeutungsvoll, ob ich Winston Chalmers schon begegnet war oder nicht. Uns allen wären große Unannehmlichkeiten erspart geblieben, wäre es mir an jenem Nachmittag eingefallen.

Als Harry und ich an den Grosvenor Square zurückkehrten, wurden wir an der Tür von Walters persönlich empfangen, der majestätisch ankündigte: »Seine Lordschaft sind zurückgekehrt.«

Mein Herz begann wie wild zu schlagen. »Ach, er ist da?«

Walters war zu wohlerzogen, um diese dumme Bemerkung mit einer Antwort zu würdigen. »Er befindet sich im Salon, Mylady«, war alles, was er sagte.

»Wie nett«, erwiderte ich schwach. Mein Blick hing an Harry, der der Treppe zustrebte. »Wohin gehst du?« fragte ich.

»Du wirst doch nicht wollen, daß ich bei deinem Wiedersehen mit Adrian störe«, erwiderte er mit seinem engelhaftesten

Lächeln. »Ich gehe hinauf und dir damit aus dem Weg, um dir Gelegenheit zu geben, ihm meine Anwesenheit in London zu erklären.«

Ich stürzte ihm nach und bekam den Ärmel seiner Reitjacke zu fassen. »Nein, das wirst du nicht, Harry. Wenn du glaubst, sämtliche Erklärungen mir überlassen zu können, dann irrst du dich gewaltig.« Meine Finger umfaßten das blaue Tuch fester. »Du hast behauptet, Adrian hätte nichts dagegen, wenn du mit mir nach London kämest. Falls Erklärungen nötig sind, bist du derjenige, der sie liefern wird.«

Harrys Miene verfinsterte sich. Wir wußten beide, daß Adrian erwartet hatte, Harry würde in Greystone bleiben und sich mit dem Pfarrer, einem Gelehrten der klassischen Disziplinen, seinen Studien widmen. Daß ich ihn nach London mitgenommen hatte, lag teils daran, daß ich ihm seine Unrast nachfühlen konnte, hauptsächlich aber daran, daß ich mit meinem Mann nicht allein sein wollte. »Und nun wirst du mitkommen«, sagte ich energisch, ohne ihn loszulassen. »Es wird schon nicht so schlimm. Adrian ist keiner, der einen anbrüllt.«

»Nur weil er nicht brüllt, heißt das noch lange nicht, daß er nicht verdammt unangenehm sein kann, wenn er es darauf anlegt«, entgegnete Harry, den ich trotz seiner bedrückten Miene nicht loszulassen gewillt war und erbarmungslos durch den Korridor zum roten Salon schleifte.

Die Tür war geschlossen, als ich davor ankam. Ich atmete tief durch, um mich zu beruhigen, und öffnete.

Mein Blick fand ihn sofort. Er stand mit einem Schriftstück in der Hand am Fenster. Die Türangeln waren gut geschmiert, und die Tür hatte sich lautlos geöffnet, doch er sah fast sofort auf, und sein Blick traf auf meinen.

Niemand sagte etwas. Mein Herz klopfte so heftig, daß ich sicher war, Harry müßte es hören. Etwas flackerte in den dunklen grauen Augen, die in meine blickten, und ich hatte das merkwürdige Gefühl, er hätte mich berührt. Meine Füße fest auf den Boden drückend, um zu verhindern, daß ich auf ihn zuflöge, stieß ich atemlos hervor: »Willkommen daheim, Mylord.«

»Danke.« Langsam faltete er das Papier, legte es auf ein mit reichen Schnitzereien verziertes Tischchen und kam über den weichen Orientteppich auf mich zu. Er sah aus, als wolle er mich küssen, und ich wußte, daß ich das nicht zulassen konnte. Wenn er mich küßte, würde ich nicht mehr an mich halten können, meine Arme um seinen Nacken schlingen und seinen Kuß leidenschaftlich erwidern. Und damit hätte ich mich vollends verraten.

Von Panik erfaßt, streckte ich ihm meine Hand entgegen.

Mitten im Schritt innehaltend, sah er mich an und zog langsam eine Braue in die Höhe. Ich spürte, wie sich meine Wangen röteten, hielt aber meine Hand unbewegt. Schließlich ergriff er meine Finger, beugte sich über sie und gab sie wieder frei. Dann sah er seinen Bruder an.

»Hallo, Adrian«, sagte Harry nervös. »Schön, daß du wieder da bist.«

»*Dich* hatte ich nicht in London zu sehen erwartet, Harry«, gab Adrian zurück.

»Ich dachte, Kate würde ein bißchen Gesellschaft zu schätzen wissen«, sagte Harry.

Adrian warf mir einen kurzen Blick zu. »Ist Louisa denn nicht mitgekommen?« Sein Ton war nervtötend ruhig, und ich verstand sehr gut, was Harry gemeint hatte, als er sagte, Adrian könne verdammt unangenehm sein.

»Doch, sie ist mitgekommen.« Ich warf Harry einen hastigen Blick zu. Sein Engelsgesicht wurde von einem ungewöhnlich finsteren Ausdruck getrübt, und das war nicht die Art, mit Adrian umzugehen. »Aber ich dachte, es wäre nett, Harry hier zu haben«, beeilte ich mich zu sagen. »Er hat seine Bücher dabei und mir versprochen, daß er täglich sein Pensum lernen wird.«

»Das finde ich bewundernswert von ihm, Kate. Hast du auch den Pfarrer mitgebracht?«

Ich kniff die Lippen zusammen. Natürlich wußte er, daß wir den geistlichen Herrn nicht mitgenommen hatten. »Nein«, sagte ich.

»Ich verstehe. Nun, Harry, soll ich für dich einen Hauslehrer engagieren, wenn du so gelehrte Absichten hast?«

Harrys Miene hatte sich noch mehr verfinstert, als die Rede auf den Pfarrer kam. »Ich sehe nicht ein, welchen Zweck es haben soll, so viel Griechisch und Latein zu studieren«, murmelte er in Richtung des Teppichs. »Es ist nichts weiter als verdammt langweiliges Zeug.« Ich sah, wie Adrian auf diese Verwünschung hin die Lippen aufeinanderpreßte, und sagte rasch: »Schon gut, Adrian, es macht nichts.« Harry mußte nun dafür büßen, daß ich Adrians Laune getrübt hatte, und ich suchte verzweifelt nach einer Äußerung, die angetan war, die Atmosphäre zu lockern.

Harry blickte vom Teppich auf. »Du hast ja dieses langweilige alte Zeug nie lernen müssen«, sagte er und machte damit alles nur noch schlimmer. »Adrian, ich bin zwanzig! Ich möchte kein Schuljunge mehr sein. Mit zwanzig warst du schon Offizier in Spanien.«

»Ich war dort und habe mitangesehen, wie Menschen getötet wurden«, gab Adrian ihm recht. »Und du treibst nur Unsinn und läßt zu, daß man dich in Oxford hinauswirft.«

Tiefste Röte färbte Harrys hohe Backenknochen. »Man hat mich hinausgeworfen, weil mir langweilig war.« Sein Blick löste sich von Adrian und kehrte wieder zum Teppich zurück. »Oxford ist so … so sinnlos.«

Es herrschte Schweigen, während Adrian den gesenkten Kopf seines Bruders betrachtete. »Was hast du dann mit deinem Leben vor, wenn du nicht zurück nach Oxford möchtest?« fragte er schließlich. Der Ton, der mich rasend gemacht hatte, war verschwunden und aufrichtigem Interesse gewichen.

Harrys Reaktion war ein energisches Kopfschütteln. »Ich weiß es nicht.«

»Strebst du ein Offizierspatent bei der Kavallerie an?«

»Im Frieden gibt es für die Kavallerie nichts zu tun, Adrian. Das wäre ebenso öde wie Oxford.«

Ein verblüffter Ausdruck huschte über das Gesicht meines Mannes, als er seinen störrischen jüngeren Bruder ansah. Schweigend trat er an den Kamin und starrte mit gesenktem Kopf in die Flammen. Dann aber, als er offensichtlich zu einem Entschluß gelangt war, drehte er sich zu uns um, nachdem er ein

Scheit mit dem Fuß zurechtgeschoben hatte. Im Flammenschein wirkte sein Haar mehr golden als silbern. »Also gut«, sagte er, »Du bist von deinen Studien beurlaubt und kannst in London bleiben. In Kürze kommt auch Caroline. Ich finde es schön, daß wir drei wieder einmal zusammentreffen.«

Die Wolken hoben sich von Harrys Miene, und er grinste. »Danke, Adrian. Du bist richtig großartig.«

»Deine Zukunft wollen wir im Sommer besprechen, ehe du nach Oxford gehst«, sagte Adrian darauf.

Harrys Frohlocken erlosch mit einem Aufseufzen. Er wolle hinaufgehen und sich umkleiden, murmelte eine Entschuldigung und ging hinaus. Die Tür schloß sich fest hinter ihm.

Zwischen Adrians Brauen stand eine kaum sichtbare Furche.

»Hoffentlich habe ich keinen Fehler begangen«, sagte er nachdenklich. »Im Moment fehlt mir die Zeit, mich um ihn zu kümmern, und ein grüner Junge, der den lieben langen Tag nichts zu tun hat, kann in London im Handumdrehen in große Schwierigkeiten geraten.«

»Er bewundert dich über alles«, gab ich zurück. »Er möchte sein wie du, weiß aber nicht, wie er das anstellen soll.«

Die Furche zwischen den silberblonden Brauen vertiefte sich.

»Er sollte nicht mir nachzueifern trachten«, sagte mein Mann. »Er soll er selbst sein.«

»Das muß er selbst herausfinden.«

Er stand noch immer vor dem Feuer, und ich stand an der Tür. Er sah mich an, und ich wußte, er wartete, daß ich den nächsten Schritt tat. Einerseits wollte ich davonlaufen wie Harry, andererseits hätte ich mich am liebsten in Adrians Arme geworfen. Da ich weder das eine noch das andere tun konnte, tat ich ein paar vorsichtige Schritte in den Raum und sagte munter: »Du wirst nicht glauben, was mir eben passiert ist! Elsa hat mich abgeworfen!«

»Ach?« Er sah mich von oben bis unten an, auf eine Art, die jeden Nerv in meinem Körper prickeln ließ. »Bist du noch heil?«

Ich richtete einen Wall von Worten zwischen uns auf. Ich erzählte ihm alles von Elsa und von Euclide. Ich berichtete von

Louisa und dem Armenhilfsverein. Ich schilderte meine Hofrobe. Ich berichtete sogar von Mary Blackwells neuer Brille. Die einzige Neuigkeit des letzten Monats, die ich verschwieg, war meine Begegnung mit Charlwood.

Adrian hörte sich diesen langen und bemerkenswert albernen Bericht mit einer Miene an, die gelassen und undurchdringlich zugleich war. Als mir schließlich der Stoff ausging, sagte er: »Es freut mich zu hören, daß du so beschäftigt warst, Kate.«

»Ich habe mir immer schon ein Zuhause gewünscht«, lautete meine dumme Antwort.

Er hob den Kopf unmerklich, und seine Augen wurden um einen Hauch dunkler. »Greystone war nie ein Zuhause«, sagte er. »Vielleicht kannst du das ändern.«

Ich wußte nicht, was ich darauf antworten sollte.

Er entfernte sich vom Kamin, und ich ging ihm hastig aus dem Weg. An der Tür hielt er inne, drehte sich um und deutete auf den Brief, den er bei meinem Eintritt studiert hatte. »Meine Schwester schreibt mir, daß sie morgen oder übermorgen in London eintreffen wird. Ihr Mann und ihre zwei kleinen Kinder werden sie begleiten. Würdest du Mrs. Richards ersuchen, ihre Zimmer vorzubereiten?«

»Natürlich.«

Er bedachte mich mit einem höflichen Lächeln. »Wenn du mich jetzt entschuldigst, meine Liebe, aber ich habe eine Verpflichtung.«

Wieder sagte ich: »Natürlich.«

Ohne ein weiteres Worte drehte er sich um und ging hinaus.

Das lange erwartete und gefürchtete Treffen war vorüber, ohne daß ich mich verraten hätte. Warum also fühlte ich mich den Tränen nahe?

Im Stadthaus am Grosvenor Square gab es nur ein Herrschaftsschlafzimmer. Es war ungewöhnlich groß und wurde zu beiden Seiten von Ankleidezimmern flankiert. Das Ankleidezimmer der Countess enthielt mehrere Kleiderschränke, einen hohen Spiegel, einen Frisiertisch mit einem weiteren Spiegel, zwei Polstersessel und eine Chaiselongue, während der Ankleideraum des Earls mit Schränken, einem Rasierspiegel, einem hohen Spiegel und einer Liegestatt eingerichtet war.

Ich wünschte meiner neuen Zofe, einer Französin, die Walters für mich gefunden hatte, gute Nacht und legte mich, in Gedanken bei der Liege im Ankleidezimmer, ins große Himmelbett, in dem ich die letzten zwei Nächte allein verbracht hatte. Adrian, seit Nachmittag außer Haus, hatte ausrichten lassen, er hätte einen Freund bei den Horse Guards getroffen und wolle auswärts dinieren. Jetzt war es halb zwölf, und er war noch immer nicht gekommen.

Ich fühlte mich jämmerlich. Ich hatte ihn brüskiert und damit sein Mißfallen erregt. Ich wußte, was die hochgezogene Braue ausdrückte, als ich ihm meine Hand und nicht meine Lippen bot.

Wo würde er schlafen? Das war die Frage, die mich im Moment plagte und mich am Einschlafen hinderte.

Für mich wäre es viel besser gewesen, wenn er in seinem Ankleidezimmer genächtigt hätte. Das wußte ich genau. Er hatte mein Herz erobert, und ich war bereits so tief in diese Liebe verstrickt, daß ich nie mehr imstande sein würde, mich von ihm zu lösen, wenn ich mit ihm schlief und es auch in Zukunft immer wieder täte. Ich würde ihn ersticken und uns beide im Lauf der Zeit vernichten.

Das alles wußte ich und wollte dennoch nicht, daß er in seinem Ankleideraum schlief.

Ich wartete und wartete, aber nebenan blieb es still. Der Lichtstreifen unter der Verbindungstür verriet mir, daß Roger, sein Kammerdiener, ebenfalls auf ihn wartete. Schließlich schlief ich gegen ein Uhr morgens ein.

Ich erwachte, als die Tür zum Ankleidezimmer geöffnet wurde. Reglos daliegend sah ich unter halbgeschlossenen Lidern Adrian eintreten, im Hausmantel, barfüßig. Leise ging er zur leeren Seite des Bettes und stellte die Kerze, die er in der Hand hielt, auf den Nachttisch. Er zog den Hausmantel aus, legte ihn über eine Stuhllehne und kam dann wieder zum Bett. Ich öffnete meine Augen weiter und sah ihn kommen. Sein Gang war geschmeidig wie der einer großen Katze, sein straffer Körper schimmerte im Kerzenschein. Er war schön.

Als er sich bückte, um die Kerze auszublasen, sah er, daß ich wach war. Unsere Blicke trafen aufeinander.

»Du kommst spät«, sagte ich leise.

»Ja.« Mehr sagte er nicht, als er mich mit dunklem und beschwertem Blick ansah. Ich hatte diesen Blick so oft an meinem Vater gesehen, daß ich wußte, was er bedeutete. *Er hat getrunken*, dachte ich.

»Geh zu Bett, ehe du dich erkältest«, sagte ich.

»Ich erkälte mich nie«, sagte er ernst und ohne schwere Zunge. Er hatte also getrunken, ohne betrunken zu sein.

Er schlug die Decke zurück und legte sich neben mich.

»Willst du nicht die Kerze löschen?« flüsterte ich.

»Nein.« Er schüttelte den Kopf. »Ich möchte dich sehen.«

Ich blickte in seine dunklen, von halbgesenkten Lidern beschatteten Augen. Sein Haar, das in Frankreich länger geworden war, umgab sein Gesicht wie ein silberner Helm.

»Du hast mir gefehlt«, sagte ich ganz gegen meine Absicht.

»Ach?« raunte er. Und dann drückte er seine Lippen auf meine.

Ich konnte den Wein schmecken, den er getrunken hatte. Ich faßte in sein Haar und hielt ihn an mich gedrückt. Sein Mund glitt von meinen Lippen zu einer Brust, und trügerische Süße durchströmte meine Lenden, so daß ich vor Wonne aufstöhnte.

Wenn wir so zusammen waren, konnte ich mit meinen Gefühlen nicht an mich halten. Sein Gewicht drückte mich in die Federmatratze, und ich spürte, daß ich mich für ihn öffnete wie eine Blume der Sonnenwärme. Ich starrte den Betthimmel über uns an, spürte Adrian in mir, und es war, als dringe Sonne in mich ein, heiß, unwiderstehlich, lebenserhaltend. Die Matratze weich unter meinem Rücken, so wölbte ich mich ihm entgegen, während seine kraftvollen Stöße meinen Leib mit betäubender Wonne erfüllten, Woge um Woge. Meine Arme um seinen Nacken schlingend, rief ich seinen Namen, immer wieder, wie eine Anrufung, wie ein Gebet.

Tags darauf kam Caroline, und als ich sie sah, bezweifelte ich nicht mehr, daß mein Onkel in sie verliebt gewesen war. Sie war sechsundzwanzig, ein Jahr jünger als Adrian und sechs Jahre älter als Harry. Nachdem sie ihre Brüder begrüßt hatte, wandte sie sich mir mit liebreizendem Lächeln zu. »Endlich habe ich eine Schwester!« waren die ersten Worte, die sie an mich richtete.

Ich hatte unserer ersten Begegnung mit einigem Bangen entgegengesehen, aber ihre Begrüßung entwaffnete mich. Lächelnd reichte ich ihr meine Hand, die sie nicht ergriff, weil sie mich an sich zog, umarmte und küßte. Sie hatte Harrys feinknochiges Engelsgesicht und war nicht viel größer als ich.

Zu ihrem älteren Bruder gewendet sagte sie: »Es freut mich, daß deine Wahl unter Wahrung der Familientradition auf eine Schönheit gefallen ist.«

»Caro, du hast Miß Cranbourne noch nicht begrüßt«, sagte Adrian zuvorkommend, und als Caroline sich umdrehte, um mit Louisa zu sprechen, stellte Adrian mir seinen Schwager vor.

Lord Ashley war Mitte dreißig und von angenehmem Äußeren. Sein Mund verriet Humor, aus seinen braunen Augen sprach Intelligenz. Seinen Händedruck begleitete er mit den Worten: »Lady Greystone, hoffentlich wird Ihnen meine Familie nicht zu sehr zur Last fallen. Wir sind leider ein lauter Haufen.«

Er mußte die Stimme erheben, um gehört zu werden, da das Baby in den Armen des Kindermädchens heulte und das ältere, von einem zweiten Kindermädchen betreute Geschwisterchen laut ankündigte, daß es Hunger hätte. »Bitte, nennen Sie mich Kate«, bat ich Adrians Schwager, ehe ich Mrs. Richards herbeiwinkte und zu den geplagt aussehenden Kinderfrauen sagte:

»Mrs. Richards wird Ihnen die Kinderzimmer zeigen und dafür sorgen, daß alles Nötige bereitsteht.«

Beide Frauen bedachten mich mit einem dankbaren Blick und folgten Mrs. Richards zur Treppe.

»Danke, Kate«, sagte Caroline. »Sie sind müde.«

»Aber ihren Lungen fehlt nichts, das steht fest«, sagte Harry.

Lord Ashley bat inständig: »Ich könnte ein Glas Port vertragen, Adrian.«

»Seid ihr alle zusammen in einem Wagen gereist?« fragte Adrian belustigt.

»Edward hat die ganze Strecke im Sattel hinter sich gebracht«, verkündete Caroline. »Ich kann mir nicht denken, wozu er einen Port braucht. Ich bin diejenige, die eine Stärkung verdient hat.«

»Kommt in den Salon«, sagte ich, »dort werden wir alle eine Erfrischung zu uns nehmen.«

Für die Herren wurde eine Flasche Port gebracht, und ich ließ Tee für die Damen kommen. Während die Herren vor dem Kamin Aufstellung nahmen, zogen Caroline, Louisa und ich uns auf das Sofa mit dem gestreiften Seidenüberzug zurück.

»Sag mir, was du zur Vorstellung bei Hofe tragen wirst«, fragte Caroline mich gleich als erstes.

Während ich Tee einschenkte, beschrieb ich ihr mein Kleid.

»Natürlich wirst du die Greystone-Diamanten dazu tragen«, sagte Caroline, als ich meine Schilderung beendet hatte.

Adrian hatte nichts von Greystone-Steinen verlauten lassen, doch ehe ich sie daran hindern konnte, hatte Caroline ihrem Bruder auch schon zugerufen: »Adrian, sag jetzt bloß nicht, du hättest Kate die Diamanten noch nicht überreicht!«

Da er seinem Schwager aufmerksam lauschte, reagierte er nicht, und ich dachte schon, daß er vielleicht gar nicht hören wollte, und sagte deshalb, ich zöge es vor, wenn vom Schmuck nicht gesprochen würde. Caroline aber hörte nicht auf mich und wiederholte ihre Frage lauter, so daß Adrian sich zu uns umdrehte und sagte: »Die Diamanten? Sie werden bei Rundle & Bridges gereinigt. Keine Angst, Caro. Kate wird sie rechtzeitig zur Vorstellung bei Hof bekommen.«

»Gut.« Caroline wandte sich wieder mir zu. »Das Diadem wirst du wegen der Straußenfedern nicht tragen können, aber Halsband, Ohrgehänge und Armbänder werden an dir wundervoll zur Geltung kommen.«

»Das hört sich ja nach sehr viel Schmuck an«, brachte ich matt heraus.

»Kate, alle Frauen werden mit Juwelen behängt sein«, versicherte Caroline mir. »Man will so überladen aussehen wie nur möglich.« Sie überlegte kurz. »Vielleicht läßt sich das Diadem doch tragen. Man kann die Federn ja drumherum feststecken.«

»Du mußt wissen, daß ich der Vorstellung mit einiger Nervosität entgegensehe«, gestand ich ihr. »Mich plagen Alpträume, in denen ich über mein Kleid stolpere oder ähnlich schreckliche Dinge tue.«

In Carolines schieferblauen Augen blitzte es lustig auf. »So habe ich mich auch gefühlt«, vertraute sie mir an. »Ich glaube, das geht allen so.«

»Ja, aber wenn ich mich danebenbenehme, wird es ein schlechtes Licht auf Greystone werfen.«

»Kate, ich kann dir nicht oft genug sagen, daß du nichts zu befürchten hast«, sagte Louisa und fuhr zu Caroline gewendet fort: »Ihr Hofknicks ist perfekt. Sie könnte eine Stunde darin verharren. Sie wird einen blendenden Eindruck machen.«

»Ich wünschte, es wäre schon vorüber!« sagte ich.

»Noch ein paar Tage, und es liegt hinter dir.« Caroline lächelte mir zu. »Ich kann die Saison kaum erwarten, seitdem Adrian mich gebeten hat, dich bei Hof vorzustellen«, sagte sie. »Kate, wir werden uns sehr amüsieren. Warte nur ab.«

Als ich in ihr reizendes, vor Eifer glühendes Gesicht sah, mußte ich unwillkürlich an meinen Onkel denken.

14. Kapitel

Meine Vorstellung bei Hof verlief so glatt, wie alle es mir prophezeit hatten. Von zwei Lakaien in prächtigen Livreen begleitet, fuhren Adrian und ich sowie Caroline und Lord Ashley in der Prunkkarosse der Greystones zum St. James Palace. Zum obligaten Kopfputz aus Straußenfedern trug ich das Familiendiadem, Diamanten am Hals, an den Ohren, an Handgelenken und Fingern, und das alles zu einem Kleid, dessen drei Röcke sich über einer gewaltigen Krinoline wölbten. Meine Robe hatte so viel gekostet, daß sich ein ganzes Dorf ein Jahr lang davon hätte satt essen können. Und der Schmuck hätte ganz Irland ernährt.

Caroline und ich ließen die Herren im großen Audienzsaal zurück und drängten uns mit zwanzig anderen Mädchen und Anstandsdamen, alle in Reifröcke gezwängt und mit Diamanten behängt, im Vorraum zum Vorstellungssaal. Als ich endlich vor der Königin in einem Knicks versank, war das für mich alles andere als ein erhebender Moment, so alt und verrunzelt sah sie aus, und so wenig eindrucksvoll wirkte sie. Nachdem Caroline und ich unseren Knicks absolviert hatten, winkte sie uns zu sich und fragte uns zehn Minuten lang über Adrian aus!

Als wir zurückkamen, war der Audienzsaal gedrängt voll, aber Adrians Kopf überragte auch dieses Meer aus hochgewachsenen Männern und Straußenfedern. Wir hatten ihn fast erreicht, als ich sah, daß er sich mit einem schlanken Mädchen unterhielt, dessen honigfarbenes Haar unter ihren wippenden Federn elegant aufgetürmt war. Mein Herz sank. Es war Lady Mary Weston.

Caroline mußte mein Zögern bemerkt haben, weil sie sich zu mir umdrehte, ehe ihr Blick wieder zu ihrem Bruder flog. »Wer ist das Mädchen, mit dem er spricht?« fragte sie.

»Das ist Lady Mary Weston«, gab ich zurück, gleichmütig, wie ich inständig hoffte.

Caroline gab keine Antwort, doch merkte ich ihr an, daß sie den Namen erkannte. Wir zwängten unsere Reifröcke durch das restliche Gedränge, bis wir es bis zu Adrian geschafft hatten. Er empfing uns mit einem Lächeln. »Nun, ist die große Tat vollbracht?« fragte er.

»Kate war großartig«, versicherte Caroline ihm.

»Kate ist immer großartig«, erwiderte er. Ich warf ihm einen argwöhnischen Blick zu, doch seine Miene blieb undeutbar, und er machte sich daran, uns Lady Mary vorzustellen.

Caroline gab lächelnd eine höfliche Antwort.

Ich freilich sagte ernst: »Lady Mary und ich sind einander schon begegnet.«

»Aber nicht, seitdem Sie Lady Greystone wurden«, sagte das

Mädchen, das selbst gehofft hatte, diesen Titel zu tragen. »Ich habe Greystone eben gratuliert. Erlauben Sie mir, daß ich auch Sie beglückwünsche.«

Ihre Miene war ruhig und anmutig wie immer, doch war sie um eine Spur erbleicht, als sie mich erblickt hatte. »Danke, Lady Mary«, sagte ich.

»Wo ist Edward?« fragte Caroline ihren Bruder.

»Ich glaube, er unterhielt sich eben noch mit jemandem über Rinderzucht«, erklärte Adrian.

Caroline ließ ein Stöhnen hören. »Wenn er jemanden gefunden hat, mit dem er sich darüber unterhalten kann, wird er sich hier nie losreißen können.«

»Bist du zum Aufbruch bereit?« fragte Adrian. »Wenn ja, dann werde ich ihn für dich finden.«

»Wenn wir uns empfehlen können, ohne unhöflich zu erscheinen, würde ich gern gehen«, sagte ich. »Die Duftmischung aus diesen zahlreichen Parfüms ist nicht eben angenehm.«

»Hmm«, sagte mein Mann und ließ seinen Blick durch den Raum wandern. »Da ist er ja.« Er blickte auf Lady Mary nieder, entschuldigte sich und stieß in die Menge vor, die ihm wie immer Platz machte.

Ich sah den Ausdruck in Lady Marys Augen, als sie ihm nachblickte. Sollte ich jemals Zweifel an ihren Gefühlen für Adrian gehabt haben, so beseitigte dieser eine unverhüllte Blick sie vollends.

Verdammt, dachte ich. *Verdammt. Verdammt. Verdammt.*

Eine unverkennbar kühle Frauenstimme sagte: »Mary, meine Liebe, ich habe dich schon gesucht.«

Lady Mary drehte sich um. »Entschuldige, Mama«, antwortete sie leise. »Darf ich dir Lady Ashley und Lady Greystone vorstellen?«

Wenn Blicke töten könnten, hätte der Blick der Duchess of Wareham mich mitten ins Herz getroffen. Als ich den Blick erwiderte und in ihr hochmütiges, aristokratisches Gesicht sah, war es an *mir,* ein wenig zu erbleichen. Ich bin es nicht gewohnt, daß Menschen mich so anblicken.

Kaum hatten die Herzogin und ihre Tochter sich entfernt, flüsterte Caroline mir ins Ohr: »An deiner Stelle würde ich mich in Gegenwart der Duchess of Wareham nicht an ein offenes Fenster stellen.«

Ich versuchte, mich zu dem erwarteten Lächeln zu zwingen. Dann kam Adrian mit Edward wieder, und wir machten uns davon.

Die Vorstellung bei Hof war vorbei, meine zweite Saison in London begann nun offiziell, und sie sollte ganz anders verlaufen als meine erste. Der Countess of Greystone standen Türen offen, die für Miß Cathleen Fitzgerald fest verschlossen geblieben waren. Ich war von einem unbedeutenden Trabanten in den äußersten Gefilden der guten Gesellschaft zu einem ihrer Fixsterne aufgestiegen.

Ich bestreite gar nicht, daß es weitaus angenehmer war, dem inneren Kreis anzugehören, aber was ich in London am meisten genoß, war die Tatsache, daß ich zu einer Familie gehörte. Caroline war so lieb zu mir, daß ich bald das Gefühl bekam, sie wäre wirklich meine Schwester, und ihre Kinder fand ich schlichtweg entzückend. Für ein Einzelkind ist es herrlich, wenn es plötzlich mit Schwägerin und Schwägern, zwei Neffen und einer Kusine gesegnet ist.

Natürlich hatte ich auch einen Ehemann. Eine Ironie des Schicksals, aber ich wäre glücklicher gewesen, wenn ich ihn weniger geliebt hätte, da ich dann nämlich nicht so viel Angst ausgestanden hätte, daß er meine Liebe nicht erwiderte.

Zuweilen machte ich mir etwas vor. Nachts in seinen Armen, wenn ich seine Leidenschaft spürte, redete ich mir ein, daß er mich liebte. Daß er mich begehrte, stand ja fest und deshalb war der Gedankensprung von Begehren zu Liebe für mich nicht schwer.

Doch wenn der Morgen nahte, war die Leidenschaft unweigerlich mit dem Sonnenaufgang erloschen. Ich war kein dummes Mädchen und wußte sehr wohl, daß Männer begehren konnten, ohne zu lieben. Adrian war immer von untadeliger Höflichkeit, immer umsichtig und gütig, und doch hielt er mich auf Distanz. Das gefiel mir ganz und gar nicht, aber es gab nichts, was ich dagegen hätte tun können. Die Umstände unserer Eheschließung standen mir stets überdeutlich vor Augen. Ich hatte kein Recht, seine Liebe zu fordern, so wie ich auch kein Recht hatte, ihn mit meiner Liebe zu belasten.

Meine Gefühle vor ihm zu verbergen, war die schwierigste Aufgabe, die mir je abgefordert worden war. Allein sein Anblick, wenn er einen Raum betrat, genügte, um mir die Sinne zu rauben. Am einfachsten war es, ihm möglichst aus dem Weg zu gehen, und ich entdeckte bald, daß der Wirbel der Saison mit ihren zahlreichen Anlässen mir dies ziemlich erleichterte, da es durchaus üblich war, daß Ehefrauen auch ohne ihren Mann ausgingen. Ging jedoch Adrian mit mir aus, dann war er gleichzeitig Kavalier für Caroline und Louisa, und oft war es Edward oder sogar Harry, der uns auf unserer Runde geselliger Verpflichtungen begleitete.

Allein waren Adrian und ich außerhalb des Schlafzimmers nur in den Morgenstunden, wenn wir unseren Pferden im Park Bewegung verschafften. Adrian hatte Euclide von Greystone nachkommen lassen, weil er nicht wochenlang ohne Übung bleiben sollte, und an diesem Morgen verließen wir das Haus schon um sechs, um durch die langsam erwachenden Straßen Londons zum Hyde Park zu reiten.

Um diese Zeit war die Anlage immer verlassen, und die Luft roch frisch und würzig wie auf dem Land. Gras und Blumenbeete glänzten vor Tau, und wenn man die Drosseln singen hörte, wähnte man sich in Berkshire, nicht in London. Die Luft war noch so frisch, daß wir die Pferde Seite an Seite im leichten Galopp dahinsprengen ließen, damit sie ihre Muskeln erwärmten.

Diese Morgenstunden liebte ich. Es war die einzige Zeit, die wir wirklich ungezwungen zusammen verbrachten – zwei Menschen, die das Zusammensein genossen, weil sie ein gemeinsames Ziel hatten. Wir hatten eine halbwegs ebene Stelle unweit des Sees entdeckt und arbeiteten dort mit den Pferden, ich auf Elsa, Adrian auf Euclide.

Die klassische Dressur fordert Reiter und Pferd vollkommene Konzentration ab, so daß wir schweigend arbeiteten, den anderen nur am Rande wahrnehmend, um einander nicht ins Gehege zu kommen. Es war eine Zeit vollkommenen Glücks. Die Wärme der Frühmorgensonne auf meinem bloßen Kopf, der Friede, den die perfekte Übereinstimmung mit einem Tier immer bringt, der stetige Rhythmus von Elsas Schritt, wenn sie ihn weitete und ihre Vorhand exakt und mit hohem Kniebug ausgreifen ließ – am liebsten hätte ich diese Zeit festgehalten und sie um eine wahre Ewigkeit verlängert.

Auf dem Heimweg diskutierten wir dann die Übungen, wie jedes Pferd gegangen war, wo die Probleme lagen und wie man sie beim nächsten Mal korrigieren konnte. Da war keine Distanz zwischen uns, keine sexuelle Spannung, die die Klarheit unserer Beziehung hätte trüben können. Wir tauschten Ideen aus, gewannen aus den Einsichten des anderen, völlig zwanglos, völlig im Einklang mit dem Partner.

Dann aber kam das Haus in Sicht, die Pferde wurden uns abgenommen, und wir waren wieder Lord und Lady Greystone. Es war unsagbar deprimierend.

So war die Situation im Hause Greystone, als Paddy aus Irland zurückkehrte.

An jenem Morgen hatte ich Harry beschwatzt, mit mir Madame Tussauds Wachsfigurenkabinett zu besuchen, nicht etwa, weil ich darauf so neugierig gewesen wäre, sondern weil ich den Eindruck hatte, daß er in letzter Zeit ungewöhnlich still war, und ich herausfinden wollte, welche Bewandtnis es mit seiner Wortkargheit hatte. Ich lieferte ihm reichlich Gelegenheit, sich auszusprechen, aber er zeigte sich weiterhin sehr einsilbig. Als wir zu Hause ankamen, meldete Walters mir, daß Paddy eingetroffen sei. Caroline und Edward hatten den kleinen Ned in den Tower geführt, damit er sich die königliche Menagerie ansehen konnte. Louisa war ausgegangen, um in Hookhams Bibliothek Bücher umzutauschen, und Adrian traf sich mit irgendeinem Regierungsbeamten, so daß Harry und ich Paddy für uns allein hatten.

Ich bestellte eine Erfrischung, bat die beiden ins Morgenzimmer und fragte, nachdem ich mich auf dem Rand eines Sessels niedergelassen hatte, Paddy mit erwartungsvollem Blick: »Nun?«

Paddy trank einen tiefen Zug Bier. Seine hellblauen Augen waren ernst. »Ich glaube, ich habe herausgefunden, warum Mr. Daniel getötet wurde«, sagte er.

Harry stieß einen scharfen Laut der Überraschung und Erregung aus. Ich beugte mich noch weiter vor und sagte nichts. Paddy ließ mich nicht aus den Augen, als er zu seinem Bericht ansetzte.

»Sie hatten ganz recht damit, daß alles mit den Jagdpferden anfing, obwohl es nicht die Pferde selbst waren, die Mr. Daniel das Leben gekostet haben.« Paddy nahm wieder einen Schluck Bier. »Ich habe mit Farrell gesprochen, dem Mann, der Ihrem Dad die Pferde verkaufen wollte, aber er wußte nichts. Ich war schon ein wenig entmutigt, entschloß mich aber, eine Weile in der Nähe zu bleiben – um zu sehen, ob ich nicht doch etwas herausbekommen könnte – und deshalb habe ich mir die Galway-Rennen angesehen.«

Ich kniff die Augen zusammen, als meine Gedanken sich nach innen kehrten. »Beim Kauf der Pferde haben wir Rennen in Galway gesehen«, sagte ich nachdenklich.

Paddy nickte mit Nachdruck. »Das haben wir, Mädchen. Und diesmal sah ich, was Mr. Daniel vor zweieinhalb Jahren gesehen haben muß.«

Wieder trank er einen Schluck und mußte pausieren. Bei den Iren ist der Hang zur Dramatik stark ausgeprägt.

Harry ließ ein ungeduldiges Zischeln hören. Ohne ihn zu beachten, nahm Paddy noch einen Schluck und fuhr sodann in seinem Bericht fort.

»Wissen Sie noch, welches Pferd damals den Galway Cup gewonnen hat?« fragte er.

»Ja.« Ich vergesse ein Pferd kaum, und dieses eine war mir besonders in Erinnerung geblieben. »Ein Brauner mit erstaunlich kraftvoller Gangart.«

Paddy lächelte sichtlich erfreut über mich. »Gott segne Sie, Miß Cathleen, Sie sind wie Ihr Dad«, sagte er.

Ich erwiderte sein Lächeln.

»Was hat dieser Braune mit dem Tod von Kates Vater zu tun?« meldete Harry sich zu Wort. Wie alle Engländer war er ein ungeduldiger Zuhörer. Immer wollte er gleich alles erfahren.

Paddy bedachte ihn mit einem väterlichen Blick. »Ich habe ihn vor einigen Wochen wiedergesehen, Mr. Harry. Das war, als mir auffiel, daß er so läuft wie der Braune, mit dem Stade die Guineas gewann.« Paddy wandte sich wieder mir zu. »Wie Sie richtig bemerkt haben, Mädchen, hat er eine sehr auffallende Gangart. Ganz unverkennbar. Der Dreijährige, den Stade in diesem Jahr laufen läßt, hat dieselbe.«

Ich stand vor einem Rätsel. »Ich fürchte, ich verstehe nicht ganz. Wo ist die Verbindung?«

»Mir war es auch nicht klar, ehe ich anfing herumzufragen.« Paddy stellte sein leeres Glas auf ein Tischchen, starrte lange und nachdenklich seine abgetragenen alten Stiefel an und hob dann den Blick seiner hellblauen Augen zu mir. »Und dann machte ich eine interessante Entdeckung«, sagte er. »Ich sah im Gestütbuch nach und fand heraus, daß der Vater des frischen Fuchses ein Hengst mit Namen Finn MacCool ist. Dieser Finn MacCool ist in Irland großartig gelaufen, zog sich aber mit vier Jahren eine Verletzung zu und wurde daraufhin nur mehr zur Zucht eingesetzt. Da haben sich erst seine wahren Qualitäten gezeigt.«

Harry und ich starrten Paddy an, wie der Sultan in *1001 Nacht* Scheherazade angestarrt haben mußte. Paddy fuhr fort: »Mir war klar, daß Stades Rennpferde dieselben Blutlinien haben mußten wie der Sieger des Galway Cups, deshalb suchte ich Frank O'Toole, den Besitzer des Pferdes, auf und erfuhr eine hochinteressante Sache.«

Als Paddy eine Pause eintreten ließ, machte Harry ein Gesicht, als wolle er laut schreien, zügelte sich aber.

»Vor fünf Jahren brannte es in Finn MacCools Stall«, sagte Paddy. »O'Toole sagte, er und seine Leute hätten alle Pferde herausgeholt und sicher auf einer Koppel untergebracht – oder waren zumindest dieser Meinung. Sie hatten zu viel damit zu tun, die Ausbreitung des Feuers zu verhindern, als daß sie die Pferde die ganze Nacht über hätten bewachen können. Als sie schließlich am nächsten Morgen wieder zur Koppel kamen, war ein Teil des Zaunes umgestürzt; die Pferde waren weg. Alle wurden wieder eingefangen, nur Finn MacCool blieb verschwunden.«

Er machte eine Pause. Eine sehr bedeutungsschwere.

Mein Mund öffnete sich. »O mein Gott«, entfuhr es mir.

Paddy nickte. »Er blieb verschwunden. In Galway war man der Meinung, daß das Pferd in einen Sumpf geraten und versunken war.«

»War Finn MacCool ein dunkler Brauner?« fragte ich.

Paddy nickte. »Ohne Zeichnung.«

Ich holte tief Luft und sagte dann tonlos: »Alcazar.«

»Genau das glaube ich auch, Miß Cathleen. Und ich verwette mein gesamtes irdisches Hab und Gut, daß auch Mr. Daniel genau das dachte.«

Harry äußerte gekränkt: »Ich wüßte es ungemein zu schätzen, wenn mir jemand erklären würde, wovon die Rede ist. Mir ist meine Dummheit bewußt, ich möchte mich damit aber nicht zufriedengeben.«

Ich wandte mich ihm zu und sagte: »Der Marquis of Stade besitzt einen Zuchthengst namens Alcazar.«

Egal, was er behaupten mochte, dumm war Harry nicht. Er sog hörbar die Luft ein, als ihm klar wurde, was wir argwöhnten. »Guter Gott, Kate«, sagte er. »Willst du damit sagen, daß Stades Alcazar in Wahrheit Finn MacCool ist?«

»Alcazar war als Rennpferd höchst unauffällig«, sagte ich. »Papa konnte nie verstehen, wie ein so mittelmäßiger Renner ein so hervorragendes Pferd wie Castle Dawn zeugen konnte, das Pferd, das vor zwei Jahren die Guineas in Rekordzeit lief. Seit damals hat Alcazar eine Anzahl anderer Siegläufer in die Welt gesetzt. Und allesamt sind sie ungezeichnete Braune mit ausgreifendem, kraftvollem Gang.«

Harrys Augen leuchteten vor Erregung. »Glaubst du, Stade ließ deinen Vater töten, als dieser ihn wegen Alcazars Identität zur Rede gestellt hat?«

»Nein, ich glaube nicht, daß es sich so zugetragen hat. Weißt du noch, daß ich sagte, Papas letzte Worte hätten gelautet ›*Ich hätte nicht gedacht, er würde argwöhnen, daß ich es wußte?*‹«

»Ich glaube, Mr. Daniel hätte sich Alcazar genau ansehen wollen, ehe er eine Anschuldigung erhob«, sagte Paddy. »Jemand muß ihn dabei gesehen haben.«

Wir saßen schweigend da, und mich erfaßte eine Woge der Depression. Das also war es. Papa war umgebracht worden, weil er vermutete, daß Stade sich einen erfolgreichen Zuchthengst unrechtmäßig angeeignet und gegen seinen eigenen mittelmäßigen Vererber ausgetauscht hatte.

»Stade ist so reich wie Krösus«, platzte Harry heraus. »Warum sollte er zu solchen Mitteln greifen? Er ist auf Geld nicht angewiesen.«

»Nicht der Gewinn war es, der Stade reizte«, sagte Paddy. »Ich glaube vielmehr, es ging ihm um das Prestige, das einem der Besitz eines solchen Klassehengstes einbringt. Stade hat sich schon jahrelang um Aufnahme in den Jockey Club bemüht, es aber nie geschafft. Ein Zuchthengst wie Finn MacCool hätte ihm alle Wege geebnet.«

Harry brachte einen anderen Einwand vor. »Warum hat er sich diesen Finn MacCool nicht einfach gekauft, wenn ihm so viel an ihm lag?«

»Ich fand heraus, daß ein reicher Engländer versucht hat, den Hengst zu kaufen«, berichtete Paddy. »Aber O'Toole wollte sich nicht von ihm trennen. Er hätte sein ganzes Leben auf ein Pferd wie dieses gewartet, sagte er, und wollte den Braunen nicht für sämtliche Schätze Indiens hergeben. Natürlich hat das den Verlust des Pferdes für ihn besonders bitter gemacht, weil er jetzt sowohl um das Pferd als auch um das Geld gebracht wurde. Geblieben sind ihm ein paar Jungtiere – und eines davon war das Pferd, das ich letzten Monat beim Rennen gesehen habe.«

Eine Aufwallung von Zorn erfaßte mich, vertrieb meine Depression und ließ mich die Zähne zusammenbeißen. »Nun, Stade soll nicht ungestraft davonkommen«, sagte ich entschlossen. »Er hat meinen Vater getötet, er hat Mr. O'Tooles Pferd gestohlen, und er wird dafür büßen.«

»Das ist der richtige Geist, Kate«, sagte Harry.

Paddy nickte beifällig, warnte mich aber: »Bevor wir etwas unternehmen können, brauchen wir Beweise.«

»Konntest du mit Finn MacCools Pferdepfleger sprechen?«

Er lächelte zustimmend. »Das konnte ich, Mädchen. Und es stellte sich heraus, daß auch Mr. Daniel ihn gesprochen hat.«

Harry ließ einen Pfiff hören.

»Der Mann sagte auch, daß Finn MacCool auf der rechten Seite seines Schaftes ein kleines Muttermal hatte«, sagte Paddy.

»Unabhängig von Farbe oder Zeichnung hat doch jedes Pferd noch ganz besondere Merkmale«, sagte Harry. »Je länger ich darüber nachdenke, desto unwahrscheinlicher kommt es mir vor, daß Stade einen solchen Schwindel durchziehen konnte. Sein Stallpersonal hätte es sofort gemerkt, wenn ein anderes Pferd Alcazars Stelle eingenommen hätte. Die Pferdeknechte kennen doch ihre Tiere.«

»Jede Wette, daß Alcazars Pfleger hinausgeworfen wurde, ehe das neue Pferd im Stall auftauchte«, sagte Paddy.

Harry zog die Brauen wie Adrian hoch.

Ich sagte in das Schweigen hinein: »Ich glaube, wir sind uns einig, daß wir uns als Nächstes Alcazar selbst ansehen sollten.«

»Und damit wir das tun können, habe ich Finn MacCools alten Pfleger aus Irland mitgebracht«, eröffnete Paddy uns nun.

Eiskalte Angst drückte wie eine Faust meinen Magen zusammen. »Erst müssen wir uns vergewissern, daß Stade nicht zu Hause ist.«

Harry sah mich an. »Wir müssen Adrian überreden, uns zu den Guineas-Rennen nach Newmarket mitzunehmen. Da Stade sich die Rennen sicher nicht entgehen lassen wird, bietet sich uns an diesem Tag die ideale Gelegenheit, einen Blick auf seinen Alcazar zu werfen.«

Ich sah Harry voller Bewunderung an. »Ein glänzender Plan, Harry.«

Er schien mit sich sehr zufrieden.

»Es ist ein guter Plan, solange Sean und ich diejenigen sind, die sich den Gaul ansehen.«

Harrys Blick verfinsterte sich.

»Einen genaueren Plan können wir uns erst zurechtlegen, wenn wir wirklich in Newmarket sind«, sagte ich hastig. »Erst müssen wir Adrian überreden, mit uns hinzufahren. Und das wird vielleicht gar nicht so einfach sein.«

»Ich weiß«, sagte Harry. »Er ist neuerdings so beschäftigt ... und so abgelenkt.«

»Die neuen, restriktiven Gesetze der Regierung sind nicht in seinem Sinn«, sagte ich.

»Natürlich nicht«, sagte Harry. »So wie Liverpool sich aufführt, möchte man meinen, in Pall Mall hätte man schon Barrikaden aufgerichtet.«

»Es ist schändlich«, pflichtete ich ihm bei.

»Sag Adrian, daß du mit deinem Vater immer zu den Rennen nach Newmarket gefahren bist, und daß du um der alten Zeiten willen wieder hin möchtest«, schlug Harry vor.

Ich biß mir auf die Unterlippe. »Also gut.«

»Miß Cathleen, ich glaube, es wird gar nicht nötig sein, daß Sie oder Mr. Harry nach Newmarket kommen«, sagte Paddy. »Ich warte bis zum Tag des Guineas-Rennens, dann werden Sean und ich uns den Hengst ansehen. Anschließend komme ich wieder nach London und erstatte Bericht. Es ist besser, wenn wir so vorgehen.«

»Paddy, Sie müssen sich mit der Tatsache abfinden, daß wir mitkommen«, widersprach Harry lautstark. »Ich werde mir dieses Abenteuer doch nicht entgehen lassen!«

Paddy bedachte ihn mit einem mißbilligenden Blick. »Wir suchen einen Weg, der Gerechtigkeit zum Sieg zu verhelfen«, sagte er. »Das ist kein Schulbubenabenteuer, mein Junge.«

Harrys Gesicht nahm einen so ernsten Ausdruck an, wie ich es an ihm noch nie gesehen hatte. Plötzlich wirkte er viel älter. »Das verstehe ich. Es tut mir leid. Abenteuer war wohl das falsche Wort.«

Ich sagte nur: »Ich komme mit.« Mochte Harry von Abenteuer reden und Paddy von Gerechtigkeit, so war das, was ich wollte, viel simpler. Ich wollte Vergeltung.

In diesem Moment trat Louisa mit ihren Büchern aus der Leihbibliothek ein. Sie hielt errötend inne, als sie uns bemerkte. »Entschuldige, Kate. Ich wußte nicht, daß du Besuch hast.«

Ich lächelte ihr beruhigend zu. »Leg deine Bücher hin, Louisa, und laß dich mit einem lieben alten Freund bekannt machen«, sagte ich. »Das ist Paddy O'Grady.«

Louisa lächelte erfreut und trat mit ausgestreckter Hand vor. »Mr. O'Grady, von Ihnen habe ich schon so viel gehört. Kate hängt sehr an Ihnen.«

Paddy beugte sich so chevaleresk über ihre Hand, daß ich nur staunen konnte. »Danke, Madam«, sagte er in seinem gepflegtesten Tonfall.

»Miß Cranbourne ist die ›weibliche Anverwandte‹, die mir auf Charlwood Court Gesellschaft geleistet hat«, erklärte ich Paddy. »Sie ist die Kusine meiner Mutter.«

»Ach?« sagte Paddy.

»Bleibt Mr. O'Grady bei uns, Kate?« fragte Louisa.

Meine Antwort »Natürlich« kollidierte mit Paddys Einwand: »Die Pferdeburschen können mich im Stall unterbringen.«

»Unsinn«, sagte Louisa mit Nachdruck. »Sie können doch nicht im Stall wohnen, Mr. O'Grady.«

»Louisa hat recht«, sagte ich. »Dieses Haus ist nicht halb so beängstigend wie Greystone. Paddy, du bekommst wie wir alle ein ganz normales Schlafzimmer im ersten Stock.«

Paddy blickte nieder. »Ich kann nicht im Haus bleiben. Dazu habe ich weder das Benehmen noch die passende Kleidung.«

Ich tat seinen Einwand ab. »Morgen kann Harry mit dir etwas zum Anziehen einkaufen gehen.« Und als er wieder protestieren wollte, verlegte ich mich aufs Bitten. »Bitte, Paddy! Mir zuliebe! Du bist alles, was mir von Papa geblieben ist, und ich möchte dich in meiner Nähe haben.« Dabei sah ich ihn flehentlich an.

Er seufzte. »Wenn Sie mich so ansehen, Miß Cathleen, kann ich nicht nein sagen, und das wissen Sie genau.«

Natürlich wußte ich es. Ich lächelte.

»Kate, wenn du möchtest, bringe ich Mr. O'Grady zu Mrs. Richards, und sie kann ihm ein Zimmer zeigen.«

Ich nickte, und Louisa und Paddy gingen gemeinsam hinaus. Harry und ich sahen einander an. »Wir werden diesen Schuft schon erwischen, Kate«, versprach er.

Ich spürte, wie sich ein entschlossener Zug um meinen Mund legte. »Ja, das werden wir.«

15. Kapitel

Am Tag nach Paddys Ankunft gab die Countess of Bridgewater ihren alljährlichen Ball. Da der Earl of Bridgewater eine wichtige Position in der Regierung bekleidete, mußte Adrian hingehen und ich natürlich mit ihm. Es war fast das einzige Mal, daß wir allein ausgingen, und ich war entsprechend nervös.

Er betrat mein Ankleidezimmer, just als Jeanette mir eine prachtvolle Perlenkette um den Hals legte. Adrian hatte sie mir an dem Abend geschenkt, als ich das erste Mal zu Almack ging, und ich liebte sie über alles. Ich sah sein Spiegelbild an und sagte mit gezwungenem Lächeln: »Ich bin fast fertig.«

»Wir haben keine Eile«, gab er zur Antwort. »Ich habe den Wagen noch nicht vorfahren lassen.« Er ließ sich auf einem Stuhl nieder, der zu klein für ihn war und machte ein Gesicht, als wäre er darauf gefaßt, noch eine Stunde zu warten.

Jeanettes Wangen hatten sich bei Adrians Eintreten gerötet. Sonst ein überaus selbstsicheres Mädchen, wurde sie in Adrians Nähe immer verlegen. Einige Male hatte ich sie ertappt, daß sie ihn anhimmelte und mich darüber ein wenig geärgert.

»Ist mein Haar fertig, Jeanette?« fragte ich in einem Ton, der sogar für meine Ohren kühl klang.

Ihre Wangen wurden noch ein wenig röter. »Nicht ganz, Mylady. Ich müssen noch Kämme hineintun.« Sie griff nach zwei Perlmuttkämmen und steckte sie in das kunstvolle Lockenarrangement, das sie auf meinem Hinterkopf aufgetürmt hatte.

Sie hatte eine gute Hand für Frisuren, und ich mußte zugeben, daß mein Haar viel besser aussah, seit sie sich darum kümmerte.

Ich stand vorsichtig auf, um ihr Werk nicht in Unordnung zu bringen. Auch Adrian erhob sich, und als ich mich zu ihm umdrehte, sagte ich: »Jetzt kann die Equipage vorfahren.«

Ohne sich zu rühren, stand er da und schaute mich mit undeutbaren grauen Augen an. Adrian sah immer prachtvoll aus, doch in seinem schwarzen Abendanzug war er geradezu umwerfend. Aus dem Augenwinkel warf ich Jeanette einen raschen Blick zu und erwischte sie wieder dabei, wie sie ihn ganz hingerissen ansah.

»Du siehst wundervoll aus, Kate«, sagte er schließlich. »Wahrhaft königlich.«

»Königlich?« sagte ich, voller Zweifel an mir hinunterblickend. Mein Kleid war ein verhältnismäßig einfaches Modell – weißer Tüll auf mittelblauem Atlas. Es war sehr kostspielig gewesen, weil der Tüll mit Perlen übersät war, aber ohne Spitze oder üppige Stickereien, die heute die Roben der meisten Damen zieren würden. Louisa hatte gesagt, ich sei zu klein für übertriebenen Aufputz, und ich mußte ihr recht geben.

»Ja«, sagte er, »königlich.«

Ich schüttelte abwehrend den Kopf. »Dazu bin ich zu klein. Man muß groß sein, um königlich auszusehen, groß wie Lady Mary Weston.«

Er widersprach mir nicht, sondern sagte nur, er wolle die Kutsche vorfahren lassen.

»Verdammt«, stieß ich leise hervor, als ich ihm nachsah. Ich hatte gehofft, daß er mir versicherte, ich sei viel königlicher als Lady Mary.

Vor dem Haus der Bridgewaters am Berkeley Square blieben wir in einer Wagenkolonne stecken und mußten uns eine halbe Stunde in Geduld üben, ehe wir das Portal erreichten. Ich nutzte die Zeit und vertraute Adrian meinen Wunsch an, die Rennen in Newmarket zu besuchen.

Wir saßen Seite an Seite im Wagen und blickten nach vorne. Er hatte seine Beine ausgestreckt, so weit es ging, während ich meine Röcke sorgfältig so ausbreitete, daß sie nicht knitterten. Der Rock bildete eine wirksame Barriere zwischen uns, und ich sah geradeaus, während ich sprach und meine vorbereitete Geschichte anbrachte – daß Papa und ich immer gemeinsam die Guineas-Rennen besucht hätten und daß ich um der alten Zeiten willen auch dieses Jahr nach Newmarket wollte. Als ich geendet hatte, ließ er sich mit der Antwort Zeit, und ich saß schweigend da und dachte mir, wie albern sich das alles angehört hatte.

Nicht zum ersten Mal fragte ich mich, ob ich ihm nicht die ganze Geschichte anvertrauen sollte. Als ich das Harry unlängst vorgeschlagen hatte, war sein Widerspruch sehr heftig ausgefallen. »Im Moment hat Adrian zu viel um die Ohren. Castlereagh drängt ihn, einen Posten im Foreign Office anzunehmen, und das ist natürlich genau das, was Adrian immer vorhatte. Aber ihm behagt der repressive Kurs nicht, den die Regierung im Inland einschlägt. Es ist nicht der richtige Zeitpunkt, um Adrian mit Stade und einem vertauschten Hengst zu behelligen.«

Ich empfand einen unangenehmen Anflug von Eifersucht, weil Adrian seine Probleme Harry und nicht mir anvertraute, mußte aber zugeben, daß Harrys Einwand vernünftig war. Es wäre nicht fair gewesen, Adrian mit meinen Sorgen zu belasten, wenn er sich mit genug eigenen herumschlagen mußte.

»Wenn es dir nicht paßt, mich zu begleiten, könnte ich vielleicht mit Harry fahren«, schlug ich vor.

»Nein.«

Ich biß mir auf die Lippen.

»Es paßt mir sehr wohl, mit dir nach Newmarket zu fahren, Kate«, sagte er. »Es wird eine Erleichterung sein, London eine Zeitlang den Rücken zu kehren.« Ich drehte mich zur Seite, um ihn anzusehen, und er bedachte mich mit einem wehmütigen Lächeln. »Allmählich glaube ich, daß ich doch nicht das Temperament für Politik habe.«

»Davon kann keine Rede sein«, widersprach ich hitzig. »Das Land wäre um vieles besser dran, wenn du Premierminister wärest und nicht dieser Hasenfuß Liverpool.«

»Alle haben sie Angst«, sagte Adrian. »Liverpool und Sidmouth und die übrigen Tory-Führer. Ich kann sie einfach nicht verstehen.« Er klang ratlos. »Sie haben irgendein verstaubtes, zufällig noch nicht widerrufenes Gesetz aus der Mottenkiste geholt, das den Behörden das Recht gibt, jeden ins Gefängnis zu schicken, von dem man annimmt, daß er gegen die öffentliche Ordnung verstoßen könnte.« Sein Ton war von aufrichtiger Empörung gefärbt, als er sich mir zuwendete: »Kannst du dir vorstellen, was das heißt, Kate? Das bedeutet, daß aufgeblasene örtliche Gesetzeshüter jeden armen Tropf hinter Gitter bringen können, der in der Dorfkneipe über die Obrigkeit herzieht.«

»Das ist schändlich«, sagte ich.

»Ich verstehe sie nicht«, wiederholte er mit Nachdruck. »Wohin ich in London auch sehe, überall gibt es ehemalige Soldaten und Seeleute, die ohne Arbeit dastehen. Das sind die Männer, die den Sieg über Napoleon errungen haben! Sie verdienen Besseres, als daß ihre Regierung sie jetzt fürchtet!«

Er verstand nicht, daß Liverpool, Sidmouth und ihresgleichen engstirnige kleine Geister waren, die nur an das Wohlergehen der eigenen Klasse dachten. Anders als Adrian fehlte ihnen das Gefühl der Verantwortung für die Armen und Ohnmächtigen.

»Ich weiß, daß deine Familie immer auf der Seite der Torys stand«, sagte ich langsam, »aber vielleicht wären die Whigs jetzt mehr nach deinem Geschmack?«

Die Kutsche rollte ein paar Schritt vor.

Er seufzte. »Die Whigs sind hoffnungslos in verschiedene Gruppierungen zerfallen.«

Ich begriff nicht. »In welche Gruppierungen?«

Er reckte einen Finger. »Also, da wären die Anhänger Grenvilles, die sich von den Torys nur darin unterscheiden, daß sie Lord Grenville anstelle Liverpools als Premierminister sehen möchten.« Er hob den zweiten Finger. »Dann haben wir die Gruppe um Fox, die zwar für Reformen eintritt, leider aber die wirtschaftlichen Gegebenheiten nicht berücksichtigt. Und bei einer Reform geht es immer um Ökonomie«, in seinen Augen blitzte es auf, »wie jeder intelligente Leser von *Wohlstand der Nationen* wissen müßte.«

Ich nickte möglichst klug, um anzudeuten, daß ich es tatsächlich wüßte.

Nun kam der dritte Finger. »Dann gibt es die Radikalreformer, Männer wie Whitbread, den jungen Grey und Brougham. Aber sie alle sind unter sich uneins und sind auch mit den Anhängern Grenvilles und Fox' zerstritten.«

»Guter Gott«, sagte ich. »Das hört sich ja an, als wären die Whigs untereinander so zerstritten wie die Iren.«

Er stieß ein unwilliges Lachen aus. »Die Iren sind sich wenigstens in ihrem Widerstand gegen England einig. Bei den Whigs besteht das Problem darin, daß sie kein gemeinsames Thema finden können, das sie zu einer schlagkräftigen Opposition einen würde.«

Wieder schob sich unsere Kutsche ein Stück vor.

»Das hört sich ja sehr betrüblich an«, sagte ich.

»Das ist es auch. Ich werde froh sein, wenn ich dich nach Newmarket begleiten kann.«

Unsere Equipage hielt an, und ein Diener mit einer Fackel in der Hand öffnete den Wagenschlag. Wir waren auf dem Ball der Bridgewaters eingetroffen.

Der Ball war aus zweierlei Gründen bemerkenswert. Erstens tanzte Adrian mit Lady Mary Weston.

Diese Tatsache erschien keinem der Anwesenden welterschütternd. Ich selbst drehte mich bereits mit einem anderen Partner im Tanz – mit einem jungen Offizier der Horse Guards –, so daß man nicht behaupten konnte, Adrian würde mich einer alten Liebe wegen vernachlässigen. Auch war an ihrem Benehmen nichts auszusetzen. Sie unterhielten sich ernst und angeregt, während sie warteten, daß die Musik einsetzte, und tanzten dann den Walzer mit vollendeter Korrektheit.

Aber es war ein Walzer. Er hatte seine Arme um sie gelegt. Sie sah in seine Augen auf. Er sah in ihre. Am liebsten hätte ich sie von ihm fortgezogen und ihr die Augen ausgekratzt. Eifersucht ist ein sehr häßliches Gefühl.

Als ich mich dann mit meinem Partner, dessen Name mir entfallen ist, ins Speisezimmer begab, sah ich Adrian mit drei anderen Personen, von denen eine Lady Mary war, bei Tisch sitzen.

»Fühlen Sie sich auch wohl, Lady Greystone?« fragte mein Begleiter mich. »Sie sind ja ganz blaß geworden.«

Mein Gesicht mochte blaß sein, doch ich sah rot.

»Mir geht es gut.« Ich zwang mich zu einem Lächeln. »Dort drüben sehe ich meinen Mann. Gehen wir doch hinüber.«

Der junge Mann stimmte eifrig zu. Alle Welt wollte in Adrians Nähe.

Als wir zu Adrians Tisch kamen, erhoben sich die Herren, und jemand holte zwei weitere Stühle. Man machte uns umständlich Platz, und Adrian stellte mich Mrs. Hampton vor, einer hübschen jungen Frau, deren Mann in Spanien Wellingtons Stab angehört hatte. Offenbar war sie diejenige, die er zu den Erfrischungen geführt hatte, nicht Lady Mary. Mein Zorn verrauchte ein wenig.

Lady Mary fragte, ob ich mich gut unterhielte. Ihr Tischherr war ein hochmütig aussehender junger Mann, dessen Schultern mit Watte ausgepolstert sein mußten, da sie im Gegensatz zu seiner übrigen Figur unnatürlich breit wirkten. Ich bemühte mich, sie nicht anzustarren, während ich ihr erklärte, wie sehr ich mich amüsierte.

»Du scheinst den armen Charles Prendergast erobert zu haben«, sagte Adrian.

Sir Charles Prendergast, ein beleibter Sechziger, der zweimal mit mir getanzt hatte, lag mir ununterbrochen damit in den Ohren, daß ein Pferd, das mein Vater ihm einst verkauft hatte, ›das verdammt beste Pferd war, das er je geritten habe‹.

»Papa hat ihm einmal ein Pferd verkauft, das sein größtes Wohlgefallen erregte«, sagte ich.

Watteschulter sagte darauf: »Ich bin ganz sicher, daß Sir Charles an Ihnen mehr zu bewundern fand als am Pferd Ihres Vaters, Lady Greystone.« Er lispelte.

Ich starrte ihn verwundert an. Adrian hüstelte und wandte sein Gesicht ab. »Nein«, erwiderte ich, »das Pferd gefiel ihm wirklich.«

»Lady Greystones Vater war bekannt für seine hervorragenden Pferde«, sagte Lady Mary zu ihrem Begleiter. Ihre Wangen hatten sich ein wenig gerötet.

»Wie das – war er denn ein Händler oder dergleichen?« Watteschulter gab ein Kichern von sich, um anzuzeigen, daß es scherzhaft gemeint war.

Meinen Blick fest auf Lady Mary richtend, gab ich zur Antwort: »Ja, das war er.« Hätte ich nicht bereits geahnt, was sie für Adrian empfand, ihre Bemerkung hätte es mir verraten.

Mary Weston war an sich nicht das Mädchen, das zu kränkenden Bemerkungen neigte.

Watteschulter, der gemerkt hatte, daß er ins Fettnäpfchen getreten war, und sich vor Verlegenheit wand, versuchte das Thema zu wechseln. Mrs. Hampton kam ihm mit einer Bemerkung über die Hummerpastetchen zu Hilfe. Dann tauchte ein Diener hinter Adrians Schulter auf.

»Lord Castlereagh bittet Sie auf ein Wort zu sich, Mylord«, sage er. »Er wartet in der Bibliothek.«

»Sehr gut«, sagte Adrian. »Wenn Sie mich entschuldigen, Mrs. Hampton, Lady Mary«, sein Blick traf auf meinen, »Kate.«

Wir taten einstimmig kund, daß wir ihn entschuldigten. Kurz nachdem er gegangen war, standen alle vom Tisch auf, und einen Moment waren Lady Mary und ich allein.

Ich war lange genug in London, um zu wissen, welchem Ehekodex die Aristokratie huldigte. Treue gehörte jedenfalls nicht zu den Spielregeln. Männern stand es frei, sich ihr Vergnügen zu suchen, wo es ihnen beliebte, während es zur obersten Pflicht der Ehefrauen gehörte, dafür zu sorgen, daß der erstgeborene Sohn vom Ehemann stammte. War die Erbfolge gesichert, konnte sich die Frau nach Herzenslust Liebhaber nehmen, solange sie dabei diskret vorging.

Ich wußte, daß ich keinen Anspruch auf Adrians Treue hatte, und ich hatte mir geschworen, ihn nicht mit meinen Gefühlen zu belasten. Mit einem Blick in Lady Marys gelassenes und schönes Gesicht sagte ich mit zusammengekniffenen Augen: »Suchen Sie sich einen anderen, den Sie lieben können, Lady Mary. Greystone ist vergeben.«

Sie starrte mich wie betäubt an. Schließlich brachte sie matt heraus: »Wie bitte?«

»Ganz einfach: Ich rate Ihnen, die Finger von meinem Mann zu lassen.«

»Ich weiß nicht, wovon Sie sprechen, Lady Greystone«, sagte sie.

Sie wußte es sehr wohl, aber ich hatte nichts dagegen, es laut und deutlich zu sagen. »Ich spreche von der Tatsache, daß Sie in Greystone verliebt sind. Das verüble ich Ihnen nicht. Ich weiß, daß Sie ihn länger kennen als ich. Aber das Schicksal war nicht auf Ihrer Seite, Lady Mary.« Ich trat einen Schritt auf sie zu, so daß unsere Gesichter einander ganz nahe waren. »Greystone ist jetzt mit mir verheiratet, und ich nehme meine Ehe sehr ernst.« Ich kniff die Augen noch mehr zusammen. »*Sehr* ernst, Lady Mary, wenn Sie verstehen, was ich meine.«

Das Blut stieg ihr in die Wangen und färbte sie tiefrot. »Wollen Sie mir Angst machen, Lady Greystone?« fragte sie, völlig aus dem Konzept gebracht.

»Ja.«

»Das ist ja unfaßbar«, sagte sie.

»Ich kann mit Schußwaffen umgehen«, sagte ich.

Daraufhin blieb ihr der Mund offen stehen. »Wollen Sie mir mit dem Erschießen drohen?«

In diesem Moment kam Sir Charles Prendergast mit einem nur um weniges jüngeren Begleiter im Schlepptau dahergekeucht. »Lady Greystone!« rief er mir triumphierend zu.

Ich wandte Lady Mary den Rücken zu, befriedigt, daß sie begriffen hatte. »Sir Charles«, sagte ich gewinnend, »ist dies der Gentleman, der ein neues Jagdpferd sucht?«

Bei meinem vorangegangenen Gespräch mit Sir Charles hatte ich die Gelegenheit genutzt, für Paddy eine geschäftliche Verbindung anzubahnen.

Sir Charles strahlte mich an. »Ja, das ist er.« Und während er uns bekannt machte, entfernte Lady Mary sich langsam.

War Lady Marys Walzer mit Adrian die erste Sache von Bedeutung, die sich auf dem Ball der Bridgewaters ereignete, so war die zweite das Erscheinen meines Onkels.

Er kam sehr spät, während ich beim Essen saß, so daß ich sein Kommen erst bemerkte, als ich in den Ballsaal zurückkehrte und ihn beim Tanz mit Lady Charlotte, der jüngsten Tochter der Bridgewaters, sah.

Adrian war nirgends zu sehen. Es stand zu vermuten, daß er sich noch mit Lord Castlereagh im Gespräch befand. Der Herr, dem ich diesen Tanz versprochen hatte und der mich auf die Tanzfläche geleitete, muß mein Zögern gespürt haben. Innehaltend blickte er mich besorgt an und fragte: »Ist Ihnen nicht wohl, Lady Greystone?«

»Doch, mir geht es gut«, gab ich zurück. »Ich war nur erstaunt, als ich sah, daß mein Onkel – Lord Charlwood – diesen Ball besucht. Ich wußte gar nicht, daß er politische Neigungen hat.«

Mein Begleiter lächelte zynisch. »Nicht eventuelle politische Neigungen haben ihn hergeführt, Lady Greystone. Er ist hier, weil er reich und unvermählt ist. Die Bridgewaters sind bemüht, Charlotte in diesem Jahr zu verheiraten, und Lady Bridgewater hat Charlwood ins Visier genommen. In den Klubs laufen Wetten, daß er endlich seinen Meister gefunden hat.«

Ich begutachtete das unscheinbare Mädchen an der Seite meines Onkels. »In Lady Charlotte?« fragte ich.

»In Lady Bridgewater«, kam die trockene Antwort.

Wir erreichten die Tanzfläche, als die Musik einsetzte.

Es war eine Quadrille, und wir gesellten uns zu einer Gruppe am anderen Ende des Raumes, jenem entgegengesetzt, wo mein Onkel stand.

In den letzten Wochen hatte ich mir in der Quadrille einige Übung aneignen können und mußte mich nun nicht mehr so sehr auf meine Schritte konzentrieren wie früher. Folglich entging mir der Moment nicht, als mein Onkel mich registrierte.

Er sah mich, und sofort überflog sein Blick den Raum. Er mußte wohl Adrian suchen, und auch ich ließ meinen Blick rasch durch den Raum huschen, um festzustellen, ob mein Mann wieder aufgetaucht war. Es war nicht der Fall.

Die Musik spielte weiter, und ich drehte mich und knickste,

von einem Partner zum anderen wandernd, ständig in Sorge, was passieren würde, wenn mein Onkel und mein Mann einander begegneten.

Endlich war der Tanz zu Ende. Ich verließ mit meinem Partner die Tanzfläche und sagte zerstreut zu allem Ja und Amen, von dem er sprach. »Der nächste Tanz ist ein Walzer, Lady Greystone«, sagte er, als wir vor ein paar vergoldeten Stühlen stehen blieben. »Darf ich hoffen, daß Sie ihn noch nicht vergeben ha ben?«

Da hörte ich hinter mir eine Stimme seidenglatt sagen: »Leider hat meine Nichte mir diesen Tanz versprochen, Sir.«

»Onkel Martin!«

Ich fuhr herum und sah mich jenem wohlbekannten, falschen Lächeln gegenüber, das seine Augen unberührt ließ. »Kate, du siehst ja noch reizender aus, als ich dich in Erinnerung habe«, stellte er fest. »Die Ehe muß dir gut bekommen.«

»Sie bekommt ihr außerordentlich, Charlwood.« Adrians Ton war eiskalt. »Und diesen Tanz hat meine Frau mir versprochen.«

»Adrian!« rief ich zusammenzuckend aus.

Die Blicke, die über meinen Kopf hinweg getauscht wurden, waren spitz wie Dolche, so daß ich zurückwich, bis meine Schulter Adrians schützenden Arm berührte. Charlwood warf rasch einen Blick durch den Raum, und ich erriet plötzlich, nach wem er Ausschau hielt.

Nach Caroline.

Sie ist nicht da. Hätte Adrian nicht direkt hinter mir gestanden, ich hätte es ausgesprochen. Aber ich wußte, daß er außer sich wäre, wenn ich vor Charlwood seine Schwester erwähnte, deshalb hielt ich den Mund. Onkel Martin würde ihre Abwesenheit auch ohne mein Zutun bald bemerken.

Walzerklänge durchfluteten den riesengroßen, von Kerzen erleuchteten Saal, in dem sich die Gäste drängten. Adrian legte seine Hand auf meine bloße Schulter. »Kate?«

Ich legte den Kopf zurück und blickte lächelnd zu ihm auf. Einen Sekundenbruchteil umfaßten seine Finger mich fester. Sein eisiger Gesichtsausdruck erwärmte sich zu einem Lächeln, das meines erwiderte. Gemeinsam drehten wir meinem Onkel den Rücken und gingen auf die Tanzfläche. Adrian legte die Arme um mich, und ich ließ mich umfangen, als wäre ich nirgends lieber als nahe bei ihm.

Und so war es auch.

16. Kapitel

Harry steckte in Schwierigkeiten. Sein Verhalten hatte meinen Argwohn geweckt, und mein Argwohn wurde zur Gewißheit, als mir plötzlich – zwei Wochen zu spät – einfiel, wo ich Mr. Chalmers schon gesehen hatte. Ich war ihm auf dem Rennplatz begegnet; er war Glücksspieler.

»Ein übler Bursche, Kate«, hatte Papa damals zu mir gesagt. »Einer dieser Blutsauger, die ihr Leben damit bestreiten, grünen Jungen mit mehr Zaster als Verstand das Geld aus der Tasche zu ziehen.«

Als es mir einfiel, wuchs meine Befürchtung, daß mein Schwager zu diesen grünen Jungen gehörte, die Chalmers in die Fänge geraten waren. In letzter Zeit war Harry ungewöhnlich nervös, und sein Engelsgesicht wirkte verhärmt.

Nicht nur mir fiel Harrys Zustand auf. Ich hörte, wie Caroline zu ihm sagte, er sähe erbärmlich aus und täte besser daran, nicht so spät nach Hause zu kommen. Und an einem der spärlichen Abende, an denen wir alle zu Hause speisten, riet Adrian ihm nach einem langen Blick, es täte nicht gut, die Kerze an beiden Enden brennen zu lassen.

Natürlich war er immer sehr spät ins Bett gekommen, aber das war bei uns nicht anders, und wir sahen nicht so schlapp aus wie ein von einem meiner Hunde zerkauter Lappen. Harry bekam so viel oder so wenig Schlaf wie wir alle, und sogar die viel ältere Louisa hatte glänzendere Augen und eine gesündere Farbe als er.

Auf seine Seele drückte eine schwere Last, und ich befürchtete, daß er in die Fänge dieses elenden Chalmers geraten war. Immer wenn ich versuchte, das Thema anzuschneiden, entzog Harry sich mir, schützte eine Verabredung oder etwas anderes vor, das sein sofortiges Verschwinden erforderte.

So aalglatt war er, daß ich mich schließlich gezwungen sah, ihm eine Falle zu stellen. Edward und Caroline hatten den kleinen Ned zu einer Vorstellung in Astleys Amphitheater ausgeführt, und Caroline hatte hinterher von den reiterlichen Darbietungen und dem simulierten Großen Brand Londons geschwärmt. Nachdem ich Caroline gehört hatte, bat ich Adrian, für mich und Harry Karten zu besorgen, da wir die Vorstellung sicher genießen würden, während er sich, feinsinnig und kultiviert wie er war, dabei gewiß nur langweilen würde.

Letzteres hatte ich unbedingt sagen müssen, da ich, als ich das Thema zur Sprache brachte, den Eindruck hatte, Adrian wolle mitkommen. Weil ich überzeugt war, Harry würde in Gegenwart seines verehrten älteren Bruders verschlossen wie eine Auster sein, sah ich mich gezwungen, dafür zu sorgen, daß wir allein ausgehen konnten, so sehr ich mich über die Gesellschaft meines Mannes gefreut hätte.

Adrian besorgte uns Karten in der Loge, von der aus man die beste Sicht auf die Bühne und die mit Sägemehl bestreute Manege hatte, in der die Pferde auftraten. Trotz meiner Absicht, die Zeit mit Harry voll zu nutzen und seinem Kummer auf den Grund zu gehen, begeisterte mich die Vorführung so sehr, daß ich eineinhalb Stunden lang nichts tat, als die herrliche Darbietung mit vielen Ahs und Ohs zu kommentieren.

Harry war ebenso begeistert wie ich, und wir beide feuerten weit aus der Loge gebeugt die Ponys beim Rennen an und klatschten den tanzenden Pferden Beifall.

Erst als man auf der Bühne Vorbereitungen für den Großen Brand traf, fiel mir der Grund unseres Besuches wieder ein. Wenn ich das Finale nicht versäumen wollte, mußte ich rasch ans Werk gehen.

»Harry«, sagte ich, »ich weiß, daß du in Schwierigkeiten steckst. Und ich weiß alles über diesen abscheulichen Chalmers. Also sag mir, wieviel du ihm schuldest.«

Er starrte mich schuldbewußt an. »Ich weiß nicht, wovon du redest, Kate«, murmelte er und hielt den Blick unverwandt auf die Bühne gerichtet, wo man alles für das große Feuerfinale vorbereitete.

»Doch, du weißt es«, konterte ich. »Mein Papa sagte einmal zu mir, Chalmers sei ein Blutsauger, dessen Beute grüne Jungen mit mehr Geld als Verstand seien, eine Beschreibung, die gut zu dir paßt.«

»Verdammt, Kate!« Er drehte sich um und sah mich wütend an. »Warum hast du es mir nicht gesagt, wenn du wußtest, daß Chalmers ein Halunke ist?«

»Mir ist erst vor ein paar Tagen eingefallen, wer er ist«, gestand ich. »Ich hatte das Gefühl, ihn schon einmal gesehen zu haben, aber ich wußte nicht mehr, wo.«

Harry schlug mit der flachen Hand auf die Brüstung. »Verdammt!« stieß er wieder hervor.

»Ich nehme an, er hat dich in der Hand?« fragte ich mitleidig.

»Ja.« Harry lehnte sich zurück und sah mich an. Seine Verzweiflung stand ihm ins Gesicht geschrieben. »Kate, ich weiß nicht mehr aus noch ein. Ich schulde ihm zwanzigtausend Pfund!«

Mir blieb der Mund offen. »Zwanzigtausend!«

»Ja.«

Das war eine erschreckend hohe Summe, um vieles höher als das, was ich hätte aufbringen können. »Was ist passiert, Harry? Wie hat er das geschafft?«

Er strich sich mit einer matten Geste übers Gesicht. »Als er mich in einer Spielhölle einführte, schmeichelte mir das. Ich sah in ihm einen Mann von Welt und fühlte mich hochgeehrt, daß er sich mit einem Grünschnabel wie mir abgab.« Er schloß die Augen. »O Gott, wie blöd ich doch war!«

Es lag auf der Hand, aber ich sprach es dennoch aus. »Du hast verloren.«

»Ich habe verloren. Und als ich kein Geld mehr zum Weitermachen hatte, nahm man sehr großzügig meine Schuldscheine entgegen. In der Hoffnung auf eine Glückssträhne ging ich noch einige Male hin. Als ich schließlich auf meinen Verstand hörte und Schluß machte, hatte sich meine Schuld auf zwanzigtausend erhöht. Da ich kein Geld hatte, um meine Schuldscheine einzulösen, war Chalmers liebenswürdigerweise bereit, mir das Geld zu borgen. Er ließ mir eine Woche Frist bis zur Rückzahlung.«

Ich äußerte ein Wort, das Papa manchmal hatte hören lassen, wenn er sich richtig über jemanden geärgert hatte.

»Ja«, sagte Harry dumpf. »Genau.«

Während ich über Harrys Problem nachdachte, beobachtete ich zwei Männer, die ein paar Schaufeln Mist aus der Sägemehlmanege unter uns entfernten. Das volle Aroma stieg mir in die Nase und verleitete mich zu einem anerkennenden Schnüffeln. »Ich verstehe nicht, Harry«, sagte ich, »wie Chalmers sich das leisten kann. Wenn du nicht zahlen kannst, läuft er Gefahr, sein Geld zu verlieren.«

»Kate, ich habe darüber nachgedacht, und ich glaube, daß Chalmers mit dem Betreiber der Spielhölle unter einer Decke steckt. Er ködert die Opfer und bekommt seinen Anteil an den Verlusten dieser Dummköpfe.«

»Aber wenn du nicht zahlen kannst, schaut doch für niemanden etwas dabei heraus!«

Er sah mich voller Angst an. »Man weiß doch, wer ich bin, Kate. Wenn ich nicht zahlen kann, wird man sich an Adrian halten.«

Darauf sagte ich nichts. Ohne daß er es aussprechen mußte, wußte ich, daß Harry mit allem, was sein war, verhindern würde, daß sein Bruder erfuhr, wie er hereingelegt worden war.

Der kleine Junge in der Loge nebenan quengelte: »Mama, wann fängt es endlich an?«

»Bald, mein Lieber«, kam die beruhigende Antwort.

Harry sagte mit abgewandtem Gesicht: »O Gott, Kate! Was wird er von mir denken, wenn er dahinterkommt? Erst mache ich diesen Unsinn und werde in Oxford hinausgeworfen. Und jetzt – das.«

Ich tat mein Bestes, um ihn zu trösten. »Vielleicht ist er gar nicht so entsetzt, wie du glaubst, Harry. Er war sehr in Sorge, daß so etwas geschehen könnte. Er hat mir gesagt, daß ein unerfahrener junger Mann sich in London viel Ärger einhandeln könnte und daß er nicht die Zeit hätte, sich angemessen um dich zu kümmern.«

Um Harrys Mund legte sich ein verkniffener Zug. »Das also denkt er von mir.«

»Nicht nur von dir, Harry! Von jedem unerfahrenen Jungen, der in London auf sich allein gestellt ist.«

Er sah mich mit leerem Ausdruck an. »Wäre so etwas auch Adrian passiert, wenn er mit zwanzig allein in London gewesen wäre?«

Diesmal war ich diejenige, die wegblickte. Wir beide wußten, daß es nicht passiert wäre.

»Kate, ich möchte nicht, daß Adrian davon erfährt«, sagte Harry mit stiller Verzweiflung.

Ich verstand, und ich seufzte. »Nun, dann müssen wir uns eben eine Möglichkeit ausdenken, uns die zwanzigtausend Pfund zu verschaffen, damit wir sie diesem Ekel Chalmers zurückzahlen können.«

Wir wechselten einen bedrückten Blick. Die Chancen, daß einer von uns zu zwanzigtausend Pfund kommen würde, waren gelinde gesagt gering.

In der Nebenloge fing der ungeduldige kleine Wicht an, auf die Brüstung zu trommeln.

»Ich habe sogar überlegt, meine Schuldscheine zu stehlen«, sagte Harry. »Wenn die erst verschwunden sind, gibt es keinen Beweis, daß ich denen etwas schulde.«

»Harry, was für eine brillante Idee!«

Er bedachte mich mit einem schiefen Lächeln. »Brillant ja, aber die Ausführung dürfte schwierig werden.«

»Wer hat die Scheine? Chalmers?«

»Ich denke schon.« Er fuhr sich nervös durchs Haar und verlieh damit der von seinem Kammerdiener schwungvoll zurechtgemachten Stirntolle ein noch natürlicheres Aussehen. »Als ich mir das erste Mal Geld von ihm geborgt habe, hatte ich noch so viel, daß ich es ihm zurückzahlen konnte. Am nächsten Morgen suchte ich ihn in seiner Wohnung auf, gab ihm das Geld, und er händigte mir meinen Schuldschein aus. Er nahm ihn aus einer versperrten Schreibtischlade. Ich habe ihn dabei beobachtet.«

»Dann müssen wir dort einbrechen, das Schloß mit einem Schuß öffnen und die Schuldscheine stehlen.« Ich strahlte ihn an. »Was könnte einfacher sein?«

Er stieß ein zittriges Lachen aus. »Kate, du bist ein fabelhaftes Mädchen, aber ich kann dich da nicht hineinziehen. Adrian würde mich glatt umbringen, wenn er je erführe, daß ich dich auch nur einer Andeutung von Gefahr ausgesetzt habe.«

»Adrian wäre vermutlich froh, mich loszuwerden, damit er dieses Tugendbild Lady Mary Weston heiraten kann«, entgegnete ich finster.

»Sei nicht albern«, sagte Harry. »Natürlich würde er das nicht. Wer möchte mit einer solch faden Pute verheiratet sein, nachdem er dich zur Frau hatte?«

Ich schenkte ihm ein dankbares Lächeln. »Wie nett von dir, Harry.«

»Es ist nicht nett, es ist die Wahrheit.«

Schließlich stimmte das Orchester die ersten Takte an. Harry und ich fuhren herum und sahen zur Bühne, die vor unseren Augen in Brand zu geraten schien! Der Große Brand Londons war ausgebrochen.

Auf der ganzen Heimfahrt tauschten Harry und ich Ideen aus, wie der Einbruch in Chalmers Wohnung am besten zu bewerkstelligen sei. Schließlich gelang es mir, ihn davon zu überzeugen, daß einer meiner Pläne hieb- und stichfest war.

Harry sollte mir Chalmers vorstellen, und ich würde diesem Halunken vorgaukeln, daß ich zu gern spielen und mit ihm einen Spielsalon aufsuchen würde. Ich sollte also mit ihm gehen, und während Chalmers mit mir beschäftigt war, konnte Harry in dessen Wohnung einbrechen und die Schuldscheine an sich bringen.

»Du würdest beim Spiel sogar noch gewinnen«, sagte Harry.

»Beim ersten Mal habe ich auch gewonnen. Ich glaube, das

gehört dazu. Wenn man dann anfängt zu verlieren, macht man weiter, weil man weiß, daß man einmal gewonnen hat, und weil man glaubt, das Glück müsse sich wieder wenden.«

Mir schien, Harry hatte das ganze Intrigenspiel gut durchschaut. Falls es ihm gelänge, seine Schuldscheine zurückzuergattern, wäre diese Erfahrung für ihn sehr segensreich. Zu Hause angekommen, sah er jedenfalls schon viel zuversichtlicher drein.

Caroline und Edward speisten mit Freunden, Paddy und Louisa waren ebenfalls ausgegangen, aber Adrian war zu Hause, und während wir uns beim Dinner an Remys Hühnerfrikassee delektierten, berichteten Harry und ich von der Vorstellung. Nach meiner Schilderung des Großen Brandes sagte Adrian trocken: »Vermutlich war es ein Finale wie dieses, das das letzte Amphitheater in Brand setzte.«

Lachend pflichtete ich ihm bei. »Aber es war ein herrlicher Anblick.«

Mir war nicht entgangen, daß Frank, der junge Diener, der hinter Adrians Stuhl stand, meiner Beschreibung mit atemloser Aufmerksamkeit gefolgt war, so daß ich nun zu ihm sagte: »Sollten Sie und einige andere vom Personal die Vorstellung sehen wollen, dann wird Seine Lordschaft Ihnen sicher gern zu Karten verhelfen.«

Harry sagte daraufhin entrüstet: »Kate, inzwischen müßtest du wissen, daß man bei Tisch nicht mit dem Personal plaudert!«

Das ärgerte mich. »Natürlich weiß ich das, Harry, aber heute ist nur Familie zugegen.«

Adrian sagte mit einer leichten Wendung des Kopfes: »Frank, ich besorge Ihnen gern Karten. Sagen Sie mir nur, wie viele Sie möchten.«

Frank war purpurrot angelaufen. »Ja, Mylord«, sagte er. »Danke, Mylord.« Dann sah er mich an. »Danke, Mylady.«

Ich lächelte ihm zu. »Es wird Ihnen gefallen.«

Harry schüttelte den Kopf. »Wohin sind Louisa und Paddy gegangen?« frage er dann. In letzter Zeit hatten wir die beiden immer seltener zu Gesicht bekommen, da sie ständig gemeinsam etwas unternahmen.

»Ich glaube, sie haben früher gegessen und sind ins Theater gegangen«, äußerte ich mit Befriedigung. »Kean tritt im Drury Lane als *Richard III.* auf, und Paddy liebt dieses Stück über alles, weil darin die Engländer so schlecht wegkommen.«

Adrian lachte auf.

»Was machst du für ein Gesicht?« fragte Harry mich.

Ich machte große Augen. »Was für eines?«

»Wie die Katze, die den Goldfisch gefressen hat«, meinte Adrian.

Ich fühlte mich tatsächlich wie besagte Katze, wollte aber nicht mit dem Grund herausrücken und beschränkte mich auf ein geheimnisvolles Lächeln, während ich mir von den Beilagen nahm. Es waren grüne Bohnen.

»Kate, betätigst du dich etwa als Ehestifterin?« fragte Adrian.

Mein Blick flog zu ihm. »Woher weißt du das?«

»Du bist nicht gerade undurchschaubar«, sagte er belustigt.

»Ich weiß, daß Paddy nicht Louisas Klasse angehört«, sagte ich trotzig, »und natürlich ist er viel älter als sie, aber er ist ein feiner Mensch und hat ein sehr gutes Auge für Pferde.«

»Was glaubst du, wie alt Paddy ist?« fragte Adrian neugierig.

»Er muß sechzig sein«, gab ich zurück.

»Er ist dreiundfünfzig«, sagte Adrian.

»Das soll wohl ein Scherz sein!«

Er schüttelte den Kopf. »Ich habe ihn gefragt.«

»Dreiundfünfzig! Aber das heißt, daß er nur zehn Jahre älter ist als Louisa.«

Adrian trank einen Schluck Wein. »So ist es.«

Harry hielt mit seiner Meinung nicht zurück. »Paddy und Louisa können doch unmöglich heiraten.«

»Harry, du bist ein verdammter Snob!« fuhr ich ihn wütend an.

»Das ist kein Snobismus«, verteidigte er sich. »Ich halte Paddy für einen großartigen Kerl, aber eine Dame wie Louisa kann doch nicht ihr Leben lang von einem Gestüt zum anderen zigeunern.«

»Meine Mutter hat so gelebt, und sie war eine Dame«, hielt ich ihm noch wütender entgegen.

»Deine Mutter war jung«, wandte Harry ein. »Louisa ist alt.«
Nun, das stimmte allerdings.

»Wenn Paddy und Louisa sich zur Heirat entschließen, werden wir für sie einfach ein Zuhause suchen müssen«, sagte Adrian. »Ich würde Louisa zwar nicht als alt bezeichnen, aber sie ist ganz sicher nicht mehr bereit, ein neues Leben zu beginnen und über Land zu ziehen. Aber Paddys Geschäfte würden nur davon profitieren, wenn er einen festen eigenen Stall hätte.«

Ich bedachte ihn mit einem entzückten Lächeln. »Was für eine wundervolle Idee, Mylord!«

Auch Harry nickte zustimmend. »Wirst du ihnen als Hochzeitsgeschenk eine Pferdefarm in Irland kaufen, Adrian?«

Diese Bemerkung dämpfte meine Hochstimmung ein wenig. Natürlich war es ein vernünftiger Vorschlag, aber in Irland wären beide wieder so weit weg.

»Eigentlich dachte ich daran, ihnen Lambourn günstig zu verpachten«, sagte Adrian.

»Oh«, hauchte ich. »Das wäre ja ideal.« Als ich ihn ansah, wußte ich, daß mein Herz in meinem Blick lag, doch ich konnte nichts dafür.

»Ja, das wäre es«, gab er mir recht. »Ich weiß, daß du an beiden hängst, aber ich möchte einfach nicht, daß sie ihr ganzes Leben mit uns verbringen.«

»Ich begreife nicht, warum«, sagte Harry ganz unschuldig.

»Dann werde ich es dir auch nicht erklären«, erwiderte Adrian, und Harry lachte.

»Aber der Entschluß zur Heirat muß von Louisa und Paddy selbst kommen«, meinte ich. »Wenn sie einander nicht lieben, dürfen wir sie nicht drängen. Solcherart geschlossene Ehen enden immer als Katastrophe.«

Kaum hatte ich meine Äußerung getan, als Totenstille folgte. Ich brauchte einen Augenblick, bis ich merkte, was los war, und lief puterrot an. Den Blick auf meine Bohnen gerichtet, dachte ich ganz jämmerlich, daß ich wieder einmal mein loses Mundwerk nicht hatte zügeln können.

»Kate, du hast wie immer recht.« Ich hörte, wie Adrian seinen

Stuhl zurückschob. »Wenn ihr beide mich jetzt entschuldigen wollt, aber ich habe eine Verpflichtung.«

Harry und ich saßen schweigend da, als er gegangen war. Nachdem die Tür sich hinter Adrian geschlossen hatte, rügte Harry mich: »Kate! Wie konntest du nur so etwas sagen?«

»Ich weiß nicht, Harry«, gab ich zerknirscht von mir. »Ich dachte dabei überhaupt nicht an uns! Es war nur ... nur eine Verallgemeinerung.«

»Du hast Adrian ganz schön wütend gemacht. Kein Mann verträgt es, wenn ihm seine Frau die Tatsache unter die Nase hält, daß er sie unter Zwang heiraten mußte.«

»Ich weiß, ich weiß«, jammerte ich. »Wirklich, Harry, ich habe es nicht so gemeint!«

Er seufzte. »Kate, mach kein solches Gesicht. Er wird schon wieder darüber hinwegkommen.«

»Möchten Sie noch Limonade, Mylady?« fragte mein Diener mitfühlend.

Ich sah ihn an. »George, ich glaube, ich nehme lieber einen Schluck Wein.«

»Kate, ist das eine gute Idee?« fragte Harry unbehaglich.

»Wahrscheinlich nicht, aber ich trinke auf jeden Fall noch etwas. Heute gehe ich nicht mehr aus. Ich glaube, ich werde einfach mit dir dasitzen und mir einen Schwips antrinken.«

Ich trank drei Glas Wein, und als ich aufstand, geriet der Raum um mich herum beunruhigend ins Schwanken. Harry mußte mir seinen Arm reichen, um mich in den ersten Stock zu schaffen. »Geh ins Bett und schlaf deinen Schwips aus«, riet er mir.

»Glaubst du, er wird mich für meine dumme Bemerkung hassen, Harry?« fragte ich mitleidheischend.

»Nein.« Er sah Jeanette an. »Mylady fühlt sich nicht ganz auf der Höhe«, erklärte er. »Bringen Sie sie sofort zu Bett.«

»Ja, Mister Harry.« Jeanette schloß die Tür, manövrierte mich in den Raum hinein, wo sie mich vors Feuer stellte und mir mein Kleid aufknöpfte. Sie war sehr tüchtig. In weniger als zehn Minuten war ich im Bett.

Ich schlief sofort ein und wußte von nichts, bis ich Stunden später merkte, wie Adrian neben mir zu Bett ging.

Er war ganz leise, und die Federmatratze verriet ihn nicht, aber ich wachte immer auf, wenn er hereinkam. Ich schlug die Augen auf, aber von einem Strahl Mondlicht abgesehen, der durch die halbgeschlossenen Vorhänge fiel, war der Raum finster. Ohne zu mir herzusehen, zog er sich die Steppdecke über die Schulter, drehte sich auf die Seite, stopfte sich das Kissen in die von ihm bevorzugte Form und richtete sich zum Schlafen zurecht. Ich lag reglos da und betrachtete seinen deckenumhüllten Rücken.

»Adrian?« fragte ich schließlich ganz leise.

Schweigen.

»Adrian, bist du wach?«

»Ja, ich bin wach, Kate.« Das hörte sich entschieden reserviert an.

»Was ich heute abend gesagt habe, tut mir leid.«

»Mach dir darüber keine Gedanken.«

»Ich wollte damit nicht sagen, daß unsere Ehe scheitern müßte.«

»Ich verstehe. Gute Nacht, Kate.«

Ich schnüffelte.

Schweigen.

Ich schnüffelte wieder.

»Du weinst doch nicht etwa?« fragte er in Gewitterstimmung.

»Nein, ich weine nie. Ich bin nur ein wenig angeheitert, denke ich.«

Schließlich drehte er sich um, so daß ich nicht mehr mit seinem Rücken reden mußte. »*Angeheitert?*«

»Nachdem du gegangen warst, habe ich mir etliche Gläschen genehmigt. In meinem Kopf dreht sich alles.«

»Und was hat Harry sich dabei gedacht, als er dich etliche Gläschen trinken ließ?«

»Er war dagegen.«

»Kann ich mir denken.« Das klang resigniert.

Ganz ernst sagte ich: »Adrian, was ich heute gesagt habe, tut mir sehr, sehr leid. Aber du bist immer so nett zu mir, daß ich manchmal die Umstände unserer Heirat vergesse. Und das war auch heute der Fall. An uns habe ich überhaupt nicht gedacht.«

»*Nett* bin ich also«, sagte er. »O Gott, Kate, du kannst so beschränkt sein.«

Sein reservierter Ton, den ich nicht ausstehen konnte, war nicht mehr zu hören, und ich war nicht einmal beleidigt, daß er mich beschränkt nannte. Sollte er mich nennen, wie er wollte, solange er nicht mit mir redete, als wäre ich eine Fremde.

»Ich will nicht beschränkt sein«, sagte ich. »Ich möchte eine gute Ehefrau sein, Adrian. Ehrlich.«

Er seufzte. »Ich weiß, mein Schatz. Es tut mir leid, wenn ich dir Grund zur Aufregung geliefert habe. Und jetzt schlaf weiter. Es ist schon sehr spät.«

»Würde es dir etwas ausmachen, mich ein wenig in die Arme zu nehmen?«

Ich wußte, daß er nicht wollte, aber ich war so verzweifelt. Schließlich streckte er die Arme aus und umfing mich. Er hielt mich vorsichtig und viel zu unpersönlich fest. Mir war es einerlei. Ich drückte meine Wange an seine Schulter und lag wohlig entspannt und ganz eng bei ihm. »Das Bett ist zu kalt ohne dich«, flüsterte ich.

»Hmmm?«

»Hattest du wirklich etwas vor oder bist du nur in den Klub gefahren und hast Wein getrunken wie ich?«

Ich spürte sein Gelächter in der Brust grollen. »Kate, du bist teuflisch.« Seine Arme verloren ihre Steifheit und zogen mich enger heran. Die Erleichterung, die ich daraufhin empfand, war so gewaltig, daß ich die Augen schloß. »Woher wußtest du das?«

»Ich bin eine Hexe«, raunte ich an seiner Schulter. Jetzt war ich wirklich schläfrig. Warm und schläfrig und behütet.

»Das mußt du wohl sein«, hörte ich ihn sagen. Und dann muß ich eingeschlafen sein, weil ich mich an nichts mehr erinnern kann.

17. Kapitel

Zwei Tage darauf begleitete Harry mich zum Haus Lady Marshams. Ich hatte noch nicht das Vergnügen gehabt, der Dame zu begegnen, da sie von den tonangebenden Gastgeberinnen der feinen Gesellschaft nicht empfangen wurde. Lady Marsham war dem Glücksspiel verfallen, ihr nachmittäglicher ›Salon‹ nichts anderes als ein Spielkasino. Harry brachte mich dorthin, weil es ein Haus war, das Chalmers oft aufsuchte, so daß wir hoffen durften, ihm dort zu begegnen.

Lady Marsham empfing mich mit überschwenglicher Begeisterung. »Meine liebe Lady Greystone! Wie reizend, Sie kennenzulernen! Wie schön, daß Sie meinen bescheidenen Salon beehren! Darf ich Sie einigen Gästen vorstellen? Darf ich hoffen, daß Sie mir bei einer Kartenpartie Gesellschaft leisten?«

Sie trug einen purpurnen Turban und Riesenohrringe, und ich glaubte, aus ihrem Atemhauch Wein herauszuspüren. Vor den Fenstern ihres großen Salons hingen braune Samtdraperien, die dicht zugezogen waren, so daß kein einziger Strahl Tageslicht eindringen konnte. Der Raum wurde von Lampen erhellt, überall standen mit grünem Tuch bespannte Tische, an denen mit jener gespannten, passionierten Spielern eigenen Konzentration Karten gespielt wurde. Nur wenige würdigten uns eines Blickes, als Harry und ich eintraten. Chalmers war nirgends zu sehen.

»Ich spiele gern Whist«, sagte ich. »Vielleicht könnten Mr. Woodrow und ich zusammen Whist spielen.«

Ich wußte, daß Harry ein ausgezeichneter Whistspieler war. Es war das einzige, worin er Adrian übertraf. Ich hatte es meinem Vater zu verdanken, daß ich mich als Spielerin nicht verstecken mußte. Harry und ich hatten uns schon vorher darauf geeinigt, daß Whist für uns das sicherste wäre.

Lady Marsham lächelte mit gelben Zähnen und winkte einen Mann herbei, der sich am Kamin rekelte. Er trat zu uns, und Lady Marsham stellte ihn uns als Captain Horatio Burr vor.

Er war in mittleren Jahren, von einem ausschweifenden Leben

sichtlich gezeichnet und sprach mit irischem Akzent – ein Typ, den ich auf den ersten Blick durchschaute. Papa hätte meinen Umgang mit ihm nicht gebilligt.

Ich nickte anmutig. »Wie geht es Ihnen, Captain Burr?« sagte ich.

»Wenn Sie Whist spielen wollen, stehen Captain Burr und ich Ihnen gern zur Verfügung«, sagte meine Gastgeberin.

»Das wäre reizend«, sagte ich in Lady Marshams auffallend geschminkte Visage.

Zu viert zogen wir uns an einen leeren Tisch am Fenster zurück. Ich setzte mich, wobei ich darauf achtete, mit meinem Rock nicht an den braunen, verschmutzten Samtvorhängen anzukommen, und blickte mich im Raum um, während Captain Burr die erste Runde Karten teilte. Ich sah niemanden, den ich erkannt hätte. Gottlob.

Captain Burr deckte die letzte Karte auf. »Pik ist Trumpf«, sagte er. »Lady Greystone, Sie bieten als erste.«

Ich fächerte meine Karten auf und sagte nach einer kurzen Einschätzung des Blattes: »Ein Herz.«

Wir hatten etwa eine halbe Stunde gespielt, als Chalmers schließlich eintraf. Ich hatte blendende Karten gehabt, und Harry nutzte dank seiner Erfahrung jede Chance sehr geschickt. Wir gewannen, was immer ein sehr angenehmes Gefühl ist.

Ich hatte eben einen Stich gemacht und sammelte die Karten ein, als ich spürte, wie Harrys Fuß unter dem Tisch an meinen drückte. Ein Blick zur Tür, und ich sah Chalmers.

Wir beendeten das Spiel, und aus dem Augenwinkel nahm ich wahr, daß Chalmers über den fleckigen Teppich in unsere Richtung schritt. Als der letzte Stich ausgespielt war und Harry das Geld dem Stoß hinzufügte, der sich bereits vor ihm auftürmte, beliebte Lady Marsham den Mann zu bemerken, der an unseren Tisch getreten war.

»Mr. Chalmers«, sagte sie. »Wie haben Sie mich erschreckt, Sir!«

»Ach, Harry«, äußerte ich mit mädchenhafter Begeisterung, »ist das dein Freund Mr. Chalmers?«

»Das ist er, Kate«, antwortete Harry und machte uns miteinander bekannt.

»Lady Greystone, wir sind einander schon begegnet«, sagte Chalmers galant. »Wissen Sie noch? Im Hyde Park? Sie hatten eben ... einen Unfall ... mit Ihrem Pferd.«

Ich ließ ein munteres Lachen hören. »Ach ja. Ich bin abgeworfen worden. Ach, Gott, wie peinlich mir das damals war.« Ich wandte mich Lady Marsham zu, um ihr den Vorfall zu schildern.

Captain Burr stand auf. »Möchten Sie meinen Platz einnehmen, Chalmers?«

Der Schuft ließ viele Zähne sehen, als er lächelte. »Danke, Burr.« Er setzte sich, und der Ire ging. »Sie spielen Whist?« fragte Chalmers.

»Ja.« Ich sah ihn mit großen Augen an. »Harry ist ein blendender Whist-Spieler.«

Lady Marsham sagte: »Aber heute waren Sie es, Lady Greystone, die die guten Karten hatte.«

»Ich war immer schon vom Glück begünstigt«, sagte ich und beobachtete unter gesenkten Wimpern, wie Chalmers und Lady Marsham ein befriedigtes Lächeln tauschten.

Harry und ich waren an jenem Nachmittag die Gewinner, obwohl wir ausgeglichenere Blätter bekamen, nachdem sich Chalmers zu uns gesetzt hatte. Wir empfahlen uns zu dritt, und Harry ließ mich mit Chalmers allein, während er sich entfernte, um eine Droschke zu rufen.

»Mr. Chalmers, ich habe mich schon gefragt, ob Sie als Mann von Welt wissen, wo man in London Gerade-Ungerade spielt?«

Gerade-Ungerade war ein verbotenes Glücksspiel, bei dem die Spieler ihren Einsatz machten, während ein Rad rotierte. Da in den renommierten Klubs Roulette nicht zugelassen war, mußte man eine Spielhölle aufsuchen, wenn man diesem Spiel frönen wollte.

In den Augen des Schuftes leuchtete es beifällig auf. »Spielen Sie gern Roulette, Lady Greystone?« fragte er.

»Ich habe es nie versucht«, gestand ich, »aber ich bin sicher, daß ich gewinnen würde, weil ich im Spiel immer Glück habe.«

Seine Zähne blitzten. Sie hatten eine leicht spitz zulaufende Form – wie die Zähne des Haies, dessen Bild ich einmal gesehen hatte. »Für dieses Spiel müßte man leider einen Ort aufsuchen, an dem Damen sich für gewöhnlich nicht sehen lassen.«

Ich schenkte ihm mein strahlendstes Lächeln, ein Fehler, aber das sollte ich erst später merken. »Wie aufregend«, sagte ich.

»Könnten wir morgen abend hingehen?«

»Natürlich. Ich werde entzückt sein, als Ihr Begleiter zu fungieren, Lady Greystone.«

Und er beeilte sich zu versprechen, daß er Adrian kein Wort von diesem Abenteuer sagen würde. Mir war schleierhaft, wie Harry auf ihn hatte hereinfallen können, da Chalmers seine unlauteren Absichten ins Gesicht geschrieben standen.

Wir trafen rasch eine Verabredung für den folgenden Abend, ehe Harry mit einer Droschke zurückkam. Chalmers beugte sich über meine Hand. Harry half mir in den Wagen. Chalmers verschwand. Harry stieg hinter mir ein, und ich meldete ihm triumphierend: »Es geht los!«

Da ich mit Caroline verabredet hatte, Almack aufzusuchen, hatte ich mich mit Chalmers nicht gleich für diesen Abend verabreden können. Almack war der Klub, dessen Türen mir in der vorigen Saison verschlossen geblieben waren. Wie war ich froh und dankbar gewesen, als Caroline mir eröffnete, sie hätte Bürgen für mich aufgetrieben. Umso größer dann meine Enttäuschung, als ich zu meinem Leidwesen feststellen mußte, daß in den prunkvollen Klubräumen gähnende Langeweile herrschte.

Aber Caroline freute sich auf den Abend. »Du weißt ja, wie sehr ich Edward liebe«, sagte sie abends zu mir, als die Equipage der Greystones vom Grosvenor Square losrumpelte, in die King Street, wo die Klubräume lagen. »Aber ich muß gestehen, Kate, daß es köstlich ist, so vielen meiner alten Anbeter wieder zu begegnen! Letzten Abend beteuerte Freddie Brixton allen Ernstes, daß ich ihm das Herz gebrochen hätte, als ich Ashley geheiratet habe.«

»Hast du ihm wirklich das Herz gebrochen?« fragte ich.

Ihr Lachen schwebte wie leichtes melodisches Lautgekräusel durch das beengte Wageninnere. »Natürlich nicht! Es ist nur ein Spiel, Kate, deshalb ist es ja so amüsant.«

Ich lehnte den Kopf an die blaue Plüschpolsterung und sah sie aus dem Augenwinkel an. »Und was ist mit Charlwood?« fragte ich. Dieses Thema hatte ich noch nie zur Sprache gebracht, doch die Gelegenheit war zu günstig, um sie vorbeigehen zu lassen. »War es auch mit ihm ein Spiel, Caroline?«

Das Lachen verschwand aus ihrem Gesicht. »Nein«, sagte sie abrupt. »Nein, mit Charlwood war es kein Spiel.«

»Er ist in London.« Ich drehte den Kopf ein wenig, so daß ich sie ansehen konnte. »Erst gestern habe ich ihn gesehen.«

Sie faltete ihre weißbehandschuhten Hände in ihrem Schoß und starrte geradeaus, auf den Sitz gegenüber. »Das wußte ich nicht. Wo hast du ihn gesehen, Kate?«

»Auf dem Ball der Bridgewaters.«

»Hat … hat Adrian ihn auch gesehen?«

»Sie sind sich begegnet. Funken sprühten, aber passiert ist nichts. Es waren zu viele Zaungäste anwesend.«

Verzweifelt sagte sie nun: »Gott im Himmel, was für eine bedauerliche und peinliche Situation!« Sie drehte den Kopf so langsam, als bereite es ihr Schmerzen, und sah mich an. »Ich nehme an, du kennst die Geschichte?«

»Ich weiß, daß du einmal mit ihm durchbrennen wolltest und daß Adrian dich wieder nach Hause geholt hat. Ich weiß auch, daß Charlwood Adrian nie vergeben hat und ihn deshalb zu einer Ehe mit mir zwang.«

Caroline holte tief Atem. »Ja … so ungefähr war es.«

»Ich glaube, Charlwood liebt dich noch immer, Caroline«, sagte ich.

Sie schien zutiefst aufgewühlt. »Es ist so lange her … das kann nicht sein.«

»Und doch liebt er dich.«

Das Wagenrad holperte über einen Stein auf der Straße, so daß wir beide tüchtig durchgerüttelt wurden. Als wir uns wieder zurechtgesetzt hatten, sagte Caroline: »Er hat wohl nie geheiratet?«

»Nein.«

Sie schwieg.

»Hast du ihn geliebt, Caroline?« fragte ich.

Sie schloß die Augen, und ich glaubte schon, sie würde nicht antworten, doch dann sagte sie mit bekümmertem Seufzen: »Kate, er war ein so unglücklicher Junge. Niemand kümmerte sich um ihn. Er war zornig und verbittert und tat anderen weh, weil er selbst so unglücklich war. Und ich hatte Verständnis dafür, weil ich selbst unglücklich war.«

»Nach allem, was Harry mir erzählt hat, kann dein Vaterhaus nicht viel besser gewesen sein als das Charlwoods«, sagte ich.

»Mein Vater war ein Ungeheuer.« Sie sagte es zutiefst verbittert. »Aber mag es auch noch so schlimm gewesen sein, Harry und ich hatten immerhin Adrian als großen Bruder. Martin war nicht so gut dran. Er betete seine Schwester an, aber sie brannte durch, um zu heiraten, und ließ ihn allein.«

Ich versuchte, meine Mutter zu verteidigen. »Auch wenn sie gewollt hätte, sie hätte ihn nicht mitnehmen können.«

Sie zog die Schultern hoch. »Vermutlich nicht.«

»Hast du ihn geliebt, Caroline?« wiederholte ich.

Wieder stieß sie einen Seufzer aus. »Nicht genug. Ich brannte mit ihm durch, weil er mir leid tat, aber wir waren noch nicht weit gekommen, als ich schon wünschte, ich hätte es nicht getan. Ich muß gestehen, daß ich heilfroh war, als Adrian mir die Entscheidung abnahm.«

»Du warst ja erst sechzehn«, sagte ich.

»Ja. Ich wollte glücklich sein, Kate. Ich wollte mir Martins Unglück nicht auch noch aufbürden, zusätzlich zu meinem eigenen.« Sie starrte aus dem Fenster auf die Straße, die wie ausgestorben dalag. »Mit siebzehn hatte ich mein gesellschaftliches Debüt und heiratete mit achtzehn Edward.« Sie wandte sich mir wieder zu. »Und ich lernte das Glück kennen. Ich möchte Martin nicht wiedersehen, Kate. Ich möchte mich nicht schuldig fühlen müssen.«

Verlegen sagte ich: »Caroline, Schuldgefühle deinerseits sind nicht nötig.«

»Ich weiß, daß ich ihn im Stich gelassen habe.«

»Du warst zu jung. Du solltest nicht so denken.«

Sie schüttelte abwehrend den Kopf. »Ich hätte ihn davor bewahren können, zu einem verbitterten Menschen zu werden. Er war älter als ich und hat mich mehr geliebt als ich ihn.«

Unser Gespann verlangsamte seine Gangart zum Schritt. Ein Blick aus dem Fenster zeigte mir, daß wir gleich in die King Street einbiegen würden.

Ich stellte Caroline nun die Frage, die mir schon eine ganze Weile auf der Seele lag. »Aber warum mußte Charlwood dich entführen, Caroline? Er war doch eine standesgemäße Partie – jedenfalls hätte in London jede Schwiegermutter in spe ihn dafür gehalten! Harry deutete zwar an, daß eure Väter verfeindet waren, aber mit der Zeit hätten doch gewiß finanzielle Interessen den Sieg davongetragen.«

Sie schüttelte den Kopf. »Unsere Väter haßten einander. Einer war bösartiger als der andere. Schon seit Jahren lagen sie wegen irgendeiner Torheit in Fehde. Mein Vater hätte nie zugelassen, daß Martin mich heiratet.« Mit hörbarem Schmerz setzte sie hinzu: »Martin sah uns als Romeo und Julia, aber ich bin nicht aus dem Holz, aus dem Heldinnen geschnitzt sind.«

»Julia war eine tragische Heldin, während du glücklich sein wolltest. Deswegen brauchst du nicht die Schuld bei dir zu suchen, Caroline.«

Da vor den geheiligten Pforten des Klubs schon ein Wagen stand, mußten wir warten. »Wäre Adrian bewußt gewesen, daß Onkel Martin dich aufrichtig liebte, wäre er vielleicht nicht so hart mit ihm umgesprungen«, sagte ich. Die Kutsche vor uns hatte sich offensichtlich geleert, weil wir weiterrollten. »Angesichts der ähnlichen häuslichen Verhältnisse hätte man meinen mögen, daß er für Onkel Martin so etwas wie Kameradschaft empfand.«

»Mein Bruder ist unfähig, ein Wesen wie das Martins zu begreifen«, erwiderte Caroline, als unser Wagen anhielt. Sie schenkte mir ein halbes Lächeln, als sie ihre Stola um die Schultern drapierte. »Adrian ist so wundervoll und so unbezwingbar männlich. Nicht einmal mein Vater konnte ihn verderben. Nie könnte er die tiefsitzenden Unsicherheiten eines Menschen wie Martin verstehen.«

Ein Lakai öffnete den Wagenschlag und klappte die Stufen herunter. Caroline stieg anmutig aus, und ich folgte ihr, während es in meinem Kopf vor Neuigkeiten schwirrte.

Im Oberhaus hatte es an jenem Abend eine Debatte über die Verringerung der Besatzungsarmee gegeben, und als die Sitzung um halb elf beendet wurde, ergoß sich eine Woge von Ehemännern, Vätern und Brüdern in den Almack-Klub. Edward, Carolines Mann, holte uns ab. Adrian sei mit ein paar anderen von Wellingtons Adjutanten zu *White's* gegangen, um das Sitzungsergebnis zu besprechen.

»Im Oberhaus legen es etliche darauf an, dafür zu sorgen, daß die Franzosen ständig an ihre Niederlage erinnert werden«, sagte Edward. »Andererseits gibt es aber auch genug Leute, denen bewußt ist, daß die Unkosten einer so großen Armee im Ausland eine gewaltige Belastung darstellen. Adrian ist optimistisch und glaubt, daß sich unsere Ansicht durchsetzen wird.«

Ich nickte, muß aber gestehen, daß meine Aufmerksamkeit in diesem Moment abgelenkt wurde, da der Marquis of Stade den Raum betreten hatte.

»Kennst du Stade?« fragte ich Edward.

Dieser plötzliche Themawechsel verblüffte ihn, aber er antwortete bereitwillig: »Nicht sehr gut. Ich weiß, daß du mich deshalb verachtest, Kate, aber ich interessiere mich nun mal viel mehr fürs Rindvieh als für Pferde, und Stade ist ganz entschieden ein Pferdenarr.«

»Aber Edward, ich verachte dich doch nicht!« Mein Blick hatte Stade nicht losgelassen. »Ist das Barbury in seiner Begleitung?«

»Ich denke schon.«

Sir Charles Barbury war der auf Lebenszeit gewählte Präsident des Jockey Clubs, jenes inneren Zirkels von Männern, die praktisch die Pferderennen in England beherrschten. Es war eine sehr einflußreiche Gruppe. Papa hatte einmal behauptet, es sei einfacher, eine italienische Prinzessin als Frau zu gewinnen, als in den Jockey Club aufgenommen zu werden.

»Möchte wissen, was die beiden hier suchen«, gab ich halblaut von mir. Almack mit seinem farblosen Angebot an Limonade und Tee erschien mir zu zahm für die sportiven und wettbegeisterten Herren des Jockey Clubs.

»Sir Charles hatte ein *tendre* für Mrs. Welton«, erklärte Caroline. »Und Mrs. Welton läßt sich ständig hier sehen, weil sie in dieser Saison die Nichte ihres Mannes in die Gesellschaft einführen möchte.«

Nun, damit war Barburys Anwesenheit höchst plausibel erklärt. Und ich nahm an, daß Stade hier war, weil er Barbury begleitet hatte. Stade war *nicht* Mitglied des Jockey Clubs, obwohl jeder wußte, daß er alles daransetzte, es zu werden.

Ich sah, wie Barburys Augen beim Anblick einer dunkelhaarigen Frau in einem hellblauen Atlaskleid aufleuchteten. Er sagte etwas zu Stade und steuerte dann auf die Frau zu, die ihn mit überaus herzlichem Lächeln willkommen hieß. Nun erst blickte sich Stade in dem vollen Raum um. Sein Blick fiel auf mich und blieb hängen. Lange starrten wir einander über den ganzen Raum hinweg an.

Mörder, dachte ich.

Eine Stimme sagte an meinem Ohr: »Dürfte ich wohl um diesen Tanz bitten, Lady Greystone?«

Es war Mr. Cruick, ein steinreicher Herr in mittleren Jahren, der bei Newmarket ein Gestüt besaß. Er war sogar zur Beerdigung meines Vaters erschienen. Und er war Mitglied des Jockey Clubs.

Ich lächelte ihm zu. »Mr. Cruick! Wie schön, Sie zu sehen. Aber was treiben sie an einem so langweiligen Ort wie Almack?«

»Ich will meine Tochter anbringen, meine Liebe«, erklärte er seufzend. »Zu Beginn der Saison haben wir ihren Ball gegeben, aber dann sollte meine beste Zuchtstute fohlen, und ich fuhr natürlich nach Hause. Meine bessere Hälfte bestand darauf, daß ich zurückkäme, und da bin ich also und vergeude diese Schönwettertage in London. Zum zweiten Frühjahrsmeeting werde ich selbstverständlich wieder in Newmarket sein. Meiner Frau habe ich gesagt, daß ich sogar Bellas Hochzeit verpassen würde, nur damit mir die Guineas-Rennen nicht entgehen.«

Ich nickte verständnisvoll, und er warf einen widerstrebenden Blick zur Tanzfläche. »Hoffentlich ist es nicht einer dieser neumodischen Walzer, meine Liebe. Ich möchte nicht über Ihre Zehen stolpern.«

Ich schmunzelte. »Würden Sie es vorziehen, diesen Tanz auszulassen, Mr. Cruick? Dort drüben sehe ich zwei Stühle, die wir uns ergattern könnten.«

Er strahlte. »Genau das ist es, Lady Greystone!« Zusammen strebten wir den Stühlen zu, und er sagte zu mir, als würde er mir ein großes Geheimnis anvertrauen: »Tanzen gehört nicht eben zu meinen Stärken.«

Wir setzten uns. Während ich meinen Rock um mich drapierte, sagte ich: »Eben sah ich Stade mit Sir Charles Barbury eintreten. Sein Hengst Castle Rook gilt als hoher Favorit für das diesjährige Guineas.«

Mr. Cruick machte ein finsteres Gesicht. »Leider ja, Lady Greystone. Ich schicke selbst ein Pferd ins Rennen, eines der besten, das ich je gezüchtet habe, aber die Nachkommen von Alcazar sind einfach überragend.«

»Ja, sie haben sich gut gemacht.«

»Ich komme einfach nicht dahinter«, brummte Mr. Cruick. »Als er noch Rennen lief, war der Gaul bestenfalls mittelmäßig.«

Die Musik setzte ein, und es war tatsächlich ein Walzer. Ich sah den elegant dahingleitenden Paaren zu und sagte unschuldig: »Ich wußte gar nicht, daß Stade dem Jockey Club angehört.«

»Das ist auch nicht der Fall«, kam die rasche Antwort. »Er hat sich zweimal um die Aufnahme beworben und stieß zweimal auf Ablehnung.«

Ich heuchelte Verblüffung. »Sein Antrag wurde abgelehnt? Du lieber Himmel, immerhin ist er Marquis!«

»Ein Titel garantiert noch lange nicht, daß ein Mensch kein

Schurke ist«, stellte Mr. Cruick fest, der einen Herzog zum Großvater gehabt hatte.

Ich spürte, daß Stade mich noch immer aus der Entfernung beobachtete. Ohne ihm Beachtung zu schenken, fragte ich: »Gibt es einen Grund für seinen schlechten Ruf?«

»Vor ein paar Jahren drohte ihm der Ausschluß von den Rennen«, vertraute Mr. Cruick mir an. »Eines seiner Pferde verlor ein Rennen, das es eigentlich hätte gewinnen müssen, und schlug dann am nächsten Tag einen Favoriten, auf den hohe Wetten abgegeben wurden. Tatsächlich war der Favorit eines meiner Pferde. Man stellte daraufhin gewisse Fragen, aber das offizielle Urteil lautete, daß es die Schuld des Jockeys und nicht Stades war.«

»Aber der Argwohn reichte aus, um seine Aufnahme in den Klub zu verhindern?«

»So ist es, meine Liebe.«

»Er und Sir Charles Barbury scheinen auf sehr freundschaftlichem Fuß zu stehen«, sagte ich zögernd.

»Ich weiß.« Wieder machte mein Partner ein finsteres Gesicht. »Zwei Neinstimmen von neun genügen, um einen Antrag zu Fall zu bringen, und Barbury und ich waren die zwei, die hartnäckig gegen Stade stimmten.«

»Ach so.«

»Wie ich hörte, soll er Barbury versprochen haben, eine von dessen besten Stuten von Alcazar decken zu lassen«, fuhr Mr. Cruick fort.

Wir tauschten einen Blick. Mehr brauchte nicht gesagt zu werden.

Alles in allem fand ich mein Gespräch mit Mr. Cruick außerordentlich befriedigend. Es bestätigte meine eigene Meinung, daß der Jockey Club Stade von den Rennen ausschließen würde, wenn die Wahrheit über Alcazar ans Tageslicht käme. Der Klub besaß so viel Macht und Einfluß, daß er vor einigen Jahren sogar den Prinzregenten vom Turf verbannt hatte. Der Ausschluß Stades war dagegen ein Bagatellfall.

Es würde Stades Vernichtung bedeuten, und ich hätte Papa damit gerächt. Papa selbst hätte es aus ganzem Herzen gutgeheißen.

Der Walzer verklang, und mein Partner für die nächsten Tänze, ein sehr umständlicher junger Mann, der entschlossen war, sich in mich zu verlieben, erschien und entführte mich Mr. Cruick und meiner faszinierenden Konversation.

Da Caroline Kopfschmerzen bekommen hatte, brachen wir früh auf, ich mit schlechtem Gewissen, weil ich mit meinen Fragen über Onkel Martin ihre Migräne ausgelöst hatte, aber insgesamt hielt ich es für besser, wenn sie auf diese unvermeidliche Begegnung vorbereitet war.

18. Kapitel

»Wie kleidet man sich für eine Spielhölle?« fragte ich Harry am darauffolgenden Nachmittag.

Er stöhnte auf. »Am besten, du vermummst dich. In diesen Etablissements lassen sich Damen nicht sehen.«

Ich war verärgert. »Harry, ich werde ganz unauffällig sein, ich will ja nicht erkannt werden.« In Gedanken ging ich meine Garderobe durch. »Ich habe ein ganz schlichtes rosa Abendkleid. Wäre das wohl passend?«

»Hast du einen Kapuzenmantel?«

»Ja.«

»Den solltest du nehmen«, riet er mir. »Und zieh die Kapuze so tief ins Gesicht, daß man deine Augen nicht sehen kann.«

»Und du glaubst nicht, daß die Leute Bemerkungen über eine Dame mit Kapuze beim Glücksspiel machen werden?«

»Kate, man wird über dich tuscheln, aber solange man nicht weiß, wer du bist, kann nichts passieren. Wir möchten doch nicht, daß jemand zu Adrian läuft und ihm erzählt, er hätte seine Frau in einer Spielhölle gesehen.«

Der Gedanke jagte mir Schauer über den Rücken. »Nein, gewiß nicht.«

»Also, zieh den Mantel an«, riet Harry mir erneut, und ich versprach es.

Unnötig zu sagen, daß Mr. Chalmers mich nicht von zu Hause abholen konnte, weshalb ich mich mit ihm im Theater verabredet hatte. Harry erklärte Adrian, daß er mich ausführe, um Kean als *Richard III.* zu sehen, und Harry und ich saßen tatsächlich den ganzen ersten Akt ab, ehe wir uns davonmachten, um Chalmers im Foyer zu treffen. Dann bestieg ich mit Chalmers eine Droschke, und Harry fuhr in einer anderen davon, um ihm seine Schuldscheine zu entwenden.

Von dem Augenblick, als ich die Droschke bestieg, plagten mich Gewissensbisse wegen des Abends. Außerdem saß der Widerling viel zu dicht bei mir. Ich rutschte näher zur Tür hin, doch er folgte mir, und als wir schließlich das Kasino am St. James Square erreichten, saß ich an die Droschkenwand gedrückt da. Ich konnte ihm nicht einfach eine Ohrfeige geben und mich vom Kutscher nach Hause bringen lassen, weil ich ihn ja beschäftigen mußte, während Harry seinen Schreibtisch aufbrach. Als ich ausstieg, tat ich es mit sehr gemischten Gefühlen.

Chalmers bot mir mit seinem Haifischlächeln den Arm. So widerwärtig mir seine Berührung war, ich mußte sie Harry zuliebe dulden. Ich nahm also seinen Arm und ließ mich zur frischgestrichenen Tür eines völlig unauffällig aussehenden Backsteinhauses führen. Aus irgendeinem unerfindlichen Grund bewirkte der frische Anstrich, daß ich mich etwas besser fühlte.

Chalmers klopfte an, und die Tür wurde von einem der gewaltigsten Männer geöffnet, die ich in meinem Leben gesehen hatte. Gleich groß wie Adrian, war er von oben bis unten viel breiter. Er war riesig. »Guten Abend, Mr. Chalmers«, sagte er im unverkennbaren Londoner Straßenjargon.

»Guten Abend, Jem. Hoffentlich ist das Roulette-Rad heute gut geölt, weil ich jemanden mitgebracht habe, der spielen möchte.«

Der Hüne grinste mir zu. Er hatte keine Zähne.

Meine Kapuze tiefer ziehend, trat ich ein.

Als erstes fiel mir der unappetitliche Geruch auf, ein Gemisch aus Gin, Bier und Männerschweiß. Ich ließ rasch den Blick durch den Raum wandern. Männer mit grünen Schirmmützen saßen an grünbespannten Tischen beim Karten- oder Würfelspiel. Enttäuscht sah ich, daß nur drei andere Frauen zugegen waren. Ihre Aufmachung verriet, daß es sich nicht um Damen handelte. Bei meinem Anblick verzog die eine verächtlich das Gesicht. Alles war noch schlimmer, als ich es mir ausgemalt hatte.

»Verdammt«, stieß ich leise hervor. Adrian würde mich umbringen, sollte er jemals davon erfahren.

»Der Roulette-Tisch ist dort, meine Liebe«, sagte Chalmers glatt. Sein vertrauliches ›meine Liebe‹ wollte mir gar nicht gefallen, aber ich konnte ja kaum verlangen, er solle mich Lady Greystone nennen.

»Wie spät ist es, Mr. Chalmers?« fragte ich.

Er zog seine Uhr zu Rate. »Halb zehn.«

Harry sollte kommen und mich holen, nachdem er Chalmers' Wohnung verlassen hatte. Wir hatten ausgerechnet, daß er es bis halb elf zum St. James Square geschafft haben müßte. »Kate, du setzt dich eine Stunde lang an den Spieltisch, und dann bringe ich dich nach Hause«, hatte er gesagt.

Also straffte ich meine Schultern und sagte tapfer: »Ich kann das Spiel kaum erwarten.«

Ich brauchte genau eine halbe Stunde, um meine gesamte Barschaft zu verlieren. Achtmal hintereinander setzte ich auf Ungerade, und es kamen Gerade. Dann ging ich auf Gerade über und was kam? Ungerade!

Die Männer, die sich um meinen Tisch geschart hatten, bemitleideten gehörig mein Pech.

»Leider habe ich nicht mehr Geld bei mir«, sagte ich zu Chalmers.

Er schien erstaunt. Ich nehme an, daß meine Verluste ihm als Bagatelle erscheinen mußten, doch war es der Betrag, den Harry und ich am Vortag beim Whist gewonnen hatten, plus des Restes meiner vierteljährlichen Apanage.

Chalmers' verwundertem Blick folgte sofort sein Haifischlächeln. »Darf ich mir erlauben, Ihnen eine Erfrischung anzubieten, meine Liebe«, sagte er. »Ihr Glück wird sich gewiß bald wenden.«

Ich nahm sein Angebot einer Erfrischung an, da ich noch eine weitere halbe Stunde hier verbringen mußte, ehe mir Rettung durch Harry winkte. Als Chalmers mich den Korridor entlang in einen kleinen, leeren Salon führte, war mir nicht geheuer zumute, andererseits aber wollte ich nicht mehr Zeit als nötig in Gegenwart der Besucher dieser gräßlichen Lasterhöhle verbringen.

»Lady Greystone, jetzt können Sie Ihren Mantel abnehmen«, schnurrte Chalmers. »Machen Sie es sich bequem, ich schenke Ihnen indessen ein Glas Wein ein.«

Einzige Sitzgelegenheiten in dem Raum waren zwei kleine Sofas, die einander, getrennt durch einen Tisch vor dem Kamin, gegenüberstanden. Ich legte meinen Mantel nicht ab, setzte mich breit mitten auf eines der Sofas und faltete meine Hände. »Ich trinke keinen Wein, Mr. Chalmers«, sagte ich. »Ich möchte lieber Tee.«

»Meine Liebe, wir sind nicht bei Almack«, sagte er. »Tee servieren wir hier nicht.« Ich fand dieses ›Wir‹ sehr interessant. Offenbar hatte Harry mit seiner Vermutung, Chalmers sei Teilhaber des Klubs, recht.

»Nun, dann eben Limonade.« Es kostete mich einige Mühe, aber ich vermied es, meine Hände nervös auf dem Schoß zu bewegen.

Mit einem Achselzucken ging er zum Glockenzug. Nach einer Minute trat ein schmaler, pickelgesichtiger Junge ein, und Chalmers bestellte Limonade für mich, ehe er für sich ein Glas Wein einschenkte.

Die Limonade kam, der Junge ging, und Chalmers schloß hinter ihm die Tür. Wir waren allein.

Verdammt, dachte ich. *Jetzt sitze ich wirklich in der Tinte.*

Er stellte das Glas auf den Tisch, setzte sich neben mich aufs Sofa und hob eine Hand, um meine Kapuze zurückzuschieben. »Ich kann ja verstehen, daß sie von niemandem dort draußen erkannt werden wollen, Lady Greystone«, sagte er, »aber es hat wohl wenig Sinn, wenn Sie Ihr reizendes Gesicht vor mir verstecken.«

»Ich friere«, sagte ich.

Dieser Widerling berührte doch tatsächlich meine Wange. Es kostete mich wahrhaft heldenhafte Selbstbeherrschung, um nicht zurückzuzucken. »So erfroren kommen Sie mir gar nicht vor«, sagte er dazu.

Ich rutschte ganz langsam weiter, ans Ende des Sofas.

»Wenn Sie sich wieder an den Spieltisch setzen wollen, Lady Greystone, wird es mir ein Vergnügen sein, Ihnen das Geld vorzustrecken«, sagte er.

»Das ist sehr nett, Mr. Chalmers«, ich rutschte wieder ein Stückchen weiter, »aber leider könnte ich Ihnen das Geld nicht zurückzahlen. Ich habe mein Taschengeld verbraucht und kann meinen Mann unmöglich um mehr bitten.«

»Sie werden gewinnen«, sagte er zuversichtlich und rückte mir nach.

»Und wenn nicht?«

Die Art, wie er die Augen zusammenkniff, gefiel mir gar nicht. »Meine Liebe, es gibt andere Möglichkeiten, mich zu entschädigen«, sagte er, »und Ihr Mann braucht auch kein Sterbenswörtchen davon zu erfahren.«

Inzwischen saß ich zwischen ihm und der Armlehne des Sofas eingeklemmt. Sein ausgestreckter Arm, den er auf der Armlehne aufstützte, hielt mich wie in einer Falle fest. »Lassen Sie mich aufstehen, Mr. Chalmers«, sagte ich warnend.

Er beugte sich vor, so daß sein Gesicht mir ganz nahe war. »Kate«, stieß er rauh hervor. »Sie sind so schön. Sie können nach Herzenslust spielen und verlieren und müssen als Gegenleistung nur lieb zu mir sein.«

Ich wollte meinen Ohren nicht trauen. Sein Gesicht kam noch näher, und mir war klar, daß er mich küssen würde.

Abscheu spornte mich an, aktiv zu werden. Mit einer energischen Handbewegung schob ich sein Kinn weg. Ich bin zwar klein, verfüge aber über viel Kraft. Man kann nicht regelmäßig tausend Pfund Pferd in versammelter Gangart reiten, ohne Rückenmuskeln zu entwickeln.

Der Schuft verlor prompt das Gleichgewicht, worauf ich unter seinem Arm hindurchschlüpfte und zur Tür rannte. Ich hörte ihn fluchen, als ich den Riegel hob. Rasch warf ich die Tür hinter mir ins Schloß und spähte den Korridor entlang.

Ich erwog kurz, durch die Hintertür zu entkommen, doch dann hörte ich Chalmers an der Tür rütteln. Da mir eine Menschenmenge eher Sicherheit zu bieten schien, entschied ich mich für den Spielsaal und suchte dort Zuflucht.

Als ich an einer Seite des Raumes eintrat, öffnete sich die Tür auf der anderen Seite, um einen neuen Kunden einzulassen. *Lieber Gott,* betete ich, *laß es Harry sein.*

Der neue Gast hatte helles Haar wie Harry, war aber beträchtlich größer.

Es war Adrian.

Jem, der hünenhafte, zahnlose Türsteher grollte nach einem Blick auf ihn: »Nicht heute, Mylord« und vertrat ihm den Weg. Adrian stieß ihn beiseite, als wäre er der kleine Ned. Sein Blick hatte mich durch den stickigen, überfüllten Raum erfaßt.

»*Es ist Greystone!*«

Der Name huschte im Flüsterton um die Tische, und sogar die Hände der Kartengeber verharrten in Reglosigkeit. Alle Augen waren auf Adrian gerichtet, als er den verpesteten Raum durchmaß wie Erzengel Michael, der die Legionen der Hölle bezwingt. Dicht hinter mir hörte ich ein scharfes Atemholen und gleich darauf das Geräusch von Schritten, die hastig in die andere Richtung liefen. Der ekelhafte Chalmers hatte es klugerweise vorgezogen, sich rar zu machen.

Adrian trat vor mich hin und fragte leise: »Was zum Teufel hast du hier zu suchen?«

Seine Nasenflügel waren weiß, seine grauen Augen blitzten. Er bebte vor Zorn, und ich kann nicht sagen, daß ich es ihm verargen konnte.

»Ich bin bereit zu gehen«, sagte ich.

»Da tust du verdammt gut daran«, lautete seine Antwort.

Da er sonst in meiner Gegenwart nie fluchte, mußte er vor Wut außer sich sein.

»Komm«, sagte er. Seine Stimme war noch immer so leise, daß

nur ich sie hören konnte, und er schien die Worte zähneknirschend hervorzustoßen. »Und zieh die verdammte Kapuze hoch!«

Hastig kam ich seiner Aufforderung nach, worauf er nach meiner Hand faßte, die er auf seinen Arm legte und dort festhielt, als stünde zu befürchten, ich würde einen Fluchtversuch unternehmen. Dann schritt er zurück zur Tür, wobei er vergaß, seinen Gang meinem anzugleichen. Halb laufend, halb stolpernd versuchte ich, mit ihm Schritt zu halten.

An der Tür wartete Jem. Er öffnete, und als Adrian mich hinaus auf die Straße zerrte, hörte ich ihn leise auflachen.

Eine Droschke wartete. Adrian öffnete den Wagenschlag und warf mich praktisch hinein, ehe er dem Kutscher unsere Adresse nannte. Dann stieg er ein und schlug die Tür fest hinter sich zu. Der Kutscher schnalzte mit der Zunge, die Droschke setzte sich in Bewegung.

Ich war mit meinem wutentbrannten Ehemann allein.

Verzweifelt versuchte ich, mir einen Vorwand zurechtzulegen, der meinen Besuch in der Spielhölle erklärt hätte, ohne Harry mit hineinzuziehen. Obwohl ich meist sehr findig bin, wollte mir in diesem Moment nichts einfallen.

Angriff ist die beste Verteidigung, hatte Papa immer gesagt. Ich hielt mich an seinen Rat und eröffnete das Feuer mit der Frage: »Woher wußtest du, daß ich hier bin?«

»Bonds sagte zu mir, er hätte dich vor dem Drury Lane mit Chalmers eine Droschke besteigen sehen.« Er stieß die Worte mit zusammengebissenen Zähnen hervor. »Er kam eigens zu *White*, um es mir zu melden. Er meinte, ich sollte wissen, daß meine Frau sich in schlechter Gesellschaft befände.«

Ich war Mr. Bonds begegnet. Er war ein alter Freund Adrians aus Eton.

»Ich hatte meine Kapuze hochgezogen«, sagte ich argwöhnisch. »Wie konnte er wissen, daß ich es bin?«

»Er wußte, daß du meine Frau bist, so wie alle Männer im Kasino es wußten!«

Nun war es an mir, empört zu sein. »Sie wußten es nicht, ehe du wie ein wütender Löwe hereingestürmt kamst und mich fortgezerrt hast! Ich hatte die ganze Zeit über meine Kapuze hochgezogen!«

»Als ich dich sah, war sie unten!«

Mir fiel der Grund ein. »Adrian, dieser Chalmers ist ein böser Mensch«, sagte ich. »Du wirst nicht glauben, was er zu mir gesagt hat.«

»O doch, das würde ich.«

»Nein, hör zu!« Ich beugte mich ernsthaft zu ihm. »Schon in der ersten halben Stunde hatte ich mein ganzes Geld verloren und sagte, daß ich nicht weiterspielen könnte. Da bot er mir Geld an, falls ich mein Glück weiter versuchen wollte.«

»Kate, das ist der älteste Trick der Welt!«

»Das weiß ich! Ich hatte auch nicht die Absicht, sein Geld zu nehmen. Ich sagte also, das ginge nicht, weil ich es ihm nicht zurückzahlen könnte. Und dann sagte er doch glatt, ich dürfte so viel verlieren, wie ich wollte, wenn ich nur nett zu ihm wäre. Ist das zu fassen, Adrian? Dieser widerliche Wurm wollte, daß ich mit ihm schlafe.«

Allein die Erinnerung an das Gespräch machte mich ganz wild. »Er hat Zähne wie ein Hai«, setzte ich hinzu.

Eine kurze Stille trat ein. Es war zu dunkel im Wageninneren, als daß ich sein Gesicht hätte sehen können, deshalb wußte ich nicht, wie er diese Enthüllung aufnahm.

»Und was hast du nach diesem abscheulichen Vorschlag gemacht?« fragte er schließlich. Mir schien, daß sein Ton nicht mehr so grimmig war wie vorhin. Dennoch hielt ich es für besser, ihm zu verschweigen, daß Chalmers versucht hatte, mich zu küssen.

»Ich bin auf und davon«, sagte ich. »Ich hatte eben erst den Spielsaal wieder betreten, als du hereingestürmt kamst.« So versöhnlich als möglich fuhr ich fort: »Ich muß sagen, daß ich sehr erleichtert war, dich zu sehen.«

Schweigen.

»Ich werde nie wieder hingehen«, sagte ich. »Es ist ein gräßlicher Ort.«

Er brummte vor sich hin.

»Glaubst du, der abscheuliche Chalmers hat anderen Frauen auch diesen Vorschlag gemacht?« fragte ich.

»Daran besteht kein Zweifel. Auch nicht daran, daß sie darauf eingegangen sind.«

Mir schauderte.

Sein Zorn schien ein wenig verraucht zu sein, und wir legten den Rest der Fahrt schweigend zurück. Der Nachtdiener öffnete uns die Tür, und in mir keimte schon die Hoffnung auf, Adrian gäbe sich mit meiner Reue zufrieden und würde die Sache auf sich beruhen lassen, als er sagte: »Komm in die Bibliothek, Kate, ich möchte mir dir reden.«

Mein Herz sank klaftertief.

Ich folgte ihm den Korridor entlang zur teakgetäfelten Bibliothek, in der ein Feuer flackerte und die Lichter brannten. Er bot mir auf einem der bequemen alten Plüschsessel vor dem Kamin Platz an, und als ich mich setzte, schenkte er sich ein Glas Wein ein. Da ich selbst ein Gläschen nötig gehabt hätte, fiel mein Blick mit einiger Wehmut auf die Karaffe.

»Möchtest du Tee?« fragte Adrian zuvorkommend.

Ich schüttelte den Kopf. Vermutlich war es besser, wenn ich die Sache möglichst rasch hinter mich brachte.

Er ließ sich mir gegenüber nieder und trank einen Schluck Wein, während er mich unter gesenkten Lidern betrachtete. »Du hast mir noch gar nicht gesagt, Kate, was dich eigentlich in die Spielhölle geführt hat.«

Ich biß mir auf die Unterlippe und strich nervös meinen Taftrock glatt. Mir wollte noch immer kein Vorwand einfallen, mit dem ich Harry nicht bloßgestellt hätte.

Adrian fuhr fort: »Angeblich wolltest du mit Harry ins Theater. In Wahrheit hast du dich mit Chalmers getroffen und mit ihm ein Kasino aufgesucht. Offensichtlich warst du mit ihm verabredet. Hat dich das Verbotene gereizt, Kate? Oder bist du dem Spiel so verfallen, daß du deinem Laster an einem Ort frönen mußtest, von dem du glaubtest, ich würde nie erfahren, daß du dort warst?«

Seine Worte trafen mich bis ins Herz. Es war nicht fair, ihn in dem Glauben zu lassen, er wäre mit einer Frau verheiratet, die so wenig Achtung vor seinem Namen hatte, mit einer Frau, die als hemmungslose Spielerin auf verbotenes Vergnügen aus war. Er war so gut zu mir gewesen, daß er dies nicht verdiente. Ich war gezwungen, Harry preiszugeben.

Nach einem tiefen Atemzug berichtete ich ihm mit gesenktem Kopf, was sich zugetragen hatte.

Als ich fertig war, waren die einzigen Geräusche im Raum das Prasseln des Feuers und mein Herzschlag. Schließlich sagte Adrian unheilvoll leise: »Harry hat also zugelassen, daß du mit Chalmers allein in die Spielhölle gingst!«

Sofort schwang ich mich zur Verteidigung des armen Harry auf. »Doch nur für eine Stunde, Adrian! Harry sagte, ich würde wahrscheinlich gewinnen, weil anfängliche Gewinne Neulinge zum Weiterspielen bewegen, sobald sie verlieren. Nur weil ich meine Barschaft so rasch verlor, kam es dazu, daß ich mit Chalmers allein war.« Da kam mir ein Gedanke, und ich runzelte die Stirn. »Glaubst du, er hat es so eingerichtet, daß ich verliere?«

»Natürlich hat er das, Kate.« Der grimmige Ton war wieder zu hören. »Er konnte es nicht erwarten, dich in die Finger zu kriegen.«

»Nun, das konnte Harry nicht ahnen«, brachte ich hastig vor. »Und ich bin Chalmers entwischt und hätte im Spielsaal gewartet, bis Harry gekommen wäre. Alles wäre ganz glatt gegangen, wenn dieser verflixte Mr. Bonds mich nicht gesehen hätte und zu dir gerannt wäre, um alles auszuplaudern.«

Er stand auf und ging zur Karaffe, um sich nachzuschenken. Ich sagte an seinen Rücken gewendet: »Adrian, Harry hat sich auf die Sache nur eingelassen, weil ihm so sehr daran lag, diese peinliche Geschichte vor dir geheimzuhalten!«

»Ich hätte nicht gedacht, daß ich ein so großes Ungeheuer bin«, sagte mein Mann darauf.

»Nein!« Ich sprang auf. »Du begreifst nicht, Adrian! Weil er dich so sehr liebt und bewundert, wollte er in deinen Augen nicht schlecht dastehen. Verstehst du das nicht? Kannst du dir nicht vorstellen, was es heißt, *dich* als älteren Bruder zu haben?«

»Wenn er mich so sehr liebt, dann hätte er darauf vertrauen können, daß ich nicht schlecht von ihm denke.« Adrian drehte sich zu mir um, und ich sah seine ernste Miene. »Und er hätte dich nie, niemals, in diese Spielhölle gehen lassen dürfen.«

Er verstand es nicht.

Plötzlich öffnete sich die Tür, und auf der Schwelle stand Harry. Sein Haar war wirr, sein Halstuch verrutscht, die Knie seiner beigefarbigen Breeches waren schmutzig. Sein Blick suchte mich. »Kate, bist du unversehrt?«

Ich versuchte wenig erfolgreich ein Lächeln. »Ja, Harry.«

Dann glitt sein Blick langsam zu seinem Bruder. Ich merkte ihm an, wie er sich zusammennahm. »Du hast sie nach Hause gebracht, Adrian?«

»Bonds hat mich davon unterrichtet, daß er sie mit Chalmers in eine Droschke steigen sah«, sagte Adrian.

Harry schloß die Tür und trat ins Licht vor. Er war kreidebleich.

»Hast du deine Schuldscheine?« fragte Adrian.

Harry schluckte. »Ja.« Sein Blick huschte rasch zu mir und wieder zurück zu seinem Bruder.

»Ich bin müde«, sagte ich. »Ich gehe zu Bett.«

Keiner sagte ein Wort, als ich zur Tür ging. Ich kam mir absolut jämmerlich vor. Ich hatte nur helfen wollen, und jetzt hatte mein kluger Plan Kummer über uns alle gebracht.

Ich lag den größten Teil der Nacht wach, und Adrian kam nicht.

19. Kapitel

Als ich Harry am nächsten Morgen beim Frühstück wiedersah, schien er sehr bedrückt zu sein. Ich versuchte, mich zu entschuldigen, weil ich ihn bei Adrian verraten hatte, aber er schüttelte nur den Kopf und sagte, ich hätte richtig gehandelt.

Er sah so elend drein, daß ich ihn aufzumuntern versuchte.

»Nun, wenigstens hast du deine Schuldscheine«, sagte ich froh. »Der Abend war also kein kompletter Fehlschlag.«

Lächelnd führte er seine Kaffeetasse an den Mund. Sein Blick verriet, daß er mir recht gab.

Das Frühstück wurde immer auf dem Sideboard angerichtet, so daß man sich selbst bedienen konnte. Ich nahm mir einen Muffin und eine Tasse Kaffee und setzte mich Harry gegenüber an den Tisch. »Alles hätte geklappt, hätte dieser neugierige Bonds sich nicht eingemischt«, sagte ich.

»Nein.« Er schüttelte den Kopf. »Adrian hatte recht. Ich hätte dich mit Chalmers nie allein lassen dürfen. Ich weiß gar nicht, was ich mir dabei gedacht habe.«

In mir regte sich wieder Ärger. »Ihr beide führt euch auf, als wäre ich ein hilfloses Kind! Ich bin sehr wohl imstande, allein auf mich achtzugeben, Harry!«

»Adrian sagte mir, Chalmers hätte dir einen unsittlichen Antrag gemacht«, sagte Harry ohne Umschweife.

»Nun, das heißt noch lange nicht, daß ich darauf eingegangen bin!«

»Das weiß ich. Aber angenehm kann es nicht gewesen sein, Kate.«

Das war es nicht, aber ich hatte es überstanden. Seufzend und ein wenig widerstrebend sah ich auf meinen Kaffee und den Muffin nieder. Der Essensgeruch bereitete mir leichte Übelkeit.

»Harry, ich wollte dir ja nur helfen«, sagte ich, »und statt dessen habe ich die Situation zwischen dir und Adrian nur verschlimmert. Es tut mir so leid. War er sehr wütend auf dich?«

»Wütend war er nicht. Angesichts der Umstände war er sogar sehr maßvoll.« Sein Ton enthielt eine Note, die ich nicht sofort einzuordnen wußte. »Er sagte, ich sollte zu ihm kommen, falls ich mich in Zukunft einer Sache gegenübersähe, der ich mich nicht gewachsen fühlte. Er würde mir helfen, und ich brauchte nicht zu befürchten, daß er meine Fähigkeiten zu herb beurteilen würde.«

Jetzt erkannte ich die Note. Es war Verbitterung.

»Ach, du meine Güte«, sagte ich nur.

»Er war sehr verständnisvoll.«

Verdammt.

»Wenn du mich jetzt entschuldigen würdest«, sagte Harry. »Ich habe eine Verpflichtung.« Männer hatten immer eine Verpflichtung, wenn sie nicht mehr mit einem sprechen wollten.

Ich sah, wie er aus dem Frühstückszimmer ging und dachte voller Ingrimm, daß Adrian Harry noch in viele gefährliche Situationen treiben würde, wenn er sich weiterhin so verständnisvoll zeigte.

Ich war müde und niedergeschlagen und keineswegs in Stimmung für ein Gartenfest, doch genau das war es, was mir und Caroline für den Nachmittag bevorstand. Die Marquise of Silchester veranstaltete alljährlich auf ihrem Landsitz an der Themse eine Party, zu der sie die Spitzen der Gesellschaft einlud, und als Countess of Greystone zählte ich zu diesem erlauchten Kreis. Nachdem Harry gegangen war, erwog ich kurz eine Absage. Da mir das Alleinsein in trüber Stimmung jedoch nicht sehr verlockend erschien, hielt ich es doch für besser, mir Gesellschaft zu verschaffen und das Fest zu besuchen.

Silchester House lag zwar nur einige Meilen außerhalb Londons, doch war die Umgebung hier schon ganz ländlich. Zum Glück war es ein warmer und sonniger Tag, so daß man sich draußen auf dem tiefgrünen Rasen aufhalten konnte, der in drei Stufen gegliedert sanft bis zum Ufer der Themse abfiel. Wem der Sinn danach stand, der konnte sogar eine Bootspartie unternehmen.

Caroline und ich wurden von Edward begleitet, und im letzten Moment entschloß sich auch Louisa mitzukommen, da Paddy den ganzen Tag bei einer Pferdeauktion im Tattersall zubrachte. Adrian hätte ebenfalls mitkommen sollen, hatte aber durch Walters ausrichten lassen, daß etwas Unerwartetes eingetreten sei und wir ohne ihn zum Gartenfest gehen müßten.

Wieder eine dieser Verpflichtungen, die so gelegen kommen, dachte ich traurig.

Wir stiegen vor dem Haus aus unserer Equipage und gingen

gleich durch in den Salon, dessen französische Türen offenstanden. Die Marquise empfing ihre Gäste auf der Terrasse.

»Für mein Gartenfest habe ich doch immer schönes Wetter«, stellte unsere Gastgeberin selbstzufrieden fest, als sie uns begrüßte. »Das gehört zur Tradition der Silchesters.«

Wir lächelten und murmelten höfliche Komplimente, ehe wir über die von Blumenbeeten gesäumte Terrasse und die Steintreppe hinunter zu den Gästen auf der ersten Rasenstufe gingen. Es dauerte nicht lange, und Edward hatte jemanden entdeckt, der sein Interesse für Viehzucht teilte, und Caroline fand jemanden, mit dem sie über Kinder plaudern konnte, so daß Louisa und ich allein dahinschlenderten und hin und wieder Bekannten zunickten, ohne uns in Gespräche einzulassen.

Trotz meines Hutes bekam ich in der Sonne Kopfschmerzen und beklagte mich deshalb bei Louisa.

»Kate, du siehst auch gar nicht gut aus«, gab sie voller Mitgefühl zurück. »Seitlich vom Haus ist ein Rosengarten. Wir könnten uns dort unter einen Strauch setzen.«

Ich war einverstanden. Es stimmte, daß ich nicht gut geschlafen hatte, aber es war nicht der erste Morgen, an dem ich wie zerschlagen erwacht war. Am Tag zuvor hatte ich sogar einen Nachmittagsschlaf gehalten, ehe ich mich in die Spielhölle wagte. Ich, die ich seit meinem zweiten Lebensjahr nicht mehr nachmittags geschlafen hatte!

»Wollte Paddy heute etwas kaufen, Louisa?« fragte ich müßig, als wir uns auf einer hübschen, aber nicht sehr bequemen Steinbank im Schatten einer ausladenden Buche niederließen.

»Nein«, antwortete meine Kusine. »Er wollte nur wissen, welche Preise bei den Auktionen des Tattersalls erzielt werden.«

Ich nickte und bückte mich nach einem einzelnen hellrosa Blütenblatt, das auf dem Kies zu meinen Füßen gelegen hatte.

»Es ist wichtig, daß Paddy sich über den Markt informiert, damit er weiß, was er für seine eigenen Pferde verlangen kann.« Louisa sagte es sehr sachkundig. »Natürlich kann er nicht so viel erzielen wie der Tattersall, möchte aber andererseits seine Pferde nicht verschenken.«

»Louisa, du hast es erfaßt«, sagte ich belustigt und voller Zuneigung.

Ihre Wangen färbten sich und nahmen das hübsche Rosa des Blattes in meiner Hand an. »Ich ... nun, ich habe Paddy sehr liebgewonnen, Kate«, sagte sie. »Ich weiß, daß die meisten Leute der Meinung sind, er sei nicht gut genug für mich, aber für mich ist er der ... solideste Mann, dem ich je begegnet bin.«

»Er ist ein wundervoller Mensch«, sagte ich. »Er ist treu und liebevoll und redlich und gütig ...« Mir gingen die Lobesworte aus. »Für mich hat er immer schon zur Familie gehört.« Ich warf ihr einen Blick zu. »Und mir ist nicht entgangen, daß er dich sehr liebhat, Louisa.«

Ich hatte geglaubt, sie würde sich freuen, aber statt dessen verriet ihr Gesicht Niedergeschlagenheit. »Das glaube ich auch, Kate. Aber ich fürchte, aus der Sache wird nichts. Er sagt, daß seine Lebensweise nicht zu einer Dame wie mir passe.«

»Nun, da ist etwas dran«, sagte ich aufrichtig.

»Aber mir würde ein Leben mit ihm viel mehr zusagen, als mich den Rest meines Lebens für meine Schwägerin abrackern zu müssen!« sagte sie aus tiefster Überzeugung heraus.

Das hatte etwas für sich.

Ich wollte schon den Mund aufmachen und ihr von Adrians Angebot erzählen, als ich ihn auch wieder schloß. Er war so enttäuscht von mir, daß er womöglich Lambourn Louisa und Paddy nicht überlassen wollte, nur weil sie mir nahestanden. Daher begnügte ich mich zu sagen: »Ich werde mit Adrian reden. Würdest du Paddy heiraten, wenn wir einen festen Standort für sein Geschäft fänden?«

»Ja«, sagte Louisa, vor Freude erglühend.

Ich fuhr fort, das Rosenblatt zu glätten und wiederholte: »Ich werde mit Adrian reden.«

Wir saßen noch eine ganze Stunde im Rosengarten, und viele Gäste blieben stehen und plauderten mit uns, während sie herein- und wieder hinausschlenderten. Schließlich konnte ich nicht umhin, das Haus und den Salon aufzusuchen. Ich betrat das Gebäude durch die französischen Türen, als ich mit meinem Onkel zusammenstieß, der eben ins Freie wollte.

Er sah mich und hielt inne, als sei er gegen eine Glaswand gelaufen. »Du ...« stieß er hervor.

Da es darauf keine passende Antwort gab, nickte ich nur und fragte leise: »Wie geht es dir, Onkel Martin?«

Er trat ganz auf die Terrasse heraus und blieb vor mir stehen. »Ist Greystone mitgekommen?« fragte er.

Ich sandte ein Dankgebet für Adrians Verpflichtung zum Himmel. »Nein.«

Charlwoods kristallene Augen glitzerten. »Ist Caroline da?« wollte er als nächstes wissen.

Ich brauchte den Bruchteil einer Sekunde, um mich zu entscheiden, wie ich antworten sollte. »Ja, sie ist da.«

Wortlos drehte er sich um, überquerte die Terrasse bis zur Treppe und blieb dort stehen, während sein Blick die Menschenmenge unter ihm überflog. Sein brünettes Haar glänzte in der hellen Sonne. Dann lief er die Stufen hinunter und verschwand zwischen den Gästen. Langsam ging auch ich zur Treppe und blickte hinunter.

Ich sah, wie mein Onkel sich durch die Gästeschar drängte und der zweiten Treppe zustrebte, die zur nächsten Ebene des Rasens hinunterführte, auf der ich Carolines Strohhut mit den blauen Bändern sehen konnte.

Einmal muß sie ihm begegnen, dachte ich, und heute war wenigstens Edward da. Langsam ging ich zum Haus, um den Salon aufzusuchen.

Auf der Heimfahrt zeigte Caroline sich sehr schweigsam, und um Edwards Mund lag ein herber Zug. Louisa, die neben ihr saß, starrte verträumt aus dem Fenster, vermutlich in Gedanken bei einer glücklichen Zukunft mit Paddy. Es war eine schweigsame Fahrt.

Zu Hause angekommen, sagte Caroline leise zu mir: »Kate, wenn es dir nichts ausmacht, komme ich kurz hinauf in dein Ankleidezimmer.«

»Natürlich macht es mir nichts aus«, gab ich sofort zurück. Ich war zwar müde und deprimiert, aber nicht tot, und ich starb fast vor Neugierde, wie ihre Begegnung mit Charlwood verlaufen war.

Sie folgte mir in mein Ankleidezimmer und wartete geduldig, als ich Jeanette erklärte, ich würde nach ihr läuten, wenn ich sie bräuchte. Kaum hatte sich die Tür hinter meiner Zofe geschlossen, als Caroline auf einem Sessel zusammenbrach und hervorstieß: »Ich bin Martin begegnet.«

Ich ging zur Chaiselongue und ließ mich auf deren Rand nieder. »Das dachte ich mir«, sagte ich.

»Hast du ihn auch gesehen?«

»Ganz kurz.«

Sie schloß die Augen. »Kate, er hat sich verändert«, sagte sie.

»Ach?«

»Ja.« Sie schlug die Augen auf und sah mich besorgt an. »Er ... fast hätte er mir Angst eingejagt.«

Meine Aufmerksamkeit war sofort wach. »Was ist passiert?«

Sie runzelte die Stirn. »Nichts Dramatisches. Er kam auf mich zu, als ich mit anderen Gästen sprach, und bat mich um ein paar Worte. Wir gingen hinunter ans Ufer, fütterten die Enten mit Brot und plauderten.« Sie kaute an ihrer Unterlippe.

»Nicht das, was er gesagt hat, hat mir Angst eingejagt, sondern sein Aussehen.«

Ich schlüpfte aus meinen Schuhen und bewegte die Füße. »Worüber habt ihr gesprochen?«

»Ach, er fragte mich, ob ich glücklich sei, und ich bejahte und sagte, daß ich zwei reizende Kinder hätte.« Ihr Blick begegnete meinem. »Dann fragte er mich nach Edward.«

Ich nickte langsam.

»Er fragte mich, ob ich ihn liebe.«

»Und was hast du gesagt?«

»Ich sagte, daß ich ihn sehr liebe.« Sie verzog schmerzlich das Gesicht. »Martin sagte nichts, Kate, aber er sah mich an ... ach, irgendwie angsteinflößend. Ich redete dann banales Zeug, daß die Zeit alle Wunden heile und daß er sicher jemanden fände, den er so lieben könnte, wie ich Edward liebe, wenn er es nur zuließe. Ich redete und redete, weil er mich so nervös machte.«

Ich nickte. Wie einem in Charlwoods Nähe zumute war, wußte ich.

Caroline fuhr fort: »Ich habe auch gesagt, daß er mich vergessen müßte. Um sein Leben zu leben, sollte er sich endlich von der Vergangenheit lösen.«

»Das war völlig richtig«, versicherte ich ihr.

»Er sagte, daß er ständig an mich denken müsse, daß er nie aufgehört hätte, mich zu lieben, und mich immer lieben würde.«

»Ach, du meine Güte«, gab ich matt von mir. Es wunderte mich nicht.

Caroline rang die Hände. »Wir waren *Kinder,* Kate! Es ist nicht normal, daß er so empfindet. Es ist, als wäre er verbildet ... irgendwie verdreht.«

»Er ist verdreht«, sagte ich traurig.

»Es ist meine Schuld«, jammerte sie.

Ich schüttelte gemessen den Kopf. »Nein, das ist es nicht, Caroline. Ich habe mir über Onkel Martin schon viel den Kopf zerbrochen und finde für sein Verhalten keine Entschuldigung.«

Tränen flossen über Carolines Wangen. »Er hatte eine so schlimme Kindheit ... er war so unglücklich ...«

»Caroline, so überleg doch. Adrians Kindheit war ebenso schlimm wie die Martins, wenn nicht schlimmer.« Ich unterdrückte den Zorn, der mich erfaßte, und sagte ernst: »Harry sagte mir, daß euer Vater ihn immer geschlagen hat.«

Sie nickte und schnüffelte laut. »Ich glaube, mein Vater hat Adrian gehaßt«, vertraute sie mir an. »Aber sosehr Papa es auch versuchte, er konnte ihm keine Angst einjagen.«

Ich beugte mich vor. »Und ist Adrian zu einem verbitterten, haßerfüllten Menschen geworden?«

Sie schüttelte den Kopf und schluchzte wieder, um dann eifrig nach ihrem Taschentuch zu suchen.

Ich setzte meine Befragung fort. »Hätte Adrian nach einem gescheiterten Entführungsversuch Vergeltung gesucht, wie Charlwood es tat?«

Caroline schneuzte sich und sagte mit absoluter Überzeugung: »Adrian wäre nie auf und davon gegangen. Er hätte mich und Harry nie im Stich gelassen.«

Ich verdrängte den unangenehmen Gedanken, daß meine Mutter durchgebrannt war und *ihren* Bruder verlassen hatte, und sagte statt dessen: »Das ist eben der Unterschied zwischen den beiden. Adrian denkt an andere. Charlwood denkt nur an sich selbst.«

Wieder putzte Caroline sich die Nase und sah mich an. Eine einzelne Träne haftete an ihren Wimpern und schimmerte im Licht wie ein Diamant. »Kate, du verstehst es nicht«, sagte sie. »Martin hat mich *geliebt.«*

»Er hat dich begehrt«, berichtigte ich sie. »Hätte er dich geliebt, dann hätte er dich nie zu einer Entführung überredet, die nur mit einem schrecklichen Skandal enden konnte. Um Himmels willen, Caroline, wie hatte er sich denn euer gemeinsames Leben vorgestellt? Sein Vater war noch am Leben, und deiner ebenso. Unter den gegebenen Umständen hätte keiner der beiden euch ein Einkommen ausgesetzt. Wie hätte Onkel Martin dich ernährt?«

»Ich weiß es nicht«, sagte Caroline kleinlaut. »Über diese Dinge habe ich nie nachgedacht.«

»Natürlich nicht. Du warst sechzehn. Aber Charlwood war immerhin einundzwanzig – ein Jahr älter, als Harry jetzt ist. Und nicht einmal Harry würde auf die hirnverbrannte Idee kommen, als armer Schlucker mit einem Mädchen durchzubrennen!«

Es herrschte Schweigen, während sie sich meine Einwände durch den Kopf gehen ließ.

Ich sagte mit Überzeugung: »Onkel Martin hat im Leben zwar nicht die besten Karten bekommen, aber diejenigen, die ihm zufielen, hat er miserabel ausgespielt.«

»Kate, alles, was du sagst, stimmt. Ich sehe es ein.« Wieder glitt eine Träne über ihre Wange, »aber das heißt nicht, daß er mir nicht leid tun kann.«

Ich schwang meine unbeschuhten Füße auf die Chaiselongue,

bettete meinen Kopf aufs Kissen und faltete die Hände auf der Brust. Den Blick zur Decke richtend, dachte ich, daß Caroline eine viel gutherzigere Person war als ich.

20. Kapitel

An jenem Abend war ich so erschöpft, daß ich einschlief, kaum daß mein Kopf das Kissen berührte, und am nächsten Morgen erst spät erwachte. Das zerdrückte Kissen neben mir verriet, daß Adrian gekommen war, aber ich hatte so tief geschlummert, daß ich ihn weder kommen noch aufstehen gehört hatte. Ich wälzte mich in die Vertiefung der Matratze, die sein Körper hinterlassen hatte, kuschelte mich zusammen und fühlte mich elend. Seit dem Abend, als er mich aus dem Spielkasino nach Hause gebracht hatte, hatte ich ihn weder gesehen noch gesprochen.

Wenn ich ihn nur nicht so sehr liebte.

Unmöglich, diesen Gedanken zu verdrängen, der mir immer wieder durch den Kopf ging. Wenn es mich nur nicht so tief berührt hätte und wir jene Art höflicher, diskreter Ehe ohne Ansprüche hätten führen können, wie ich sie bei so vielen hochwohlgeborenen Paaren beobachtet hatte. Wenn ich über unsere Mißverständnisse nur hätte lachen und frohgemut meiner Wege gehen können, unbelastet von der schmerzlichen Bürde leidenschaftlicher Liebe.

Ich massierte meine Schläfen, die schmerzten, als hätte ich zu viel Wein getrunken. Es war aber nicht Wein, der an meinem Unwohlsein schuld war, sondern meine Niedergeschlagenheit. Ich schloß die Augen und fragte mich, ob ich jemals wieder wirklich glücklich sein würde.

Ich war so deprimiert, daß ich nicht aufstehen wollte und Jeanette bat, mir eine Tasse Tee aufs Schlafzimmer zu bringen. Die meisten feinen Damen nahmen ihr Frühstück im Bett ein, aber ich hatte diese Gepflogenheit immer als Gipfel der Verweichlichung betrachtet. Aber an diesem Morgen war mir der Duft von gebratenen Nieren und Schinken – für Harry und Adrian am Morgen ein Hochgenuß – unerträglich.

Der Tag verging im Schneckentempo. Ich brachte Harry dazu, mich in den Park zu begleiten, damit ich mit Elsa trainieren konnte. Adrian und ich hatten die Pferde seit vier Tagen nicht mehr geritten, und die Stute brauchte Bewegung. Auch ich fühlte mich in der frischen Luft gleich besser. Am Nachmittag spielte ich mit Ned im Garten Kricket, und sein kindlicher Frohsinn heiterte mich auf.

Uns stand abends ein Ball bei den Castlereaghs bevor, von dem ich wußte, daß Adrian ihm nicht unter einem Vorwand fernbleiben würde. Mochte die Regierung auch sein höchstes Mißfallen erregen, so brachte er Castlereagh doch große Hochachtung entgegen. Dazu kam die Tatsache, daß Lord Castlereaghs Gemahlin eine der Schirmherrinnen von Almack war und es einer Katastrophe gleichgekommen wäre, ihren Ball nicht zu besuchen.

So kam es, daß ich mich aus diesem Anlaß viel mehr mit meinem Aussehen beschäftigte als sonst. »Ich bin so blaß«, beklagte ich mich bei Jeanette, als ich mein Spiegelbild anstarrte. Mich vorbeugend, kniff ich in meine Wangen. Das war ein Fehler, denn nun sah ich aus, als hätte ich die Masern.

»Wenn Sie gestatten, Mylady, trage ich Ihnen eine Spur Rouge auf die Wangen auf«, sagte Jeanette. »Es stimmt … Sie sind heute sehr blaß.«

»Ich komme zu wenig an die Luft«, sagte ich unwirsch. »Wie ein Totenkopf sehe ich aus.« Ich machte eine auffordernde Geste. »Los, Jeanette, mal mich ein wenig an.«

Sie holte eine Hasenpfote hervor, tauchte sie in einen Tiegel, den sie einer der Schubfächer des Toilettentisches entnahm, und machte sich daran, einen Hauch farbigen Puder auf meinen Wangen zu verteilen. »Du bist wirklich einzig, Jeanette«, sagte ich voller Bewunderung, als sie ihr Werk vollendet hatte.

»Ich sehe so gesund und natürlich aus – kein Mensch würde vermuten, daß alles nur Farbe ist.«

Jeanette lächelte nicht – das tat sie nie –, doch sie schien erfreut.

Die Tür zum Korridor wurde geöffnet, und Adrian sah herein.

»Wir anderen sind fertig, Kate«, sagte er. »Soll ich die Kutsche vorfahren lassen?«

»Ja, ich komme gleich hinunter. Der Wagen kann vorfahren.«

Er schloß die Tür, und wir hörten seine Schritte, als er leichtfüßig die Treppe hinunterlief. Kaum war ihr Abgott verschwunden, als das hübsche Funkeln in Jeanettes Augen erlosch und sie zum Schrank ging, um meinen Abendmantel aus blauem Samt hervorzuholen. Ich stand auf, sie legte ihn mir um die Schultern, und ich war ausgehbereit.

Auf der Fahrt schwiegen Caroline und ich und taten so, als hörten wir den Herren zu, die eine demnächst im Oberhaus zu behandelnde Gesetzesvorlage besprachen. Ich saß neben Adrian und verspürte in meinem Herzen einen Schmerz, der so heftig war, daß ich am liebsten in Tränen ausgebrochen wäre. So nah saß ich bei ihm, daß mein Körper ihn berührte, als der Wagen um die Ecke bog, und doch hatte ich noch nie so deutlich das Gefühl gehabt, daß uns ein unüberbrückbarer Abgrund trennte.

Wir brauchten nicht lange, um ins Haus der Castlereaghs zu gelangen. Andere Gastgeberinnen maßen den Erfolg ihrer Bälle an der Anzahl von Gästen, die ihn besuchten, aber Lady Castlereagh war so hochmütig und ihre Macht so groß, daß sie nur die Creme de la Creme einlud und die wenigen Auserwählten es sich angelegen sein ließen, stets zu erscheinen.

Wir stiegen aus. Wir gaben unsere Mäntel ab. Wir wurden von den Castlereaghs begrüßt. Wir wurden vom Butler angekündigt. Wir betraten den Ballsaal.

Der erste Mensch, den ich sah, war mein Onkel.

Adrian sah mich innehalten, und seine Hand umfaßte meinen Ellbogen fester. Er neigte den Kopf und raunte mir zu: »Alles in Ordnung, Kate?«

»Ja. Ich hatte nur nicht erwartet, Charlwood hier zu sehen.«

»Junggesellen von Stand mit schuldenfreiem Besitz und gutem Einkommen sind überall gerngesehene Gäste«, sagte Adrian trocken. »Auch bei den Castlereaghs.«

Seine Hand lag warm auf meinem Ellbogen, sein Kopf war dem meinen noch nahe. So nahe war ich ihm seit Tagen nicht gekommen. Ich blickte zu ihm auf und entdeckte, daß sein Blick an seiner Schwester hing.

»Caroline ist ihm gestern auf dem Gartenfest der Silchesters begegnet«, sagte ich ein wenig tonlos. »Ihr macht es nichts mehr aus.«

»Das will ich hoffen.« Zwischen seinen Brauen stand eine Besorgnis verkündende Falte. Ich empfand einen Anflug von Eifersucht und schämte mich dessen.

Eine Stimme sagte: »Greystone, du Unmensch, du wirst deine schöne junge Frau doch nicht den ganzen Abend für dich allein beanspruchen?«

Wir blickten uns um. Es war Mr. Bonds, der schwatzhafte Kerl, der Adrian mein Treffen mit Chalmers verraten hatte. Ich bedachte ihn mit einem eiskalten Blick. Er und Adrian sahen sich über meinen Kopf hinweg kurz an, etwas, das ich hasse.

»Sicher wird Kate dir diesen Tanz gern gewähren, Jack«, sagte Adrian.

Ich wollte keineswegs mit dem perfiden Bonds tanzen, konnte dies aber einem der ältesten Freunde meines Mannes nicht ins Gesicht sagen. »Natürlich, Mr. Bonds«, sagte ich in meinem frostigsten Ton. Ich würde mit ihm tanzen, mußte aber nicht nett zu ihm sein.

Leider war es ein Walzer, so daß ich gezwungen war, mit ihm zu reden. Er fing an, indem er sofort sagte: »Lady Greystone, ich habe vollstes Verständnis dafür, wenn Sie mir grollen, aber als ich Sie mit Chalmers in die Droschke steigen sah, da erwachte meine Besorgnis. Sein Ruf ist sehr übel.«

»Das ist schon recht, Mr. Bonds«, gab ich kühl zurück.

Er machte ein bekümmertes Gesicht. »Sie grollen mir wirklich.«

Ich starrte sein Kinn an, das genau in der Mitte ein Grübchen hatte, und gab keine Antwort. Wir brachten die Ecke der Tanzfläche im Walzertakt hinter uns und bewegten uns die Längsseite entlang.

»Wie kann ich meinen Fehler wieder gutmachen?« fragte er flehentlich.

»Das können Sie, indem Sie in Zukunft nicht mehr Ihre Nase in meine Angelegenheiten stecken«, erwiderte ich hitzig.

»Sehr wohl«, sagte er ganz kleinlaut, doch als ich ihn finster ansah, blitzte es in seinen braunen Augen unmißverständlich auf. Das rief mir in Erinnerung, daß ich ihn vor seinem dummen Verrat eigentlich gemocht hatte. »Wenn ich verspreche, Sie nicht wieder zu verpetzen, sind wir dann Freunde?«

»Ich wußte genau, was ich zu tun im Begriff stand«, sagte ich aufgebracht. »Alles wäre ganz glattgegangen, wenn Sie nicht zu Adrian gelaufen wären. Harry hat seine Schuldscheine wiederbekommen und war keine zehn Minuten, nachdem Adrian und ich das Kasino verlassen hatten, zur Stelle.«

»Nächstes Mal werde ich daran denken, daß Sie allen Situationen gewachsen sind«, sagte er. »Da ich aber nicht ahnen konnte, was für eine ungewöhnliche Frau ich vor mir hatte, bekam ich es mit der Angst zu tun.«

Ich sagte nichts.

»Die meisten Frauen hätten nicht den Mut gehabt, einen so raffinierten Plan auszuführen«, sagte er.

»Nun ... ich glaube, ich werde Ihnen diesmal verzeihen«, sagte ich.

»Ich wäre Ihnen sehr dankbar.«

Ich lächelte ihm zu. Er hatte wirklich nette Augen.

»Sind wir nun Freunde?« fragte er.

»Wir sind Freunde«, zeigte ich mich gnädig.

Stade besuchte den Ball nicht, aber Lady Mary Weston war da, ebenso Charlwood. Die Anwesenheit zweier meiner drei Angstgegner reichte, um mich gehörig in Trab zu halten, und es kostete mich große Mühe, sowohl meinen Onkel als auch Lady Mary ständig zu beobachten und zugleich freundlich zu meinen Partnern zu sein.

Zum Glück verschwand Adrian für längere Zeit im Verlauf des Abends, so daß er für Lady Mary unerreichbar war. Ich behielt die Tür wie ein Falke im Auge, und kaum tauchten er und Lord Castlereagh am Rande der Tanzfläche auf, beanspruchte ich

Adrian für mich. Lady Castlereagh tat dasselbe mit ihrem Mann, und ihre Miene verriet, daß sie alles andere als erbaut war, weil er auf seinem eigenen Ball so lange unsichtbar geblieben war.

Adrian zog seine Brauen hoch. »Ich fürchte, ich stehe jetzt auf Lady Castlereaghs schwarzer Liste«, sagte er. »Bist du mir auch böse, Kate?«

Ich konnte ihm kaum sagen, daß ich viel glücklicher war, weil er seine Zeit mit Lord Castlereagh verbracht hatte als mit Lady Mary, deshalb lächelte ich nur und sagte: »Ich verzeihe dir, wenn du diesen Walzer mit mir tanzt.«

»Mit Vergnügen«, sagte er und führte mich auf die Tanzfläche.

Wieder in seinen Armen zu liegen, war der reinste Himmel, und ich schwebte wie auf einer Wolke dahin, bis mich wieder das tückische Schwindelgefühl überfiel, das mich neuerdings zu den merkwürdigsten Zeiten heimsuchte. Er bemerkte, wie ich seine Schulter stärker umfaßte, sah mich an und fragte mich, ob mir wohl sei.

»Hier ist es sehr warm, und mich schwindelt ein wenig«, gestand ich.

»Du bist blaß.« Wir waren bei den französischen Türen angelangt, die auf die Terrasse führten, und er fragte: »Möchtest du ein wenig Luft schöpfen?«

Ich nickte dankbar, und er legte den Arm um meine Schulter, umfaßte meinen Ellbogen und bugsierte mich durch die Tür hinaus in die herrlich kühle Nachtluft. Ich tat einen tiefen Atemzug.

»Besser?« fragte er nach einer Minute.

»Ja.« Sein Arm lag noch um meine Schultern, und ich drehte mich um und lehnte mich an ihn, so daß er die volle Länge meines Körpers berührte. Ich legte meine Arme um seine Mitte und drückte meinen Kopf an seine Brust. Sein Herz schlug ruhig unter meiner Wange, und ich wußte genau, in welcher Sekunde es anfing, schneller zu schlagen.

Gott sei Dank.

Die Erleichterung, die ich empfand, war so groß, daß meine Knie weich wurden. Wenigstens gab es noch einen Weg, wie ich zu ihm vordringen konnte. Ich legte den Kopf in den Nacken, um zu ihm aufzuschauen. Sein Gesicht trug den harten, unmißverständlichen Stempel des Begehrens.

»Adrian, sei mir nicht böse«, flüsterte ich. »Ich bin so unglücklich, wenn du mir böse bist.«

»Kate, manchmal möchte ich dich am liebsten umbringen«, sagte er zähneknirschend. Und dann beugte er den Kopf zu meinem.

Seine Hände drückten gegen mein Kreuz und hielten mich fest. Seine Daumen liebkosten die Unterseite meiner Brüste. Er drückte mich so fest an sich, daß ich jede Linie seines Körpers spürte, so wie er meine spüren konnte. Sein Mund war hart und fordernd, erregend, und ich öffnete mich ihm. Da standen wir nun auf der Terrasse der Castlereaghs, keine zehn Fuß von den Tanzpaaren im Ballsaal entfernt, und küßten uns wie Liebende, die knapp davor standen, ins Bett zu taumeln.

Er hob den Kopf. »Mein Gott, Kate«, stieß er heiser hervor. »Laß uns nach Hause fahren.«

Mein Körper verzehrte sich nach ihm, und ich nickte, doch dann sah ich über seine Schulter hinweg den Mann, der eben aus dem Haus getreten war und uns anstarrte.

Das Licht aus dem Ballsaal fiel durch die Glasscheiben und gestattete mir einen deutlichen Blick in sein Gesicht. Es war bleich und eingefallen, in seinen Augen loderte es furchterregend.

Charlwood.

»Was ist?« fragte Adrian und schob mich von sich, damit er sich umdrehen und selbst sehen konnte, was mich so fesselte. Doch er sah nur den Rücken meines Onkels, als dieser sich in den Ballsaal zurückzog.

»Es war Charlwood«, brachte ich in annähernd normalem Ton heraus. »Er hat uns ertappt, als wir uns geküßt haben.«

Adrian vollführte eine Geste der Ungeduld und drängte mich auf die hohen Glastüren zu. Im Moment war es nicht Charlwood, der sein Streben beherrschte. Ich aber sah fortwährend Charlwoods Gesicht vor mir, wie es ausgesehen hatte, als er mich und Adrian überraschte, die ganze Zeit über, während Adrian Caroline erklärte, ich fühle mich nicht wohl und er wolle mich nach Hause bringen und die Kutsche für sie und Edward zurückschicken.

Die Ehe, die Charlwood Adrian aufgezwungen hatte, verlief ganz anders, als er es sich vorgestellt hatte. Von gesellschaftlicher Ächtung meiner Person konnte nicht die Rede sein, im Gegenteil, ich hatte mich für Adrian als Vorteil entpuppt. Da ich Menschen mochte, war ich überall wohlgelitten. Falls Adrian eine politische Karriere anstrebte, stand dieser nichts im Weg. Und jetzt hatte Charlwood auch noch mit eigenen Augen sehen müssen, daß Adrian in seiner Ehe auch persönlich nicht unglücklich war und daß es zwischen ihm und seiner ihm aufgezwungenen Frau Leidenschaft gab.

Ich wünschte mir sehr, Charlwood hätte uns nicht auf der Terrasse gesehen. Mich plagte eine böse Vorahnung, daß die Szene, die er beobachtet hatte, ihm Grund zu einem Vorgehen geliefert hatte, das uns allen zum Schaden gereichen würde.

Die Heimfahrt verlief größtenteils schweigend, aber es war kein Schweigen aus Mißstimmung. Im Gegenteil, Adrian und ich saßen aneinandergeschmiegt in einer Ecke des Fonds. Er hatte den rechten Arm um mich gelegt und drückte mich an sich. Das Schwindelgefühl, das ich dabei empfand, hatte nichts mit der Lufttemperatur, sondern sehr viel mit dem Feuer des Begehrens zu tun, das in mir ständig stieg.

Die Zeit, die wir in der Enge der dunklen Kutsche eingeschlossen verbrachten, erschien mir endlos. Während die Pferde durch die nächtlichen Straßen trabten, hielt Adrian mich mit seiner Rechten fest und ließ seine Linke unter meinen samtenen Mantel gleiten, um meine Brüste zu liebkosen. Seine Finger tasteten unter die elfenbeinfarbige Seide meines Kleides und rieben sacht erst eine Brustspitze, dann die andere. Ich hörte nur meinen eigenen stoßweisen Atem in der Dunkelheit und konnte nicht umhin, mich vorzubeugen, seiner Berührung entgegen.

Zu Hause angelangt, spürte ich feuchte Hitze zwischen meinen Beinen pulsieren. Sein Zustand war nicht viel anders als meiner, und wir fegten in Rekordzeit ins Haus und die Treppe hinauf.

»Soll ich Jeanette zum Auskleiden rufen?« fragte ich, als er die Tür hinter uns schloß.

»Nein«, sagte er. »Komm ans Feuer. Das will ich selbst machen.«

Da mein Kleid eine lange Leiste winziger Perlknöpfchen hatte, war diese Aufgabe viel mühsamer als vorausgesehen. Er stieß einen Fluch aus, als seine großen Finger sich mit dem zarten Verschluß abmühten. »O Gott, Kate, diese gemeinen Knöpfe sind wirksamer als ein mittelalterlicher Keuschheitsgürtel.«

Ein Knopf riß ab und rollte über den blauen Teppich. Ich lachte unsicher.

»Das ist der letzte.« Er drehte mich um und zog das Oberteil bis zu meiner Taille herunter.

»Die anderen übernehme ich«, sagte ich.

»Ein Nachthemd kannst du dir sparen.« Seine Augen funkelten, als er nach seinem Halstuch griff, es hastig herunterriß und dann sein Hemd aufknöpfte.

Ich zitterte heftig, als ich mich weiter auszog. Meine Sachen häuften sich auf dem Teppich, meine Haut hatte sich in der Hitze des lodernden Feuers gerötet. Adrian legte den Rest seiner Sachen ab, trat auf mich zu und hob mich zu sich. Er küßte mich, öffnete meinen Mund, und als ich meinen Körper an ihn preßte, glühte sengende Hitze zwischen uns. Meine nackten Füße schwangen über dem Boden, und er trug mich zum Bett und legte mich hin, ehe er mir folgte und seine Hand mich dort berührte, wo ich mir seine Berührung am sehnlichsten wünschte.

»Alles in Ordnung?« fragte er heiser.

»Ja«, sagte ich und spreizte meine Beine, um ihn zu empfangen.

Als er in mich eindrang, umschlang ich ihn mit meinem ganzen Körper. Zittrige Erregung überflutete mich, als ich seine kraftvollen Stöße in meinem Inneren spürte, die meine Lust steigerten und mich immer weitertrieben, bis ich glaubte, mein Verlangen würde mich umbringen. Dann wich er ein wenig zurück und stieß abermals zu, hart und tief. Die letzte Woge zerstob in einen blendenden Sternfunkenregen, und ein Wonneschock nach dem anderen durchströmte mich, während ich gleichzeitig spürte, wie sich der heiße Schwall seines Samens in meinen Schoß ergoß.

Lange Zeit lagen wir aneinandergeschmiegt da, warteten, daß unser Atem langsamer wurde und unser Herzschlag sich beruhigte. Schließlich seufzte ich tief und aus ganzem Herzen.

Noch immer eng mit mir verbunden, rollte er sich auf die Seite, um mich von seinem Gewicht zu entlasten. Nach einer Weile sagte er: »Und war es ein gutes Gefühl?« Ich hörte das Lächeln in seiner Stimme.

Meine Lider waren schwer und fielen zu. »Hmmm«, gab ich schläfrig von mir.

»Müde?«

»Hmmm.«

Er bewegte sich vorsichtig in mir, und ich spürte, wie er wieder größer wurde. Sein Gesicht lag nur wenige Zoll von meinem entfernt auf dem Kissen. Ich blickte auf und sah ihm in die Augen. Wieder fing er an, sich zu bewegen, und ich öffnete vor Überraschung den Mund.

»Adrian?« flüsterte ich.

Seine Augen waren ganz dunkel. »Wie gut war es, Kate? Sag mir, wie es war.«

Wieder bewegte er sich, und ich spürte, wie neue Lust mich durchströmte. Seine Augen waren zu schmalen Schlitzen geworden. Eine Haarsträhne hatte sich in seinen Wimpern verfangen; ich blies sie sanft fort. Wieder erfaßte mich eine Woge der Wollust.

»Sag mir«, fing er wieder an. »Ist es gut?«

»Oh ja«, hauchte ich. »Sehr gut.«

»O Gott, ich glaube, ich könnte es die ganze Nacht mit dir tun, Kate.«

»Nur noch einmal«, stöhnte ich auf. »Mehr halte ich nicht aus.«

Er weckte mich zeitig, weil er in den Park reiten wollte, aber als ich mich aufsetzte, fing der Raum an, sich um mich zu drehen, so daß ich mich wieder hinlegen mußte. »In letzter Zeit fühle ich mich morgens oft nicht wohl«, mußte ich zugeben. »Vielleicht könnten wir später ausreiten?«

»Ich habe heute sehr lange bei den Horse Guards zu tun«, entgegnete er.

»Ach.« Ich legte mich zurück auf mein Kissen und sah ihn an. Auf Wangen und Kinn wuchsen hellblonde Bartstoppeln, und sein zerrauftes Haar hing ihm in die Augen. Ich wäre zu gern mit ihm gegangen und versuchte, mich wieder aufzusetzen, doch das sollte mir nicht gut bekommen. Der Raum verschwamm vor meinen Augen, mein Magen begehrte auf.

Verdammt.

»Was ist los, Kate?« Er klang sehr beunruhigt.

Ich schloß die Augen und stellte mich der Wahrheit. »Ich glaube, ich bin guter Hoffnung, Adrian.«

Er sagte nichts darauf. Ich öffnete die Augen ein wenig und spähte zu ihm hin.

»Sehr erfreut klingt das ja nicht«, meinte er leise. Er selbst machte ein ernstes Gesicht.

Nun, ich frohlockte keineswegs. Noch hatte ich keine Zeit für Unwohlsein und Schwäche. Ich mußte als Tochter vorher einiges zu Ende bringen, ehe ich mich der Mutterschaft widmen konnte. Aber das wollte ich Adrian jetzt nicht eingestehen.

Wieder schloß ich die Augen. »Wenn einem speiübel ist, will sich die Freude nur schwer einstellen.« Ich seufzte. »Und ich wollte heute wirklich mit dir ausreiten.«

»Dafür werden wir noch genug Gelegenheit finden, mein Schatz«, sagte er leise. Ich spürte, wie seine Lippen meine Stirn berührten. »Das verspreche ich dir.«

Ich blickte zu ihm auf. »Bist du glücklich?« fragte ich.

»Glücklich über das Kind. Aber nicht glücklich, weil dir so übel ist.«

Ich rang mir ein Lächeln ab. »Gleich wird es mir wieder besser gehen. Morgens ist es immer am schlimmsten.«

»Hast du schon einen Arzt konsultiert?«

Ich schüttelte den Kopf.

»Ich werde mir den Namen eines guten Arztes besorgen und ihn zu dir schicken.«

Natürlich war er besorgt. Wenn dieses Kind ein Knabe war,

dann wäre er Adrians Erbe. Ich würde diesen Arzt konsultieren müssen. »Na schön«, sagte ich lustlos.

»Schlaf weiter, meine Süße.«

Ich blickte zum Fenster, um die Zeit abzuschätzen, als mein Blick auf zwei verräterische Kleiderbündel fiel.

»Adrian! Unsere Sachen!«

Er drehte sich um. »Ja. Was ist damit?«

»Wir können sie nicht so liegenlassen. Wie sieht denn das aus?«

Seine Augen funkelten lustig, aber sein Ton war ernst. »Nicht gut, Kate.«

»Würdest du sie bitte aufheben?« drängte ich. »Ich würde es selbst tun, aber wenn ich aufstehe, wird mir übel.«

»Das würde noch ärger aussehen«, sagte er. Das Funkeln in seinen Augen war noch deutlicher als vorhin.

»Adrian, das ist nicht komisch! Ich möchte nicht, daß meine Zofe die Kleider auf dem Boden findet. Sie wird genau wissen, was passiert ist. Schließlich ist sie Französin.«

Er grinste.

»Adrian! Heb die Kleider auf!«

Er stand auf, splitternackt, und sah herrlich aus. Hätte Jeanette ihn so sehen können, sie hätte ihn wirklich für einen griechischen Gott gehalten.

»Reg dich nicht auf, Liebling«, sagte er beruhigend. »Ich hebe die Sachen schon auf.«

Und er tat es. Sorgfältig zusammengelegt drapierte er sie über eine Stuhllehne, ehe er nach nebenan in sein Ankleidezimmer ging, um sich für den Tag fertigzumachen.

21. Kapitel

Erst als ich um zehn Uhr wieder aufwachte, ging mir auf, daß es ein Fehler gewesen war, Adrian meinen Zustand zu verraten. In drei Tagen wollten wir nach Newmarket fahren. Was, wenn er der Meinung war, ich dürfte nicht zu den Rennen?

Abgesehen von Übelkeit nach dem Erwachen, Müdigkeit und gelegentlichen Schwindelanfällen fühlte ich mich wunderbar. Das erklärte ich auch Dr. Adams, dem jungen Arzt, der mich auf Adrians Bitte hin noch am gleichen Nachmittag aufsuchte.

Anfänglich war ich nicht sehr erbaut über Dr. Adams' Jugend. Er war ein schlanker, fast knabenhaft wirkender Mann, und mir war es schrecklich peinlich, daß ich mit ihm über so intime Dinge wie meine sexuelle Beziehung zu Adrian und meinen Monatsfluß sprechen mußte. Einen älteren Mann väterlichen Typs hätte ich bei weitem vorgezogen.

Dr. Adams aber war so nett und von so erfrischender Sachlichkeit, daß es besser ging, als ich befürchtet hatte. Und meine schlimmste Sorge – daß er verlangen würde, ich solle mich entkleiden – traf nicht ein. Er unterhielt sich nur mit mir und eröffnete mir, daß ich wahrscheinlich im zweiten Schwangerschaftsmonat sei, daß ich kerngesund sei und mein normales Leben fortführen dürfe, solange ich darauf achtete, genug Schlaf zu bekommen.

»Kann ich gegen Ende der Woche nach Newmarket zu den Rennen fahren?« fragte ich.

»Aber gewiß«, erwiderte Dr. Adams mit nettem Lächeln. »Ich würde das Derby in Epsom nicht empfehlen, aber in Newmarket kann nichts passieren, Lady Greystone.«

Als ich ihn hinausbegleitete, war ich tatsächlich froh, daß Adrian einen jungen, modernen Arzt gewählt hatte, der keine überholten Vorstellungen von den Gefahren der Schwangerschaft hegte.

Er hatte auch einen Arzt gewählt, der offenbar etwas über Newmarket wußte. Die anderen bedeutenden Rennbahnen in England – Epsom, Ascot und Doncaster – hatten Tribünen und standen Angehörigen aller Klassen offen. Am Derby Day rühmte sich Epsom regelmäßig einer Besucherzahl von über hunderttausend Menschen, und da die Bierzelte immer gute Geschäfte machten, konnte es auch laut und zügellos zugehen. Ich wußte das aus eigener Anschauung, weil ich dort gewesen war. Außerdem waren die Rennen nicht das einzige Spektakel, das den Zuschauern geboten wurde. In den zahlreichen Zelten auf dem Renngelände gab es Würfel- und andere Glücksspiele, und man konnte sich Ring- und Boxkämpfe ansehen.

Die Rennbahn in Newmarket hingegen diente ausschließlich zu Pferderennen und stand nur den Rennstallbesitzern und Zuschauern der Oberschicht offen. Die Zahl der Zuschauer, die sich beispielsweise am Guineas Day zusammenfanden, überstieg nie die Fünfhundert. Es gab keine Tribünen. Die Herren verfolgten die Rennen hoch zu Roß, die Damen von ihren Equipagen aus. Es bestand also nicht die Gefahr, daß man in Newmarket gefährlich angerempelt wurde. Das wußte ich und war froh, daß auch der Arzt es wußte.

»Dr. Adams sagte, daß es mir gut geht und es keinen Grund gäbe, nicht nach Newmarket zu fahren«, waren die Worte, mit denen ich Adrian begrüßte, als er um fünf Uhr nach Hause kam, um sich umzukleiden. Ich hatte ihn im roten Salon erwartet und Walters strikt aufgetragen, Seiner Lordschaft auszurichten, ich erwarte ihn sofort nach seinem Eintreffen. Ned hatte mir Gesellschaft geleistet, und wir spielten eben ganz versunken Kit-cat-cannio, als Adrian hereinkam.

»Ich gewinne, Tante Kate, ich gewinne!« rief Ned laut. Wir saßen beide im Türkensitz auf dem roten Perserteppich vor dem Kamin, zwischen uns ein Blatt Papier und ein paar Stifte. Wir drehten uns zugleich um, als Adrian hereinkam.

Er blickte auf die Reihe von X nieder, die Ned diagonal in das Kästchenraster eingetragen hatte. »Wenn du derjenige mit den X bist, dann sieht es tatsächlich aus, als hättest du gewonnen, Ned«, sagte Adrian.

»Tante Kate und ich haben entdeckt, daß der mit den X immer gewinnt, Onkel Adrian«, vertraute Ned ihm an und zeichnete wieder eine Reihe von neun Kästchen. »Siehst du. Wenn ich mein erstes X hierhin tue«, Ned trug ein X in das Kästchen rechts oben ein, »und dann mein nächstes X hierher«, es folgte ein X im unteren linken Kästchen, »dann können mich die O nicht mehr aufhalten!«

Adrian studierte die Kästchenreihen eingehend, um dann zustimmend zu nicken. »Du hast recht«, sagte er. »Sehr klug von dir.«

»Tante Kate hat mir geholfen, es herauszubekommen«, gestand der kleine Junge großmütig.

»Gut für dich, Tante Kate«, sagte Adrian.

Neds Kindermädchen erschien in der Tür. »Zeit zum Abendessen, Master Ned«, kündigte sie an.

Ned warf mir einen wehmütigen Blick zu.

»Geh nur mit Miß Pettigrew und iß schön«, sagte ich. »Später komme ich und erzähle dir eine Geschichte.«

Der Kleine stand auf. »Na schön. Deine Geschichten gefallen mir, Tante Kate.«

Adrian streckte die Hand aus, und ich ließ mich auf die Beine hochziehen. Beide genossen wir die Berührung.

An der Tür drehte Ned sich um und sah uns mit sonnigem Lächeln an. »Bis dann, Tante Kate. Bis dann, Onkel Adrian.«

»Bis dann, Ned«, erwiderten wir unisono.

Nachdem der Kleine gegangen war, berichtete ich Adrian, was der Arzt gesagt hatte.

»Hast du ihm auch deine Schwindelanfälle geschildert?« fragte er.

»Ja. Ich habe ihm alles gesagt, Adrian.« Ich spürte, wie ich errötete. »Und er hat mich auch alles gefragt!«

»Sehr gut. Dann gibt es ja keinen Grund, nicht nach Newmarket zu fahren.«

»Nein, gar keinen«, sagte ich mit einem Lächeln, das so sonnig war wie das Neds.

Der Tag, an dem wir nach Newmarket fuhren, war grau verhangen; der Himmel verhieß Regen. Wir brauchten zwei Kutschen. In der einen saßen Louisa und ich, in der anderen wurde unser gesamtes Gepäck samt Jeanette und Rogers, Adrians Kammerdiener, befördert. Paddy war am Tag zuvor mit Sean MacBride, Finn MacCools altem Pferdeburschen, vorausgefahren, so daß nur Harry und Adrian neben unserem Gefährt einherritten.

Es war einer jener kalten und feuchten Frühlingstage, die einen die Kälte bis ins Mark spüren lassen. Adrian hatte uns mit Decken ausgestattet, und ich kuschelte mich unter meine, dankbar für die Wärme der Wolle. Louisa hielt es neben mir ebenso.

»Schade, daß Caroline nicht mitkommen konnte«, sagte sie, als die Pferde am Berkeley Square lostrabten.

»Ja, schade. Ein Jammer, daß die Rennen in der Zeit stattfinden, in der sie einer Einladung nach Holkham folgen. Du kennst ja Edward! Als er von Mr. Cokes Zuchterfolgen hörte, hätte ihn auch Gottvater persönlich nicht abhalten können, sich die Rinder anzusehen, und ein läppisches Pferderennen schon gar nicht.«

Louisa lachte auf. »Lord Ashley ist in seine Rinder so vernarrt wie du in deine Pferde, Kate.«

»Es scheint so. Ist es nicht erstaunlich?«

Die Kutsche rumpelte über eine Unebenheit, und wir wurden durchgerüttelt. Ich zog die Decke enger um meine Mitte und bewegte meine Zehen, die schon sehr ausgekühlt waren. Ich wünschte, ich hätte zugelassen, daß Walters uns ein paar heiße Ziegelsteine mitgab.

»Weißt du eigentlich, wo wir wohnen werden, Kate?« fragte Louisa.

Sir Charles Barbury persönlich hatte uns gebeten, seine Gäste zu sein. Adrian hatte ihn erst vor einigen Wochen kennengelernt, und siehe da, schon wurden wir ins Haus des auf Lebenszeit gewählten Jockey-Club-Präsidenten eingeladen, noch dazu in der Woche der bedeutendsten Rennen in Newmarket. Und Sir Charles fühlte sich wahrscheinlich noch geehrt, daß Adrian seine Gastfreundschaft in Anspruch nahm!

»Sir Charles' Anwesen liegt zwischen Newmarket und Mildenhall«, sagte ich. »Mehr weiß ich leider nicht, Louisa. Papa hat es nie zu einer Einladung von Sir Charles gebracht. Wenn wir in Newmarket waren, wohnten wir immer in einer Pension.«

Ich dachte an die Unterkunft, in der wir bei unserem letzten Besuch gewohnt hatten, und an das, was während unseres Aufenthalts passiert war. Ungebeten und ohne daß ich es gesucht hätte, tauchte das Bild meines Vaters vor meinem geistigen Auge auf. Es war freilich nicht das Gesicht, wie es nach seinem gewaltsamen Tod war, sondern so, wie er immer ausgesehen hatte: lebensvoll und froh.

Ach Papa! Lautlos formten meine Lippen diese Worte. Unaussprechliche Traurigkeit erfüllte mich. Mit sechsundvierzig war er viel zu früh gestorben.

Ich spürte, wie das Sitzkissen sich bewegte, und auf einmal war Louisa ganz eng neben mir und faßte nach meinen kalten Händen. »Er muß ein feiner Mensch gewesen sein, weil er eine so wundervolle Tochter hat«, sagte sie leise.

Ich traute meiner Stimme nicht, deshalb zwinkerte ich und nickte.

»Kate, du hast mir ja so leid getan, in jenem Winter auf Charlwood«, fuhr meine Kusine nun stockend fort. »Wenn ich dir vielleicht ... lieblos ... erschienen bin, das war nur, weil ich dich in deinem Kummer nicht stören wollte. Du kanntest mich ja nicht, und ich dachte, jeder Versuch, dich zu trösten, wäre dir unwillkommen.« Ihre Finger drückten kurz fester zu, dann zog sie ihre Hand fort und lehnte sich zurück. »Du sollst nur wissen, daß es nicht mangelndes Mitgefühl meinerseits war, daß mich schweigen ließ.«

Meine Kehle war wie zugeschnürt. »Ich verstehe, Louisa«, brachte ich mit belegter Stimme heraus und schluckte, den Tränen nahe.

Was ist nur los mit mir? dachte ich. *Ich weine doch sonst nie.*

Wir schwiegen, bis wir London hinter uns gelassen hatten und auf der Straße nach Norden dahinfuhren. Schließlich konnte ich wieder in normalem Ton sprechen und sagte: »Paddy ist ein Glückspilz.«

Louisa, die aus dem Fenster gesehen hatte, drehte sich auf meine Worte hin mit erstaunter Miene um. »Du bist eine Frau, die zu schweigen versteht«, sagte ich. »Papa pflegte immer zu sagen, daß eine solche Frau nicht mit Gold aufzuwiegen sei. Leider ist das eine Tugend, die ich mir nie zu eigen machen konnte.«

Louisa lachte auf.

Hastig erklärte ich: »Louisa, Adrian sagte, er würde Lambourn an Paddy verpachten, solltet ihr beide euch zur Heirat entschließen.«

Die ersten Regentropfen schlugen gegen das Kutschenfenster. »Sag das noch einmal«, forderte meine Kusine mich auf.

Ich wiederholte meine Worte und setzte hinzu: »Du kannst versichert sein, daß Adrian die Pacht sehr niedrig ansetzen wird. Der Standort wäre ideal, Louisa. Lambourn ist für Pferde herrlich und liegt nur wenige Meilen von Greystone entfernt. Wir könnten einander ständig besuchen.«

»Ach, Kate.« Nun war es an Louisa, Tränen zurückzuhalten.

Der Regen hörte sich so an, als fiele er dichter.

»Es war gar nicht meine Idee«, sagte ich. »Adrian kam ganz allein darauf.«

Sie sagte gerührt: »Was für ein Segen, daß du einen Mann wie Greystone gefunden hast, Kate. Und das sage ich jetzt nicht wegen Lambourn.«

Ich starrte auf meinen Schoß, ihrem Blick ausweichend. »Natürlich ist Adrian wunderbar«, sagte ich. »Alle sind dieser Meinung.«

»Er ist stark«, sage Louisa. »Er ist stark, ohne ein Tyrann zu sein. In einer Ehe mit dir würden die meisten Männer sofort klein beigeben, oder sie würden versuchen, dich zu unterjochen. Du hattest das Glück, einen Mann zu finden, der stark genug ist, dir deine Persönlichkeit zu lassen.«

Ich war nicht sicher, ob mir gefiel, was ich zu hören bekam. »Louisa, das hört sich ja an, als wäre ich eine störrische Mähre«, sagte ich mit unverhülltem Mißvergnügen.

In diesem Moment verlangsamte die Kutsche ihre Fahrt. Um dem Regen zu entgehen, hatten die Herren beschlossen, bei uns im Wagen Platz zu nehmen, und Louisa wurde einer Antwort enthoben.

Harley Hall befand sich schon seit Generationen im Besitz von Sir Charles Barburys Familie, und es mochte die Nähe zu Newmarket sein, die Sir Charles bewogen hatte, sich bereits mit einundzwanzig Jahren dem Rennsport zu verschreiben. Bei unserem Eintreffen hatte der Regen aufgehört, und als wir die Zufahrt entlangfuhren und ich aus dem Fenster spähte, sah ich ein typisches Landhaus aus jakobitischer Zeit mit Erkerfenstern und hohen Schornsteinen.

»Gottlob, daß wir angekommen sind«, sagte ich zu Louisa. »Die Kutsche holpert so stark, daß einem der Magen umgedreht wird.«

»Ja, es war ermüdend«, gab mir meine Kusine recht.

Unsere Kutsche hielt vor einer breiten Freitreppe an. Die Herren hatten sich wieder auf ihre Pferde geschwungen, kaum daß der Regen aufgehört hatte, und es war Adrian, der den Wagenschlag für uns öffnete. Er steckte Kopf und Schultern gebückt herein und fragte: »Nun, wie geht es euch?«

Aus Höflichkeit richtete er die Frage an uns beide, da ich aber wußte, daß er mich meinte, sagte ich: »Wenn ich hier nicht auf der Stelle herauskomme, Adrian, fange ich zu schreien an.«

»Wir brauchen die Trittstufen«, rief er.

Ich glitt von meinem Sitz und bewegte mich unsicher auf ihn zu. »Ich werde springen.«

Er sah mich scharf an, legte dann seine Hände um meine Mitte, als ich den Wagenschlag erreichte, und hob mich herunter.

Ich sog die kühle feuchte Luft ganz tief ein. Die ganze letzte Stunde der Fahrt hatte mein Magen sich unangenehm bemerkbar gemacht, und ich war dementsprechend gereizt.

Die Trittstufen kamen, und Louisa stieg würdevoll aus. Harry trat zu uns, und zu viert gingen wir die vordere Treppe von Harley Hall hinauf. An der Tür wurden wir vom Butler empfangen, der uns eröffnete, Sir Charles hätte einige seiner anderen Gäste zu einer Besichtigung seiner Rennpferde eingeladen, die in einem Trainingsstall unweit Burys untergebracht waren. Der Butler reichte uns an die Haushälterin weiter, die uns auf die Zimmer führte.

Ich konnte es nicht fassen, wie müde ich war. Den ganzen Tag hatte ich nur im Wagen gesessen, und doch schienen meine Beine zu schwach, um mich zu tragen. Ohne einen Blick für meine

Umgebung ging ich direkt auf den großen Schaukelstuhl vor dem Kamin zu, setzte mich und starrte in die Flammen.

Die Tür wurde geöffnet, und ein Diener trat mit unserem Gepäck ein. Ihm folgte Jeanette, die sich sofort ans Auspacken machen wollte, doch ich hörte, wie Adrian sagte, ich sei erschöpft, sie solle später kommen. Endlich schloß sich die Tür.

»Warum schläfst du nicht ein wenig, Kate? Wenn du dich ausgeruht hast, wirst du dich viel besser fühlen«, sagte Adrian liebevoll.

»Ich möchte nicht schlafen«, sagte, nein, jammerte ich. »Ich wüßte nicht, warum ich erschöpft sein sollte. Ich habe den ganzen Tag nur gesessen.«

»Du hast eine lange Wagenfahrt unternommen und befindest dich im Anfangsstadium einer Schwangerschaft. Du hast allen Grund der Welt, müde zu sein.«

»Ich hasse es, mich so zu fühlen. Ich hasse es, nicht über meine gewohnte Energie zu verfügen.«

»Nach einer Ruhepause wird es dir besser gehen«, wiederholte er.

Obwohl ich nichts lieber getan hätte, als mich sofort ins Bett zu verkriechen, wollte ich das nicht zugeben. »Na schön«, sagte ich mit Märtyrermiene. »Wenn es dich glücklich macht, werde ich mich auf ein Nickerchen hinlegen.«

»Danke, mein Schatz«, sagte er.

Ich stand auf. »Ich möchte mich nicht angekleidet hinlegen, und du hast Jeanette fortgeschickt.«

»Soll ich nach ihr läuten?«

»Nein. Ich möchte sie nicht.«

»Was möchtest du dann, Kate?« Hätte er entsetzt geklungen, ich hätte es ihm verziehen. Ich war ja entsetzt über mich selbst. Die Tatsache, daß er sich amüsiert anhörte, machte mich wütend.

»Ich möchte, daß du fortgehst«, sagte ich. »Wie kann ich einschlafen, wenn du dich hier vor mir aufbaust?«

»Kannst du das Kleid ohne Hilfe aufknöpfen?«

»Natürlich kann ich mir das Kleid allein aufknöpfen! Hältst du mich für schwachsinnig?«

Er ging zur Tür. »Soll die Haushälterin dir Tee heraufschicken?«

»Nein.«

»Dann überlasse ich dich deiner Ruhe.« Er schlug die Tür nicht hinter sich zu, sondern schloß sie ganz leise.

Ich schlief zwei Stunden und fühlte mich danach viel besser. Sir Charles war zurückgekommen, und als ich mich angezogen hatte und hinuntergegangen war, traf ich meinen Gastgeber und die übrige Gesellschaft in einem großen Raum mit gewölbter Decke an. Es mußte die Große Halle des ursprünglichen Herrenhauses gewesen sein.

Als ich den Raum betrat, sah ich als erstes die Duchess of Wareham. Als nächstes fiel mein Blick auf ihre Tochter Lady Mary Weston.

Ich spürte, wie ich meine Hände zu Fäusten ballte. Die Frechheit dieser Person raubte mir buchstäblich den Atem. Sie hatte es doch tatsächlich geschafft, in dasselbe Haus eingeladen zu werden wie Adrian, vermutlich in der Hoffnung, sich etwas Zeit mit ihm allein stehlen zu können.

Nur über meine Leiche, dachte ich.

»Lady Greystone, was für eine Freude, Sie auf Harley Hall willkommenzuheißen.« Ich riß meinen Blick von Lady Marys Gesicht los und sah die Frau an, die mich angesprochen hatte.

Blaß und in mittleren Jahren, blickte sie mich aus gütigen Augen an. »Ich bin Lady Barbury«, sagte sie.

Natürlich, ich wußte, daß Sir Charles eine Frau hatte, aber niemand hatte sie je zu Gesicht bekommen, weil sie seine Rennleidenschaft nicht teilte. Ich rang mir ein Lächeln ab und schaffte es irgendwie, eine Antwort zu geben. Sie machte mit mir die Runde und stellte mich der Gesellschaft vor.

Papa hatte mindestens der Hälfte der anwesenden Herren Pferde verkauft, so daß ich viele bekannte Gesichter sah. Von den Damen kannte ich, abgesehen von der heimtückischen Lady Mary, niemanden.

Ein wenig besänftigte mich die Tatsache, daß Adrian mit Sir

Charles und einem anderen Herrn vor dem Kamin stand, mindestens durch den halben Raum von Lady Mary und ihrer Mutter getrennt. Adrian sah mich lächelnd an, als ich zu ihm und den anderen trat, und ich fühlte mich ein wenig besser.

Glücklich war ich zwar nicht, aber ich hatte im Moment so viel anderes im Kopf, daß ich mir über Lady Marys Absichten meinen Mann betreffend nicht auch noch Sorgen machen konnte.

22. Kapitel

Wir trafen montags auf Harley Hall ein, obwohl die Rennen erst am Mittwoch anfingen, wobei die Guineas am Freitag stattfanden. Folglich mußten meine Mitverschwörer und ich drei Tage warten, bis wir unseren ersten Schritt tun konnten, das heißt, bis wir uns vergewissern konnten, ob es sich bei Alcazar tatsächlich um Finn MacCool handelte oder nicht.

Paddy hatte sein gewohntes Quartier in der Stadt bezogen und mit ihm Sean MacBride, der irische Stallknecht. Am Freitagmorgen, als wir sicher sein konnten, daß Stade sich auf dem Rennplatz befand, wollten Paddy und Sean zu Stades Gut nahe Bury reiten, um die Identität des Hengstes festzustellen. Dann wüßten wir Bescheid.

Am Dienstagmorgen brachte Sir Charles die Herren nach Newmarket Heath, wo sie das Training der Pferde beobachten konnten. The Heath gehörte wie die Rennbahn dem Jockey Club. In den rund um Newmarket gelegenen Stallungen wurden über vierhundert Pferde trainiert. Das Bild all dieser herrlichen Vollblüter, die schnell wie der Wind unter dem weitgespannten Himmel Anglias dahingaloppierten, war für mich der schönste Anblick, den die Welt zu bieten hatte.

Die Damen wurden der Fürsorge Lady Barburys überlassen, die mit uns einen Rundgang in den prachtvollen Gärten von Harley Hall unternahm, einer riesigen, von Vielfalt geprägten

Anlage. Gegen Westen verlief ein breiter, grasbewachsener und von einer Doppelreihe Kastanien bestandener Reitweg, auf dessen ganzer Länge sich kleine, vor Blumen überquellende Gärtchen an lauschige Plätzchen schmiegten. Nach Süden hin erstreckten sich weite Rasenflächen mit Inseln aus Weiden, Liguster und Holunderbüschen, während Platanen, Erlen, Ulmen, Sykomoren und Weiden die Ufer eines munteren Bächleins säumten. Den Rasen unmittelbar ums Haus herum schmückten klassische Statuen und steinerne Urnen.

Die Gärten waren wirklich ungewöhnlich schön, und ich bewunderte sie ganz aufrichtig und ließ kein einziges Mal laut werden, daß ich viel lieber den Pferden beim Training zugesehen hätte.

Kurz nach Mittag kehrten die Herren zurück, und im Frühstücksraum wurde ein leichter Imbiß serviert. Harry und ich füllten unsere Teller vom reichen Büfett und setzten uns zusammen an den Tisch. Ich ließ meinen Blick durch den Raum wandern, in dem fröhliche Geschäftigkeit herrschte, und stellte sofort fest, daß Lady Mary Weston nicht anwesend war.

»Wo ist Adrian?« fragte ich meinen Schwager mißtrauisch.

»Irgendein Kerl aus dem Foreign Office hat ihn in Newmarket in Beschlag genommen«, sagte Harry. »Adrian sagte, er wolle später allein nach Harley Hall zurückkehren.«

Natürlich war ich erleichtert, daß Adrian nicht mit Lady Mary zusammen war, aber ich fand es sehr bedauerlich, daß er auch die Rennen nicht unbehelligt besuchen konnte und daß immer jemand auftauchte, der etwas von ihm wollte.

In diesem Moment betrat Lady Mary höchstpersönlich das Frühstückszimmer. Ein dunkelhaariger junger Mann, der leicht hinkte, trat dicht hinter ihr ein, und ich hatte den Eindruck, daß sie zusammen gekommen waren. »Wer ist Lady Marys Begleiter?« fragte ich Harry.

»Er ist dir ebenso vorgestellt worden wie mir«, klagte Harry. »Warum mußt du mich immer fragen, wer die Leute sind?«

»Sei nicht so lästig«, sagte ich. »Nun – wer ist er?«

»Er heißt Richard Bellerton.« Harry strich Senf über seine

Fleischportion und schnitt ein großes Stück ab, das er in den Mund stopfte und kaute.

Ich bedachte ihn mit einem kalten Blick. »Und wer ist Richard Bellerton?«

Harry hörte nicht auf zu kauen.

Ich versetzte ihm unter dem Tisch einen Fußtritt, und er fuhr hoch.

»Hör auf, Kate«, zischelte er mir zu. Seine Wangen hatten sich gerötet.

Mein Lächeln war fast so engelhaft wie seines. »Ich möchte wissen, wer dieser Bellerton ist, Harry!«

Er schluckte und konterte mit der Gegenfrage: »Woher dieses Interesse für den Anbeter Lady Marys?«

»Ach, dann ist er also ihr Verehrer?«

Wir beide sahen zu dem Paar hin, das seine Teller am Büfett füllte. Mr. Bellerton überragte Lady Mary nur wenig, doch war er breitschultrig und um die Mitte schmal. Für meine Begriffe gaben sie ein ungewöhnlich hübsches Paar ab.

»Ehe wir London verließen, wurde bei *White's* eine Wette schriftlich festgehalten, daß die beiden bis zum Ende der Saison verlobt wären«, gestand Harry.

Ich hatte das Gefühl, als fiele mir ein Stein vom Herzen. »Wie reizend«, strahlte ich.

»Er ist der Neffe des alten Aldershot«, fuhr Harry fort. »Da er Junggeselle ist, wird Bellerton Titel und Vermögen erben. Und ich würde sagen, die Tatsache, daß die Herzogin hier mit Lady Mary weilt, ist gleichbedeutend mit ihrer Billigung.«

Das hörte sich ja immer besser an. »Ist dieser Bellerton auch Rennstallbesitzer?« fragte ich. »Ich habe ihn noch nie gesehen.«

»Er ist Lady Barburys Vetter«, sagte Harry.

Lady Mary näherte sich dem Tisch, und als sie sah, daß ich sie beobachtete, stockte sie. Auf mein freundliches Lächeln hin wurden ihre Augen groß vor Staunen. Sie verzog ihre Lippen unmerklich und setzte sich rasch ans andere Ende des Tisches. Mr. Bellerton brachte seinen Teller zu dem Stuhl neben ihr.

Ich wandte mich Harry zu. »Bellerton hinkt ja«, sagte ich.

»Ja. Er wurde bei Waterloo verwundet.«

Ich war entzückt. Lady Mary hatte wieder einen Helden gefunden! Man konnte also darauf vertrauen, daß sie meinen in Ruhe lassen würde. Ich sah Harry an, der sich über die nächste Fleischportion hermachte, und mein eigener Appetit erwachte. Es war das erste Mal an diesem Tag, daß sich Hunger bei mir regte. Zum Messer greifend, schnitt ich mir ein winziges Häppchen Roastbeef ab.

Die Rennen wurden am Mittwoch eröffnet. Sämtliche Herren von Sir Charles Barburys Hausgesellschaft sowie Louisa und ich waren zugegen, als der erste Lauf startete. Die Herren sahen vom Sattel aus zu, während Louisa und ich vom hochsitzigen Phaeton Sir Charles' aus einen guten Blick auf das Finish hatten. Die Sonne schien, da es aber windig war, hatte Adrian uns fürsorglich in Decken gehüllt, ehe wir von Harley Hall aus losgefahren waren.

Ich liebte die Rennen, weil es nichts Schöneres gab als Vollblüter in gestrecktem Galopp, aber die Männer besuchten die Rennen, um auf die Pferde zu wetten. Papa hatte immer hohe Einsätze getätigt, der Hauptgrund für unsere finanziellen Berg- und Talfahrten. Das viele Geld, das er mit dem Pferdehandel verdient hatte, war immer wieder wegen seiner Wettverluste verlorengegangen.

Adrian hatte sich so lange außer Landes aufgehalten, daß ihm das englische Rennsystem mehr oder weniger fremd war. Am Abend vorher hatte ich für ihn eine Aufstellung jener Pferde gemacht, auf die er bei dem ›Läufer‹, der mit Lord Barbury in Geschäftsbeziehung stand, setzen sollte.

Diese ›Läufer‹ nahmen Wetten in verschiedener Höhe auf jedes Pferd im Rennen an, ein System, daß sie ›Buchmachen‹ nannten. Die Rennbesucher nahmen ihre Dienste eifrig in Anspruch, für mich aber waren sie Halunken. Wie oft wurde ein Favorit von diesen Buchmachern durch vergiftetes Trinkwasser oder eine Prise Opium ausgetrickst. Der Jockey Club bemühte sich zwar um Sauberkeit im Wettgeschäft, der Erfolg war jedoch gering.

Für Adrian begann der Tag an unserer Seite eher später – wie meistens –, weil dieser oder jener seine Aufmerksamkeit in Anspruch nahm und wir ihn den Rest des Tages immer nur kurz zu Gesicht bekamen. Dennoch hatten Louisa und ich keine Ursache, uns vernachlässigt zu fühlen. Viele alte Bekannte blieben bei uns stehen, um mir zu sagen, wie schön es sei, mich wieder bei den Rennen zu sehen.

Es hätte ein vollkommener Tag sein können. Die Sonne schien unverdrossen, am frühen Nachmittag legte sich sogar der Wind, und es wurde warm. Die Rennen verliefen glatt, und wenn auch nicht alle Favoriten gewannen, so waren sie doch so gut plaziert, daß nicht der Eindruck entstand, sie wären manipuliert worden. Vier der Pferde, die ich Adrian empfohlen hatte, belegten erste Plätze, und als er mich zu meiner Klugheit beglückwünschte, freute ich mich.

Es war die Welt, in der ich aufgewachsen war: Vollblüter, im gestreckten Galopp dahindonnernd, der Geruch von Leder, Pferden und Mist, der Siegestaumel der Gewinner, die Enttäuschung der Verlierer. All dies war achtzehn Jahre lang Teil meines Lebens gewesen, und ich liebte es.

Aber Papa war nicht da. Irgendwie hatte ich nicht erwartet, daß er mir so fehlen würde. Er war jetzt anderthalb Jahre tot, und ich hätte gedacht, meine Trauer wäre zu Ende, doch war das offenbar nicht der Fall.

Mit dem Verstreichen des Nachmittags spürte ich den Schmerz in mir immer mehr, und ich wurde immer einsilbiger. Als das letzte Rennen gelaufen war, sagte ich zu Louisa: »Ehe wir nach Harley Hall zurückfahren, möchte ich zu Papas Grab.«

Louisa, die mich schon zweimal gefragt hatte, ob ich mich gut fühlte, ließ ihren suchenden Blick über die Menge wandern. »Im Moment kann ich Lord Greystone nicht sehen, Kate.«

»Vermutlich ist er noch beim Buchmacher«, sagte ich. »Das kann eine Weile dauern, aber er weiß, daß ich gleich nach dem Rennen losfahren wollte.«

Louisa runzelte besorgt die Stirn. »Ich glaube, du solltest mit deinem Besuch am Grab warten, bis er dich begleiten kann.«

Doch das Bedürfnis war den ganzen Nachmittag lang in mir gewachsen, und ich wollte nicht warten.

»Papa liegt auf einem Friedhof am Stadtrand. Wenn ich rasch hinfahre, wird es nicht lange dauern, Louisa.«

Ich hob die Zügel, um mit Pferden und Wagen zu reversieren, meine Kusine aber hielt mich zurück, indem sie mir eine Hand auf den Arm legte. »Warte einen Moment, Kate.« Ich warf ihr einen ungeduldigen Blick zu, aber sie winkte jemandem. Ihrem Blick folgend sah ich Paddy, der sich durch die Menge, Menschen und Pferde, drängte. Im Laufe des Tages war er mehrmals zu uns gekommen, um mit uns zu plaudern. Der Ton seiner melodischen irischen Stimme brachte mir meinen Verlust nur noch mehr zu Bewußtsein.

»Die Damen wollen offenbar schon aufbrechen?« fragte er, als er mit seiner hübschen Fuchsstute an die Seite des Phaetons geritten kam.

»Kate möchte kurz zum Grab ihres Vaters, ehe wir nach Harley Hall zurückfahren«, sagte Louisa. »Kommst du mit, Paddy?«

»Gewiß«, erwiderte er und sah mich mit seinen hellblauen Augen an.

»Ich war seit der Beerdigung nicht am Grab«, sagte ich.

»Ich schaue immer vorbei, wenn ich in Newmarket bin«, sagte Paddy leise, »und ich weiß, daß etliche von früher auch immer zum Friedhof gehen, wenn sie in der Stadt sind.«

Papa hatte immer die Gabe besessen, bei allen Zuneigung zu wecken.

Ich lächelte ein wenig unsicher. »Also dann, fahren wir?«

»Fahren Sie zu, Miß Cathleen«, sagte er und machte mir mit seinem Pferd Platz.

Jemand hatte Glockenblumen auf Papas Grab gepflanzt. Sie hatten genau die Farbe seiner Augen, und mir brach beinahe das Herz.

Stade wird dafür bezahlen, Papa. Ich werde nicht zulassen, daß er davonkommt. Ich werde dafür sorgen, daß er für das bezahlt, was er dir angetan hat.

Das Würgen in meiner Kehle war unerträglich. Die Glockenblumen verschwammen blau vor dem Weiß des Grabsteins.

O Gott, Papa. O Gott. Papa ... Papa.

Der Wind hatte uns eingeholt und blies nun mit eisigem Biß über den Friedhof. Ein Spatz pickte in der Nähe auf der Suche nach einem Wurm im Gras. Ich konnte Papas Namen durch meinen Tränenschleier nicht mehr ausmachen.

»Kommen Sie jetzt, Miß Cathleen«, sagte Paddy und legte seine Arme um meine Schultern.

Ich fühlte mich so allein. Ich fror bis ins Innerste. Ich brauchte dringend Trost. »Ich möchte nach Hause«, sagte ich.

Er geleitete mich zum Phaeton. »Nach Greystone ist es zu weit, meine Liebe«, sagte er. »Ich bringe Sie zurück nach Harley Hall.«

»Ich will nicht nach Greystone«, sagte ich. Schon spürte ich, wie die Tränen über meine Wangen flossen und blinzelte heftig, um sie zu vertreiben. »Ich möchte nach Hause.«

»Und jetzt hinauf«, sagte Paddy in einem herzzerreißend weichen Tonfall und hob mich auf den Sitz des Phaetons. Im nächsten Moment stieg Louisa ein.

Ich griff nach den Zügeln, ohne sicher zu sein, ob ich imstande wäre, die Pferde auf der Straße zu halten. »Warte, Kate«, sagte Louisa in diesem Moment. »Paddy bindet sein Pferd am Wagen an. Er wird uns nach Harley Hall kutschieren.«

Ich widersprach nicht. Auf dem für zwei Personen bestimmten Sitz zu dritt aneinandergedrängt, fuhr Paddy uns bis zur Eingangstreppe von Harley Hall.

Adrian stand auf dem kiesbestreuten Hof, im Gespräch mit Richard Bellerton. Wir fuhren vor, und ich hörte ihn sagen: »Ist etwas passiert, Paddy?«

Ich saß zwischen Louisa und Paddy eingepfercht, und es war Louisa, die antwortete: »Wir waren am Grab von Kates Vater. Es hat sie sehr mitgenommen.«

»Ach so«, sagte er, um dann leise hinzufügen: »Louisa, ich helfe dir beim Absteigen.«

Louisa verschwand vom Sitz, und ich rutschte weiter und

nahm ihren Platz ein. Dann streckte Adrian die Arme nach mir aus. Ich legte meine Hände auf seine Schultern, und er hob mich vom Wagen, schwang mich in die freie Luft und stellte mich auf den Boden. Zu meiner großen Enttäuschung konnte ich ein Schluchzen nicht verhindern.

»Ach, Adrian«, sagte ich. »Ach, Adrian.«

Anstatt zu antworten, hob er mich einfach hoch wie ein Kind und trug mich die Freitreppe von Harley Hall hinauf, wobei ich mein Gesicht an seine Schulter drückte, damit niemand meine Tränen sehen konnte. Der Butler ließ uns ein. Ich hörte seine Stimme, und dann wurde ich wieder eine Treppe hinaufgetragen. Adrian bückte sich ein wenig, um eine Tür zu öffnen, und schließlich befanden wir uns in der Geborgenheit unseres Zimmers. Er schloß die Tür mit dem Fuß und trug mich zum Schaukelstuhl vor dem Kamin. Er setzte sich und hielt mich auf dem Schoß.

»Schon gut, Liebling«, sagte er voller Güte. »Jetzt kannst du dich ausweinen.«

Und das tat ich. Ich schluchzte wie noch nie zuvor, ganz tief, unbeherrscht, und er hielt mich fest, bis der Sturm sich verzogen hatte und ich vor Erschöpfung reglos dalag.

Ich lehnte mich an ihn, lauschte dem stetigen Schlag seines Herzens an meiner Wange, spürte, wie seine starken Arme mich umfangen hielten, und wußte, daß ich endlich zu Hause angelangt war.

Mit einer Stimme, die noch immer sehr unsicher war, sagte ich: »Es tut mir leid. Ich weiß nicht, was mit mir los ist. So weine ich doch nie.«

»Kate, man braucht sich seiner Tränen nicht zu schämen«, sagte er.

Ich war anderer Meinung. »Tränen können nichts ändern«, sagte ich. »Weinen kostet nur Energie.«

»Das stimmt nicht«, sagte er.

»Doch, es stimmt.«

Er schwieg.

»*Du* weinst niemals, Adrian«, sagte ich.

Ich spürte, wie seine Brust sich unter einem tiefen Atemzug weitete und zusammenzog. Und noch einmal. Und dann sagte er, wobei er ganz langsam sprach, als würde man ihm die Worte entreißen: »Weißt du, wie viele Menschen ich damals bei meiner berühmten Attacke getötete habe, Kate?«

Dieser Themawechsel erstaunte mich so sehr, daß ich den Kopf hob. »Du hast das gesamte linke Zentrum der Franzosen vernichtet«, sagte ich.

Sein Gesicht zeigte einen angespannten Ausdruck, und plötzlich ging mir die Bedeutung seiner merkwürdigen Wortwahl auf. »Weißt du, wie viele Menschen *ich* getötet habe?« hatte er gesagt.

»Waren die eigenen Verluste sehr groß?« flüsterte ich.

»*Ich* faßte den Entschluß, weit hinter die britische Stellung vorzustoßen. *Ich* faßte den Entschluß, die Kanonen zum Ziel zu nehmen. Auf dem Rückweg wurden wir von einer Kompanie der französischen leichten Kavallerie umstellt. Unsere Verluste waren gewaltig.«

Sein Gesicht war ausdruckslos. Ich haßte es, wenn er so aussah. »Niemand wird die Schuld bei dir suchen, Adrian.«

Er schüttelte ungeduldig den Kopf. Das war nicht, was er hören wollte.

Ich strich mit den Fingern die Linie zwischen seinen Brauen entlang und versuchte, sie zu glätten. Dabei fragte ich mich, warum er mir diese Geschichte erzählte. Er fing langsam an, den Stuhl in Schaukelbewegung zu versetzen, und wieder lehnte ich meinen Kopf an ihn.

Er fuhr fort: »Als der Kampf schließlich vorüber war, entschloß ich mich, über das Feld zurück zu der Stelle zu reiten, wo man uns umzingelt hatte – um zu sehen, oh noch jemand am Leben war und ob ich helfen konnte.« Ich spürte die Anspannung in Stimme und Körper, als er sich dem Schrecken dieser Erinnerung stellte. »Wie kann ich den Anblick dieses Feldes beschreiben? Tausende von Toten lagen da, weiter Tausende von Verwundeten, vor Schmerzen schreiend. Es war wie eine Höllenvision, Kate.« Ich spürte, wie sein Mund meinen Kopf berührte, und sein Atem bewegte mein Haar, als er hart sagte:

»Ich habe geweint. Ich konnte kaum sehen, wohin ich trat, weil mir die Tränen übers Gesicht strömten.«

Der Schaukelstuhl bewegte sich weiterhin in seinem gemächlichen, beruhigenden Rhythmus. Ich lehnte an ihm, spürte seine Wärme und Stärke, in Gedanken bei dem, was er zu mir sagte. »Du siehst also, daß ich *doch* weine, Kate. Und ich schäme mich dessen nicht. So wie du dich nicht schämen solltest, deinen Vater zu beweinen.« Er hob mein Kinn an, so daß ich zu ihm aufschaute. »Es gibt Ereignisse, die dieses Ausmaß an Gefühl verdienen«, sagte er.

Er war ein Mensch von unvergleichlicher Großzügigkeit. Ich liebte ihn so sehr. Und als ich ihm wieder in die Augen sah, wäre ich beinahe mit meinen Gefühlen für ihn herausgeplatzt. Was mich davon abhielt, weiß ich nicht. Nun ja, eigentlich weiß ich es doch. Es war Stolz.

Es war unvermeidlich, daß ich es ihm eines Tages sagen würde, aber nicht jetzt.

Statt dessen sagte ich: »Danke, Adrian.« Wieder legte ich meinen Kopf an seine Brust. »Ich fühle mich schon viel besser.«

Wir fuhren fort, mit dem Stuhl zu schaukeln.

23. Kapitel

Der Freitagmorgen dämmerte hell und kündigte einen weiteren strahlenden, ungetrübten Frühlingstag an. Die Guineas-Rennen würden bei idealem Wetter über eine ideale Strecke gehen. Louisa und ich fuhren unter einem nahezu wolkenlosen Himmel nach Newmarket, begleitet von Kirschbäumen, deren frühe Blüte die Straße wie weißer Schaum säumte, während Glockenblumen und Veilchen das Gras sprenkelten.

Da Louisa auf der Fahrt munter und unbekümmert schwatzte, konnte ich sicher sein, daß Paddy ihr nichts von seinem Vorhaben verraten hatte. Ich gab ihr Antwort, so gut ich konnte, während mich bedrückende Gedanken verfolgten. Ich mußte ständig daran denken, was beim letzten Mal passiert war, als jemand versucht hatte, die wahre Identität Alcazars festzustellen.

Lieber Gott, Paddy darf nichts zustoßen, betete ich. *Bitte, bitte, ihm darf nichts zustoßen.*

Die Rennbahn war so belebt, wie ich sie seit jeher kannte, und alle stellten Vermutungen über den Ausgang des Rennens und über die Chancen von Castle Rook an. Stades junger Hengst war klarer Favorit, eine geradezu ideale Situation, falls ein Buchmacher beabsichtigte, das Pferd zu präparieren. So sehr ich Stade haßte, so wollte ich doch nicht, daß seinem Pferd etwas zustieß. Ich konnte nur hoffen, daß Castle Rook in den letzten vierundzwanzig Stunden gut bewacht worden war.

Den ganzen Morgen über hielt ich nach Stade Ausschau, sah ihn aber erst nach Ende des zweiten Rennens, als ich ihn in Gesellschaft von Sir Charles Barbury erspähte.

Harry entdeckte ihn zugleich mit mir. »Da ist er ja, dieser Schuft«, murmelte er. Harry war nicht mit Freunden unterwegs wie in den letzten zwei Tagen, sondern hielt sich nahe bei meinem Phaeton auf.

»Ich habe Paddy noch nicht gesehen«, bemerkte Louisa.

Harry und ich wechselten einen Blick, ehe er beiläufig sagte: »Gestern sprach er davon, daß er sich heute ein Pferd ansehen wolle.«

»Ach, du meine Güte«, sagte Louisa. »Hoffentlich ist er rechtzeitig zu den Guineas zurück.«

Ich zwang mich zu einem Lachen. »Louisa, du redest ja schon wie ein ausgefuchster Rennliebhaber. Kein Mensch würde glauben, daß es deine erste Rennwoche ist.«

Louisa schien erfreut. »Es macht Spaß«, sagte sie.

»Haben Sie etwas gewonnen, Louisa?« fragte Harry.

Meine Kusine schüttelte den Kopf. »Ich habe nicht gewettet.«

Mein schlechtes Gewissen regte sich, als mir klar wurde, daß Louisa wahrscheinlich deswegen auf kein Pferd gesetzt hatte, weil es ihr an Geld fehlte. Ich hatte mein Taschengeld mit ihr teilen wollen, aber noch ehe ich meinen Plan in die Tat umsetzen konnte, hatte ich alles in dem verdammten Spielklub verloren.

»Sind Sie so pleite wie Kate und ich?« fragte Harry mitfühlend.

Zu meiner Verwunderung schüttelte Louisa den Kopf. »Ich habe das Geld, das Greystone mir gab, kaum angerührt«, sagte sie. »Ich halte es nur für töricht, auf ein Pferd Geld zu verwetten.«

Wieder einmal ist Adrian als edler Ritter aufgetreten, dachte ich mit einem Anflug von Wehmut.

»Wenn die Leute nicht auf Pferde setzen würden, gäbe es keine Rennen«, wandte Harry ein.

Ich seufzte. »Das stimmt leider.«

Ein Mann auf einem braunen Vollblut drängte sich durch die Menge, und ich bemerkte zu Harry: »Ist das nicht eine hübsche Stute, Harry? Ein wenig erinnert sie mich an Elsa.«

Harry brummte.

»Hoffentlich fühlt Elsa sich einigermaßen wohl ... eingesperrt in dem Stall in London«, machte ich meiner Besorgnis Luft.

Harry ließ ein Hohngelächter hören. »Eingesperrt! Daß ich nicht lache. Ich wurde Ohrenzeuge deiner lauten Befehlsausgabe, ehe wir abfuhren.« Er bemühte sich meinen Tonfall nachzuahmen. *»Achte ja darauf, daß sie mindestens dreimal täglich eine Stunde bewegt wird, Georgie. Und vergiß nicht, Elsa ihre Leckerbissen zu geben.«* Er schnaubte verächtlich.

»Wenn sie deine Anordnungen ausführen und auch noch Adrians ähnlich ausführliche für Euclide, dann haben die Stallknechte für die anderen Pferde keine Zeit mehr.«

Ich mußte unwillkürlich lächeln.

»Ach, da kommt ja Adrian«, sagte Harry, und wir alle drehten uns um und sahen zu, wie der barhäuptige Reiter auf dem großen Fuchswallach sich seinen Weg durch die Menge bahnte.

Castle Rook gewann die Guineas. Einmal fiel er hinter einen Wall von Pferdeleibern zurück, als er auf die Innenseite wollte, so daß sein Jockey ihn zügeln und nach außen bringen mußte. Ein Stöhnen entrang sich der Menge, weil die meisten schon befürchteten, ihr Geld sei verloren. Aber sobald Castle Rook freie Bahn vor sich hatte, explodierte er förmlich.

Es war ein gigantisches Schauspiel. Das dunkelbraune Pferd schien mit seinen weitausgreifenden Sätzen die Strecke praktisch aufzuzehren. Erst passierte er ein Pferd und gleich darauf das nächste, so als bewegten sich die anderen nicht von der Stelle. Eine Achtelmeile vor dem Finish übernahm er die Führung, und als er die Ziellinie passierte, lag er zehn Längen vor dem Zweitplazierten.

Schauer überliefen mich, als ich ihn laufen sah.

Unter den Zuschauern brach die Hölle los.

Adrians Augen blitzten. »Was für ein herrliches Rennen!« sagte er zu mir. »Hast du etwas Ähnliches schon einmal gesehen, Kate?« Ich konnte nur den Kopf schütteln. So etwas hatte ich noch nie gesehen. Das hatte niemand. Der leuchtendblaue Himmel East Anglias wölbte sich über dem herrlichen Braunen, als er im Triumph und unter dem Jubel der Zuschauer die ganze Länge der Rennbahn zurückgaloppierte. Seinen Eigner, den Marquis of Stade, umdrängte die Schar der Gratulanten dermaßen, daß er der Sicht entzogen war.

Soll er doch den Beifall genießen, den Augenblick in der Sonne, dachte ich voller Ingrimm. Bald würde er mit der Nase im Staub liegen.

Als der Tag sich dem Ende zuneigte, war Louisa vor Sorge um Paddy ganz außer sich. Ich hingegen machte mir mehr als nur Sorgen, ich stand Todesangst aus, daß etwas schiefgegangen sein könnte. Bis Paddy schließlich auftauchte, hatte mindestens die Hälfte der Besucher den Rennplatz bereits verlassen. Louisa und ich waren so froh, ihn zu sehen, daß wir ihm von unserem hochsitzigen Wagen herunter fast in die Arme fielen.

Er tischte Louisa einen charmanten Schwindel auf und faselte von einem Pferd, das er beinahe gekauft hätte, dann aber zerrte Harry ihn fort vom Wagen, um ihn unter vier Augen näher zu befragen. Mein Blick hing unverwandt an ihren Gesichtern, und als ich Harry plötzlich lächeln sah, wußte ich, daß Paddys Bemühungen von Erfolg gekrönt worden waren und Sean den Hengst als Finn MacCool identifiziert hatte.

Ich mußte bis zum nächsten Morgen warten, ehe ich erfuhr, was sich zugetragen hatte. Harry hatte verabredet, daß wir Paddy und Sean auf halbem Weg zwischen Harley Hall und dem Dorf an einer kleinen Brücke, die den Bach überspannte, treffen würden. Der Morgen war für mich nach wie vor eine unangenehme Tageszeit, aber es ging schon ein wenig besser. Ich hatte das deutliche Gefühl, daß dies auf die günstigen Auswirkungen der Landluft zurückzuführen sei.

Zum Glück war Adrian vor mir aus dem Haus gegangen, um mit Sir Charles zusammen die Jagdhunde zu bewegen. Ich brauchte mir also keine Ausrede für meinen frühmorgendlichen Ritt zurechtzulegen.

Harry und ich waren zuerst an der verabredeten Stelle. Wir saßen ab und ließen die Pferde am flachen, grasbewachsenen Ufer grasen. Hinter uns stieg das Gelände an, dessen grünes Gras dicht mit Kuckucksblumen, Sumpforchideen und Schlüsselblumen übersät war. Es war wieder ein unglaublich schöner Frühlingsmorgen. Auf den Hügeln grasten Schafe, von fern ertönten Kuckucksrufe, und vom bewaldeten Steilufer gegenüber hörte man das Klopfen eines Spechts, der eifrig am Werk war.

Wir warteten etwa eine Viertelstunde, ehe Paddy mit Sean MacBride, einem kleinen, drahtigen, schwarzhaarigen Mann daherkam.

»Der Hengst ist Finn MacCool persönlich«, sagte Sean. »Er wurde Mr. Farrell während des Stallbrandes gestohlen.« In den grünlichen Augen des Mannes flammte es zornig auf. »Ich werde ihn zurückholen«, sagte er. »Ich will ihn nach Irland zurückbringen, wohin er gehört.«

»Das wirst du, mein Freund«, sage Paddy. »Wir müssen uns nur entscheiden, wie wir die Sache am besten angehen.«

»Und die Deckgelder!« stieß Sean wütend hervor. »Uns stehen die Deckgebühren für sämtliche Stuten zu, die unserem Hengst zugeführt wurden!«

An die Deckgelder hatte ich gar nicht gedacht. Ich nickte eifrig. »Sie haben recht, Sean. Die Deckgebühren stehen Mr. Farrell ganz zweifelsfrei zu.«

»Sean hat sich gestern den Marquis of Stade gründlich angesehen, als dieser nach dem Sieg wie ein Pfau umherstolzierte«, sagte Paddy. »Er hat ihn als jenen Mann erkannt, der versucht hatte, vor dem Brand Finn MacCool zu kaufen.«

Es wurde ja immer besser. Fast hätte ich mir die Hände gerieben.

»Lord Barbury ist Präsident des Jockey Clubs«, sagte ich. »Ich glaube, unser nächster Schritt müßte es sein, ihm die Beweise vorzulegen.«

»Stade wird alles abstreiten«, sagte Paddy. »Und das Wort eines irischen Reitknechts wird gegen das eines vornehmen englischen Marquis nicht viel gelten.«

Ich widersprach. »Es hat viele Spekulationen gegeben, weil Alcazar als Zuchthengst so überragende Erfolge hatte«, sagte ich. »Man wird den Anschuldigungen nachgehen müssen.«

»Und wie wird das geschehen?« fragte Sean.

»Jemand vom Jockey Club wird nach Irland fahren und sich Mr. Farrells Pferde ansehen müssen. Er muß doch Nachkommen Finn MacCools bei sich stehen haben.«

»Die hat er«, sagte Sean befriedigt. »Conchubar, beispielsweise, der fünf Jahre in Folge den Galway Cup gewonnen hat.«

»Wenn er das Pferd ist, das ich vor zwei Jahren laufen sah«, sagte ich, »dann ist die Ähnlichkeit mit Castle Rook unverkennbar.«

»Sie alle sind das Ebenbild ihres Vaters«, sagte Sean. »Der Apfel fällt nicht weit vom Stamm, das gilt für Finn MacCool ganz besonders.«

»Und was ist mit Mr. Daniel?« sagte Paddy. »Gibt es denn keine Möglichkeit, Stade des Mordes anzuklagen?«

Etwas von meinen Gefühlen mußte sich in meiner Miene abgezeichnet haben, da Harry mir seinen Arm um die Schultern legte. Dankbar lehnte ich mich an ihn. »Ich glaube nicht, Paddy«, sagte ich. »Natürlich können wir unsere Verdachtsmomente vor Lord Barbury zur Sprache bringen und werden mit unseren Argumenten gewiß Gehör finden, aber die Beweise reichen nicht aus, um Stade vor Gericht zu bringen.«

»Es genügt nicht, daß er nur mit dem Bann des Jockey Clubs belegt wird«, ließ Paddy nicht locker. »Er sollte für Mr. Daniels Tod büßen. Ein Leben für das andere.«

»Ich gebe dir recht«, sagte ich. »Aber ich glaube nicht, daß wir damit durchkommen.«

Harry, der sich ungewohnt wortkarg gezeigt hatte, sagte: »Paddy, einen Mann wie Stade trifft es schlimmer als der Tod, wenn er von seinesgleichen gemieden wird und das Leben eines Parias führen muß.«

»In der Welt der Rennstallbesitzer mag er dann als Paria gelten«, sagte Paddy. »Aber was kümmert das den Rest der Welt, wenn der Jockey Club selbst den Regenten von der Rennbahn verbannt hat?«

»Es handelt sich dabei um Vergehen verschiedener Art«, wandte ich ein. »Der Prinz soll seinem Jockey aufgetragen haben, ein Pferd zu behindern. Ein einziges Mal. Und viele sind der Meinung, der Jockey hätte aus eigenem Antrieb gehandelt. Stade aber hat einen wertvollen Hengst gestohlen und aller Wahrscheinlichkeit nach einen Menschen getötet, um den Diebstahl zu vertuschen. Harry hat recht. Stade wird wie ein Ausgestoßener leben müssen. Er wird sich nie wieder in der vornehmen Gesellschaft zeigen dürfen.«

Paddy schien nicht überzeugt.

»Paddy, glaubst du nicht, ich würde ihn nicht gern gevierteilt sehen?« sagte ich hitzig. »Glaubst du nicht, ich würde gern sehen, daß sein Schädel auf der London Bridge aufgespießt zur Schau gestellt wird?« Ich holte tief und bebend Luft. »Aber unsere Beweise reichen nicht aus.«

Daraufhin kam kein Einwand mehr. Der Specht war verstummt. Nur die Kuckucksrufe aus dem Gehölz am anderen Ufer schallten noch herüber. Zwei Mutterschafe mit ihren Lämmern waren den Abhang heruntergewandert und tranken aus dem Bach. Die süßduftende frühmorgendliche Brise bewegte mein Schläfenhaar und fuhr durchs Gras.

Wie wunderschön die Welt doch war. Es war ungerecht, daß Stade sie sehen konnte und Papa nicht mehr.

Paddy seufzte. »Mädchen, Sie mögen ja recht haben. Aber eine sonderbare Art von Gerechtigkeit ist das schon.«

Sean brachte uns wieder auf das Nächstliegende. »Also, holen wir uns Finn MacCool zurück?«

»Das werden wir, mein Junge«, erklärte Paddy grimmig. »Das werden wir.«

Sir Charles, Adrian und zwei andere Herren saßen beim Frühstück, als Harry und ich nach Harley Hall zurückkehrten. Adrian schien erstaunt, als er mich das Frühstückszimmer betreten sah. Seit ich an meiner Morgenübelkeit litt, hatte ich den Tee wie alle anderen Damen auf meinem Zimmer eingenommen.

Harry sagte zu Sir Charles: »Könnten wir Sie nach dem Frühstück wohl für einen Moment sprechen, Sir?«

Der überraschte Sir Charles erwiderte mit vollendeter Höflichkeit: »Aber natürlich.« Er trank seine Tasse aus. »Ich bin schon fertig. Kommen Sie, wir gehen in mein Arbeitszimmer.«

Ich spürte Adrians Blick auf mir, als wir Sir Charles folgten.

In dem neben der Bibliothek gelegenen Arbeitszimmer standen ein Mahagonisekretär und zwei Stühle. Der Bücheraufsatz auf dem Sekretär enthielt Ausgaben von *Rennkalender*, *Baily's Rennregister*, *Turf Register*, die Zeitschrift *Sporting* und natürlich das Gestütbuch. Auf der Schreibfläche lagen verschiedene Papiere, ein Federkiel, ein versilbertes Gefäß zum Schmelzen von Siegelwachs und eine Brille. Sir Charles und ich setzten uns, während Harry sich an den mit Schnitzwerk verzierten Kaminsims aus Mahagoni lehnte. Sir Charles verschob seine Brille um ein Stück und sah uns fragend an.

Harry kam sofort zur Sache. »Wir möchten, daß Sie unverzüglich eine Sitzung des Jockey Clubs einberufen, Sir«, sagte er. »Wir haben gegen den Marquis of Stade eine Anklage vorzubringen.«

Sir Charles sah aus wie vom Donner gerührt. »Wie bitte?«

Harry wiederholte, was er gesagt hatte.

»Um welche Anklage handelt es sich?« wollte Sir Charles wissen. Er schien nicht allzu erbaut über unser Ansinnen.

Harry und ich wechselten einen Blick, worauf Harry fortfuhr und ausführlich Bericht über unsere Ermittlungen erstattete.

Als Harry seine Schauergeschichte von Habgier, Diebstahl und Mord beendet hatte, sagte der Präsident des Jockey Clubs: »Natürlich besteht die Möglichkeit, daß dieser irische Stallknecht in der Hoffnung lügt, seinem Herrn zu einem Prachthengst zu verhelfen.«

Da erwachte mein Zorn, und ich machte zum ersten Mal den Mund auf. »Sir Charles, ich habe Mr. Farrells Pferd in Irland laufen sehen. Es hat unverkennbar dasselbe Blut wie der gestrige Sieger der Guineas. Wenn Sie oder eines der anderen Vorstandsmitglieder des Jockey Clubs nach Galway fahren, werden Sie es mit eigenen Augen sehen können. Außerdem schlage ich vor, daß man versucht, Alcazars alte Stallknechte ausfindig zu machen. Ich glaube, sie werden bestätigen, daß das Pferd, das Stade jetzt als Alcazar ausgibt, nicht dasselbe Pferd ist, das sich in ihrer Obhut befand.«

Ein Sonnenstrahl fiel durch das einzige Fenster des Raumes und wurde von den Gläsern der Brille auf dem Schreibtisch reflektiert. Langsam sagte Sir Charles: »Es hat immer Anlaß zu Verwunderung gegeben, wie es kommt, daß der bestenfalls mittelmäßige Alcazar so großartigen Nachwuchs hervorbringen konnte.«

»Ich weiß, wie mein Vater sich wunderte«, sagte ich. »Und deshalb glaubte er an einen Austausch und versuchte, einen Blick auf Alcazar zu werfen.« Meine Augen unverwandt auf die Brille richtend, sagte ich tonlos: »Und deshalb wurde er getötet.«

»Das mag wohl sein, Lady Greystone«, sagte Sir Charles, »aber ein Urteil darüber fällt nicht in die Kompetenz des Jockey Clubs.«

Ich hob meinen Blick. »Das verstehe ich, Sir Charles. Ich bitte Sie ja nur, diese Information an den Vorstand des Jockey Clubs weiterzugeben. Es liegt dann an den leitenden Herren, Maßnahmen zu ergreifen, die sie für geeignet halten.«

»Die meisten Herren des Vorstands sind im Moment bei den Rennen in Newmarket«, sagte Sir Charles. Er rieb sich die rechte

Schläfe, als hätte er Schmerzen, und seufzte dann. »Nun gut. Ich werde die Vorstandsmitglieder von allem in Kenntnis setzen. Morgen wird dann in der Zentrale des Jockey Clubs in Newmarket eine Sitzung abgehalten. Sie, Mr. Woodrow, bitte ich, um elf Uhr zur Stelle zu sein. Bringen Sie die zwei irischen Gentlemen als Zeugen mit.«

»Ich werde auch kommen«, sagte ich.

Sir Charles sah mich erstaunt an. »Das wird nicht nötig sein, Lady Greystone. Ich würde Ihnen niemals eine solche Strapaze zumuten.«

»Sir Charles, ich würde diese Sitzung nicht um alles auf der Welt versäumen wollen.« Der Zug um meinen Mund kündete von Entschlossenheit. »Ich habe sehr lange warten müssen, um dem Mann gegenüberzutreten, der meinen Vater tötete.«

Sir Charles schien erschrocken über mein rachedurstiges Ansinnen. »Mr. Woodrow«, wandte er sich an Harry, »sicher werden Sie Lady Greystone davon überzeugen können, daß ihre Anwesenheit nicht ratsam ist.«

Harry, er sei gesegnet, erwiderte jedoch: »Ich glaube, sie sollte dabeisein.« Sir Charles schien verärgert.

Ich stand auf. »Das wäre also geregelt«, sagte ich. »Morgen um elf.«

Auch Sir Charles stand auf. »Wird Lord Greystone Sie begleiten?« fragte er.

Harry und ich tauschten Blicke.

»Ich weiß es nicht«, sagte ich. »Ich muß ihn erst fragen.«

Ich ging hinauf in mein Schlafzimmer und war nicht übermäßig erstaunt, dort Adrian anzutreffen, der auf mich wartete. Die Mädchen waren im angrenzenden Raum beschäftigt, und ich sagte zu ihm: »Komm mit mir auf einen Spaziergang in den Garten, damit ich dir erklären kann, weshalb Harry und ich Sir Charles sprechen wollten.«

»Das wäre mir sehr recht«, sagte er in ausdruckslosem Ton.

Ich warf ihm einen verstohlenen Blick zu, als wir die Treppe hinuntergingen und durch die hohen Glastüren hinaus auf die

Terrasse traten, aber seine Miene war ausdruckslos wie seine Stimme. Niemand verstand es besser als Adrian, seine Gedanken für sich zu behalten.

Auf der Terrasse trafen wir auf Lady Mary, ihre Mutter und zwei andere Damen. Nach höflichem Austausch von Lächeln und Bemerkungen über das schöne Wetter nahm Adrian meinen Arm, und wir gingen auf die zwei steinernen Löwen in der Mitte des Rasens zu, die den Eingang zu einem abgeschlossenen Eibenrondell bewachten.

Wir schwiegen, bis wir uns in der Abgeschiedenheit des separierten Gartens befanden. Ein paar steinerne Bänke waren auf dem Rasen so plaziert, daß man die zehn korinthischen Säulen aus Portland-Stein betrachten konnte, von denen die Eiben umrahmt wurden, und Adrian führte mich zu einer davon. Dann wartete er.

Diesen reservierten Blick hatte er nicht mehr zur Schau getragen, seit ich ihm eröffnet hatte, daß ich schwanger war. Mein Magen geriet in Unruhe, als mir – zu spät – klar wurde, daß ich ihm schön längst von meinem Verdacht gegen Stade hätte berichten sollen.

Verdammt, dachte ich unglücklich. *Warum tue ich immer das Falsche, wenn es um Adrian geht?*

Ich hatte es ihm sagen wollen, fiel mir ein, aber Harry hatte eingewendet, wir sollten ihn nicht behelligen, da er ohnehin genug Sorgen hätte. Damals war mir Harrys Rat vernünftig erschienen, aber jetzt sah ich, daß er katastrophal gewesen war.

So ruhig, wie es mir möglich war, sagte ich ihm alles. Er hörte mir schweigend zu.

»Adrian, ich wollte es dir schon längst sagen«, schloß ich, »aber Harry meinte, du wärest so sehr in politische Probleme vertieft, daß man dich nicht noch zusätzlich belasten dürfe.«

»Ich verstehe.«

»Du *warst* auch sehr beschäftigt«, brachte ich zu meiner eigenen Verteidigung vor.

Er sah geradeaus, ohne mich eines Blickes zu würdigen. Wölbungen und Flächen seines Gesichtes waren so perfekt und reglos wie die der klassischen Statuen in Lady Barburys Garten.

»Harry sagte …«, setzte ich von neuem an.

»Ja, du hast gesagt, was Harry sagte.« Er wandte den Kopf, so daß er mich anschauen konnte. Seine Augen waren ganz dunkel. »Du und Harry, ihr seid wohl dicke Freunde?«

Seine Bemerkung, vor allem aber die plötzliche Bitterkeit seines Tons, verblüfften mich so, daß mir der Mund offen blieb. Schließlich hatte ich mich wieder so weit in der Gewalt, daß ich sagen konnte: »Harry ist für mich wie ein Bruder.«

Er stand auf. »Kate, gehen wir lieber zurück. Ich habe Bellerton versprochen, mit ihm jagen zu gehen, und ich komme schon zu spät.«

Wieder eine dieser Verabredungen. Auch ich stand auf. Mir war bewußt, daß ich alles verdorben hatte, aber ich wußte nicht, wie ich die Situation hätte retten können. Ich fühlte mich schrecklich. Gestern war er so wundervoll zu mir gewesen, und jetzt war er gekränkt.

Verdammt.

Wir gingen zurück zu den Löwen, im Gleichschritt, während unsere Gedanken alles andere als gleichgestimmt waren. Bei den großen Steinfiguren angelangt, sagte ich leise: »Wirst du mich zur Sitzung des Jockey Clubs begleiten, Adrian?«

»Ach, ich glaube nicht, daß das nötig sein wird, Kate«, sagte er. »Du hast bis jetzt alles auch ohne mich gut geschafft.«

»Ich hätte es aber gern, wenn du kämest«, sagte ich.

»Du hast ja Harry«, gab er zurück. Und in diesem Ton schieden wir.

24. Kapitel

Wir trafen uns am darauffolgenden Morgen um elf in den New Rooms in Newmarket, in denen sich die Leitung des Jockey Clubs befand. In dem Raum, in den Sir Charles mich begleitete, roch es stark nach Leder, nach Hunden und nach Pferden, so daß ich den Eindruck gewann, vermutlich das erste weibliche Wesen zu sein, das diese geheiligte Schwelle überschritten hatte. Beim Eintreten warf ich einen raschen Blick auf die ernsten Mienen der acht Männer vor uns. Aus den Augenpaaren, die mir entgegenblickten, sprach wenig Wohlwollen.

»Meine liebe Lady Greystone«, sagte jemand, und ich drehte mich um und sah Mr. Cruick auf mich zukommen. Er lächelte freundlich, als er mich begrüßte, und schüttelte Harry die Hand. Ein bekanntes Gesicht in dieser rein männlichen Bastion zu sehen, tat so wohl, daß ich mich gleich ein wenig besser fühlte.

Sir Charles bat uns, um einen großen Mahagonitisch herum Platz zu nehmen, und ich kam zwischen Harry und Paddy zu sitzen. Die anderen Anwesenden nahmen ebenfalls Platz. Das leichte Summen höflicher Konversation verhinderte, daß peinliche Stille eintrat, während alle auf das Eintreten des Beschuldigten warteten.

Fünf Minuten später kam Stade. Ich bemerkte mit Genugtuung, daß sein anmaßender Schritt stockte, als sein Blick auf mich fiel. Und als er Paddy neben mir sah, wußte er, daß es um ihn geschehen war.

Aber er kämpfte mit allem, was ihm zu Gebote stand, und häufte Spott und Hohn auf das ›irische Pack‹, das es offenbar darauf anlegte, ihm seinen Klassehengst abspenstig zu machen. Für ›das arme, sichtlich vom Kummer um den Verstand gebrachte Mädchen‹, wie er mich nannte, brachte er sein Mitgefühl zum Ausdruck. Und Harry nannte er von mir ›unschuldig getäuscht‹.

Mr. Cruick war es, der nach jenem Beweis verlangte, der in dieser Runde am schwersten wiegen würde – nach dem Zuchtbuch. Alle Anwesenden waren Experten und wußten um die überragende Bedeutung der Vererbung bei der Pferdezucht. *Man paare die Besten mit den Besten.* Finn MacCools Eintragungen im irischen Zuchtregister würden für sich selbst sprechen.

Der Band wurde vorgelegt, Sir Charles setzte seine Brille auf und suchte die Eintragungen. Im Raum herrschte absolute Stille, als er vorzulesen begann.

»Vater: Skylark.«

Ein erstauntes Raunen durchlief den Raum. Skylark war ein englisches Pferd aus dem Besitz des Earls of Egremont. Der Hengst war sowohl auf der Rennbahn als auch als Vererber sehr erfolgreich.

Ich beobachtete Stade und sah, daß seine Kinnmuskeln sich spannten, als er die Reaktion der Männer auf den Namen Skylark hörte.

»Mutter: Royal Maeve«, las Sir Charles vor. Der Name dieser irischen Stute sagte den Engländern nichts, doch Sir Charles verfolgte den Stammbaum der Royal Maeve zurück, und er klang sehr eindrucksvoll.

Die letzte Eintragung von Bedeutung betraf Finn MacCool selbst. Sir Charles las seine Erfolgsstatistik laut, wenngleich in trockenem, gleichmütigem Ton vor. Ein Sieg nach dem anderen wurde angeführt. In seiner gesamten Karriere hatte das Pferd nur ein Rennen verloren, und zwar jenes, bei dem er sich die Verletzung zugezogen hatte, die ihm den Ruhestand bescherte.

Als Sir Charles geendet hatte, herrschte absolute Stille im Raum. Die Eintragungen Alcazars im Zuchtregister mußte man erst gar nicht einsehen. Daß bei ihm Stammbaum und Karriere nur mittelmäßig waren, war allen Anwesenden bekannt.

Sir Charles schloß das Buch leise und nahm seine Brille ab. In die anhaltende Stille hinein sagte Paddy: »Wir verlangen von den Vorstandsmitgliedern nur, daß jemand die Inishfree Farm aufsucht und sich die Nachkommen Finn MacCools ansieht. Es ist die Bitte, die auch Mr. Fitzgerald an Sie gerichtet hätte, wäre er nicht vorher ermordet worden.«

Die Gesichter der Männer um den Tisch blickten grimmig. Stade sah Paddy mit seinen braunen Augen haßerfüllt an. »Irisches Lumpenpack … ihr steckt doch allesamt unter einer Decke«, stieß er hervor.

Paddys blaue Augen hielten dem feindseligen Blick des Marquis stand. »Und Sie, Sir, sind ein Lügner, Dieb und Mörder«, gab er in seinem weichen Tonfall, den Pferde so liebten, von sich.

Stade stand fluchend auf, den Kopf auf dem dicken Nacken nach Bullenart gesenkt.

»Setzen Sie sich, Stade.«

Mein Blick zuckte herum, auf die Tür, in der Erwartung, Adrian dort stehen zu sehen. Die Tür war jedoch geschlossen. Es dauerte noch eine Sekunde, ehe mir klar wurde, daß die knapp und im Befehlston geäußerten Worte nicht von Adrian, sondern von Harry gekommen waren.

Stade setzte sich. Alle im Raum starrten Harry an, dessen engelhaftes Gesicht plötzlich erstaunlich souverän wirkte. Im gleichen schneidenden Ton fuhr er fort: »Das ist keine Sache, die geregelt wird, indem man Beschimpfungen äußert, Sir Charles. Das ist eine Sache, die Beweise erfordert.« Harrys kalter Blick glitt über die um den Tisch Versammelten. »Sie gestatten, Gentlemen, daß ich wiederhole, was hier heute morgen gesagt wurde.«

Sir Charles gab ihm mit einem ernsten Nicken die Erlaubnis fortzufahren.

Harry stützte seine Finger steil gegeneinander und sagte: »Sie haben die Aussage von Sean MacBride, Finn MacCools altem Pferdeknecht, gehört, der gesagt hat, daß das Pferd, das als Alcazar ausgegeben wird, in Wahrheit Finn MacCool ist. Alle Anwesenden sind Pferdekenner und wissen daher, daß niemand ein Tier genauer kennt als der Mann, der es betreut.

Tatsache Nummer zwei: Sie haben gelesen, was im Zuchtbuch steht. Da alle Anwesenden Züchter sind, wissen Sie, was die Blutlinien dieser zwei Hengste aussagen.«

Der mir gegenüber sitzende Lord Sussex nickte zustimmend.

Harrys Stimme fuhr leidenschaftslos fort: »Sie haben von Sean MacBride erfahren, daß der Marquis of Stade Finn MacCool kaufen wollte und daß sein Angebot abgelehnt wurde, worauf ein Brand in Finn MacCools Stall ausbrach.«

Der Mann, der neben Stade saß, warf diesem einen Blick zu, den ich nur als angewidert bezeichnen kann. Harry ließ sich nicht beirren. »Sie haben vom rätselhaften Verschwinden Finn MacCools gehört sowie von der darauf folgenden erstaunlichen Verbesserung von Stades Zuchtergebnissen.« Wieder wanderte sein Blick um den Tisch. »Und dazu gesellt sich die Tatsache, daß unmittelbar nach dem Brand auf der Inishfree Farm alle Pferdeknechte Alcazars entlassen wurden.«

Es herrschte Totenstille im Raum. Die Vorstandsmitglieder des Jockey Clubs, die viel älter waren als er, blickten mit Aufmerksamkeit und Respekt auf Harry. Seine Hände vor sich flach auf den Tisch legend, sah er mich mit einem mitfühlenden Blick an und sagte leise: »Und nun zum Tod Daniel Fitzgeralds.«

Die Männer, die sich gespannt vorgebeugt hatten, lehnten sich alle zurück. Keiner wollte Papas Tod eingehende Überlegung schenken, aber Harry machte es ihnen nicht so einfach. »Mr. Fitzgerald wurde nicht weit vom Landgut des Marquis de Stade erschossen«, führte er aus. »Der Mann, der den Schuß abgab, wurde nie gefunden, so daß die örtlichen Behörden zu der Auffassung gelangten, daß es sich um einen Unfall handeln müsse, aber Sie als Mitglieder des Jockey Clubs müßten wissen, daß es im Gebiet um Newmarket seit hundert Jahren keine verirrte Kugel gab.«

Ich sah im linken Augenwinkel Stades einen Muskel zucken.

Schließlich blickte Harry ihn an. »Entweder haben Sie ihn töten lassen oder ihn selbst erschossen, Marquis Stade«, sagte er.

Der Marquis richtete den drohenden Blick seiner braunen Augen auf Harry. »Das können Sie nicht beweisen«, konterte er.

»Wahrscheinlich nicht«, erwiderte Harry voller Bedauern. »Aber wir können beweisen, daß Sie die Hengste ausgetauscht haben.«

Stade wußte, daß wir es konnten. Man sah es seinem Gesicht an. Und auch die Männer im Raum konnten es sehen.

Die Mittagssonne fiel durch die offenen Spalten der Jalousien. Lord March hustete, ein anderer räusperte sich. Paddy neben mir vollführte eine unruhige Bewegung und war dann still. Wir alle starrten die angenehmen, regelmäßigen Züge Sir Charles' an und warteten.

Sir Charles griff nach seiner Brille und machte sich daran, die Gläser mit einem Batisttüchlein zu polieren. Meine Hände lagen gefaltet im Schoß. *Er muß uns glauben,* dachte ich inbrünstig. *Er muß.*

Sir Charles legte seine Brille wieder auf den Tisch vor sich und steckte sein Taschentuch ein. Den Blick auf Harry gerichtet, sagte er: »Mr. Woodrow, einer unserer Herren wird Ihrem Vorschlag folgend nach Galway fahren. Wir werden auch eine Suche nach Alcazars alten Pferdeknechten einleiten.«

Ein leises Seufzen ging durch den Raum, als hätten alle Anwesenden ihren Atem angehalten und gleichzeitig aufgeatmet.

Schließlich wandte Sir Charles sich dem Marquis of Stade zu, dem Wut und Trotz ins Gesicht geschrieben standen. »Für mich bestehen jetzt schon keine Zweifel am Ergebnis unserer Ermittlungen«, sagte er. »Sollte die Wahrheit der heute erhobenen Anschuldigungen bewiesen werden, dann, Lord Stade, werden Sie in England nie wieder ein Pferd ins Rennen schicken. Kein Gentleman würde sein Pferd gegen Ihres laufen lassen.«

Paddy legte seine rauhe, abgearbeitete Hand auf meine. Wir hatten gewonnen.

Nachdem Stade hinausgestürzt war, dauerte es eine Weile, bis alle anderen den Raum verlassen hatten. Mr. Cruick forderte meine Aufmerksamkeit, und ich mußte mir noch einmal anhören, wie Stade ihn einmal bei einem Rennen betrogen hatte. Paddy und Sean sprachen mit Sir Charles, und ich wußte, daß sie Finn MacCools Rückkehr zu seinem rechtmäßigen Besitzer besprachen. Einige andere Männer umstanden Harry.

Ich bekundete Mr. Cruick gehörig mein Mitgefühl, nahm dann die Beileidsbekundungen etlicher Gentlemen entgegen, die zu mir kamen, um mir zu sagen, wie entsetzt sie über den Mord an Papa waren.

»Ich wünschte, wir könnten den Schurken verfolgen«, sagte Mr. Cruick.

»Nun, nun, es hat keinen Sinn, schmutzige Wäsche vor den Augen der Öffentlichkeit zu waschen«, äußerte Lord Henry Groton. »Stade wird nicht nur von den Rennbahnen ausgeschlossen, die gute Gesellschaft insgesamt wird ihn schneiden. Das ist Strafe genug, würde ich sagen.« Er tätschelte meine Schulter. »Vielleicht war der Tod Ihres Vaters doch nur ein Unfall, Lady Greystone.«

Alle Männer um mich herum nickten.

»Das war er nicht«, sagte ich.

Lord Henry schien ein wenig aus dem Konzept gebracht. Ich hielt mich nicht richtig an die Spielregeln. Aristokraten pflegten ihre ›schmutzige Wäsche nicht vor den Augen der Öffentlichkeit zu waschen‹, wie Lord Groton es formuliert hatte. Auch wenn es mehr Beweise gegeben hätte, wäre es den Herren des Jockey Clubs gewaltig gegen den Strich gegangen, wenn ein Marquis sich für ein so schmutziges Verbrechen wie die Ermordung eines irischen Pferdehändlers vor Gericht hätte verantworten müssen.

»Zu unserem Leidwesen werden wir es nie erfahren«, erklärte Lord Henry schwülstig.

»So ist es«, pflichtete Mr. John Plimpton ihm bei, der Papa gut gekannt hatte. »Sie müssen sich damit zufriedengeben, daß Sie die Ermittlungen Ihres Vaters erfolgreich zu Ende geführt haben. Finn MacCool wird nach Irland zurückgebracht, und Stade wird auf sämtlichen englischen Rennbahnen der Zutritt verwehrt. Ich weiß, daß Daniel es so gewollt hätte.«

»Ja«, sagte ich tonlos.

In diesem Moment drehte Harry sich um, und ich hielt seinen Blick fest. Sofort kam er auf mich zu. »Gehen wir, Kate?« fragte er.

»Ja.«

Die Gentlemen des Jockey Clubs verbeugten sich galant, zweifellos von der Frage bewegt, warum ich überhaupt gekommen war. Als Harry uns zurück nach Harley Hall kutschierte, stellte ich mir diese Frage selbst. Ich empfand keine Spur des Triumphs, den ich nach einem Sieg über Stade erwartet hätte. Statt dessen empfand ich nur ... Leere.

»Du bist sehr still«, bemerkte Harry.

Ich seufzte. »Harry, da gibt es nicht viel zu sagen.« Ich drehte mich zur Seite und sah ihn an. »Nur, daß du großartig warst. Ich war sehr beeindruckt! Und ebenso der Vorstand des Jockey Clubs. Du bist als Redner ein echter Cicero, Harry!«

Er schien erfreut.

»Du solltest ins Parlament«, fuhr ich fort. »Du würdest im Unterhaus als Redner glänzen.«

Er schüttelte den Kopf. »Kate, wenn einer aus der Familie in die Regierung kommt, dann ist es Adrian.«

Eine Schafherde überquerte vor uns die Straße, und Harry mußte die Pferde zügeln. »Dumme Geschöpfe«, sagte er angewidert.

»Adrian sitzt im Oberhaus«, sagte ich. »Das heißt nicht, daß du nicht im Unterhaus eine blendende Karriere machen könntest.«

Die durcheinander drängenden Schafe hatten sich offenbar entschlossen, ein Stück die Straße entlangzuwandern, anstatt auf ihre Weide zurückzukehren. Harry brüllte sie an, sie sollten sich gefälligst trollen, doch die Tiere schenkten ihm keine Beachtung. Seine laute Stimme erschreckte jedoch unser Gespann, das er prompt besänftigen mußte. Als es sich beruhigt hatte, konnte er seine Aufmerksamkeit wieder mir zuwenden. »Meinst du?« sagte er.

Ich nickte bekräftigend. »Ja, das glaube ich. Sieh doch, welche Bedeutung Charles James Fox im Unterhaus errang. Und Edmund Burke ... Und ...«

Aus seinem Ton sprach mühsam unterdrückte Erregung, als er mit erhobener Hand sagte: »Also gut, Kate. Ich teile deinen Standpunkt.«

Er trieb die Pferde mit einem Zungenschnalzen an, in der Hoffnung, die Schafe von der Straße zu vertreiben.

»Du hast die Herren im Jockey Club mit deiner Sachlichkeit und Logik glatt überrollt«, sagte ich. »Hast du nicht bemerkt, wie diese mächtigen und einflußreichen Männer förmlich an deinen Lippen hingen?«

Bä... bä... bä... Endlich hatten die Schafe die Pferde bemerkt und versuchten, unruhig geworden, von der Straße fortzukommen. Es waren wirklich die denkbar dümmsten Geschöpfe. »Ich muß noch Oxford absolvieren«, sagte er.

»Ja, aber wenn du mit dem Studium fertig bist, wird sich gewiß eine Möglichkeit finden, ins Parlament gewählt zu werden.«

»Ja, natürlich.«

Das Unterhaus wurde nominell zwar vom Volk gewählt, meist aber stimmten die Wähler eines Bezirks so, wie der Gutsherr es verfügte.

»Ich werde mit Adrian darüber sprechen«, sagte Harry. Die unterdrückte Erregung schäumte nun in seinem Ton auf. »Wenn ich es recht bedenke, könnte es mir im Unterhaus gefallen.«

Endlich hatten wir die Schafherde hinter uns gelassen, und die Pferde konnten wieder in zügigen Trab verfallen. Als ich an Adrians Miene dachte, die er zur Schau getragen hatte, bevor ich und Harry heute morgen das Haus verließen, wurde mir der Hauptgrund meiner Niedergeschlagenheit klar. Ich mochte zwar über meinen Feind einen Sieg davongetragen haben, doch wäre ich nie wirklich glücklich, solange es zwischen Adrian und mir Mißverständnisse gab.

Bei meiner Rückkehr war Adrian nicht auf Harley Hall, und ich erfuhr von Mr. Bellerton, daß er und einige der anderen Herren ein großes Gestüt in der Umgebung besichtigten. Den ganzen Nachmittag wartete ich in der Hoffnung auf ihn, daß er besserer Laune wäre, nachdem er ein paar Stunden mit schönen Vollblutstuten und deren Fohlen verbracht hatte. Ich konnte es kaum erwarten, ihm zu berichten, was sich im Jockey Club zugetragen hatte. Doch der Nachmittag verstrich Stunde um Stunde, und Adrian kam nicht.

Lady Barbury hatte Gäste, die auf benachbarten Gütern zu Besuch weilten, nach Harley Hall zu einem zwanglosen Tanzvergnügen eingeladen, und als Adrian schließlich erschien, saß ich vor meinem Toilettentisch und ließ mich frisieren.

Ich drehte meinen Kopf, um ihn anzusehen, so daß Jeanette an der Haarsträhne, die sie in Arbeit hatte, unwillkürlich heftig zupfte. Auf meinen Wehlaut hin entschuldigte sie sich wortreich.

»Macht nichts«, tröstete ich sie. »Es war meine Schuld.«

»Entschuldige mein spätes Kommen, aber wir sind länger als beabsichtigt ausgeblieben«, sagte Adrian zu mir. »Ich brauche nicht lange zum Umkleiden.« Er verschwand in Richtung seines

Ankleidezimmers, wo sein Kammerdiener die ganze letzte Stunde auf ihn gewartet hatte.

Er hatte nicht gelächelt, und sein Ton war eindeutig frostig gewesen. Er war also noch immer ungehalten, weil ich vor ihm Geheimnisse gehabt hatte.

Verdammt.

Ich starrte entschlossen in den Spiegel, während Jeanette sich an meinem Haar zu schaffen machte.

Es ist alles meine Schuld, dachte ich. Ich habe seine Gefühle verletzt, weil ich es versäumt habe, mich ihm anzuvertrauen.

Mein Stolz spielte keine Rolle mehr. Tatsächlich war mir im Moment nur mehr wichtig, daß Adrian mir wieder zulächelte. Bei der ersten sich bietenden Gelegenheit wollte ich ihm gestehen, daß ich ihn liebte.

25. Kapitel

Um halb sieben setzten sich Sir Charles' Gäste, vermehrt um ein paar zusätzliche aus der Umgebung, zu einem förmlichen Dinner nieder. Die übrigen würden erst um neun erscheinen, wenn das Tanzvergnügen anfing. Ich saß zur Linken von Sir Charles, der Duchess of Wareham direkt gegenüber, die als ranghöchster weiblicher Gast den Ehrenplatz zur Rechten ihres Gastgebers innehatte. Die Herzogin, während dieses Besuches zu mir alles andere als freundlich, verschoß jetzt mit ihren Blicken wenigstens nicht mehr bei jeder Begegnung Giftpfeile in meine Richtung. Lady Marys Verbindung mit Mr. Bellerton hatte offenbar ihre Mutter die Tatsache verschmerzen lassen, daß ihr Adrian als Schwiegersohn versagt geblieben war.

Sir Charles und ich besprachen die Rennen, seine Pferde, seine Hundemeute und das Wetter. Ein unausgesprochenes gegenseitiges Übereinkommen hinderte uns daran, vom Marquis of Stade oder der heutigen Klubsitzung zu sprechen. Als Sir Charles seine Aufmerksamkeit höflich der Herzogin zuwandte, widmete ich mich dem Tischherrn zu meiner Linken, und wir besprachen die Rennen, seine Pferde, das Wetter und zu guter Letzt Adrians Zukunft in der Regierung. Ich zeigte mich sehr angetan von den ersten drei Themen, beim letzten jedoch übte ich mich in Zurückhaltung.

»Lord Denham, über seine Pläne werden Sie mit meinem Mann selbst sprechen müssen«, sagte ich übertrieben liebenswürdig. »Leider kann ich Ihnen nichts dazu sagen.«

»Seine Bedenken hinsichtlich der Regierungssanktionen sind unbegründet«, versicherte mir Viscount Denham, der im Home Office ein Amt bekleidete, ernsthaft. »Wir sind nur um die öffentliche Sicherheit besorgt.«

Ich mußte mir ein zynisches Lächeln verbeißen. *Öffentliche Sicherheit, daß ich nicht lache,* dachte ich. *Ihre Sorge gilt allein Ihren Privilegien, Mylord.*

Lächelnd und mit Unschuldsblick sagte ich: »Ich weiß, daß meinem Mann das Wohl der zahlreichen Veteranen am Herzen liegt, die nun nach dem so tapfer erkämpften Frieden schwere Zeiten erleben.«

Lord Denham, der attraktiver gewesen wäre, wenn die Natur ihn mit einem Kinn ausgestattet hätte, schüttelte bekümmert den Kopf. »Ich fürchte, aus vielen dieser ehemaligen Soldaten und Seeleute sind nun gesetzlose Strolche geworden, Lady Greystone.«

»Um die Gesetzestreue der Menschen ist es schlecht bestellt, wenn das Gesetz nicht imstande ist, ihre hungrigen Mägen zu füllen«, wandte ich ein.

Sein wohlwollendes Lächeln machte ihm sichtlich Mühe. »Ich hatte gehofft, Sie würden Ihren Einfluß bei Ihrem Mann geltend machen, um ihn zu überreden, in Lord Liverpools Regierung einzutreten, Lady Greystone. Es wäre für einen Mann von Greystones Format und Fähigkeiten der natürliche Platz.« Seinen Kopf leicht zu mir neigend, sagte er mit besonderer Betonung: »Schließlich wird Lord Liverpool nicht immer Premierminister sein.«

Ich starrte ihn verblüfft an.

In seinem Blick schaffte er es, Humor und Herablassung zu vereinen. »Ich weiß, daß Sie der Meinung sind, der Duke of Wellington wäre der natürliche Nachfolger Lord Liverpools, aber wir halten Greystone für die bessere Wahl.«

Tatsächlich erstaunte mich der Vorschlag, Adrian könnte eines Tages Premierminister werden, keineswegs. Wahrscheinlich hätte es mich auch nicht erstaunt, wenn er gesagt hätte, Adrian könnte eines Tages König werden. Es war etwas ganz anderes, das mich in Erstaunen versetzte.

»Lord Denham, was läßt Sie glauben, ich hätte in einer Angelegenheit wie dieser bei Greystone Einfluß?« fragte ich verwundert.

Sein Lächeln wurde noch herablassender. »Schöne junge Frauen üben auf ihre Männer immer Einfluß aus, Lady Greystone«, gab er zur Antwort.

Ich antwortete nicht sofort und genehmigte mir einen Bissen vom gefüllten Wildbret auf meinem Teller. Lord Denham trank mehrere Schluck Wein und sah mich über den Rand seines Glases hinweg an. Nachdem ich geschluckt hatte, sagte ich halblaut: »Lord Denham, der einzige Einfluß, dem mein Mann sich beugt, ist sein Gewissen. Sie können versichert sein, daß er alles tun wird, was es ihm diktiert.«

Die Miene des Viscounts verriet, daß ihm diese Antwort gar nicht gefiel.

Nach Tisch zogen sich die Damen zurück, um sich frischzumachen, und als ich wieder herunterkam, trafen die ersten Gäste ein. Da kam mir eine Idee, und ich wandte mich mit einer Frage an die Dame, die hinter mir die Treppe herunterschritt.

»Lady Mary, wissen Sie zufällig, wer heute eingeladen wurde?«

Sie nickte ernst. »Meine Mutter und ich haben Lady Barbury beim Schreiben der Einladungen geholfen.«

Damit wollte sie natürlich zum Ausdruck bringen, daß ihre Mutter und sie selbst ideale Gäste waren, während ich nichts anderes getan hatte, als täglich zu den Rennen zu fahren. Verdammt, immerhin hatte man mich zu den Rennen *eingeladen.*

»Wurde der Marquis of Stade auch eingeladen?«

»Ja«, sagte sie. »Er hat die Marlons und die Stoningtons bei sich zu Gast.«

Es sieht ganz danach aus, als würden weniger Gäste zum Tanz kommen, als Lady Barbury erwartet hatte, dachte ich. Nicht einmal Stade würde die Dreistigkeit haben, nach allem, was heute morgen im Jockey Club passiert war, sein Gesicht zu zeigen.

Der Tanzabend war eine ganz formlose Sache. Man hatte die Teppiche aus dem Salon entfernt, die Stühle zurückgeschoben und die Musiker vor dem Kamin postiert. Die Stimmung war viel fröhlicher als bei allen Anlässen, die ich in London besucht hatte. Es gab auch keine Anstandsdamen wie bei Almacks, die mit ihren Argusaugen den Leuten jeglichen Spaß verderben konnten.

Adrian mied mich. Er tat es nicht offen, ja, er tanzte mit mir sogar einen ländlichen Tanz. Adrian würde mich nie öffentlich demütigen. Doch er und ich wußten, daß er mir auswich.

Ich war bemüht, mich davon nicht beirren zu lassen. Ich sagte mir sogar, daß ich Adrian nicht ganz gleichgültig sein konnte, wenn es ihm so naheging, daß ich Geheimnisse vor ihm gehabt hatte. Heute nacht hätte ich ihn für mich und konnte, wenn nicht anders, so im Bett wenigstens eine Art von Versöhnung herbeiführen.

Um halb elf stimmten die Musikanten einen Walzer an. Ich war während des letzten Tanzes bei Mr. Bellerton sitzen geblieben und sagte nun: »Bitte, würden Sie diesen Walzer mit mir tanzen, Mr. Bellerton?«

Er schüttelte lächelnd den Kopf. »Leider hat Napoleon meiner tänzerischen Laufbahn ein Ende bereitet, Lady Greystone. Aber lassen Sie sich nicht aufhalten. Hier sind mindestens ein Dutzend Männer anwesend, die liebend gern den Walzer mit Ihnen tanzen möchten.«

Doch mir waren die wehmütigen Blicke aufgefallen, die er vorhin zur Tanzfläche geworfen hatte, und ich wollte nicht so leicht lockerlassen. »Wenn Sie mir auf die Zehen treten, werde ich kein Wort verlieren«, versprach ich. »Und bei einem Walzer geht man so tief in die Knie, daß niemand Ihre Behinderung bemerken wird.«

Lachend versuchte er, sich zu entwinden.

»*Können* Sie überhaupt Walzer tanzen, Mr. Bellerton?« wollte ich wissen.

Sein Kinn straffte sich. »Ja, Lady Greystone, ich kann es. Am Abend vor Waterloo habe ich das letzte Mal Walzer getanzt.«

»Ich glaube, Sie geben zu rasch auf«, sagte ich dann. »Den ganzen Abend haben Sie voller Verlangen nach der Tanzfläche geschielt. Ich finde es feige, sich von einem kaum merkbaren Hinken von etwas abhalten zu lassen, das einem so offenkundig Freude macht.«

Ich merkte ihm an, daß er ärgerlich wurde, für mich nicht weiter erstaunlich, da ich ihn feige genannt hatte und er typisch männlich reagierte. »Hier ist der ideale Ort für Ihre Rückkehr auf die Tanzfläche«, fuhr ich mit penetranter Hartnäckigkeit fort. »In zwangloser Atmosphäre, in Gesellschaft von Freunden«, ich vollführte eine Handbewegung, die alle Anwesenden einschloß, »was könnte es Besseres geben?«

Der arme Mr. Bellerton steckte in einer Zwickmühle. Einfach zu mir zu sagen, ich solle mich zum Teufel scheren, was er sichtlich am liebsten getan hätte, konnte er nicht, ebensowenig aber konnte er mich dazu bringen aufzugeben. Schließlich sagte er voller Ingrimm: »Also gut, Lady Greystone, ich tanze den Walzer. Aber Sie müssen mir gestatten, mich zurückzuziehen, wenn es nicht gehen sollte.«

»Abgemacht«, erwiderte ich. Ich nahm seine Hand und zog ihn förmlich auf die Tanzfläche, ehe er seine Absicht ändern konnte.

Zunächst waren seine Schritte ein wenig zögernd und steif, doch tanzte er im Takt mit der Musik, und mir fiel es nicht schwer, mich von ihm führen zu lassen. Wir tanzten die eine Seite des Raumes entlang, meisterten die Kurve sehr geschickt und kehrten dann auf der anderen Seite zurück. Einige der tanzenden Männer grinsten, als sie ihn sahen und machten Kommentare wie ›Gut gemacht‹ oder ähnliches. Mr. Bellerton zeigte keine Ermüdungserscheinungen und lächelte sogar.

Als die Musik verklungen war, blieben wir einige Augenblicke am Rand der Tanzfläche stehen, und er sah mich mit einem Lächeln an. Schmunzelnd fragte ich: »Habe ich es Ihnen nicht gesagt?«

Er lachte.

Da hörte ich Lady Marys Stimme: »Richard, du hast getanzt?«

Wie klug von ihr, es bemerkt zu haben.

Wir drehten uns um und sahen sie an. Sie schien nicht erfreut.

»Lady Greystone hat mich praktisch dazu gezwungen«, sagte er und drehte sich mit blitzenden Augen zu mir um. »Lady Greystone, wissen Sie immer, was für jemanden am besten ist?«

»Na ja ... vielleicht nicht immer.«

Wieder lachte er, und Lady Mary bedachte mich mit einem Blick, wie er nicht böser hätte sein können. Dann sah sie ihren Anbeter an und klagte: »Mit mir wolltest du nie tanzen!«

»Mit mir wollte er auch nicht, bis ich ihn gezwungen habe«, erklärte ich. »Männer sind so empfindlich, was Äußerlichkeiten betrifft.«

»Danke, Lady Greystone«, sagte Mr. Bellerton amüsiert.

Als ich Lady Mary ansah, verstand ich, wie ihr zumute sein mußte. Sie hatte so sehr darauf geachtet, Mr. Bellertons Gefühle nicht zu verletzen, hatte so viel Mitgefühl für seine Angst vor Blamage gezeigt, daß sie sich mit seiner Weigerung zu tanzen abgefunden hatte. Und jetzt hatte sie ihn ertappt, wie er mit mir Walzer tanzte – und auch noch gern!

Vom anderen Ende des Raumes hörte man schallendes Gelächter. Ein Blick zeigte mir, daß das Geräusch von einer kleinen Gruppe kam, die Adrian vor der Terrassentür umgab. Sein Gesicht strahlte vor Heiterkeit, und ich wäre am liebsten hingegangen und hätte mich zu ihm gesellt, doch in diesem Moment tauchte Mr. Cruick an meiner Seite auf und bat mich, ihm beim Souper Gesellschaft zu leisten. Ich verkniff mir einen Seufzer und ging mit ihm.

Nach dem Essen ließ ich sofort den Blick durch den Salon wandern, konnte aber Adrian nirgends entdecken. Auch im Eßzimmer hatte er sich nicht blicken lassen, so daß ich schon glaubte, Lord Denham hätte ihn irgendwohin entführt, um ihn in ein Gespräch über Politik zu verwickeln. Als ich wieder rasch den Blick wandern ließ, sah ich, wie sich die Terrassentüren öffneten und Adrian mit Lady Mary eintrat. Er schloß die Tür hinter sich, wandte sich Lady Mary zu und führte ihre Hand an seinen Mund. Ihre Blicke trafen sich, und sie lächelte. Ich spürte einen Stich im Herzen.

Wie von weitem hörte ich Mr. Cruicks Stimme fragen: »Alles in Ordnung, meine Liebe? Sie sind eben totenblaß geworden.«

Ich weiß nicht, was ich antwortete. Ich weiß nicht, wie ich aus dem Salon hinausgelangte. Ich weiß nur, daß ich mutterseelenallein am Fuß der Treppe stand, als ein Diener auf mich zutrat und mir auf einem Silbertablett eine Nachricht überbrachte.

»Lady Greystone, das soll ich Ihnen übergeben«, sagte er.

Ich nahm die Nachricht in Empfang, öffnete sie und starrte die kräftigen, schwarzen Zeilen an, die mir vom cremefarbigen Papier entgegenzuspringen schienen. Die Worte klärten meinen Kopf augenblicklich.

Sollten Sie Wert auf Informationen legen, die den Marquis of Stade mit dem Tod Daniel Fitzgeralds in Verbindung bringen, dann kommen Sie sofort an die Pforte des Küchengartens. Unterschrieben war die Nachricht mit *Ein Freund.*

Zu meiner Rechtfertigung sei hier gesagt, daß die Szene zwischen Adrian und Lady Mary, deren Augenzeuge ich eben geworden war, mich so aufgewühlt hatte, daß ich nicht klar denken konnte. Ich möchte gern glauben, daß ich mich unter normalen Umständen nicht wie eine Idiotin benommen hätte. Nichts kann jedoch die Tatsache beschönigen, daß ich den Mantel eines Gastes aus einem der kleinen Salons, wo alle Mäntel aufgehäuft lagen, an mich nahm und ungesehen aus einer der Seitentüren des Hauses schlüpfte.

Es war eine sehr klare und kalte Nacht. Den geborgten Samtmantel eng um meine nackten Schultern und Arme ziehend, eilte ich über den kiesbestreuten Weg zur Hinterseite des Hauses zum Küchengarten. Der Mond hing über den Bäumen am Himmel und erhellte die Welt mit unheimlichem Schein.

An der Gartenpforte angelangt, verharrte ich einen Moment, spähend und lauschend . Einzige Bewegung in der mondhellen Nacht war das leise Rascheln der Apfelbaumäste am anderen Ende der Steinmauer, die an die Zufahrt grenzte, die Lieferanten benutzten. Langsam öffnete ich die Pforte und betrat den Garten.

Irgendwo schlug eine Nachtigall. Ich stolperte über den Saum des viel zu langen Mantels und hielt inne, weil meine Aufmerksamkeit dem Schatten des Schuppens galt, der sich an die Mauer in der Ecke des Gartens lehnte. Der Apfelbaum raschelte leise in der Brise, und ich starrte den Lichtstreifen an, der sich unter der Tür des Gartenschuppens abzeichnete. Vom anderen Ende der Mauer kam ein leises Klirren, ein Geräusch, wie es ein Zaumzeug verursacht, wenn ein Pferd den Kopf schüttelt.

Gefahr.

In einem Anfall von Panik ging mir auf, wie töricht ich gewesen war, dieser mysteriösen Aufforderung allein zu folgen. Ich bekam Herzklopfen, das sich steigerte, als ich hinter mir auf dem Kies knirschende Schritte hörte. Ich fuhr herum, die Arme abwehrend ausgestreckt, als mir schon eine schwere Decke übergeworfen wurde, die meinen gesamten Oberkörper umhüllte, so daß meine Hände hilflos in den Falten gefangen waren. Starke Hände zogen die Decke fest um mich, hoben mich wie einen Sack hoch und trugen mich fort, obwohl ich mich so wild und vergeblich wehrte wie eine gefangene Katze.

Weit gingen wir nicht. Ich wehrte mich noch immer, als ich auf den Boden geworfen wurde. Nach dieser unsanften Landung blieb ich einen Moment reglos und nach Luft schnappend liegen. Während ich noch um Atem kämpfte, packte eine Hand einen Zipfel der Decke und zog energisch daran. Ich rollte auf den festgetretenen Lehmboden der Gartenhütte.

»Aufstehen.« Die Stimme bebte vor Haß und Wut. Der Lichtstreifen, den ich vorhin gesehen hatte, stammte von der Laterne, die den Schuppen ausreichend erhellte, so daß ich, als ich den Blick hob, den Marquis of Stade über mir stehen sah – mit einer Pistole, deren Lauf auf meine Brust gerichtet war.

Oh mein Gott, dachte ich. *Oh mein Gott.*

Mein Herz hämmerte wild, als ich rasch meinen Blick durch die Hütte huschen ließ, um festzustellen, ob es einen Ausweg gäbe.

»Du kleines Biest«, knurrte er. »Aufstehen.« Er beschimpfte mich noch mit anderen unaussprechlichen Namen, als ich mich unsicher aufraffte, ohne den Blick von der Pistole zu wenden. Wut entströmte ihm in fast greifbaren Wellen.

Ich stand auf den Beinen. Mein Mund war so ausgedörrt, daß ich nicht sicher war, ob ich ein Wort herausbringen würde, aber versuchen mußte ich es. »Stade, damit werden Sie nicht davonkommen«, brachte ich schließlich krächzend hervor. »Beim Mord an Papa haben Sie es geschafft, gelten aber jetzt als Verdächtiger. Wenn Sie mich töten, kommen Sie nicht ungeschoren davon.«

Seine Nackenmuskeln traten hervor wie bei einem Bullen.

»Doch, ich werde davonkommen«, keuchte er. »Mag sein, daß ein Verdacht auf mich fällt, aber nachweisen wird man mir nichts können. Auch diesmal hat mich niemand gesehen.«

Unwillkürlich hielt ich in einer vergeblichen, schützenden Gebärde meine Hände vor den Leib.

Mein Kind, dachte ich. *Ich kann nicht zulassen, daß er mein Kind tötet.*

Wieder suchte mein Blick verzweifelt den Schuppen ab. An der entfernten Wand lehnten Gartenwerkzeuge, aber ich würde nie die Zeit haben, an sie heranzukommen.

»Sie werden nicht davonkommen«, wiederholte ich.

»Ich werde Sie töten«, drohte er und hob seine Pistole wieder so, daß sie auf meine Brust zielte.

In diesem Moment schwang hinter ihm die Tür auf, und das Geräusch veranlaßte ihn, sich in dem Moment, in dem er abgedrückt hatte, umzudrehen. Seine Hand zuckte, der Schuß löste sich, doch die Kugel bohrte sich in die Holzwand hinter mir.

Durch den schwarzen Mündungsrauch der Pistole sah ich Harry im Eingang stehen, einen Feuerhaken in der erhobenen Hand.

Er wollte ihn eben auf Stades Schädel niedersausen lassen, als Stade abermals mit seiner doppelläufigen Pistole anlegte. Der

Schuß löste sich in dem Moment, als Harrys Feuerhaken auftraf. Beide Männer gingen unter lautem Krachen zu Boden.

»*Harry!*« Ich rief gellend Harrys Namen. Stade lag reglos auf dem Boden, von seiner Stirn lief Blut. Als ich verzweifelt zu Harry eilen wollte, trat ich ihm auf den Leib.

Harry blutete aus einer Schulterwunde, doch seine Augen standen offen, und seine Stimme war klar, als er sagte: »Dir ist nichts passiert, Kate?«

»O mein Gott, Harry«, stieß ich hervor. »Du bist angeschossen worden!«

Stade schien sich zu rühren, und ich drehte mich zu ihm um.

Da ertönte eine Stimme von der Tür: »Kate! Was um Gottes willen ist hier los?«

Adrian war es.

»Gott sei Dank!« rief ich aus. »Adrian, er hat Harry angeschossen!«

Sofort kniete er an der Seite seines Bruders. Ich blickte mich für alle Fälle nach einer Waffe um und griff nach einem Spaten, weil er das brauchbarste mir erreichbare Werkzeug war. Damit baute ich mich neben Stade auf, bereit, ihn wieder unschädlich zu machen, sollte er zu sich kommen.

Adrian hatte seine Halsbinde abgenommen, um das Blut aus Harrys Wunde zu stillen. Als ich Harry aufstöhnen hörte, war ich sehr erleichtert. Wenigstens lebte er noch.

»Du hast eine ganz hübsche Kugel in die Schulter abgekriegt, mein Junge«, sagte Adrian zu seinem Bruder. Sein Ton war völlig ruhig. »Es wird höllisch weh tun, wenn der Doktor sich daran zu schaffen macht, aber du wirst es überleben.«

»Du hast ... die Nachricht bekommen?« ächzte Harry.

»Ja. Danke, Harry. Du hast alles richtig gemacht.«

Schlichte Worte, schlicht ausgesprochen, doch meine Kehle wurde mir eng, und ich sah, daß Harrys Finger die Hand seines Bruders umschlossen.

26. Kapitel

Adrian schickte mich zurück ins Haus, um Hilfe zu holen und den Arzt zu benachrichtigen. Ich wartete in der Halle, und als Harry auf einer Bahre durch die Haustür getragen wurde, dachte ich plötzlich mit schmerzlicher Deutlichkeit an den Tag, an dem mein Vater ums Leben gekommen war.

An die Wand gelehnt, sah ich in Harrys weißes Gesicht. Ich schloß die Augen, als er vorübergetragen wurde und schickte ein Stoßgebet zum Himmel. *Bitte, lieber Gott, nicht auch noch Harry. Bitte, bitte, bitte. Nicht Harry. Nimm mir nicht auch noch Harry. Bitte ...*

Die vier kräftigen Diener, die Harrys provisorische Bahre trugen, gingen auf die Treppe zu. Adrian kam zu mir und legte seinen Arm um meine Schultern. »Kate, er wird nicht sterben«, sagte er leise. »Es ist nur eine Schulterwunde.«

Ich preßte mich an ihn, suchte Trost in seiner Stärke. »Das sagst du nicht nur so?« flüsterte ich.

»Ich sage das nicht nur so. Und jetzt komm mit mir hinauf. Du hast einen großen Schock erlitten und brauchst Ruhe.«

Ich ließ mich von ihm zur Treppe führen, blieb aber vor der ersten Stufe stehen und sagte: »Papa wurde ebenso hereingetragen, nachdem Stade ihn erschossen hatte.«

»Dein Vater wurde in die Brust geschossen«, sagte er unverändert ruhig. »Harry hat nur eine Schulterwunde.« Langsam gingen wir die Treppe hinauf. Nach vier Stufen hielt ich wieder inne und sah ihn fragend an. »Bist du sicher, daß er gesund wird, Adrian? Sagst du das nicht nur, damit ich mich besser fühle?«

Er erwiderte meinen Blick, und seine grauen Augen sahen mich verständnisvoll und ernst an. »Kate, vertraue mir. Ich habe alle Arten von Wunden gesehen, und du kannst mir glauben, wenn ich sage, daß Harry nicht lebensgefährlich verwundet ist.«

Ich glaubte ihm. Ich schloß die Augen, und meine Knie gaben nach, so groß war meine Erleichterung. Er spürte mein Schwanken, hob mich hoch und trug mich ins Schlafzimmer.

»Kümmern Sie sich um meine Frau«, wies er die erschrockene Jeanette an und legte mich aufs Bett. Er blickte auf mich hinunter. »Ich komme wieder, wenn der Arzt Harry untersucht hat«, sagte er und ging zu seinem Bruder.

Ich ließ mich von Jeanette ausziehen und bat sie, Feuer im Kamin zu machen, ehe sie ging. Dann wickelte ich mich in die seidene Steppdecke vom Bett und setzte mich in den großen Schaukelstuhl vor den Kamin, um für Harry zu beten.

Es vergingen mehrere Stunden, ehe Adrian kam. Als er sah, wie ich um die Rückenlehne des Schaukelstuhles herumspähte, waren seine ersten Worte: »Du solltest im Bett sein.«

»Ich kann nicht schlafen, ehe ich nicht weiß, was der Arzt gesagt hat.«

Er ging langsam durch den Raum und lehnte sich an den Kaminsims, so daß er mich ansehen konnte. Er wirkte so müde, daß es an mein Herz rührte. »Der Arzt hat die Kugel herausgeschnitten«, sagte er. »Harry war sehr tapfer. Ich habe ihm reichlich Brandy eingeflößt, er schläft jetzt. Ich ziehe mich um und werde mich in seinem Zimmer hinlegen, für den Fall, daß er etwas brauchen sollte.«

Hastig sagte ich: »Adrian, es tut mir so leid. Es ist allein meine Schuld, daß Harry verletzt wurde. Hätte ich mich nicht so kopflos benommen, wäre das alles niemals passiert.«

Er sah mich aus verschatteten Augen an. »Ja, es war dumm und kopflos, was du gemacht hast, Kate. Wie konntest du nur so unbedacht sein, einfach auf eigene Faust hinauszulaufen?«

»Ich habe leider nicht klar überlegt«, sagte ich kleinlaut. »Woher wußte Harry, wo er mich suchen mußte?«

Tiefe Furchen der Müdigkeit rahmten seinen Mund ein. Er sah aus, als hätte er seit Tagen nicht geschlafen. »Du hast den Mantel von Miß Ellsworth genommen«, sagte er. »Sie und Harry wollten einen Spaziergang im Garten machen, und als sie ihren Mantel holen wollten, fehlte er. An seiner Stelle fand Harry Stades Nachricht. Offenbar hast du sie liegengelassen, als du den Mantel genommen hast. Es grenzt an ein Wunder, daß Harry sie gelesen hat.«

Mein Blick hing an seinem Gesicht. »Warum hat er das getan?« Er schüttelte langsam den Kopf. »Das müssen wir ihn fragen, wenn er sich besser fühlt. Was ich dir bisher erzählt habe, weiß ich von Miß Ellsworth.«

»Als Harry die Nachricht las, griff er nach einem Schürhaken und lief los, um mich zu retten?«

»Ja. Und er hat Miß Ellsworth gebeten, mir den Brief zu bringen.« Die Schatten um seine Augen, die Furchen um den Mund wurden tiefer. »Gott sei Dank hat er sich nicht die Zeit genommen, sich selbst auf die Suche nach mir zu machen. Hätte er es getan, wir wären zu spät gekommen.«

»Adrian, Stade wollte sich rächen«, sagte ich. »Er wollte mir weh tun, weil ich ihn vor dem Jockey Club bloßgestellt habe.« Ich hüllte mich enger in die Decke, als ein plötzliches Schaudern mich frösteln ließ. »Was für ein abgrundtief böser Mensch er ist.«

»Ja«, sagte Adrian tonlos und verfiel in Schweigen.

Mein Verlangen nach einer Umarmung war so groß, daß es fast körperlich schmerzte. Doch die Distanz zwischen uns war mehr als nur körperlich. Meine gedankenlose Dummheit hatte seinen Bruder fast das Leben gekostet. Wie konnte ich erwarten, daß er mir Trost spendete? Wie konnte ich wagen, ihm Trost anzubieten?

Ich hielt die Decke fester, so daß meine Knöchel weiß hervortraten. »Es tut mir leid«, wiederholte ich.

Er sah mich mit gerunzelter Stirn an. »Ich verstehe nicht, warum du nicht nach Harry geschickt hast, als du Stades Nachricht in Händen hieltest.«

Aufgeregt wie ich war, entging mir doch nicht, daß er nicht fragte, warum ich nicht nach ihm geschickt hatte. Der Abstand zwischen uns wurde mit jedem Satz größer.

»Adrian, ich habe nicht überlegt«, sagte ich jämmerlich. »Erst im Garten wurde mir klar, daß das ein Fehler war, aber Stade hat mich erwischt, ehe ich wieder ins Haus laufen konnte.«

»Er hat dich wohl in den Schuppen geschleppt?«

»Ja.« Meine Stimme festigte sich. »Er wollte mich erschießen und hatte schon den Finger am Abzug, aber Harry kam ihm zuvor und ging von hinten auf ihn los, so daß er sein Ziel verfehlte.

Dann gab ihm Harry eins mit dem Feuerhaken über den Kopf, aber Stade konnte noch abdrücken, ehe er umfiel. Das war der Schuß, der Harry verletzt hat. Beide gingen gleichzeitig zu Boden.«

Schweigen. Er strich sich mit der Hand übers Gesicht.

»Es tut mir so leid«, sagte ich, mich wiederholend wie ein Papagei, der nur einen Satz sprechen kann.

Er senkte die Hand und bedachte mich mit einem gezwungenen Lächeln, das seine Augen nicht erreichte. »Ein Gutes hat diese Nacht jedenfalls gebracht«, sagte er.

»Und was?« fragte ich völlig verwirrt.

»Ich glaube, du hast einmal gesagt, Harry wolle gern ein Held sein. Nun, heute war er einer, Kate. Er hat dir das Leben gerettet.«

Ich blinzelte. »Daran habe ich nicht gedacht, aber du hast recht, Adrian. Wäre Harry nicht im richtigen Moment gekommen, ich wäre jetzt tot.«

»Er ist sogar verwundet. Laß ihm einen oder zwei Tage Zeit, und er wird entzückt sein.«

Ich starrte in seine ernsten Augen. »Harry wird doch nicht sterben, oder?« Meine Stimme drohte zu brechen.

»Nein, er wird nicht sterben, Kate.« Er stieß sich von der Wand ab. »Aber ich werde doch die Nacht über bei ihm bleiben. Es würde mich nicht wundern, wenn er Fieber bekommt.«

»Ich würde dir gern Gesellschaft leisten«, bot ich ihm zaghaft an.

Er lehnte, ohne zu zögern, ab. »Geh zu Bett, Kate. Du siehst aus wie ein Gespenst. Du hast einen schrecklichen Schock erlitten und wirst doch nicht riskieren wollen, das Kind zu verlieren.«

»Nein, natürlich nicht«, sagte ich kläglich.

»Dann geh ins Bett«, wiederholte er. »Harry kannst du getrost mir überlassen.«

Als Harry kurz vor Morgengrauen erwachte, hatte er tatsächlich Fieber. Der Arzt kam wieder und verschrieb ihm irgendein Gebräu, das er trinken sollte. Er schlug auch vor, Harry zur Ader zu lassen, aber Adrian ließ das nicht zu.

Der Tag schleppte sich endlos dahin. Am Nachmittag setzte ich mich zwei Stunden zu Harry, damit Adrian ein wenig schlafen konnte. Harrys fieberglänzende Augen und seine gerötete Haut jagten mir große Angst ein. Sein Verstand war jedoch klar. Er erkannte mich und machte eine scherzhafte Bemerkung über die viele Aufmerksamkeit, die ihm zuteil wurde.

»Harry, ich fühle mich so elend, weil du verletzt bist«, sagte ich. »Es war alles meine Schuld. Aber ich bin dir so dankbar. Du hast mir das Leben gerettet.«

»Dieser Schurke wollte dich erschießen.«

»Ja, das wollte er. Noch nie im Leben war ich so froh, jemanden zu sehen, wie dich in diesem Moment.« Und ich wiederholte: »Du hast mir das Leben gerettet.«

Seine Augen glitzerten. »Könnte ich einen Schluck Wasser haben, Kate?«

»Natürlich.«

Ich setzte mich neben ihn, hielt seine Hand und sprach leise von diesem und jenem. Nach einer Weile wurde seine Aufmerksamkeit abgelenkt. Sein Blick wanderte immer wieder zur Tür.

Als sie sich schließlich öffnete und Adrian eintrat, war die Erleichterung in Harrys Miene unübersehbar.

»Na, wie geht es, mein Junge?« fragte Adrian, der mir gegenüber auf der anderen Seite des Bettes Aufstellung nahm.

»Gut«, sagte Harry. »Kate kümmert sich sehr liebevoll um mich.«

»Das dachte ich mir, aber du wirst eine Weile mit mir vorlieb nehmen müssen. Kate wird mit Lady Mary einen Spaziergang im Garten unternehmen.«

Ein Spaziergang mit Lady Mary war nun wirklich das Allerletzte, wonach mir der Sinn stand, trotzdem sagte ich: »Wie nett« und stand auf. Adrian legte eine kundige Hand auf Harrys Stirn.

»Ich bin noch immer heiß«, sagte Harry.

»Bei einer Schußverletzung kommt oft Fieber dazu«, sagte Adrian. »Ich habe das unzählige Male erlebt. In ein paar Tagen bist du wieder auf den Beinen, Harry.«

Harrys Blick hing an Adrians Gesicht, der ihn angrinste.

»Nur kein Gejammer, Brüderchen. Du befindest dich in einem netten warmen Haus, liegst in einem netten warmen Bett, und eine schöne Frau schwärmt dir vor, was für ein Held du bist. Laß dir gesagt sein, daß das viel besser ist als ein dreckiges Zelt in Spanien!«

»Ich wußte gar nicht, daß ich jammere«, erwiderte Harry.

Adrian warf mir einen Blick zu und zeigte mit einer unmerklichen Kopfbewegung zur Tür. Ich drückte Harry einen Kuß auf die heiße Stirn. »Ich schaue später wieder vorbei«, sagte ich.

Er nickte.

»Zeit für die nächste Dosis Medizin«, sagte Adrian.

Harry stöhnte unwillig.

Ich ließ die beiden allein.

Lady Mary erwartete mich doch tatsächlich am oberen Ende der Treppe. Da es zu mühsam war, sich einen Vorwand auszudenken, um nicht mit ihr hinausgehen zu müssen, ging ich mit. Auf der Terrasse gesellte sich Mr. Bellerton zu uns.

»Mr. Bellerton, hatten Sie nach Ihrer Verwundung auch Fieber?« fragte ich ihn, als wir einen der zahlreichen Kieswege entlanggingen, die Lady Barburys Garten durchzogen.

»Aber gewiß, Lady Greystone«, gab er zurück.

Ich fühlte mich ein wenig besser. »Ich bin in Sorge, weil mein Schwager fiebert«, vertraute ich ihm an. »Er sieht so elend aus.«

»Wo wurde er verletzt, Lady Greystone?«

»An der rechten Schulter.«

»Ist die Kugel steckengeblieben?«

»Ja. Der Arzt mußte sie herausoperieren.«

»Deshalb fiebert er«, sagte Mr. Bellerton. »Das ist immer so, wenn die Kugel herausgeschnitten werden muß.«

»Und der Patient erholt sich immer?« Ich konnte meine Besorgnis nicht verbergen.

»Meist«, gab Bellerton zurück.

Ich blieb stehen. »Meist? Mein Mann sagte, er sei sicher, Harry würde gesund.«

»Wenn Greystone das sagte, dann besteht kein Grund zur Sorge, Lady Greystone«, sagte Mr. Bellerton. »Er hat seinerzeit genug Verwundungen gesehen, um sich ein Urteil erlauben zu können.«

Natürlich sagte ich mir das selbst. Aber mir war die besorgte Furche zwischen Adrians Brauen nicht entgangen, als er seinen Bruder ansah. Ich war meiner Sache nicht ganz sicher.

»Sicher waren die unzulängliche Versorgung und Pflege schuld an den zahlreichen Verlusten in Spanien«, sagte Lady Mary. »Bei Ihrem Schwager liegt der Fall ganz anders, Lady Greystone.«

So unangenehm mir Trost von ihrer Seite war, mußte ich doch zugeben, daß ihre Bemerkung mich beruhigte. Ich nickte und ging ein Stück weiter.

»Was ist letzte Nacht eigentlich passiert, Lady Greystone?« fragte Lady Mary. »Heute schwirrte es im Haus vor Gerüchten. Wissen Sie, daß man nach Mr. Woodrow auch Marquis of Stade ins Haus getragen hat?«

Ich war fassungslos. »Was ... Stade ist noch im Haus?«

»Nein«, sagte Mr. Bellerton. »Er wurde heute in seinem Wagen nach Hause gefahren.«

Die beiden drangen nicht weiter in mich, sahen mich aber so hoffnungsvoll an, daß ich fragen mußte: »Weiß denn im Haus niemand, was geschehen ist?«

Sie schüttelten die Köpfe.

Ich überlegte, daß es vielleicht besser wäre, wenn alle die Wahrheit wüßten. Wenn wir auch weiterhin alles geheim hielten, würden daraus alle möglichen Spekulationen erwachsen.

»Nun, ich habe nicht versucht, mit Stade durchzubrennen«, sagte ich schnippisch.

Lady Mary und Mr. Bellerton wechselten Blicke.

Verdammt, dachte ich. Die Leute stellten doch *tatsächlich* Spekulationen an.

»Natürlich glaubt *das* kein Mensch, Lady Greystone«, ließ Lady Mary sich vernehmen.

Ha!

»Es wird am besten sein, wenn ich Ihnen genau schildere, was passiert ist«, sagte ich und tat genau das. Als ich fertig war, sprangen ihnen fast die Augen aus dem Kopf.

»Was für ein Schurke«, sagte Mr. Bellerton voller Mitgefühl. »Hoffentlich wird er gevierteilt und sein Haupt auf der London Bridge aufgespießt«, sagte ich.

»Ich kann es Ihnen nicht verdenken«, sagte Lady Mary darauf.

Hätte ich nicht gesehen, wie Adrian am Abend vorher ihre Hand geküßt hatte, wäre sie mir sogar sympathisch gewesen.

»Ich glaube nicht, daß man mit Verbrechern heutzutage noch so verfährt«, murmelte Mr. Bellerton ein wenig belustigt.

»Zu schade«, sagte ich.

»Sie können versichert sein, daß er wegen seines Überfalls auf Sie zur Rechenschaft gezogen wird«, beruhigte Mr. Bellerton mich. »Diese Untat wird ihm eine weitaus schwerere Bestrafung eintragen, als der Ausschluß aus dem Jockey Club eine ist.«

Diese Nachricht hätte mich glücklich gemacht, wenn da nicht meine Sorge um Harry gewesen wäre.

Gegen Abend stieg Harrys Temperatur, und Adrian verbrachte die zweite Nacht an seinem Bett. Der Arzt kam mit weiteren Mixturen und abermals mit dem Vorschlag, Harry zur Ader zu lassen, was Adrian erneut ablehnte.

Aber am nächsten Morgen war Harry fieberfrei. Seine Stirn war kühl, und er schlief fest, als ich um sieben in sein Zimmer kam. Adrian, der die Nacht in einem Sessel an Harrys Bett verbracht hatte, schlief ebenfalls, die Füße auf ein Sofa gestützt. Sein Haar war zerrauft, auf Wangen und Kinn standen Bartstoppeln. Er trug eine Jacke, aber kein Halstuch. Sehr bequem schien er es nicht zu haben.

Ich nutzte den Umstand, daß er schlief und bückte mich, um ihm einen Kuß auf die Stirn zu geben. Er riß die Augen auf.

»Kate«, sagte er verschlafen.

»Ja. Harry ist fieberfrei, Adrian! Fühl nur – er ist ganz kühl!«

»Ich weiß. Das Fieber ist schon seit zwei Stunden unten.« Er kämpfte sich aus der Strickdecke frei, in die er sich gehüllt hatte. Ein Stück Wolle verfing sich an einem seiner Knöpfe, und ich befreite ihn davon. Er rührte sich nicht, bis meine Hände ihn freigaben. Dann stand er auf und ging ans Bett. Er nickte befriedigt, drehte sich zu mir um und wollte etwas sagen, mußte aber ausgiebig gähnen.

»Das bedeutet doch, daß er wieder gesund wird, oder?« fragte ich beklommen.

»Ja.« Er strich sich mit der Hand übers Gesicht, offensichtlich bemüht, munter zu werden. »Jetzt heißt es abwarten, bis die Wunde heilt.« Er rieb sich den Kopf und brachte sein Haar noch mehr in Unordnung.

»Adrian«, sagte ich leise, »geh zu Bett. Ich bleibe bei Harry, bis er aufwacht.«

»Ach, nicht nötig«, sagte er. »Ich habe im Sessel ein wenig geschlafen.«

»Du siehst übermüdet aus.«

Er schüttelte den Kopf und gähnte wieder.

Ich ging an die Tür und öffnete. »Geh zu Bett, Adrian«, drängte ich ihn.

Er versuchte vergeblich, das nächste Gähnen zu unterdrücken. »Tja, vielleicht könnte ich wirklich ein paar Stunden Schlaf gebrauchen«, gab er zu.

Ich blickte auf seine unbeschuhten Füße. »Wo sind deine Stiefel?«

Er warf einen vagen Blick über die Schulter. »Am Feuer?«

Ich ging hin, holte seine hohen Stiefel und drückte sie ihm in die Hand, ehe ich ihm auf die Tür deutend einen sanften Schubs versetzte.

Er widersetzte sich lange genug, um zu sagen: »Aber ruf mich auf jeden Fall, wenn der Arzt kommt.«

»Das werde ich«, versprach ich. Er ging hinaus in die Halle, und ich schloß leise die Tür, um mich an Harrys Bett zu setzen.

Er erwachte um neun und knurrte, er sei hungrig. Ich ließ ein wenig Brühe kommen und flößte sie ihm ein, weil er den Löffel nicht halten konnte. Dann schlief er weiter.

Kurz vor Mittag wachte er wieder auf, als der Arzt kommen sollte, um den Verband zu wechseln, und machte ein finsteres Gesicht, als ich ihm den bevorstehenden Besuch ankündigte.

Ich biß mir auf die Lippen und sagte: »Ich fühle mich so schuldig, wenn ich dich so leiden sehe.«

Seine finstere Miene erhellte sich. »Kate, dazu besteht kein Anlaß«, sagte er barsch. »Es ist ja nur eine kleine Schulterwunde. In ein paar Wochen bin ich wieder topfit.«

Ich stützte meine Ellbogen aufs Bett und sagte ernst: »Wärest du nicht im richtigen Moment gekommen, Harry, ich würde schon unter der Erde vermodern.«

Er mimte ein Schaudern. »Deine Wortwahl ist sehr drastisch.«

»Es ist wahr.« Ich näherte ihm meinen Kopf noch mehr. »Adrian sagte mir, du hättest Stades Nachricht auf einem Haufen Mäntel gefunden. Wir hatten uns schon gefragt, was dich verleitet haben mag, sie zu lesen?«

»Ich sah deinen Namen darauf«, erwiderte er langsam. »Ansonsten ist es nicht meine Art, für andere bestimmte Briefe zu lesen, aber als ich dieses Schreiben sah, hatte ich ein sehr komisches Gefühl. Ich habe gar nicht erst überlegt, sondern es an mich genommen und gelesen.«

»Und dann hast du dich entschlossen, mich zu suchen?«

Er nickte. »Ich habe den Brief Miß Ellsworth gegeben und sie gebeten, Adrian zu suchen, dann bin ich mit dem erstbesten schweren Gegenstand wie der Teufel losgerannt. Als ich den Brief las, hatte ich nämlich ein sehr schlechtes Gefühl. Ein sehr, sehr schlechtes Gefühl.«

Da stand ich auf, beugte mich über ihn und küßte ihn leicht auf den Mund. »Danke«, sagte ich.

Glühendes Rot färbte seine bleichen Wangen.

»Du hast zwei Leben gerettet«, vertraute ich ihm an.

»Zwei?« Er sah mich sichtlich verwirrt an.

»Ich hoffe, du wirst Taufpate spielen.«

Allmählich dämmerte es ihm. Er sah mich mit strahlendem Lächeln an und griff mit seiner heilen Hand nach mir. »Das ist ja eine wunderbare Neuigkeit, Kate!« Ich legte meine Hand in seine, hielt sie fest und sagte: »Harry, ich war in so großer Sorge um dich ...« Die Tränen, die mir neuerdings so locker saßen, stiegen in meine Augen.

»Kate, mir geht es tadellos«, beeilte er sich zu versichern. »Deine Heulerei kannst du dir getrost sparen.«

Ich rang blinzelnd und heldenhaft um Fassung. »Du siehst ganz schrecklich aus«, eröffnete ich ihm und schnüffelte dabei. »Du bekommst ja einen richtigen Stoppelbart. Ich wußte gar nicht, daß du einen Bart hast, Harry.« Ich ließ meine Finger neugierig über den silbrigen Flaum auf seiner Wange gleiten.

Aber Harrys Blick war auf die Tür gerichtet. »Adrian!« sagte er. »Ich habe mich schon gefragt, wo du steckst.«

Adrians Haare waren gebürstet, seine Wangen glatt, seine Kleider nicht verknittert, und trotzdem trug er einen merkwürdig angespannten Ausdruck zur Schau, als hätten sich sämtliche Muskeln unter seiner Haut gestrafft. Seine Stimme war ausdruckslos, als er sagte: »Wie fühlst du dich, Harry?«

»Sehr gut«, sagte Harry. »Kate hat wie verrückt auf mich eingeredet, und das hilft, mich von den Schmerzen in der Schulter abzulenken.«

Adrian wandte mir den Rücken zu, so daß ich sein Gesicht nicht sehen konnte, aber sein Ton war gleichmütig, als er sagte: »Kate kann sehr erfinderisch sein.«

»So rasch hättest du nicht kommen müssen«, sagte Harry. »Du mußt ja völlig erschöpft sein, Adrian. In den letzten zwei Tagen warst du immer zur Stelle, wenn ich die Augen geöffnet habe.«

»Bei der Armee habe ich mir angewöhnt zu schlafen, wann und wo immer sich Gelegenheit bot«, erwiderte Adrian. »Du würdest dich wundern, wie viel Schlaf ich in diesem Sessel bekommen kann.«

»Nun ... ich muß zugeben, daß ich für deine Anwesenheit sehr dankbar war«, sagte Harry leise. »Danke.«

»Ich bin es, der dankbar sein muß«, gab Adrian zurück. »Schließlich hast du meiner Frau das Leben gerettet, Harry.«

27. Kapitel

Der Arzt kam und bestätigte, daß Harrys Zustand sich erheblich gebessert hatte. Als der Verband gewechselt wurde, schickte man mich hinaus. Ich ging hinunter, um unseren Gastgebern die gute Nachricht zu überbringen.

Die meisten Hausgäste waren schon am Tag zuvor abgereist, da die Rennwoche vorbei war. Außer meiner Familie waren nur Mr. Bellerton, Lady Mary und ihre Mutter geblieben. Alle waren sehr in Sorge um Harry, und Sir Charles Barbury sagte, daß man Stade vor Gericht bringen würde, wenn ich gewillt sei, als Zeugin auszusagen.

»Leider wird es für Sie, meine Liebe, eine öffentliche Prüfung«, sagte er entschuldigend.

»Ich trete mit Freuden in den Zeugenstand«, sagte ich fest. »Und ich bin sicher, daß auch Harry aussagen wird.«

Sir Charles seufzte. »Ja ... Hm ... ich fürchte, das wird sich nicht vermeiden lassen. Diesmal darf Stade nicht ungestraft davonkommen. Der Mordversuch an der Countess of Greystone ist anders zu bewerten als ein Pferdediebstahl.«

Ich hätte zu gern gewußt, wie Sir Charles die Sache sähe, wäre ich eine schlichte Miß Fitzgerald und nicht die Gemahlin eines Earls gewesen, aber ich hatte den Eindruck, daß es klüger war, ihn nicht danach zu fragen.

Adrian kam herunter, um uns beim Mittagessen Gesellschaft zu leisten.

»Mein Bruder schläft«, beantwortete er Sir Charles' besorgte Frage. »Das Wechseln des Verbandes ist immer eine schmerzhafte Prozedur.«

Armer Harry.

Adrian bedachte seinen Gastgeber mit einem reuigen Lächeln. »Sicher haben Sie nicht erwartet, uns so lange als Gäste zu haben, Sir Charles. Aber ich glaube nicht, daß ich meinen Bruder in den nächsten Tagen transportieren kann.«

»Mein lieber Junge!« Sir Charles' beschwichtigende Handbewegung sollte Adrian beruhigen. »Seien Sie versichert, daß es mir ein Vergnügen ist, wenn Sie mein Heim mit Ihrer Anwesenheit beehren. Sie dürfen erst abreisen, wenn Mr. Woodrows Zustand zufriedenstellend ist.«

»Sie sind sehr gütig«, erwiderte Adrian.

»Aber gar nicht! Betrachten Sie Harley Hall als Ihr Heim! Und zögern Sie nicht, zu verlangen, was Sie brauchen, Greystone. Es ist mir eine Ehre, Sie hierzuhaben.«

Adrian antwortete höflich auf Sir Charles' Ergüsse, und wir alle setzten uns zu Tisch.

Die nächsten Tage verstrichen sehr langsam. Je besser es Harry ging, desto heftiger meldete sich bei ihm Langeweile, und ich verbrachte die meiste Zeit an seinem Bett, um ihn aufzuheitern. Stundenlang spielten wir Piquet, und ich glaube, mein Gesamtverlust muß schwindelnde Höhen erreicht haben.

Adrian und ich lebten wie Fremde zusammen, die gezwungen waren, dasselbe Quartier zu teilen, und die es sich angelegen sein ließen, einander nicht über den Weg zu laufen. Mein kühner Entschluß, ihm meine Liebe zu gestehen, war in dem Moment erloschen, als ich gesehen hatte, wie seine Lippen zärtlich die Hand Lady Marys berührten.

Dazu kam, daß mein hirnloses Ungestüm, das seinen Bruder fast das Leben gekostet hätte, ihn gegen mich aufgebracht hatte. Nur sein Großmut hinderte ihn daran, ständig darauf zu sprechen zu kommen, aber ich las seine Verachtung in der Kälte seines Blicks, wenn er mich ansah, und hörte sie aus seinem gleichgültigen Ton heraus, wenn er gezwungen war, wegen einer uns beide betreffenden Sache das Wort an mich zu richten.

Ich war ehrlich genug, es ihm nicht zu verübeln, daß meine Dummheit ihm ein Ärgernis war – sie war es ja auch für mich selbst –, aber Lady Mary konnte ich ihm nicht verzeihen. Um alles noch zu verschlimmern, blieben sie und die Herzogin ebenso lange auf Harley Hall wie wir. Das lieferte mir Gelegenheit zur Selbstfolter, indem ich mir ausmalte, wie Lady Mary und mein Mann spazierengingen und im strahlenden Frühlingssonnenschein ausritten, während ich zu Hause bleiben mußte und mit einem entschieden reizbaren Harry stundenlang Piquet spielte.

Als Harry schließlich aufbegehrte und vom Arzt verlangte, er solle ihm die Rückkehr nach Hause gestatten, erhielt er meinerseits begeisterte Unterstützung. Der Arzt gab nach und sagte, daß wir am nächsten Morgen aufbrechen durften. Am Abend erschien ich leichteren Herzens als seit Tagen beim Dinner. Schließlich war es das letzte Mal, daß ich mit Lady Mary bei Tisch sitzen und ihr höflich begegnen mußte.

Lord Barbury begrüßte mich im Salon mit einer unwillkommenen Nachricht. Der Marquis of Stade war am Tag zuvor aus dem Haus entwischt und hatte nicht gefaßt werden können. Es war anzunehmen, daß er auf dem Kontinent Zuflucht gesucht hatte, da seine Jacht im Hafen von Aldeburgh gesichtet worden war.

Lord Barbury teilte mir diese Information in einem so übertriebenen Klageton mit, daß sich mein Zorn regte. »Lord Barbury, wollen Sie damit sagen, daß Stade nie verhaftet wurde?« wollte ich von ihm wissen.

Mein Ton mußte Lord Barbury beunruhigt haben, da er Adrian, der hinter mir stand, einen nervösen Blick zuwarf.

»Vergessen Sie nicht, daß er verletzt war, Lady Greystone«, wandte Lord Barbury ein.

»Ich wußte nicht, daß ein Schlag auf den Kopf einen Mordversuch sühnt«, gab ich zurück.

Wieder warf Lord Barbury Adrian einen Blick zu, doch als mein Mann kein Wort äußerte, sah er sich gezwungen, mir zu antworten.

»Natürlich rechtfertigt die Verletzung nicht seine Tat, meine Liebe. Ich meinte damit nur, daß die Behörden offenbar der Meinung waren, er sei so schwer verletzt, daß eine Haft sich erübrige.«

»Und niemand hat daran gedacht, sein Haus zu beobachten?« fuhr ich erbarmungslos fort.

»Nun ja … nein«, sagte Lord Barbury.

Ich spürte, wie jemand neben mich trat, und der vertraute

Duft, der mir in die Nase stieg, verriet mir, daß es Louisa war. Da fiel mir noch etwas ein, und ich sagte zu Lord Barbury: »Liegt Stades Yacht immer im Hafen von Aldeburgh?«

Lord Barbury machte ein unglückliches Gesicht. »Nun ja ... nein«, sagte er abermals.

»Und niemand fand es verdächtig, daß seine Yacht im Hafen überraschend und ausgerechnet dann auftauchte, als Stade verhaftet werden sollte?« fragte ich.

Darauf reagierte Lord Barbury mit Schweigen.

Mr. Bellerton sagte leise: »Lady Greystone, Stade wird niemals nach England zurückkehren können. Er wird den Rest seines Lebens im Exil verbringen müssen. Das ist an sich schon eine schwere Strafe.«

»Nicht schwer genug«, sagte ich darauf.

Nun bekam ich überraschend Unterstützung von einer mir nicht unbedingt willkommenen Seite. »Ich gebe Lady Greystone recht«, sagte Lady Mary. »Mir scheint nämlich auch, daß die ganze Sache ein kläglicher Fehlschlag war.«

»Das ist auch meine Meinung«, sagte Louisa mit Überzeugung.

Schließlich sagte auch Adrian etwas. »Ich glaube, Lady Barbury wäre es recht, wenn wir zu Tisch gingen.«

Bei Tisch war ich schlechter Laune. Mir war klar, daß man behördlicherseits Stades Flucht begünstigt und geduldet hatte. Je mehr ich darüber nachdachte, desto wütender wurde ich. Als ich nach dem Essen ankündigte, daß ich mich zurückziehen wollte, atmete Lord Barbury sichtlich erleichtert auf.

Ich warf einen Blick in Harrys Zimmer, in der Hoffnung, ihn wach anzutreffen, damit ich ihm sagen konnte, was passiert war, aber er schlief ganz fest. Enttäuscht ging ich den Korridor entlang zu dem Zimmer, das ich in so manierlicher Disharmonie mit Adrian teilte. Jeanette rief ich erst gar nicht und fing statt dessen an, unruhig vor dem Kamin auf und ab zu laufen.

Als Adrian eine Stunde später kam, war ich noch immer in Bewegung. Kaum vernahm ich seinen Schritt, als ich herumfuhr und zur Tür blickte. »Adrian, man hat ihn absichtlich laufen lassen«, sagte ich.

Er schloß die Tür und trat langsam ein. »Ja, Kate, ich fürchte, du hast recht.«

»Aber warum?« Das war es, was mir so unbegreiflich war. »Niemand hat seine Schuld in Frage gestellt. Warum hat man ihn dann einfach entkommen lassen?« Ich hatte meine Haarnadeln herausgezogen, als ich gekommen war, und schob nun die lose Haarflut hinter meine Ohren, um sie aus dem Weg zu haben. »Ich verstehe das nicht«, sagte ich.

Er seufzte. »Kate, du scheinst der einzige Mensch zu sein, der es nicht versteht. Dabei ist es eigentlich ganz einfach. Stades Flucht wurde ermöglicht, damit man der englischen Aristokratie die Peinlichkeit eines Gerichtsverfahrens vor dem Oberhaus erspart.«

Ich starrte ihn an, ohne ein Wort zu sagen.

Er fuhr fort: »Vielleicht ist dir nicht klar, daß Stade als Mitglied des Oberhauses nur von seinesgleichen verurteilt werden kann.«

»Es kümmert mich nicht, wo der Prozeß stattfindet«, sagte ich. »Ich möchte Gerechtigkeit, Adrian.«

Er reagierte mit einem Achselzucken. Mit einem Achselzucken! »Jeder will Gerechtigkeit, Kate«, sagte er, »aber nur den wenigsten wird sie zuteil. Und was Bellerton sagte, ist die Wahrheit. Stade wird durch sein immerwährendes Exil genug gestraft.«

»Willst du am Ende dieses Verhalten verteidigen?« fragte ich fassungslos.

»Welches Verhalten? Niemand hat Stade zur Flucht verholfen«, sagte er. »Er ist auf eigene Faust auf und davon.«

»Es gibt auch Verbrechen, die durch Unterlassung begangen werden, Adrian«, gab ich aufgebracht zurück. »Versuch nicht, mir einzureden, daß bei Stades Entkommen nicht geheimes Einverständnis im Spiel war.«

Seine grauen Augen waren trüb wie der Winterhimmel, als er sagte: »Kate, besprich deine Sorgen mit Harry und nicht mit mir.

Ich bin zu erwachsen, um noch Träume von einer perfekten Welt zu hegen.«

Sein Gesicht verschwamm vor mir in rotem Nebel. Ich ballte meine Hände zu Fäusten, um ihn nicht zu schlagen, und sagte zähneknirschend: »Du nennst mich ein Kind?«

»Du scheinst die Realität der Situation nicht erfaßt zu haben«, erwiderte er.

»*Stade hat meinen Vater getötet.*« Ich atmete schwer. »Ich möchte nicht, daß er in Paris ein schönes Leben führt, Adrian. Ich möchte seinen Tod.«

»Er hat versucht, dich zu töten. Er hat versucht, meinen Bruder zu töten. In mir ist auch kein Mitgefühl für Stade. Aber ich halte es dennoch für die beste Lösung.«

Er hielt sich so aufrecht wie immer, aber er ließ einen Anflug von Mattigkeit erkennen, der meine Aufmerksamkeit weckte. »Warum?« fragte ich in einem Ton, der schon etwas gemäßigter war.

Er ging langsam zum Kamin und starrte in die stetig brennenden Flammen. »Weil es schlecht wäre, wenn sich die Aufmerksamkeit des Landes auf einen Verbrecher konzentriert, der im Grunde völlig belanglos ist.«

Ich erstarrte, als er das Wort *belanglos* aussprach, sagte aber nichts. Als er sah, daß ich nicht explodierte, drehte er sich nach einer Weile wieder zu mir um. »Die Struktur unserer Gesellschaft hat bereits großen Schaden genommen, und ein Gerichtsverfahren im Oberhaus würde das Land noch mehr spalten. Die Reformer würden eine Gelegenheit für einen Angriff auf den Adel sehen, und die Regierung geriete noch mehr in die Defensive, als sie es ohnehin schon ist, und würde noch viel härtere Gesetze erlassen. Ein Prozeß kann nichts Gutes bringen. Im Gegenteil, er kann viel Schlechtes in Gang setzen.«

Ich stand vor ihm und hatte keine Antwort zur Hand. Er schenkte mir die Andeutung eines Lächelns. »Aber ich möchte beileibe nicht behaupten, daß dies die Motive waren, die Barbury veranlaßt haben, Stades Flucht zu begünstigen.«

Ich war ganz sicher, daß andere Motive dahintersteckten. Lord

Barbury und seinesgleichen war nur daran gelegen, einen Skandal zu vermeiden.

Ich ließ den Kopf hängen. »Daran hatte ich nicht gedacht ... keines deiner Argumente ist mir in den Sinn gekommen.«

»Das ist mir klar.«

Ich schob meine Haare zurück, die sich aus ihrem Halt hinter meinem rechten Ohr gelöst hatten. »Adrian«, sagte ich, zu ihm aufblickend, und biß mir auf die Lippen.

Er kniff die Augen zusammen und richtete seinen Blick auf meine Brust. Unwillkürlich folgte ich seinem Blick und sah, daß eine einzelne schwarze Strähne sich in dem tief ausgeschnittenen Oberteil meines Abendkleides verfangen hatte. Ich sah wieder in sein hartes, eindringliches Gesicht und spürte, wie mich eine heiße Woge des Begehrens durchflutete.

Ich weiß nicht, wer von uns die erste Bewegung machte, aber unsere Körper trafen aufeinander, und ich spürte die Glut seines Kusses auf meiner Brust. Mein Kopf fiel nach hinten, und die ganze Länge meines Körpers drückte sich an seinen. Ich spürte jede Stelle seines Körpers an mir. Meine Liebe zu ihm war wie ein Strom, der mitten in mir entsprang und mich vollkommen erfaßte.

Sein Mund bewegte sich von meiner Brust zu meinen Lippen, und ich ließ ihn eindringen. Nach langen, schwindelerregenden Küssen hob er den Kopf und sagte heiser und unsicher: »Kate, laß uns ins Bett gehen.«

Wir hatten inzwischen große Geschicklichkeit entwickelt, uns unserer Kleider in aller Eile zu entledigen, so daß es nicht lange dauerte, bis ich nackt unter ihm auf dem Bett lag. Sein Mund bedeckte mich, und ich faßte in sein Haar, drückte ihn an mich, atemlos vor Erregung, die seine Lippen in all meinen Nerven entfachten. Meine Hände glitten über seinen nackten Rücken; dann drückte ich meine Finger und später meine Nägel in seine Haut und wiederholte seinen Namen immer drängender.

Er wußte genau, was ich wollte, und ich schauderte vor Wonne, als ich ihn mächtig und tief in mir fühlte. Unsere Lippen trafen aufeinander, und ich schloß die Augen fest, um mich auf das Gefühl zu konzentrieren, ihn eindringen und herausgleiten zu spüren. Immer wieder streichelte ich seinen Rücken, die glatte Haut, die harten Muskeln, die starken Knochen.

Sein Mund bewegte sich zu meiner Wange und meinem Ohr.

»Kate«, sagte er. »Kate.«

Ich hielt ihn fest, als er immer tiefer in mich eindrang. Wenn er noch tiefer geht, dachte ich, wird er das Kind berühren.

Sein Haar streifte meine Wange, und ich spürte, wie ich innerlich weich wurde, mich ergab, ihn noch tiefer eindringen ließ ...

Er drängte mich immer weiter, bis mein Kopf gegen den Kopfteil des Bettes stieß. Er füllte mich völlig aus, und als mich schließlich die Erfüllung durchzuckte, war die Wollust fast unerträglich. Ich spürte das Beben seines Höhepunktes, und wir umklammerten einander, um nicht in Millionen Teilchen zu zerspringen und davonzuschweben.

Ich drückte mein Gesicht an seine schweißnasse Schulter und dachte, daß ich nur in Momenten wie diesen das Gefühl hatte, richtig verheiratet zu sein. Wenn ich mit ihm so dalag, war unsere Verbindung tief und vollkommen und zutiefst erfüllend. Ich wünschte, der Morgen würde nie kommen.

Der nächste Morgen kam jedoch wie immer, und Adrian und ich spielten unsere Rollen als höfliche Fremde weiter. Spät am Vormittag brachen wir nach Greystone auf, Harry in der Kutsche mit Louisa und mir, während Adrian und Paddy uns hoch zu Roß begleiteten. Es war eine lange und ermüdende Fahrt, aber Harry bestand darauf, unterwegs keine Rast einzulegen. Als wir ihn in seinem eigenen Zimmer auf Greystone zu Bett brachten, war ich erschöpft wie er.

Zwei Tage darauf fuhr ich mit Louisa hinüber nach Lambourn Manor und stellte sie Mrs. Noakes vor. Zu dritt tranken wir in der Küche Tee und klatschten über die Nachbarn, so daß der Besuch insgesamt sehr angenehm verlief. Ich war darüber sehr erleichtert, weil ich nicht aus noch ein gewußt hätte, wenn Mrs. Noakes und Louisa nicht miteinander ausgekommen wären. Doch als ich der alten Haushälterin anvertraute, daß Louisa sehr wahrscheinlich ihre neue Herrin wäre, schien sie sich aufrichtig zu freuen.

Wir waren genau eine Woche zu Hause, als ich mich entschloß, nach Newbury zu fahren, um ein Buch abzuholen. Ehe ich losfuhr, ging ich in die Bibliothek, um Harry zu fragen, ob ich ihm etwas aus der Stadt mitbringen könne.

Er lag in seinem Morgenrock auf dem Sofa und las die *Morning Post.*

»Nicht zu fassen, Kate, sieh einmal, was heute unter den Verlobungsanzeigen steht«, rief er aus.

»Du Ärmster, deine Langeweile muß ja gewaltig sein, wenn du sogar Verlobungsanzeigen liest«, neckte ich ihn, griff aber gehorsam zu der Zeitung und warf einen Blick auf die Seite. Da stand doch glatt, schwarz auf weiß, daß Lady Mary Weston und Mr. Richard Bellerton sich zur Ehe entschlossen hätten.

Lange starrte ich die Zeilen schweigend an. Dann gab ich die Zeitung Harry zurück und fragte leise: »Hat Adrian es schon gesehen?«

»Ich habe es ihm vorhin gezeigt«, meldete Harry. »Für ihn war es keine Überraschung. Er wußte es schon. Lady Mary hat es ihm wohl auf Harley Hall anvertraut.«

Ich starrte Harry verständnislos an.

»Kate?« sage Harry. »Bist du noch da?«

»Sie hat es ihm gesagt?«

»Heute morgen hat er sich mir gegenüber dahingehend geäußert.«

»Auf Harley Hall?«

»So ist es.«

»Hat er gesagt, wann?«

Er verdrehte gottergeben seine Augen.

»Es ist wichtig«, sagte ich angespannt.

»Nun ja, er sagte, sie hätte es ihm bei dieser verdammten Tanzerei im Vertrauen gesagt.«

»Hat er zufällig gesagt, ob sie sich draußen auf der Terrasse befanden?« fragte ich atemlos.

»Das könnte er gesagt haben.«

»Guter Gott …«

Harry faltete die Zeitung zusammen und legte sie auf den Fußschemel, den man ans Sofa geschoben hatte. »Würdest du mir wohl verraten, was diese hochnotpeinliche Befragung soll?« fragte er.

»Ich glaube, ich war sehr dumm.«

Harry grinste. »Das wäre nichts Neues.«

Die *Morning Post* auf den Boden schiebend, ließ ich mich auf dem Schemel nieder. Damit war mein Gesicht mit Harrys auf gleicher Höhe. Ich sah ihn ernst an und sagte: »Ich war sehr böse auf Adrian, weil ich gesehen habe, wie er Lady Mary die Hand küßte, als sie von der Terrasse hereinkamen. Ich glaubte, er sei noch immer in sie verliebt. Aber jetzt glaube ich, daß es nur eine galante Geste war, die Reaktion darauf, daß sie ihm ihre Heiratspläne anvertraut hat.«

Er sah mich an. »Du hast wirklich geglaubt, Adrian sei in Lady Mary verliebt? Hast du den Verstand verloren, Kate?«

»Harry, so weit hergeholt war das nicht«, rechtfertigte ich mich. »Schließlich war Adrian nahe daran, sie zu heiraten, ehe er gezwungen wurde, mich zur Frau zu nehmen. Warum hätte ich nicht glauben sollen, er sei noch immer in sie verliebt?«

Nun sagte Harry überdeutlich: »Adrian ist verliebt, das schon, aber nicht in Lady Mary.«

Der Blick, mit dem ich Harry anstarrte, war so sehnsüchtig wie der eines Hündchens. »Glaubst du, er könnte vielleicht mich lieben?«

Sein Blick hingegen verriet, daß er glaubte, eine Idiotin vor sich zu haben. »Kate, Adrian kann seinen Blick nicht abwenden, so bezaubert ist er von dir. Ich kann gar nicht fassen, daß du das nicht spürst.«

Wie betäubt saß ich da und sagte kein Wort, allein von der Frage bewegt, ob Harry wohl recht haben mochte. Ich hoffte es und fürchtete das Gegenteil. »Leider ist er ziemlich wütend auf mich«, vertraute ich ihm an. »Vor allem natürlich, weil du durch meine Schuld fast getötet worden wärest, aber er hat mir schon vorher gegrollt. Wir hätten ihm unsere Ermittlungen um den

Tod meines Vaters nicht verheimlichen dürfen. Er war deshalb sehr verärgert.«

»Kate, du übertreibst.«

»Nein«, sagte ich düster. »Ich übertreibe nicht. Als ich ihn bat, er solle zur Anhörung im Jockey Club kommen, lehnte er ab. Wir bräuchten ihn nicht und hätten es bis dahin auch ohne ihn geschafft, sagte er.«

Harry rieb seine vollendet geformte Nase. »Nun, wenn das nicht alles sagt, dann weiß ich nicht ...«

»Was meinst du damit?«

»Großer Gott, Kate! Überleg doch, was du eben gesagt hast. Adrian hat in seinem ganzen Leben noch nie geschmollt. Dazu hast du ihn gebracht.«

Als ich an unseren Streit zurückdachte, fiel mir noch etwas ein. »Weißt du, daß er sogar eifersüchtig klang?« sagte ich nachdenklich.

Harry sah mich erschrocken an.

Ich rutschte auf meinem Schemel hin und her. »Er sagte, du und ich, wir seien die dicksten Freunde«, erklärte ich. »Und als ich mich beklagte, daß Lord Barbury Stade entkommen ließ, hat er mir geraten, ich sollte ihm nicht mit kindischen Klagen kommen, er sei zu erwachsen, um sie ernst zu nehmen.«

Wieder rieb Harry seine Nase. »Wenn man bedenkt, daß ich nahezu mein ganzes Leben lang eifersüchtig auf Adrian war, so ist das eine angenehme Wendung.«

»Du bist nicht eifersüchtig auf Adrian«, protestierte ich. »Du liebst und bewunderst ihn. Das ist nicht dasselbe.«

»Natürlich liebe und bewundere ich ihn.« Harry zog eine Braue hoch. »Aber die Meßlatte, die er legt, ist sehr hoch, Kate.«

»Einmal habe ich Adrian gesagt, du wolltest wie er sein, wüßtest aber nicht, wie.«

Harry warf mir einen schrägen Blick zu. »Und was hat er geantwortet?«

»Er sagte ›Er soll sich nicht wünschen, wie ich zu sein. Er soll lieber so sein wollen, wie er selbst ist.‹«

Harry lächelte wehmütig. »Ganz Adrian.«

»Er hat es wirklich gemeint, Harry. Und er hat recht.«

»Das weiß ich.«

Ich biß mir auf die Lippen. »Adrian zu sein, ist nicht so großartig, wie man sich das vielleicht vorstellt«, sagte ich.

Harry sah mich skeptisch an.

Ich starrte auf die *Morning Post* zu meinen Füßen und sagte ein wenig barsch: »Einmal hat er mich gefragt, ob ich wüßte, für wie viele Tote er die Schuld trägt.«

Ich hörte Harrys erstauntes Brummen, hielt aber meinen Blick fest auf die Zeitung gerichtet. Ich hoffte inständig, daß ich nicht Adrians Vertrauen mißbrauchte, indem ich das sagte, aber ich dachte, daß es für Harry wichtig war, seinen Bruder besser zu verstehen.

»Die Menschen sehen ihn an, sehen sein Äußeres, seine Tapferkeit, seine Anständigkeit.« Ich drehte mich um und sah ihn an. »Aber in ihm ist viel Tod, Harry.« Ich verschränkte meine Hände fest im Schoß. »Sei froh, daß dir der Krieg erspart geblieben ist«, fuhr ich fort. »Adrian wird über seine Kriegserlebnisse wahrscheinlich nie hinwegkommen.«

Langes Schweigen trat ein, ehe Harry sagte: »So habe ich ihn nie gesehen.«

»Er ist ein Mensch, der seine Kümmernisse für sich behält. Und ich sage das alles nur, weil ich dachte, du müßtest ihn besser verstehen lernen.«

»Du hast recht, wenn du sagst, er behielte seine Kümmernisse für sich«, sagte Harry. »Aber dir hat er sie anvertraut, Kate. Glaubst du noch immer, daß er dich nicht liebt?«

28. Kapitel

Ich wollte sofort mit Adrian sprechen, aber Mr. Crawford, Adrians Verwalter, war am Abend zuvor eingetroffen, und die beiden hatten sich im Gutsbüro eingeschlossen, um die Bücher durchzusehen. Also entschloß ich mich zu einer Fahrt nach Newbury.

Da Louisa und Paddy den Tag über nach Lambourn gefahren waren, begleitete mich aus Anstandsgründen einer der Pferdeknechte. Meine Besorgung war so rasch erledigt, daß ich in weniger als einer Stunde wieder im Wagen saß und voller Ungeduld nach Hause fuhr.

Zwei Meilen außerhalb der Stadt stießen wir auf ein Gig, das umgestürzt am Straßenrand lag.

Ich hielt an. Das Gefährt schien nur einen Insassen zu haben, nämlich den Kutscher, der eben sein Pferd aus dem Wirrwarr von Geschirr befreite, als wir anhielten.

»Ist alles in Ordnung?« rief ich dem Mann zu. »Brauchen Sie Hilfe?«

Er drehte sich zu mir um, das Zaumzeug dicht am Biß fassend. Untersetzt, in mittleren Jahren, mit dunklen, eng beisammenstehenden Augen in einem eckigen, kräftigen Gesicht, hätte er in seiner schlichten, ländlichen Kleidung einer von Adrians Pächtern sein können. Er wollte sich meinem Wagen nähern, aber kaum hatte er einen Schritt gemacht, als sein Gesicht sich verzerrte und ich ein schmerzliches Aufstöhnen hörte. Er blieb abrupt stehen.

»Sind Sie verletzt?« fragte ich scharf.

»Ja. Mein linker Knöchel«, sagte er heiser. »Da stimmt etwas nicht.«

Ich warf einen Blick zum Gig, der auf der Seite lag. Mein Reitknecht allein wäre nicht imstande, das Gefährt aufzurichten, und der Zustand des Fahrers war so schlecht, daß man auf seine Hilfe verzichten mußte. »Wo wohnen Sie?« fragte ich den Verletzten. »Könnten Sie ein paar Leute schicken, die Pferd und Wagen holen, wenn ich Sie jetzt nach Hause bringe?«

»Das kann ich.« Der Mann sah mich dankbar an. »Meine Farm liegt bei Thatchem. Ich wüßte Ihre Hilfe sehr zu schätzen, Ma'am.«

»Mann, Sie sprechen mit der Countess of Greystone«, wies ihn mein Reitknecht von oben herab zurecht. »Denken Sie an Ihre Manieren und reden Sie sie mit ›Mylady‹ an.«

»Das ist kaum der richtige Zeitpunkt für Fragen der Etikette,

Charlie«, sagte ich. »Steigen Sie bitte ab und helfen Sie diesem Gentleman auf Ihren Sitz. Sie können bei Pferd und Wagen bleiben, bis Hilfe eintrifft.«

Charlies Zweifel zeichneten sich auf seinem runzeligen Gesicht ab. »Vielleicht wäre es besser, wir würden von Newbury aus Hilfe schicken, Mylady«, schlug er vor. »Mir ist es nicht geheuer, Sie mit einem Fremden wegfahren zu lassen.«

»Ach Charlie, seien Sie nicht so eigensinnig«, sagte ich ungeduldig. »Der Mann ist verletzt.«

Charlie machte ein finsteres Gesicht.

Wir sahen einander an.

»Zeigen Sie doch ein wenig Mitleid.«

Wieder sahen wir einander an. Schließlich stieg er nach einem gottergeben himmelwärts gerichteten Blick vom Kutschbock und nahm dem Verletzten das Pferd ab.

»Ich muß Sie um Hilfe bitten, sonst schaffe ich es nicht bis zum Wagen«, sagte der Mann mißmutig. Daraufhin bot Charlie ihm widerwillig den Arm. Humpelnd und auf Charlie gestützt gelangte der Farmer zu meinem Wagen. Nach mehreren Versuchen schaffte er es auch, sich auf den Sitz hinaufzustemmen. Kaum saß er neben mir, ließ er den Kopf tief hängen, als fürchte er, bewußtlos zu werden.

Ich wartete, bis er sich aufgerichtet hatte. »Geht es wieder?« fragte ich leicht.

Er nickte. Ich trieb die Pferde an und ließ sie im Schritt gehen, da ich fürchtete, ein Trab könnte dem Knöchel des Ärmsten schaden.

Eine halbe Meile fuhren wir in nördlicher Richtung, dann aber, anstatt weiter auf Greystone zuzuhalten, bog ich nach Osten ab und nahm die Straße, die nach Thatchem, einem winzigen Nest, führte. Sie war leer. »Liegt Ihre Farm vor oder hinter dem Dorf?« fragte ich.

»Davor«, gab er schroff zurück. »Gleich sind wir da.«

Auf der linken Straßenseite graste eine Schafherde friedlich auf einer Wiese. Die Lämmer sprangen und spielten in der hellen Nachmittagssonne. Auf der rechten Seite wogten üppige Weizenfelder in der sanften Brise. Wir fuhren um eine Biegung, und ich sah vor uns, auf dem Grasstreifen neben der Straße, eine etwas antiquiert aussehende Kutsche mit einem Pferdegespann. Als ich sie sah, runzelte ich die Stirn, weil ich es eigenartig fand, an einem Tag zwei fahruntüchtigen Wagen zu begegnen. Wieder hielt ich an.

Da griff der verletzte Farmer, dem ich geholfen hatte, nach meinen Zügeln und nahm sie mir energisch aus der Hand. Ich drehte mich um. »Was machen Sie da?« fragte ich entgeistert und wollte sie ihm entreißen.

Er stieß mich beiseite. Fest. So fest, daß ich mich an den Sitz klammern mußte, um nicht das Gleichgewicht zu verlieren. In diesem Moment hörte ich eine andere Stimme, die sagte: »Steig ab, Kate. Du kommst mit mir.«

Ich drehte mich zur Straße hin, zu dem Mann, den die Kutsche verdeckt hatte und der sich nun meinem Phaeton näherte. Ich bekam Herzklopfen und versuchte wieder, meine Zügel zu fassen. Wenn ich nur die Herrschaft über mein Gespann wieder hätte!

Der Mann, der sich bis dahin als Farmer ausgegeben hatte, versetzte mir einen so festen Handkantenschlag auf mein Gelenk, daß ich nach Luft schnappte.

»Absteigen, Kate«, sagte mein Onkel wieder.

Ich hörte meinen eigenen raschen Atem. »Was willst du?« fragte ich.

»Ich will, daß du absteigst«, sagte Charlwood. »Und wenn du nicht sofort folgst, wird Carruthers dir weh tun.«

Ich sah in das grimmige Gesicht des Mannes neben mir. Langsam, mein schmerzendes Gelenk umfaßt haltend, machte ich Anstalten abzusteigen.

»So ist es recht«, sagte mein Onkel. »Und jetzt steig ein.«

Es sah aus, als hätte Charlie recht behalten.

»Ich habe nicht die Absicht, in diesen Wagen zu steigen«, sagte ich. Da trat der Bruder meiner Mutter auf mich zu, packte mit einer Hand meinen Arm und schlug mich mit der anderen so heftig seitlich auf den Kopf, daß sich alles um mich herum drehte. Mir wurde schwarz vor Augen.

Als ich zu mir kam, befand ich mich in der Kutsche. Mein Kopf schmerzte, in meinen Ohren dröhnte es. Mein Handgelenk tat weh, und als ich meine andere Hand zu bewegen versuchte, um es zu massieren, konnte ich nicht. Ich brauchte ein paar Sekunden, bis ich merkte, daß meine Hände zusammengebunden waren.

Den Kopf an die Polsterung gelehnt, versuchte ich mich zu erinnern, was mir zugestoßen war. Schließlich fiel es mir ein, aber die Erinnerung machte mich nicht froh. Das einzig Ermutigende an meiner Situation war, daß ich mich allein in dem Gefährt befand.

Ein Blick aus dem Fenster zeigte mir, daß wir zwischen hohen Hecken auf einem gewundenen Feldweg dahinfuhren. Es hätte jeder der unzähligen ähnlichen Feldwege irgendwo in Berkshire sein können, aber ganz sicher nicht der Weg nach Charlwood, wie ich mit sinkendem Mut feststellte. In Charlwood würde Adrian mich vielleicht suchen, aber diesen anonymen Weg würde er nie finden.

Minuten später rumpelte die Kutsche durch ein verfallenes Tor und weiter, einen holprigen Weg entlang. Vor einem strohgedeckten und offensichtlich halb verfallenen Haus, mit einem eingezäunten Schweinekoben ohne Schwein und einem Gemüsegarten, dem es an Pflanzen mangelte, war die Fahrt zu Ende. Mir war elend zumute, wenn ich daran dachte, wie weit es von hier bis zur Hauptstraße war.

Hier würde Adrian mich niemals finden können.

Der Wagenschlag wurde aufgerissen, und ein Mann stand im Eingang. Nicht mein Onkel, sondern der Kerl, den er Carruthers genannt hatte.

»Aussteigen«, sagte er. Sogar sein Akzent hatte sich verändert. Seine dunklen, eng zusammenstehenden Augen spähten angestrengt vom hellen Sonnenschein ins Dämmerlicht der Kutsche.

Den Rücken an die Polsterung drückend sagte ich: »Nein.«

»Wenn ich Sie wieder bewußtlos schlagen muß, tue ich es«, sagte er völlig ausdruckslos.

Die Vorstellung, diesem Schurken bewußtlos auf Gedeih und

Verderb ausgeliefert zu sein, war wenig erbaulich. Ich rutschte an den Rand und dann durch die Kutschentür. Als Carruthers mich herunterhob, schauderte ich unter der Berührung seiner Hände um meine Taille.

»Wenn Sie mich gehen lassen, verdopple ich das, was Charlwood Ihnen zahlt«, sagte ich, als meine Füße den Boden berührten.

Er gab keine Antwort und packte meinen Oberarm mit einem Griff, der häßliche schwarze Flecken hinterlassen würde. Dann ging er mit mir zum Haus. Ich stolperte, weil ich erbarmungslos gezogen wurde, und immer, wenn er mich hochriß, gruben sich seine Finger tiefer in mein Fleisch.

An der Haustür angelangt, stieß Carruthers sie auf, und ich torkelte ins dunkle Innere. Ich verlor das Gleichgewicht, trat auf meinen Rocksaum und fiel auf die Knie, da ich mich mit gefesselten Händen nicht aufrecht halten konnte. Der Mann ragte im engen Durchgang über mir auf und wartete wortlos, bis ich mich auf die Füße gerappelt hatte. Dann öffnete er die Tür zu einem Raum, der vermutlich einmal jemandem als Wohnzimmer gedient hatte, und bedeutete mir mit einem Kopfnicken, ich solle eintreten.

Der Raum, den ich betrat, war klein und niedrig. Die Wand gegenüber wurde von zwei Fenstern unterbrochen, mitten im Zimmer stand auf einem abgetretenen grauen Teppich ein schwerer Stuhl. Nach tiefem Atemholen sagte ich erneut zu meinem Kerkermeister: »Was ich gesagt habe, war ernst gemeint, Carruthers. Ich verdopple Charlwoods Lohn.«

Eine Andeutung von Belustigung huschte über sein Gesicht, war aber sofort wieder verflogen. »Würde ich meine Klienten übers Ohr hauen, hätte ich keine mehr«, sagte er.

»Mein Mann wird Ihnen so viel Geld geben, daß Sie in Ihrem ganzen Leben keinen anderen Klienten mehr brauchen.«

»Das bezweifle ich sehr, Mylady«, gab er gelassen zurück. »Und jetzt nehmen Sie auf diesem Stuhl Platz, damit ich Sie festbinden kann.«

Enttäuscht starrte ich ihn an. Es mußte doch möglich sein, *etwas* zu sagen, das bis zu ihm durchdrang. Sein Gesicht war völlig unbewegt. Es war seltsam, daß ein so ruhiges Gesicht so brutal wirken konnte.

»Setzen Sie sich«, sagte er wieder, und mir war klar, daß er nicht zögern würde, mich zu zwingen, falls ich Widerstand leistete. Und ich wollte nicht bis zur Wehrlosigkeit verletzt werden. Wenn ich mich aus dieser Falle befreien wollte, würde ich meine ganze Kraft brauchen.

Ich setzte mich auf den Stuhl, und er band meine Füße an den Stuhlbeinen fest, dann holte er ein Messer aus seiner Jackentasche und durchschnitt das Seil, mit dem meine Hände vor mir zusammengebunden waren. Kaum waren meine Hände frei, als ich das Messer packte, in der Hoffnung, ihn zu überrumpeln.

Doch ich schaffte es nicht, ihm den Griff zu entwinden, und bekam statt dessen seine harten Finger zu fassen, in die ich meine Nägel so tief grub, daß er blutete. Der Stuhl, auf dem ich festgebunden war, geriet ins Schwanken, als ich mich im Kampf um das kostbare Messer an den Mann klammerte.

»Kleines Luder«, stieß er hervor und entwand seine Hand und das Messer meinem verzweifelten Griff. Mein bereits wundes Handgelenk schmerzhaft gepackt, zog er meinen Arm hinter die Stuhllehne und verrenkte ihn nach oben.

Sengender Schmerz durchfuhr mich. Durch die stechende, weißglühende Pein hörte ich ihn sagen: »Versuchen Sie das ja nie wieder.«

Ich rührte mich nicht, vor Schmerzen schluchzend. Er senkte langsam meinen Arm und sagte: »Die andere Hand.«

Ich schloß die Augen und streckte den anderen Arm hinter die Stuhllehne. Er senkte meinen Arm wieder ein Stück und machte sich daran, meine Handgelenke zusammenzubinden. Kaum hatte er es geschafft, trat er vor mich hin.

Ich glaube, ich hätte mich weniger gefürchtet, wenn er nur einen Anflug von Gefühl hätte erkennen lassen. Mein Handgelenk schmerzte so stark, daß mir übel wurde, dennoch starrte ich ihn trotzig an. Seine Miene blieb ausdruckslos, als er mich langsam von oben bis unten unter die Lupe nahm, Augen, Hals, Brüste, Leib und zuletzt meine Beine. Ich hatte das Gefühl, nackt ausgezogen zu werden, und ich spürte, wie meine Wangen sich vor Wut und Angst und dem Gefühl der Demütigung röteten.

»Sie sind ein hübsches Stück, Lady Greystone«, stellte er fest. »Vielleicht würde Ihr Mann tatsächlich das Doppelte berappen, um Sie zurückzubekommen. Aber wie gesagt, ich betrüge Klienten nicht.«

Nähertretend, so daß er direkt hinter mir stand, griff er sich eine Faust voll Haar, das mir auf den Rücken fiel und zog meinen Kopf so weit nach hinten, daß ich ihn anschauen mußte. »Ich glaube, ich verdiene eine Wiedergutmachung für die Kratzer, die Sie mir zugefügt haben«, sagte er und beugte sich über mich, um meinen Mund in Besitz zu nehmen, so daß ich nicht atmen konnte.

Es war widerwärtig.

Adrian, betete ich. *Bitte, bitte, komm und rette mich!*

Carruthers hob seinen Mund von mir, und zum erstenmal während unserer Begegnung sah ich Gefühl in seinem Gesicht. Ich zuckte zurück vor der Lust, die seine eng zusammenstehenden Augen hart und glänzend machte.

»Ja, ein hübsches Stück, in der Tat«, sagte er.

Ich versuchte, ihn zu treten, aber meine Beine waren zu fest gebunden.

»Dafür wird mein Mann Ihren Kopf fordern«, sagte ich.

»Das glaube ich nicht«, erwiderte er und beugte sich wieder über mich, um mich zu küssen. Diesmal trat ich ihn.

Er fuhr mit einem Ruck zurück und stieß einen wilden Fluch aus. Ich freute mich, als ich Blut an seinem Mund sah.

»Schlampe«, entfuhr es ihm, und er schlug mich. Mein Kopf fiel unter dem Schlag zurück, und die Welt drehte sich um mich.

Aber ich kämpfte um klare Sicht. »Schuft!« keuchte ich. »Schinder! Ist das Ihre einzige Chance, von einer Frau geküßt zu werden? Indem Sie sie fesseln, damit sie Ihnen wehrlos ausgeliefert ist?«

Mein Atem war das einzige Geräusch im Raum. Dann sagte er voller Wut: »Jetzt haben wir eine Rechnung zu begleichen, Lady Greystone. Aber nicht, ehe mein Klient mit Ihnen fertig ist.«

Es sah für mich nicht gut aus, und nachdem Carruthers gegangen war, hatte ich nichts anderes zu tun, als an meine gräßliche Situation zu denken und zu versuchen, meine Hände zu befreien. Ich zerrte an dem Seil, das meine Hände fesselte, bis ich vor Schmerzen heulte, doch die Knoten wollten sich nicht lösen.

Ich würde es mit meinem Onkel zu tun bekommen, und bei dem Gedanken an seinen Gesichtsausdruck an dem Abend, als er Adrian und mich im Garten bei einem Kuß ertappt hatte, wuchs meine Angst.

Die Sonne stand schon tief im Westen und fiel mit schrägen Strahlen durch die Fenster, als Charlwood schließlich kam. Im Eingang verharrend, betrachtete er mich stumm. Ich spürte, daß ich ihn anstarrte, wie ein zu Tode erschrockenes Tier.

»Adrian wird dich dafür umbringen«, stieß ich heiser hervor.

»Wofür?« sagte er obenhin und kam auf mich zu.

»Weil du mich entführt hast.«

Er lächelte. »Nun, wenn ich für eine Entführung sterben soll, dann kann ich mich auch schadlos halten und noch ein paar andere Dinge tun.«

Ich fragte ihn nicht, was für andere Dinge. Ich wußte, was er meinte.

Er faßte unter mein Kinn und hob mein Gesicht. »Schön bist du noch immer, Kate, wenn auch vielleicht ein wenig ramponiert.« Er fuhr mit dem Zeigefinger über meine Lippen. »Was für ein reizvoller Mund. Sicher hat Greystone Gefallen daran?« Ich starrte ihn stumm an, sogar mein Denken hatte ausgesetzt. »Ja, ich habe ihm zu einem saftigen Leckerbissen verholfen, als ich dich ihm aufzwang. Du hast für ihn die Beine geöffnet, und er genoß es. Sogar sehr. Ein Jammer, daß es anders kam, als ich es eigentlich beabsichtigt habe.«

»Du kannst Adrian durch mich nicht treffen«, sagte ich, »ich werde es nicht zulassen.«

»Ich werde mit dir schlafen , und dich glaube nicht, daß es deinem großartigen Adrian gefallen wird.«

Mein Mund war ausgetrocknet. »Wenn du mich vergewaltigst, wird Adrian dich töten«, sagte ich mit belegter Stimme.

Er lächelte. Aus seinen meergrünen Augen sprach eine unlautere Mischung aus Haß und Begierde, und ich mußte mich zwingen, nicht vor ihm zurückzuweichen. »Vergewaltigen?« sagte er. »Keine Rede davon, Kate. Ich glaube, du wirst es sehr genießen. Du hast gern einen Mann unter deinen Röcken.«

»Du bist der Bruder meiner Mutter!« rief ich entsetzt aus. »Wie kannst du so zu mir reden?«

Aus seinem Gesicht sprach erbarmungslose Kälte. »Ich weiß, daß du Lizzies Tochter bist. Das wird die Sache sogar noch besser machen.«

Mit jedem Pulsschlag durchströmte mich Angst. Er war pervers und übergeschnappt. Was ich auch sagen mochte, er würde nicht darauf hören. Er faßte nach dem Kragenausschnitt meines Mantels und riß ihn auf. Knöpfe sprangen auf den Boden.

Das Blut dröhnte in meinem Kopf, als mir klar wurde, wieviel Kraft diese schmalen Hände besaßen. »Adrian wird ...«

Sein Lachen, das voller Bosheit war, ließ mich verstummen.

»Adrian, Adrian, Adrian«, sagte er und äffte meinen Ton nach. »Adrian wird mir überhaupt nichts tun, Kate, weil er einen Skandal vermeiden muß.«

»Irrtum«, sagte eine Stimme hinter meinem Onkel. »Ich habe die feste Absicht, Sie zu töten, Charlwood.«

Es war mein Mann.

Charlwood fuhr wie der Blitz herum, um den Mann anzustarren, der in der Tür stand. »*Greystone!*« stieß er hervor.

Ich konnte es nicht fassen. Immer wieder hatte ich gebetet, er möge mich finden, ohne daß ich wirklich damit gerechnet hätte.

»Kate«, sagte Adrian, ohne Charlwood aus den Augen zu lassen, »bist du unverletzt?«

»Ja«, brachte ich in krächzendem Ton heraus.

Ich konnte Adrians Gesicht nicht deutlich sehen, wußte aber, daß ich diesen Ton noch nie von ihm gehört hatte. Ein Schaudern überlief mich.

Adrian fuhr in jenem eisigen, ruhigen Ton fort: »Charlwood, vor zehn Jahren fing etwas an, das heute zu Ende gebracht wird.«

Er trat in den Raum, und jetzt erst sah ich, daß er zwei Degen in der Hand hielt.

Ich erstarrte bis ins Mark. Meine Lippen formten seinen Namen, aber ich brachte keinen Ton heraus.

Das Lachen meines Onkels klang amüsiert. »Greystone, wollen Sie sich mit mir schlagen?«

»Als wir uns duelliert haben, war ich noch ein Knabe«, sagte Adrian. »Damals wußte ich noch nicht, daß ich Sie hätte töten sollen. Jetzt weiß ich es.«

»Wir beide waren Knaben«, gab mein Onkel zurück. »Damals haben Sie mir das Duell aufgezwungen, weil Sie wußten, daß Sie mich schlagen konnten. Aber jetzt können Sie das nicht mehr, Greystone. Ich hatte zehn Jahre Zeit, mit dem Degen zu üben. Sie sind es, der sterben wird.«

Mit bebender Stimme sagte ich: »Adrian, können wir nicht einfach gehen? So gefesselt zu sein, ist sehr unangenehm.«

Er kam zu mir, trat hinter den Stuhl und durchschnitt mit einer Klinge die Seile, die meine Hände banden. Dasselbe tat er mit meinen Fußfesseln.

Ich bewegte meine Arme unter Schmerzen, während ich meine Hände im Schoß ruhen ließ. Ein Blick in Adrians Gesicht zeigte mir, daß nichts Gewicht hatte, was ich vorbringen würde. Er raste vor Wut.

»Kate, mach die Mitte des Raumes frei«, sagte er.

Wieder unternahm ich einen Versuch und sagte, indem ich meine Hand auf seinen Arm legte: »Bitte, Adrian, können wir nicht einfach nach Hause fahren?«

Er war so auf seinen Widersacher konzentriert, daß er mich gar nicht hörte. Langsam wich ich zur Wand zurück, während ich mich verzweifelt bemühte, mir etwas auszudenken, um dem Geschehen ein Ende zu machen. Adrian griff nach dem Stuhl und knallte ihn neben mir auf den Boden. Ehe er sich wieder meinem Onkel zuwandte, griff er jedoch in seinen Mantel und zog eine Pistole hervor, die er mir übergab. »Falls ich unterliegen sollte ... Charlie wartet draußen mit den Pferden«, sagte er.

Mein Herz drohte auszusetzen. *Falls ich unterliegen sollte ...*

»Nein!« rief ich laut, aber Adrian wandte sich bereits ab.

Charlwoods Lächeln verriet höchste Befriedigung, und ich spürte, wie Entsetzen meine Adern durchströmte. Zehn Jahre lang hatte er sich auf diesen Augenblick vorbereitet, und nun frohlockte er, weil es endlich so weit war.

Adrian war zwar in dieser Zeit nicht müßig gewesen, doch hatte er seine *demi-voltes* nicht bei Angelo in London vervollkommnet! Wie konnte jemand, der nur mit einem schweren Säbel gekämpft hatte, sich mit einem Fechter messen, dessen Waffe der Wahl ein Duelldegen war?

Ich sah starr vor Entsetzen mit an, wie beide Jacken und Stiefel auszogen. Als sie in Hemdsärmeln dastanden, überließ Adrian Charlwood die Wahl der Waffen. Mein Onkel nahm eine, ging in Position und griff an.

Sein Stoß war blitzschnell, aber ebenso flink parierte Adrian. Mir stockte der Atem, als mir klar wurde, wie knapp er daran gewesen war, von der Degenspitze durchstoßen zu werden. Dann begann der Zweikampf ernsthaft.

Nur eine knappe Klingenlänge voneinander getrennt, ließen sie ihre Waffen mit fast unglaublicher Geschwindigkeit gegeneinanderklirren. Hätte es sich um einen sportlichen Wettkampf gehandelt, es wäre ein schöner Anblick gewesen. Der milde Schein der späten Sonne beschien die weißen Hemden, die angespannten Gesichter und die Haare, blond und braun. Die bestrumpften Füße glitten lautlos über den Boden, schimmernde Klingen zuckten wie Blitze. Nur war es der Tod, der in jeder dieser eleganten Bewegungen lauerte, der Tod, der am Ende dieses Spieles auf einen der Duellanten wartete.

Das Bild änderte sich, als Charlwood den Rhythmus seiner Attacken erhöhte und Adrians Klinge so unter Druck setzte, daß dieser gezwungen war, sich langsam zur Tür zurückzuziehen. Die Hand an den Mund gedrückt, sah ich wie gebannt zu.

Es darf nicht geschehen. Es darf nicht geschehen.

Immer wieder stieß ich dieses Stoßgebet aus und riß die Augen weit auf, in der Hoffnung, ich würde erwachen und entdecken, daß die Szene vor mir nur ein böser Traum war.

Ich erwachte nicht, und das Duell nahm seinen Fortgang.

Die Konzentration, die sich im Gesicht meines Onkels abzeichnete, während er immer wieder attackierte, war angsteinflößend. Sein ganzes Sein wurde von einem einzigen Verlangen beherrscht: Verlust und Demütigung, vor zehn Jahren erlitten, mußten gesühnt werden. Adrian parierte und wich abermals einen Schritt zurück.

Beide Duellanten keuchten vor Anstrengung, ihre Hemden waren schweißnaß. Ich sah, daß Adrian sehr wohl die Nähe der Wand gewahrte und plötzlich so schnell, daß die Bewegung kaum wahrnehmbar war, beiseite sprang, außer Charlwoods Reichweite, während er gleichzeitig selbst zum Angriff überging.

Eine Verwünschung auf den Lippen, wich Charlwood mit einem Satz aus, und ich sah plötzlich Blut an seinem rechten Ärmel. Adrian nutzte den Bruch in Charlwoods Rhythmus, um selbst schneller zu werden, und trieb meinen Onkel quer durch den Raum zurück, wobei seine Stöße so rasch kamen, daß Charlwood nur aus der Defensive heraus parieren konnte.

Der Fechtkampf verlief mit unglaublicher Geschwindigkeit, und ebenso unglaublich war es, daß die beiden diesen Kraftaufwand durchhielten. Mittlerweile rangen beide um Atem, ließen aber nicht davon ab, erbarmungslos die Klingen zu kreuzen. Mein Onkel wich zurück, immer weiter, während Adrian ihn bedrängte und Charlwood nur parieren konnte. Er war schon fast an der Fensterwand, und erst, als sie jene Stelle erreichten, wo die Sonne einfiel, erkannte ich die Gefahr, die Adrian drohte.

Ich rief eine Warnung, doch es war zu spät. Das Sonnenlicht fiel durch die Fenster direkt in Adrians Augen und blendete ihn. In der nächsten Sekunde sprang er wie eine Raubkatze zurück in die Sicherheit des Schattens, aber es glückte Charlwood, einen Treffer zu landen. An Adrians rechter Schulter rötete sich der Ärmel. Schweiß lief ihm übers Gesicht, und ich sah durch sein nasses Hemd das Spiel seiner Rückenmuskeln.

Charlwoods Verfassung war nicht viel besser. Er atmete in schweren Zügen, als er Adrian aus der Tageshelle in die Mitte des Raumes folgte, wo der Zweikampf begonnen hatte.

Schon hoffte ich, sie würden auf diese Weise weitermachen, bis keiner sich mehr auf den Beinen halten konnte. Wieder standen sie nur eine Degenlänge voneinander entfernt, schwer um Atem ringend. Noch immer wurden die Klingen gekreuzt, doch schien es mir, als ob die Bewegungen sich verlangsamt hatten. Beide waren erschöpft.

Und dann geschah es. Charlwoods Klinge geriet unter festeren Druck, so daß er sie senken mußte. Adrian, der diese winzige Chance nutzte, kam einem erneuten Vorstoß meines Onkels zuvor, indem er ihm einen schweren Hieb auf den oberen Teil des Degens versetzte, so daß ihm die Waffe aus der Hand schnellte.

Charlwood war entwaffnet.

Einziges Geräusch im Raum war der keuchende Atem der Männer, die einander anstarrten, Charlwood mit leeren Händen, Adrian mit seinem Degen, den er nun hob und ganz ruhig auf die Kehle des anderen richtete.

Adrian kniff die Augen zusammen, seine Miene zeigte kein Erbarmen, und zum ersten Mal konnte ich mir vorstellen, was für ein Bild des Schreckens er auf dem Schlachtfeld abgegeben haben mußte. Doch ich konnte nicht zulassen, daß er Charlwood tötete.

»Adrian!« rief ich laut. »Nein!«

Da sagte er zu meinem Onkel: »Sie sind das krankhafte Zerrbild eines menschlichen Wesens, Charlwood. Ohne Sie wird es um die Welt besser bestellt sein.«

Er hatte mich nicht einmal gehört. Wenn ich jetzt nicht rasch handelte, würde er Charlwood mit seinem Degen durchstoßen und mußte dann mit den Folgen seiner Tat leben. Ich hob die Pistole, die er mir in die Hand gedrückt hatte, zielte genau und schoß meinen Onkel in die Schulter. Er fiel wie ein Stein.

Adrian sah mich an. Endlich galt seine Aufmerksamkeit mir.

»O Gott, Kate«, stieß er hervor. In seine Wangen kehrte ein wenig Farbe zurück, als er auf Charlwood hinunterblickte. »Hast du ihn getötet?«

»Das glaube ich nicht«, sagte ich bebend. »Ich habe auf seine Schulter angelegt.«

»O Gott«, sagte er wieder.

Ich legte die Pistole auf den Stuhl und lief zu ihm. »Ach Adrian«, rief ich aus, mich unter Tränen in seine Arme werfend.

29. Kapitel

Adrian nahm sein eigenes Halstuch, um Charlwoods Schulterwunde zu verbinden, anschließend versorgte ich seine Wunde mit dem Halstuch meines Onkels. Dieser öffnete die Augen, als Adrian sich an ihm zu schaffen machte, verlor aber gleich darauf die Besinnung. Es traf sich gut, da weder Adrian noch ich das Verlangen hatten, mit ihm zu sprechen.

Natürlich war es eigentlich Charlie, dem meine Rettung zu verdanken war. Adrian berichtete mir alles, während er Charlwoods Schulter verband. ›An diesem Unfall stinkt etwas‹, hatte Charlie gedacht, als er mich mit Carruthers davonfahren sah. Er hatte daher nicht, wie von mir befohlen, bei dem umgestürzten Gefährt ausgeharrt, sondern hatte das Pferd aufgezäumt und war mir gefolgt. Kaum hatte er die Wegbiegung nach Thatchem umrundet, als er sah, wie Carruthers mich bewußtlos in die Kutsche verfrachtete, worauf er uns bis zum Haus gefolgt war, ehe er zu Adrian eilte und diesen auf meine Spur setzte.

»Ich danke Gott für Charlie«, sagte ich. »Wäre er mir nicht gefolgt, es hätte böse für mich enden können.«

Adrian enthielt sich einer Antwort, der Zug, der sich um seinen Mund legte, drückte seine Gefühle aber klar genug aus. »Setz dich, damit ich mir deine Schulter ansehen kann«, sagte ich. »Du bist so groß, daß ich nicht richtig hinauflange.«

»Es ist nur ein Kratzer. Der hat Zeit, bis wir nach Hause kommen.«

»Setz dich.«

Wieder wollte er protestieren, sah mich an und hielt inne. Meine Miene mußte ihm wohl zu verstehen gegeben haben, daß es mir ernst war, da er zu dem Stuhl ging und sich setzte.

Sein Hemd war um die Wunde herum blutdurchtränkt, der Rest war schweißnaß. Ich half ihm, es auszuziehen.

Gottlob war Charlwoods Klinge nicht zu tief eingedrungen. Nachdem ich das Halstuch fest um Schulter und Achsel gewickelt hatte, erklärte ich: »Das muß reichen, bis Dr. Matthews sich die Wunde ansehen kann.«

»Ich sagte ja, daß es nicht schlimm ist. Was hast du mit meinem Hemd gemacht?«

»Adrian, zieh nur deine Jacke an. Ohne das schreckliche Hemd wird dir wärmer sein.«

»Meinetwegen.« Er stand auf und nahm seinen Reitrock von mir entgegen. »Was ist mit deinem Handgelenk?« fragte er, als er die Jacke über seiner nackten Brust zuknöpfte.

Nun erst wurde ich gewahr, daß ich mein rechtes Handgelenk mit der Linken umfaßt hielt. »Carruthers hat mir einen Hieb versetzt, als ich versucht habe, ihm die Zügel zu entreißen. Es ist nur ein wenig wund.«

Ich sah, wie sein Wangenmuskel sich straffte und er für einen Augenblick wieder zum Fürchten aussah. »Adrian, es ist nichts gebrochen«, beeilte ich mich zu sagen. »Wirklich, es ist nur ein wenig aufgeschürft.«

Ein kurzes Zögern, dann nickte er, aber sein Ton war knapp, als er sagte: »Was soll nun mit Charlwood geschehen? Offensichtlich möchtest du seinen Tod nicht.«

»Ich bin nicht so sehr gegen seinen Tod«, erwiderte ich offen, »als vielmehr dagegen, daß du daran schuldig wirst.«

Er schloß die Knöpfe seiner Jacke und trat zu meinem bewußtlosen Onkel. Über Charlwood stehend, starrte er in dessen bleiches, aller Gefühle beraubtes Gesicht. »Kate, was mir vor allem Sorgen macht, ist die Gefahr, die er weiterhin für dich darstellt, wenn er am Leben bleibt.«

Ich warf einen Blick auf das ernste Profil meines Mannes, das so gemeißelt wirkte wie das einer griechischen Statue. Natürlich war das der Grund, weshalb er bereit gewesen war, Charlwood zu töten. Ich konnte ihn verstehen, bedauerte aber nicht, was ich getan hatte.

»Ich möchte keinen Skandal, Adrian«, sagte ich. »Und einen Skandal gäbe es, wenn herauskäme, daß du Charlwood im Zweikampf getötet hast. Ich möchte verhindern, daß die ganze Welt erfährt, wie mein eigener Onkel mich entführt und versucht hat, mich zu vergewaltigen.«

Er strich sich eine feuchte Haarsträhne aus der Stirn. »Dagegen kann ich nichts einwenden«, sagte er matt.

Der staubgraue Teppich unter Charlwood färbte sich blutrot. Blut färbte auch das weiße Halstuch, das als provisorischer Verband diente. »Was machen wir jetzt mit ihm?« fragte ich verzagt.

»Als erstes schaffen wir ihn nach Greystone und holen Dr. Matthews, der ihn richtig zusammenflicken soll«, sagte Adrian. »Matthews ist verläßlich. Er wird den Mund halten.«

In einem matten Versuch zu scherzen, um die Tatsache zu verbergen, daß mir nach Heulen zumute war, sagte ich: »Zu schade, daß wir ihn nicht zu Stade auf den Kontinent verfrachten können.«

Adrian sah mich mit seinen grauen Augen an, die nachdenklich zusammengekniffen waren. »Das wäre eine Idee«, gab er zurück.

»Natürlich wäre das die Lösung unseres Problems, aber ich wüßte nicht, wie wir es bewerkstelligen könnten.«

»Ich werde mir die Sache durch den Kopf gehen lassen«, sagte er. »Aber jetzt verladen Charlie und ich Charlwood in die Kutsche und schaffen ihn nach Greystone.«

Charlie fuhr die Kutsche, während Adrian und ich im Gefährt meines Onkels folgten. Es war kaum der richtige Augenblick für eine Liebeserklärung – wir waren beide erschöpft und unsere Gefühle ausgelaugt –, aber ich war entschlossen, sie nicht länger hinauszuschieben. Adrians Gesichtsausdruck, als er die Degenspitze an Charlwoods Hals hielt, hatte mich überzeugt, daß seine Gefühle für mich nicht nur lauwarm sein konnten.

Ich zog meinen knopflosen Mantel enger um die Schultern und sagte: »Heute morgen hat Harry mir die Verlobungsanzeige von Lady Mary und Mr. Bellerton gezeigt.«

»Hm«, sagte er. Eines der Pferde schüttelte unruhig den Kopf, und Adrian redete beruhigend auf das Tier ein. Das geringe Interesse meines Mannes an Lady Marys Heirat entlockte mir ein Lächeln.

»Ich habe gesehen, wie du ihr die Hand geküßt hast, als du mit ihr von der Terrasse hereingekommen bist«, sagte ich. »Ich dachte, du wärest noch immer in sie verliebt, und habe euch beide wochenlang gehaßt.«

Nun hatte ich seine Aufmerksamkeit. »Ihre Hand geküßt?« fragte er verwirrt.

»Auf dem Tanzabend bei den Barburys. Ich habe es gesehen, Adrian.« Ich verschränkte die Arme vor der Brust und sah ihn ernst an. »Das war eigentlich der Grund, weshalb ich so aufgeregt war, daß ich nicht klar denken konnte, als ich Stades Brief erhielt.«

Er warf mir einen Seitenblick zu. »Du warst aufgebracht, weil ich Lady Mary die Hand geküßt habe?«

»Wärest du nicht aufgebracht, wenn du gesehen hättest, wie ich die Hand des Mannes küsse, den ich an deiner Stelle hätte heiraten sollen?«

»Ich mußte mitansehen, wie du Harry auf den Mund geküßt hast«, sagte er leise.

Ich brauchte einen Moment, bis es mir einfiel, und runzelte betrübt die Stirn. »Adrian, Harry hatte mir eben das Leben gerettet. Du kannst doch nicht so dumm gewesen sein zu glauben, ich sei in Harry verliebt?«

»Lady Mary hatte mir eben eröffnet, daß sie und Bellerton in Kürze ihre Verlobung bekanntgeben würden«, konterte er. »Ich habe ihr die Hand geküßt, weil ich mich für sie gefreut habe.«

Wir sahen einander an.

»Kate, mir scheint, wir beide haben Scheuklappen getragen«, sagte er leise.

Ich starrte ihn an, während meine Lippen sich in hoffnungsvollem Staunen öffneten.

»Liebling, ich liebe dich schon so lange«, sagte er. »Zuweilen dachte ich, ich würde den Verstand verlieren, weil ich davon überzeugt war, daß du meine Liebe nicht erwiderst.«

Inzwischen trotteten die Pferde sich selbst überlassen dahin, weil der Kutscher keinen Gedanken mehr an die Richtung verschwendete. »Adrian, ist das dein Ernst?« fragte ich erstaunt. »Du hast wirklich nicht gewußt, daß ich dich liebe?«

Er brachte die Pferde zum Stehen und drehte sich zu mir um, wobei er einen Arm auf die Rückenlehne legte. »Du hast mich geheiratet, um von deinem Onkel fortzukommen«, rief er mir in Erinnerung. »Und ich war zu dir nicht sehr nett. Ich hatte also allen Grund zu glauben, daß du mich nicht liebst.«

»Nicht nett zu mir? Du warst sogar großartig zu mir!«

Er zeichnete sanft mit einem Finger meine Wangenlinie nach. Als er den Kopf schüttelte, fiel ihm eine Haarlocke in die Stirn. »Kate, du bist der großzügigste Mensch, dem ich je begegnet bin. Und der tapferste.«

Mir stockte buchstäblich der Atem. Dies aus Adrians Mund zu hören! Nach einem unsicheren Atemholen platzte ich heraus: »Ach Adrian, ich liebe dich so sehr!« Damit schlang ich meine Arme um seinen Nacken und drückte ihn so fest an mich, daß der Ärmste zu ersticken drohte.

Es kam ihm jedoch keine Klage über die Lippen. Statt dessen nahm er mich so fest in die Arme, daß es an mir war, um Atem zu ringen.

So verharrten wir ziemlich lange, sein Mund in meinem Haar begraben, meine Nase an seinen Hals gedrückt, mein Mund an seinem Schlüsselbein. Schließlich sagte er in mein Haar: »Nie hast du dich mir anvertraut. Immerzu hast du dich an Harry gehalten.«

»Und du warst immer so beschäftigt«, sagte ich. »Ich hätte es für unfair gehalten, dich zusätzlich mit meinen Sorgen zu belasten.«

»Du Dummerchen«, sagte er.

»Aber du hast dich mir ja auch nie anvertraut«, verteidigte ich mich.

»Ich dachte, du hättest kein Interesse.«

»Du Dummerchen«, erwiderte ich.

Er lachte.

Ich fühlte mich wie im Himmel. Ich küßte seine Wange und spürte das feine Prickeln seiner Barthaare. Ich faßte in sein dichtes, silbrig schimmerndes Nackenhaar. Ich sog seinen Duft ein. So mit ihm zusammen zu sein, war der reinste Himmel.

Zögernd sagte er: »Wir umarmen uns mitten auf einer öffentlichen Straße.«

Ich lockerte meine Arme. »Ich weiß.« Wieder küßte ich seine Kinnlinie, um dann ein wenig von ihm abzurücken. Auch er ließ mich langsam los. Wir sahen einander in die Augen.

»Ich bete dich an«, sagte ich.

»Mein Schatz, wir wollen dieses Gespräch später fortsetzen. Vorzugsweise im Bett.«

»Dazu müssen wir erst zu Hause ankommen«, wandte ich ein.

»Stimmt.« Er griff nach den Zügeln und trieb die Pferde an.

Auf Greystone angekommen, ging ich sofort hinauf, aber Adrian hatte noch mit dem Arzt und meinem Onkel zu tun und mußte auch Harry und Louisa Erklärungen liefern. Ich war so unverschämt, dies alles ihm zu überlassen, ließ mir einen Imbiß auf mein Zimmer bringen und aalte mich dann eine halbe Stunde in einer köstlich heißen Badewanne.

Jeanette war außer sich, als sie meine Schürfwunden sah. Und sie waren ja wirklich kein schöner Anblick. Am schlimmsten war die Verfärbung auf der Gesichtshälfte, wo mein Onkel mich geschlagen hatte.

»Jemand hat mich zu entführen versucht«, klärte ich Jeanette auf, »aber Lord Greystone hat mich gerettet.«

In ihre Augen trat ein schwärmerischer Blick. *»Mon dieu«*, rief sie aus. »Ist Monsieur etwas zugestoßen?«

»Nein.«

Sie seufzte.

»Wo ist mein Morgenmantel, Jeanette? Ich möchte aus der Wanne steigen.«

Sie riß sich von den Träumen um ihren Helden los und ging, um meinen Morgenmantel zu holen.

Es verging noch eine Stunde, bis ich hörte, daß Adrian das Nebenzimmer betrat. Ich saß an die Kissen gelehnt im Bett, den Blick zur Tür gerichtet, durch die er eintreten mußte, von Erregung erfüllt, daß ich kaum an mich halten konnte. Schließlich wurde die Tür geöffnet, und seine hochgewachsene, vertraute Gestalt trat ein. Mein Herz tat einen sehr befriedigenden Luftsprung.

»War der Arzt bei Onkel Martin?« fragte ich.

»Ja. Die Kugel herauszuschneiden, war nicht nötig. Sie ging durch die Schulter, und Matthews sagt, daß Charlwood wieder völlig gesund wird.«

»Ach«, sagte ich.

Er stand vor dem Bett und berührte meine wunde Gesichtshälfte mit so sanften Fingern, daß ich sie kaum fühlte. Seine Miene jedoch war alles andere als sanft, als er fragte: »Hat Charlwood dir das angetan?«

Ich nickte.

»Du hättest zulassen sollen, daß ich ihn töte.«

»Adrian«, sagte ich. »Im Moment ist mein Interesse an Onkel Martin eher gering.«

Er grinste.

»Ich liebe dich«, sagte ich.

Er legte sich ins Bett und zog mich eng an sich. »Als ich dich auf Lambourn zurückgelassen habe, war ich wütend auf dich«, sagte er. »Und dann, in Frankreich, konnte ich nicht anders, als ständig an dich denken.«

Ich war selig, mit ihm so zu liegen und diese wundervollen Dinge, zu hören. »Der Kuß ... damals«, sagte ich weise.

»Der hat einige Wirkung gehabt!« gab er mir recht.

»Wirklich geliebt habe ich dich erst, als du nach Hause gekommen bist«, eröffnete ich ihm. »Und als ich dich mit Elsa sah, war es um mich geschehen. Du warst so sanft ... und sie wieherte dir zu.«

Ich spürte das Lachen in seiner Brust. »Ich hätte mir denken können, daß irgendwo ein Pferd hineinspielt«, sagte er.

»Natürlich hättest du es dir denken können«, gab ich zurück.

Er drehte mich auf den Rücken – und sah mir ins Gesicht.

»Fühlst du dich nicht noch zu zerschlagen und elend, mein Liebling?« fragte er leise.

»Nein.«

Als er sein unwiderstehliches Lächeln aufblitzen ließ, drohte mein Herz zu bersten wie eine Sprühkerze. »Ich liebe dich«, sagte ich. »Ich liebe dich, liebe dich, liebe dich ...«

Ich hörte nicht auf, bis sein Mund alle Worte erstickte.

Wir sprachen miteinander, ehe wir einschliefen, und das Gespräch war für mich ebenso kostbar wie die Liebe. Ich sagte ihm, wie fremd ich mich in seinem Leben in London gefühlt hatte, und er gestand mir, wie ausgeschlossen aus meinem er sich vorgekommen war.

»Du warst immer so beschäftigt, immer wieder wurdest du mir entrissen«, brachte ich zögernd vor. »Wir konnten uns nirgends zeigen, ohne daß jemand etwas von dir wollte.«

»Ich weiß«, erwiderte er müde.

Ich lag still neben ihm und versuchte die Worte zu finden, die ihm verständlich machen konnten, was ich über die Zeit in London empfand. Wie konnte ich ihm erklären, daß ich mich nicht nur persönlich vernachlässigt gefühlt hatte. Gewiß, ich hatte es allen diesen Niemanden verübelt, daß sie ihn auf jeder Gesellschaft und bei jedem Dinner in Beschlag nahmen, aber ich hatte es ihnen nur übelgenommen, weil sie ihn mit ihren Versuchen, ihn in ihre kleinlichen politischen Ränke zu verstricken, herabwürdigten.

Auf den Ellbogen gestützt, sah ich auf ihn hinunter. Sein zerrauftes Haar umgab sein Gesicht, und seine Augen, die meinen Blick erwiderten, waren dunkel und sorgenvoll.

»Jeder scheint ein Stück von dir zu wollen«, sagte ich.

Er schien erstaunt. »Genau das Gefühl habe ich manchmal auch, Kate. Als ob jeder ein Stück von mir wollte.«

Ich senkte den Kopf und küßte ihn leichthin auf den Mund. »Adrian, laß uns nicht zurück nach London gehen. Bleiben wir doch hier auf Greystone. Du hast dich vom Krieg und seinen Folgen noch nicht erholt, und du brauchst Erholung.«

Er schüttelte den Kopf. »Da bin ich nicht der einzige«, sagte er. »Sieh dir Wellington an. Er ist noch immer in Frankreich und bemüht sich, den Frieden zu verwalten.«

»Soll sich doch seine Frau um ihn kümmern«, sagte ich. »Ich kümmere mich um meinen Mann, und ich glaube, daß du Frieden und Ruhe brauchst.«

Er gab keine Antwort.

»Adrian, man will dich als Trophäe«, sagte ich. »Man will deine Ehre, deinen Ruf, dein Format. Aber deine Ideen will man nicht.«

Er blickte in meine Augen. »Wie recht du hast«, sagte er und zog mich zu sich hinunter. »Ich glaube, Liebling, wir beide könnten Frieden und Ruhe brauchen. Wir werden bis nach der Geburt des Kindes auf Greystone bleiben.«

Er hatte auf mich gehört. Die Befriedigung machte mich ganz weich und warm. Er drückte mich in die Biegung seines Körpers und sagte leise: »Und jetzt schlaf, mein Liebling.« Ich brauchte etwa eineinhalb Minuten, um zu gehorchen.

Der Morgen war schon weit fortgeschritten, als ich aufwachte. Alles schmerzte, meine Schulter, mein Handgelenk, die eine Gesichtshälfte. Adrian war fort.

Jeanette, die auf mein Läuten hin kam, bedachte ich mit einem mißbilligenden Blick.

»Wo ist Seine Lordschaft?« fragte ich sie. Man konnte sich darauf verlassen, daß Jeanette meist über Adrians Verbleib Bescheid wußte.

»Er hat nach seinem Anwalt geschickt«, informierte sie mich herablassend. »Ich soll Ihnen nach dem Erwachen ausrichten, daß die Herren sich in der Bibliothek befinden, Mylady.«

Sein Anwalt?

»Wünschen Sie Tee auf Ihrem Zimmer, Mylady?« fragte Jeanette.

Ich war sehr hungrig – meine morgendliche Übelkeit war seit letzter Woche nicht mehr aufgetreten –, aber ich war zu neugierig, was Adrian mit einem Anwalt zu besprechen hatte, als daß ich Zeit mit Essen vergeudet hätte.

»Nein«, sagte ich. »Helfen Sie mir beim Anziehen, Jeanette, und machen Sie rasch.«

Als ich zwanzig Minuten später die Bibliothek betrat, traf ich Adrian und Mr. Marley, seinen Anwalt aus Newbury, an. Beide waren über ein Schriftstück auf Adrians Schreibtisch gebeugt und blickten auf, als sie mich eintreten hörten.

»Kate.« Adrian lächelte mir zu, und mein Inneres schmolz dahin. »Ich habe Marley unser Problem erläutert, und er hat ein Geständnis aufgesetzt, das Charlwood unterschreiben soll.«

»Ein Geständnis?« Ich trat an die Seite meines Mannes. »Ich dachte, wir wären übereingekommen, die ganze Sache geheimzuhalten.«

Adrian nickte Mr. Marley zu, einem Mann Mitte dreißig, mit scharfgeschnittenen, intelligenten Zügen. »Es bleibt ein Geheimnis, Lady Greystone, solange Charlwood einverstanden ist, sich außer Landes aufzuhalten«, sagte der Anwalt.

Mir ging ein Licht auf. »Ach ...«, sagte ich.

»Lies es, Kate, und sag uns, was du davon hältst.« Adrian reichte mir das Papier.

Es war, wie er gesagt hatte, ein umfassendes Geständnis, in dem Charlwood nicht nur sein Vorgehen gegen mich, sondern auch seine Rachepläne gegen Adrian zugab. Es war ausführlich, strotzte vor juristischen Fachausdrücken und stellte ein Verdammungsurteil dar.

Ich blickte auf und sah, daß Adrians Blick fragend auf mir ruhte. Ich gab mein Einverständnis mit einem Nicken zum Ausdruck.

»Erlaubt Lord Charlwoods Zustand es, daß er dieses Dokument unterschreibt?« fragte Mr. Marley.

»Wir können ja zu ihm gehen und nachsehen«, gab Adrian zurück. »Matthews hat ihn gestern abend verbunden, und als ich heute am Morgen nach ihm gesehen habe, schien er nicht zu fiebern.«

Stirnrunzelnd dachte ich daran, wie Harry bei seiner Verwundung gelitten hatte. »Du hast ihn doch nicht allein gelassen, Adrian?«

Er schüttelte den Kopf. »Ein Diener sitzt an seinem Bett.«

Er wandte sich an den Anwalt. »Kommen Sie, Marley, wir wollen nachsehen, wie es um ihn steht«, sagte Adrian.

»Ich komme mit.«

Mr. Marley sah Adrian an. Er erwartete offenbar, mein Mann würde mir verbieten mitzukommen.

»Wenn du möchtest«, sagte Adrian.

Mr. Marley nahm das nicht unterschriebene Geständnis, hielt es vorsichtig, damit die Tinte nicht verschmiert wurde, und zu dritt verließen wir die Bibliothek. Wir durchschritten die römische Pracht des Vorraumes und stiegen über die prunkvolle Treppe in die gemütlichere Atmosphäre der Schlafzimmeretage hinauf.

»Er liegt im gelben Zimmer«, raunte Adrian mir zu, und ich nickte und begleitete die beiden Männer zur Tür am äußersten Ende des Korridors.

Adrian war vor mir da, und ich sah, wie er seine Hand auf den Türknauf legte und die Tür aufschob. Und dann, ehe ich die Möglichkeit hatte, mehr wahrzunehmen als einen flüchtigen Eindruck vom Schlafzimmer, fuhr er herum, zog mich in seine Arme und drückte mein Gesicht an seine Schulter. Ich spürte den Verband unter dem feinen blauen Stoff. Noch immer mein Gesicht an sich pressend, schob er mich ein Stück den Gang entlang. Ich hörte Mr. Marleys Schritte, der ins Zimmer meines Onkels lief.

»Sieh nicht hin, Kate«, sagte Adrian. »Geh zurück in dein Zimmer und warte dort auf mich.«

Und doch hatte ich eine schemenhafte Ahnung dessen, was sich in dem Raum befand. »Adrian?« sagte ich stockend. »Ist Onkel Martin …?«

»Er ist tot, Kate«, sagte Adrian. »Er hat sich erhängt.«

Epilog

Ich stand in der Mitte der Reitbahn auf Greystone und sah, wie Adrian und Euclide die *passage* vorführten. Das ist ein leichter, erhobener Trab, bei dem das Pferd diagonal von einem Beinpaar auf das andere wechselt und einen Augenblick in der Luft schwebend verharrt, ohne den Boden zu berühren. Es ist eine schöne Bewegung, stolz und feierlich, und Euclide führte sie wundervoll aus, energiegeladen und weich zugleich.

»Es ist perfekt«, sagte ich zu Adrian. »Reite die Mittellinie entlang und achte darauf, wie er Abstand hält.«

Sie wendeten.

»Ganz weich«, sagte ich. »Setz dein Kreuz ein, Adrian, nicht die Beine.«

Sie kamen die Mittellinie entlang, mit viel Schwung, wobei Euclides Tritte in der Luft zu schweben schienen.

»Halt jetzt«, rief ich ihm zu.

Sie hielten an. Schön. Adrian lächelte so breit wie ich, in mein Lächeln aber spielte geradezu idiotischer Stolz.

Einen ganzen Monat schon arbeiteten wir an der *passage*, und heute war sie endlich geglückt.

Adrian tätschelte Euclide und lobte ihn überschwenglich, ehe er absaß und ihn mit einem Stück Zucker belohnte. »Er geht so leicht!« sagte er zu mir. »Ich wußte gar nicht, daß ein Pferd so leicht sein kann.«

»Papa geriet immer in Rage, wenn er sah, daß Reiter ihre Pferde mit den Beinen gegen den Biß trieben«, sagte ich. »Der Kontakt soll immer weich und locker sein. Es ist der einzige Weg, ein leichtes Pferd zu bekommen.«

Wir machten uns daran, die Bahn zu verlassen. »Für heute ist die Vorstellung beendet, Jungs«, sagte Adrian zu den Stallburschen, die sich am Zaun aufgereiht hatten, um ihm zuzusehen und die Hunde daran zu hindern, unter die Hufe zu geraten. »Es wird Zeit, wieder an die Arbeit zu gehen.«

Charlie kam und nahm Adrian Euclide ab. »Mylord, das Pferd tanzt ja förmlich«, sagte er, als Adrian ihm die Zügel des Hengstes überließ. »Sie haben eine bessere Vorstellung geliefert, als wir sie jemals bei Astley in London gesehen haben.«

»Danke, Charlie«, sage Adrian gutgelaunt.

Charlie warf ihm einen kecken Blick zu. »Mylord, wenn Sie hart trainieren, werden Sie in hundert Jahren vielleicht so gut reiten wie Mylady.«

Adrian drehte sich zu mir um. »Muß ich mir diese Frechheit gefallen lassen, nur weil er dich vor einem Schicksal schlimmer als der Tod bewahrt hat?« beklagte er sich.

»Ja«, sagte ich. »Das mußt du.«

»Charlie, bring das Pferd in den Stall«, sagte Adrian.

Charlie grinste. »Sehr wohl, Mylord.«

Zusammen gingen wir den Weg zum Haus entlang, Adrian, indem er seine Schritte meinen anpaßte, die Hunde, indem sie den Boden vor uns beschnüffelten. Wir sprachen von unserem Lieblingsprojekt. Nach der Geburt des Kindes wollten wir nach Portugal fahren und versuchen, den Portugiesen eine Lusitano-Stute abzuschwatzen, damit wir mit Euclide eine Zucht anfangen konnten. Da blieb Adrian plötzlich stehen und wandte sich mir zu.

Ich sah ihn fragend an.

»Ich hatte eben eine wundervolle Idee«, sagte er. Und schwieg.

»Ich kann meine Brauen nicht mehr höher ziehen, Adrian«, beklagte ich mich. »Los, sprich schon weiter!«

»Eben ist mir eingefallen, wie du die Zeit bis zur Geburt nutzen kannst«, sagte er. »Du mußt ein Buch über die Hohe Schule der Reitkunst schreiben.«

Ich starrte ihn an. »Ein Buch schreiben!«

Er war ganz ernst. »Könntest du deinem Vater passender Tribut zollen? Immer berufst du dich auf ihn, wenn du mir Anweisungen gibst, und alles, was du sagt, ist so klug, so einleuchtend.

Gibt es einen besseren Weg, seinen Namen am Leben zu erhalten, als sein Wissen an künftige Reitergenerationen weiterzugeben?«

»Ach, Adrian«, sagte ich leise. »Was für eine wunderbare Idee. Damit wird Papa wieder lebendig.«

Er nickte. »Machst du ein gutes Buch, wird er lebendig bleiben, solange man Pferde reitet, Kate. Denk daran.«

»Es hat in Englisch keine anständige Reitlehre seit der des Duke of Newcastle gegeben«, sagte ich.

Er nickte, und wir besprachen auf dem ganzen Weg zum Haus allen Ernstes, was für ein Buch ich schreiben sollte.

Der ehemalige Aufenthaltsraum der Nonnen im Erdgeschoß war mit Gepäck angefüllt, das darauf wartete, in die Kutsche verladen zu werden. Wir wollten am darauffolgenden Tag nach London fahren, damit Adrian an der offiziellen Eröffnung der neuen Waterloo Bridge teilnehmen konnte. An dieser Festlichkeit von der Dimension eines Staatsaktes würde der Duke of Wellington ebenso teilnehmen wie der Regent und sein Bruder, der Duke of York.

Adrian hatte versucht, mich zu überreden, ich solle auf dem Land bleiben, während er an der Brückeneröffnung teilnahm, und hatte versprochen, binnen einer Woche zurückzukommen. Ich aber hatte mich entschlossen, ihn zu begleiten.

Nun war es nicht so, daß ich ihm nicht zugetraut hätte, rasch zurückzukommen. Aber unser Glück war so neu, daß ich von ihm auch nicht für die kurze Zeitspanne einer Woche getrennt sein wollte. Caroline wollte ebenfalls kommen, und ich freute mich sehr, sie wiederzusehen.

Harry war seit zwei Wochen bei Caroline zu Besuch – er hatte die Absicht, mit ihr nach London zu kommen und dann mit uns nach Greystone zurückzukehren. Paddy und Louisa hatten kurz vor Harrys Abreise geheiratet, so daß Adrian und ich allein bei Tisch saßen. Den Rest des Abends verbrachten wir in der Bibliothek und besprachen den Aufbau meines geplanten Buches.

Dann gingen wir hinauf und zu Bett.

Den ganzen Tag hatte ich auf diesen Moment gewartet, den Augenblick, in dem Adrian mich anfaßte, und ich spürte, wie eine Woge des Begehrens meinen Körper durchflutete. Wir würden im großen Bett zueinanderfinden, getrieben von Leidenschaft und von einem anderen Verlangen, das noch tiefer ging: dem Verlangen, unsere Einheit zu bestätigen, unsere Verbindung, unsere Ehe. Als er tief in mir war, mächtig und bezwingend, mich antrieb, mich den Höhen einer fast unerträglichen Ekstase entgegenhob, waren wir eins. So wie wir auch eins waren, wenn wir still beisammen lagen, sein Arm meinen Körper umfing und mein Kopf an seiner Schulter lag.

In diesen Momenten wußte ich, daß ich wahrhaftig nach Hause gefunden hatte.

Caroline, Harry und ich warteten in der ersten Reihe der Schaulustigen auf der Cityseite der großartigen neuen, von John Rennie konstruierten Brücke, deren Name an die Schlacht gemahnen sollte, die auf ewige Zeiten Napoleons Herrschaft ein Ende gemacht hatte. Die Flaggen der Alliierten schmückten die Brücke, und der Donner von 202 Kanonenschüssen donnerte fast eine volle Minute.

Der Großteil der vornehmen Zuschauer beobachtete das Spektakel von Flußbooten aus, aber ich hatte lieber davon Abstand genommen. Auch unter den günstigsten Umständen war ich nicht seefest, und die Erinnerung an meine Morgenübelkeit war noch zu frisch. Adrian hatte versucht, mich zu überzeugen, daß die Menschenmassen, die zur Brückeneinweihung erwartet wurden, einer Schwangeren nicht eben zuträglich waren, aber ich hatte darauf bestanden zu kommen. Er hatte nachgegeben und veranlaßt, daß mein Phaeton an einem Ehrenplatz halten durfte. Caroline und Harry waren mitgekommen.

Es war ein prachtvoller Junitag. Die Flaggen auf der Brücke leuchteten bunt, und das Boot, das eine ganze Abordnung von Waterloo-Helden trug, tanzte auf dem schimmernden Wasser, das von meinem Aussichtspunkt aus fast sauber aussah. An den Ufern standen Rummelplatzzelte, deren Buntheit im Verein mit der farbenfrohen Kleidung der Menschen die festliche Stimmung des Tages noch steigerte.

Der letzte Kanonensalut hallte über dem Wasser wider.

Harry richtete sich in den Steigbügeln auf, um besser sehen zu können. »Sie setzen sich in Bewegung«, rief er uns zu.

Gleich darauf sahen Caroline und ich die ersten Teilnehmer einer kurzen, aber prominenten Parade, die als erste die Brücke überquerte.

Angeführt wurde die Prozession vom Prinzregenten und von dessen Bruder, dem Duke of York, dem nominellen Oberbefehlshaber der Armee. Nach diesen Mitgliedern der königlichen Familie kamen der Duke of Wellington, der tatsächliche Oberbefehlshaber, dann der Marquis of Anglesey, der in Waterloo die Kavallerie befehligt hatte. Anglesey, der sein Bein in Belgien verloren hatte, hinkte stark. Hinter Wellington und Anglesey kam Adrian.

Natürlich nicht er allein. Männer – allesamt Helden der Schlacht – schritten ihm zur Seite. Aber es war Adrian, an dem mein Blick hing.

Er hatte sich geweigert, in Uniform zu erscheinen. Zuerst hatte er gar nicht kommen wollen und war erst auf persönliche Fürsprache Lord Angleseys zu einer Zusage bereit gewesen. Inmitten eines Meeres lächelnder Gesichter blieb er ernst. Er war barhäuptig, und sein Haar schimmerte in der Nachmittagssonne hell wie das eines Wikingers.

Aber es war nicht allein sein Äußeres, das magnetisch alle Blicke auf sich zog. Er hatte etwas an sich, eine gewisse ... Noblesse, wie ich es in Ermangelung eines anderen Wortes nennen will. Im Mittelalter mochte es edle Ritter von der Art Adrians gegeben haben. Zu unserer Zeit aber hatte er nicht seinesgleichen.

Caroline flüsterte mir ins Ohr: »Ist Adrian nicht großartig?«

Ich nickte.

Die Menge hinter uns, Londoner Bürger, die herbeigeströmt waren, um das Schauspiel mitzuerleben, brach in Jubel aus. Niemand ließ den Regenten hochleben, während vereinzelte Hochrufe auf den Duke of York erklangen, der viel beliebter war als sein Bruder. Natürlich wurde Wellington bejubelt, und auch für

Anglesey gab es Beifall. Doch war es Adrian, der mit den anhaltendsten und lautesten Jubelrufen bedacht wurde.

Eingedenk seiner Tränen auf dem Schlachtfeld von Waterloo, wußte ich, wie widerwärtig ihm dies alles sein mußte. Sein Nachbar sagte ihm etwas ins Ohr, und ich sah, wie er darauf den Kopf schüttelte.

Harry beugte sich aus dem Sattel. »Na, Kate, wie ist es, mit einem so großen Helden verheiratet zu sein?« fragte er.

Ich sah ihn an. Er lachte.

»Es ist ein verdammtes Ärgernis«, sagte ich mit Betonung. »Der Ärmste findet keine Ruhe.«

Harry hielt in gespieltem Schock den Atem an. »Lady Greystone. Was für eine Ausdrucksweise!«

»Also wirklich, Kate«, sagte Caroline. »Angenommen, jemand anders hört dich!«

»Man wird glauben, der große Held ist mit einer Xanthippe verheiratet«, sagte ich.

»Das ist er«, bekam ich von Harry zu hören.

Ich stand auf und hob mein Ridikül, als wolle ich damit gegen ihn ausholen. Er tat, als wiche er zurück, und hob schützend den Arm vors Gesicht. Er sah so komisch aus, daß ich lachen mußte.

Inzwischen hatte die Prozession unser Ufer erreicht, und ich setzte mich wieder. Der Regent und der Duke of York verließen die Brücke. Die Kapelle fing zu spielen an. Der Duke of Wellington und Lord Anglesey verschwanden hinter dem schützenden Kreis der Household Cavalry. Adrian löste sich aus der Prozession und bahnte sich seinen Weg durch die Menge auf uns zu.

»Du hättest Euclide reiten sollen«, sagte ich zu ihm, als er endlich neben uns stand. »Stell dir vor, er hätte die ganze Länge der Brücke in *passagen* zurückgelegt. Kein Mensch hätte dir Beachtung geschenkt. Alle hätten nur Augen für ihn gehabt.«

Die Anspannung wich aus seinem Gesicht, und er schmunzelte.

»Was ist eine *passage?«* fragte Caroline.

»Das kannst du alles in Kates Buch nachlesen«, eröffnete ihr Adrian.

»Kates Buch? Welches Buch?« Harry und Caroline starrten mich verblüfft an.

»Das Buch über die Reitkunst, das sie schreiben wird«, erwiderte Adrian.

»Kate, ich muß sagen, das ist eine glänzende Idee!« rief Harry aus.

»Ja«, gab ich ruhig zurück. »Es wird hervorragend werden, und wenn Adrian und ich zusammen ausgehen, werden alle mich ansehen und nicht ihn.«

»Nun, der Regent möchte dich jetzt gleich ansehen«, entgegnete Adrian darauf.

»Jetzt?«

»Jetzt.« Er streckte mir die Arme entgegen. »Kommen Sie, Lady Greystone, das Königshaus wartet.«

Ich rümpfte die Nase. Der Regent war nicht mein Fall.

»Und ich möchte dich mit Anglesey bekannt machen«, sagte Adrian. »Vielleicht können wir ihn bewegen, Ausgaben deines Buches für die gesamte Kavallerie zu bestellen.«

»Brauchen könnte sie es!« lautete meine Antwort.

Ich legte ihm meine Hände auf die Schultern und spürte, wie seine Hände meine schon ein wenig umfangreichere Taille umfaßten. Seine Daumen bewegten sich in einer kurzen, vertraulichen Liebkosung auf und nieder, ehe er mich auf den Boden herunterhob.

»Du kannst Caroline nach Hause fahren«, sagte Adrian zu seinem Bruder. »Laß dein Pferd da, ich werde es zurück zum Grosvenor Square bringen lassen.«

»Meinetwegen«, sagte Harry und saß ab.

Adrian hatte einen Arm schützend um mich gelegt, und ich lehnte mich kurz an ihn, um das Gefühl seines großen festen Körpers auszukosten.

Caroline und Harry begannen ein Geplänkel wegen einer Kleinigkeit, als er nach den Zügeln griff. An Adrian gelehnt hörte ich ihre Stimmen und wußte, daß ich glücklich war.

Harry trieb die Pferde an, rücklings, so daß der Wagen zurückstieß.

»Hoffentlich fährt er niemanden über den Haufen«, murmelte Adrian.

Die Sonne schien mir warm auf den Kopf. Der Himmel war tiefblau. Adrians Arm lag noch immer um meine Schulter. So standen wir da und beobachteten Harry, bis dieser sich aus dem Gedränge gelöst hatte. Dann drehten wir uns um und gingen, um dem Regenten unsere Reverenz zu erweisen.